CW01329475

¿Por qué me comprasteis un walkie-talkie si era hijo único?

¿Por qué me comprasteis un walkie-talkie si era hijo único?

(Una historia bizarra en 2D)

Santi Balmes

Ilustraciones de Ricardo Cavolo

Primera edición: Noviembre, 2012

© Santi Balmes, 2012
© de las ilustraciones, Ricardo Cavolo, 2012

Este libro es una coedición de Futurbox Project, S.L. y La Vecina del Ártico
© de esta edición, Futurbox Project, S.L. y La Vecina del Ártico, 2012

Diseño de cubierta: Ricardo Cavolo

Publicado por Principal de los Libros
C/ Mallorca, 303, 2º 1ª
08037 Barcelona
info@principaldeloslibros.com
www.principaldeloslibros.com
www.facebook.com/PrincipalLibros
@PrincipalLibros

ISBN: 978-84-939717-4-8
IBIC: FA
Depósito Legal: B-26252-2012
Preimpresión: Taller de los Libros
Impresión y encuadernación: Novoprint
Impreso en España – *Printed in Spain*

Cualquier forma de reproducción, distribución, comunicación pública o transformación de esta obra sólo puede ser efectuada con la autorización de los titulares, con excepción prevista por la ley. Diríjase a CEDRO (Centro Español de Derechos Reprográficos) si necesita fotocopiar o escanear algún fragmento de esta obra (www.conlicencia.com; 91 702 19 70 / 93 272 04 47).

Para ....
(Ponga su nombre en los puntos suspensivos)

¡Con afecto y simpatía!

Dedico esta página a los ecologistas radicales…

«Con este libro, el autor ha inaugurado un nuevo estilo en el mundo de la ficción, sobre todo en lo que respecta a sus regalos a los críticos literarios».

ROBERT H.
Washington Tos

Índice

Instrucciones de uso 13

Libro I - Aro Sacro 15
    1. El descenso del Moreno Ramero 17
    2. Falafel 20
    3. El misterioso caso de los Spandau Látex 37
    4. Barry Lete and The Monguis 54
    5. Sigmund Floyd 70

Libro II - El antiguo niño prodigio 79
    6. Génesis 81
    7. Ulldemolins de Tabernes 96
    8. El antiguo niño prodigio 117
    9. Manolo Pencas, el representante visionario 144
    10. El extraño ataque de unos hombres rana 155
    11. Todos los Santos 179
    12. *Absolute wahrheit* 194
    13. *Life is life*. Opus 204
    14. Escrivá, transición y otras pésimas alianzas 216

Libro III - Un circo 233
    15. Gordos con patillas surfeando el espacio 235
    16. Desguace humano 240
    17. Si tienes un hijo con unas siamesas, es difícil saber quién es la madre 260
    18. Pepino Bambino y la metamorfosis rosa 273
    19. Apoteosis 287

Libro IV - Ibiza 303
    20. Aluminosis psíquica 305

21. Vacaciones en el bar 308
22. Ibiza.. 323
23. Jael y el tercer rayo 345
24. La visita 355
25. El triste caso de Josh y un helicóptero 368
26. El misterio que escondía el muñeco Tato............................ 378

Epílogo 388

Los autores 401

Instrucciones de uso (o agite su cerebro antes de usarlo)

Lo sé. Quizás debería usar cada página de este libro para escribir un poco más. También es probable que algunos de vosotros, cuando acabéis de leer esta historia, penséis que tendría que haber mostrado mi parte más sensible, pero por ahora la mantengo guardada dentro de mis bóxers. No, en serio, otra vez será.

Ahora os diré lo que vamos a hacer. Es muy fácil. Se trata de poner voluntad e intentar creeros que todo lo que estoy a punto de contaros es cierto (porque *podría* ser cierto), como cuando vuestra pareja os dice que ha llegado al clímax. Vosotros estáis en la Cara A de vuestra mente, mundo objetivo o realidad. Ahora os ruego que os dejéis succionar por una especie de agujero negro literato hacia el reverso posterior, donde habéis caído y que a partir de ahora será nuestro mundo. ¿Cómo empiezo? Ah, sí, con algo impactante.

LIBRO I

ARO SACRO

1. El descenso del Moreno Ramero
(o cómo superar la barrera del *salido*)
Verano de 1991

Tres mil metros de altura. Un chico de color (negro), desnudo y aterrorizado, acaba de saltar de un jet privado en pleno vuelo (en realidad lo han lanzado, para qué nos vamos a engañar). El muchacho, de profesión «sus labores» (a ver, en realidad es un prostituto para homosexuales adinerados), desciende por los aires a velocidad de vértigo. Se mantiene unido a su cliente por la parte dorsal de su cuerpo, es decir, el pobre diablo está siendo penetrado vilmente por un joven acaudalado, de aquellos con la típica tez de los europeos del norte sometidos a un bronceado perpetuo precisamente por ser acaudalados (ah, y con el pelo ondulado-escarola al estilo Borbón). El cliente viste un traje de paracaidista profesional, con la única excepción de su braguequeta, que está abierta, y pretende ahondar aún más por la tubería trasera del Moreno Ramero mientras hacen todo tipo de cabriolas circenses, ya saben, *loopings* y vueltas de campana, descendiendo a toda castaña, en caída libre, algo así como la cópula de un par de moscas. El prostituto de color, completamente desnudo, está al borde de la hipotermia y sus mejillas se mueven como si un ángel invisible las estuviera atizando mientras le dice: «Ay, pero qué incauto que eres, Moreno Ramero». Al muchacho de color no le gusta nada lo que está sucediendo y el dolor, a cada cabriola ingrávida, es algo así como el grado máximo del insoportabilismo (prueben a ser enculados, ahora ya a dos mil metros de altura, mientras les fuerzan a efectuar varias vueltas de campana y luego me cuentan). Debajo de aquella curiosa pareja en descenso libre, el dibujo de una isla, no demasiado grande, va ampliándose en su campo visual. El chico de color sabe que su vida depende de aquella penetración, digamos que el pene de su cliente es su particular cinturón de seguridad, el asa de la olla de su propia vida, porque es el hombre blanco quien lleva el paracaídas a su espalda.

El Moreno Ramero, no.

Free falling llamaron a aquella perversión cuando negoció con su cliente y su esbirro ejecutivo los pormenores de la cópula. Pero, o iba muy encocado y ya no se acuerda, o los dos le ocultaron información. Le dijeron, literalmente, «*Free falling* significa, en nuestra jerga de ricachos, pegar un polvo en un avión».

Punto.

Era la primera vez que el Moreno Ramero salía de Brooklyn.

Oigan. Hasta cierto punto, no le engañaron, créanme, faltaría a la verdad si no les dijera que la curiosa pareja empezó a «hacer el amor» dentro de la cabina, como habían estipulado.

Pero luego, justo cuando el cliente se encontró lo suficientemente cómodo dentro del esfínter del Moreno, aparecieron esas cuatro pistolas Colt en su sien, desenfundadas simultáneamente por la guardia pretoriana del adinerado muchacho, en una singular coreografía de clics, descaradamente ensayada, acaso experimentada previamente con otros pardillos. El forcejeo, frente a la puerta del jet, fue tan inútil como ridículo. Acto seguido, fue empujado al vacío y se inició una vertiginosa pesadilla anal.

A unos ochocientos metros del suelo, el cliente, que durante toda la caída ha estado escuchando *Carmina Burana* en sus auriculares de última generación, empieza a soltar risitas de hiena que se van tornando, a medida que se acercan a tierra firme, en una espantosa sonrisa de enajenado. Sus cejas, cuando disfruta, adquieren la «cándida» expresión de Jack Nicholson en *El Resplandor*. Un «Yuhuuu» infantiloide avisa a todo el universo de que el cliente se acaba de correr. El prostituto Moreno Ramero aún ignora que eso es una mala noticia. Porque, acto seguido, el hombre blanco acciona el paracaídas, expulsa su miembro del dorso del fulano y lo empuja al abismo.

«*Free falling*, querido», le suelta el adinerado cliente.

Esto va a acabar con un patapum, se huele de lejos.

El cliente aterriza a la perfección en un punto concreto de un jardín privado. Un mayordomo le sirve un zumo de naranja natural, le ayuda con el traje y los auriculares. Acompaña su proceder con un «Feliz primer día de vacaciones, señor».

Dos minutos antes, el prostituto negro se había estampado contra el tejado de una casa de payés, muy lejos de aquella mansión electrificada, más o menos a unos diez kilómetros. Patapum.

En la morgue, y al reparar por casualidad en el exagerado diámetro del ojete del Moreno Ramero, los forenses alucinan. Eso no es cosa del impacto. Bueno, no de ese tipo de impacto.

Ah, se me olvidaba. Tras estrellarse contra aquel tejado, podemos ver la cabeza del dueño de la casa de payés. No podemos discernir su cara porque está de espaldas, pero lo observamos exhalando una enorme nube de hachís.

El humo inunda la pantalla.

Humo. Mucho humo.

Pero mucho.

2. Falafel
(conversaciones casi filosóficas con invictus y un tal jim)
Aro Sacro - Actualidad

Tras este inicio, ¿aún queda algún lector? Diablos, ¡eso sí que es una grata sorpresa! Pues sean bienvenidos. Empezaremos tomando algo para conocernos, querido y desconocido voyeur de historias ajenas. Pónganse cómodos a mi lado, aunque si son hembras y están de buen ver les recomiendo que dejen una distancia prudencial entre su taburete y el mío porque tengo la mano larga. Por cierto, me llamo Fernando. Fernando Obs. Muacks. Encantado.

…Y entonces, el humo del capítulo anterior, perpetrado por el lamentable accidente del Moreno Ramero y la nube de hash que sale de los pulmones del testigo, nos lleva directamente a nuestra época, damas y caballeros, unicornios y enanos; alégrense, en este libro acabamos de experimentar un viaje en el tiempo, y lo que es mejor, ¡al mismo precio que otro libro que no lo tiene! La nube de humo se ha deshecho, como en una *road movie* de terror de serie B, y la siguiente imagen que vemos es el interior del Aro Sacro, un oscuro *pub* del barrio de Gràcia de Barcelona. Hace dos años que su antiguo dueño, conocido como Dana,* decidió traspasarlo a Mauricio Invictus, un cuarentón con un aire al entrenador Javier Clemente y ocasional DJ para solterones. Al principio echamos de menos a Dana. Cuando el dueño de un bar traspasa su negocio también está cediendo a su clientela, ganada a base de charlas hasta las cuatro de la madrugada como hacía el antiguo propietario, escuchando a Bauhaus y aguantando las pamplinas de los que nos quedamos siempre como

---

*Nota del autor: Dana, cuyo nombre real es Toni Casablanca, ha escrito recientemente un libro llamado *Un año de perros*. Oigan, esto es cierto.

retén. Coincidirán conmigo en que el nuevo dueño de un bar es, ante todo, un extraño, y se presenta ante los *habituales* clientes como una especie de nuevo padre adoptivo, cuya convivencia a partir de entonces resultará incierta. En realidad, los fieles parroquianos de un bar tendríamos que tener derecho a veto a la hora de elegir un nuevo dueño, por mucho que haya pagado por el traspaso, y es que hay ciertos aspectos intangibles, del todo imposibles de cuantificar, que nos hacen pensar que ese bar sigue siendo más nuestro que suyo. Eso se mide, creo yo, por la cantidad de vomitadas perpetradas en su interior. La verdad es que tuvimos mucha suerte con Mauricio Invictus. De repente podría haber aparecido un chino; no, no se confundan, no tengo nada en contra de los chinos, pero vete tú a saber qué tipo de ritmos ponen en sus *pubs* nocturnos, teniendo en cuenta el hilo musical que se escucha en sus restaurantes. Gracias a Dios no tuvimos ese tipo de «des-orientación oriental». Invictus, desde entonces nuestro nuevo *papá*, se integró rápidamente.

Era un drogadicto.

Invictus intentó no tocar demasiadas cosas del Aro Sacro. Sin ir más lejos, mantuvo la decoración, de la cual yo formaba parte, casi siempre en la esquina de la barra que da al lavabo. También se ganó a cada uno de nosotros a la antigua usanza, es decir, escuchando nuestras particulares miserias.

Invictus es un auténtico *Jack of all trades and master of none,* o, dicho en cristiano, un tipo con una cultura general lo suficientemente amplia como para poder hablar de cualquier materia sin hacer el más espantoso de los ridículos, pero un especialista en **NADA.** El apodo de Invictus le viene de sus épocas en psicología, cuando tocaba el bajo en una banda *heavy* llamada Inquisición. El seudónimo se lo puso él mismo. Se creía el líder, tanto o más que los compositores, y en los ensayos ya se las daba tanto de enterado, y se ponía tan pero que tan chapa, que siempre salía invicto de cualquier lance. Lo cierto es que mi amigo camarero sabe de un huevo de materias, aunque de una manera imprecisa. El chaposo de Invictus (que no chapero) suple sus múltiples lagunas con el infame truco de alargar los temas que domina como quien estira un chicle, y lo hace, créanme, hasta decir basta. Mi querido camarero es de aquellos inteligentes e inconstantes seres que habitan el mundo, ya saben, de los que empiezan varias carreras y las abandonan todas. Es un decepcionado de la psicología, de la historia del arte, de económicas y de ingeniería agrónoma, aunque yo siempre le digo que los verdaderos decepcionados, los verdaderos tipos al borde del suicidio, deberían ser sus padres. Oigan, a Invictus nunca le pillas en falso, siempre tiene algún dato que aportar, sea del tema que sea. Alguna vez me he tomado la molestia de prepararme una charla sobre las granjas porcinas de Escandinavia y sus novedosos sistemas de producción y, con su habitual arte, Invictus ha derivado el tema mediante un *dribling* magistral hasta darme la cifra exacta de molinos eólicos de Alemania, datos concretos que seguramente acababa de leer en el *Muy Interesante* y que quería meter como fuera en alguna conversación. Aún no sé cómo lo hace, pero el muy gañán siempre consigue colarte el gol en el último minuto de partido, logrando que vuelvas a casa pensando que eres un maldito iletrado. Sin embargo, su ego es difícil de gestionar.

En realidad, siente un cierto complejo de culpabilidad académico, una sensación cojonera de impostor, quizás por arrastrar, cual Jesucristo, la cruz de haber abandonado cuatro propósitos vitales sin llegar nunca al objetivo final. Todos los parroquianos lo tenemos calado. De vez en cuando, lo sorprendemos *in fraganti* soltando auténticos faroles, fácilmente rebatibles hoy en día con un *smartphone*. Las nuevas tecnologías le han jugado malas pasadas a Invictus. Esa alarmante propensión a dárselas de enterado en cualquier tema ha sido la misma con la que se ha construido sus propios cepos, como el día en que se obcecó con que Zak Starkey, el hijo de Ringo Starr, había tocado la batería con Led Zeppelin, y nosotros que le decíamos: «Que no, Invictus, que estás haciendo el ridículo, que el hijo de Ringo ha tocado con los Who y los Oasis», y él venga a insistir con el coño de los Led Zeppelin. Tan seguro estaba de sí mismo que nos retó a duelo. Miró a los presentes y nos dijo que, en caso de no llevar razón con el hijo de Ringo, tendríamos barra libre el resto de la noche. Cuando Invictus se percató de su error, invitó a una cerveza a los tres apostantes y, acto seguido, nos comunicó que había recaído en su sinusitis crónica y que esa noche tendría que cerrar antes de lo habitual. Cinco minutos después, exactamente a las once y cuarto de la noche, todos los clientes nos encontrábamos en la calle, con su cerveza de regalo metida en un vaso de plástico. Ese, y no otro, era el particular concepto de barra libre que tenía Invictus.

Dejando aparte sus vilezas, es cierto que es un buen tipo, ya saben, tiene ese don que fideliza a sus clientes, que no es otro que la empatía. Ah, y otra cosa que mantiene Invictus como una tradición es bajar la persiana a las tres de la mañana, excepto, claro está, cuando la pifia en sus apuestas. Mientras estamos en el *pub*, los pequeños microbios de Barcelona quedamos inmunes a posibles ataques de esos altivos glóbulos blancos del sistema conocidos como la Guardia Urbana. Entonces Invictus deja que sus fieles parroquianos se relajen, cada uno como sabe. ¿Escucháis la música que sale del aparato de la barra? Efectivamente, es *Whatever happened to my rock 'n' roll* de los B.R.M.C. No os desconcentréis por los alaridos y prestad atención a mis actos. Ahora mismo nos encontramos rodeados por el flamante club de treintañeros solterones del barrio, los desechos de la vida, en un ambiente cargado de sudor, tabaco mezclado con hash y mientras la facción talibana de los adictos a los euforizantes, con sus naricitas desenroscadas, emprenden viajes de ida y vuelta al servicio. Las tornas han cambiado y drogarse como si no hubiera un mañana ya no es un medio para seguir de fiesta, sino que es el mismo centro de la noche.

¿Les llega el ambiente de vicio? Apuesto a que, pese a que ustedes se encuentren leyendo este libro en el metro o tirados en su cama, sus ojos ya se han enrojecido o sus pupilas se han dilatado, dependiendo de la imagen que más recuerdos les evoque.*

*Nota del editor: El tema de las drogas ha sido siempre así, desde tiempos remotos. La ironía del asunto es que entrar en estados alterados de conciencia es una de las acciones que un ser humano lleva a cabo en plenas facultades. Decidimos, voluntariamente, volvernos idiotas, como cuando acepté venderle el piso a mi ex mujer a precio de «amigo».

Para que me visualicen mejor, les diré que voy vestido de riguroso negro, exceptuando una elegante parca de tres cuartos marrón oscuro con algún que otro agujero producto de asteroides de hachís. Acompaño mis andares con un bastón con punta de liebre plateada y luzco una melena al estilo de Kevin Shields, quien a su vez la copió de Oscar Wilde. De vez en cuando aparto a una mosca imaginaria y balanceo mi taburete, más que nada para continuar alimentando mi fama de excéntrico. En realidad, no hay mejor método para que te dejen beber en paz.

Se me da fantástico hacerme el perturbado.

A mi lado se encuentra Jim Morrison, con su camiseta de Jarvis Cocker, mirando fijamente su Four Roses y soltando eructos. Jim apenas habla, sobre todo cuando estoy conversando con Invictus. Según Morrison, el camarero le hace el vacío. Yo le digo que Invictus es de Barcelona, como yo, así que hay que tener paciencia con nosotros. Tenemos un punto de desconfiados, sobre todo con los recién llegados, aunque no hay problema, se nos pasa en unos treinta años; pero también le aseguro que cuando te ganas el corazón de un tipo de aquí, entonces la amistad será para siempre. Intento explicarle al Rey Lagarto que eso es precisamente lo que me ha pasado con Invictus. Ahora mismo, casi dos años después de su llegada al bar, pocas cosas me quedan por confiarle acerca de mi vida, mi familia y, especialmente, acerca de mi padre, el verdadero protagonista de la historia que les voy a contar, aunque ya les aviso que se hará de rogar porque es una estrella. Es probable que Invictus no haya creído una sola palabra de lo que le he explicado acerca del tipo que le soplaba la oreja a mi madre, como a buen seguro les pasará a ustedes. La vida de papá es muy curiosa. Uy, perdónenme un momento, Jim se está balanceando demasiado en el taburete.

Ya estoy aquí. Recuerdo la primera vez que le hablé al camarero acerca de papá. Su mueca, ingrávida, suspendida en el tiempo, fue de consternación total, diríase que de apuro. No había oído hablar de aquel cantante melódico jamás. La verdad es que era triste que ni siquiera un enterado como Invictus fuera capaz de esbozar una mentira piadosa. Noté que, por primera vez en su vida, mi amigo chaposo no encontraba ningún dato en su memoria a largo plazo acerca de mi padre, a menos que pretendiera tirarse un farol, cosa un tanto arriesgada delante de un hijo. Tras veinte segundos en Babia, desistió. Creo firmemente que a Invictus le supo realmente mal desconocer la figura de mi progenitor. Supongo que lo que en realidad le preocupaba era que yo me ofendiera y me perdiera como cliente (eso significaba perder mucho dinero), pero debo decir que ya me había acostumbrado a la incómoda sensación de ser hijo de un **FAMOSO DON NADIE**. Luego, cuando le propuse subir a mi casa a escuchar algunos de sus discos, Invictus se pasó de la raya, nunca mejor dicho. Sus observaciones rebasaron lo que se puede decir a un hijo de su padre:

—No creo que vaya a subir a tu casa a escuchar esos discos, Fernando. Tengo un negocio que atender. Además, perdóname por lo que te voy a decir, pero si ya soy escéptico incluso con grupos consagrados como Radiohead, puedes llegar a imaginar la pereza que me provoca una colección de canciones compuestas por, perdóname otra vez, un fracasadito y ni más ni menos que de los años ochenta. Odio los ochenta. Hasta los *heavies* parecían mariconas, tío. No conozco a tu padre, pero seguro que llevaba hombreras. Venga, no te ofendas, Fernando. Lo siento, tío, pero carezco de la curiosidad morbosa de los fanáticos del mundo *freak*. Considero que la vida es un asunto demasiado serio como para desperdiciarlo en talentos de Serie B. En líneas generales, Fernando, nuestra vida ya es, por desgracia, una concatenación de escenas mal encuadradas y con personajes mediocres o directamente infames y lo que uno necesita es belleza, Fernando, evasión. ¡Serie A!

Jim Morrison también andaba por ahí ese día, de hecho se sentó al lado de mi taburete y me dijo: «Trágate el orgullo y taráreale algunos temas de tu *daddy*, te lo dice Jimbo». Hice caso a Morrison, pero pronto me di cuenta de que al simpático camarero no le sonaba ninguna. No es que entonara mal, no. Por desgracia, ya estaba acostumbrado a esas caras de pillado cuando canturreaba alguna canción de los discos de papá. Luego opté por continuar mi experimento tarareando el estribillo de una canción en concreto. Invictus se hinchó como un pavo y me soltó: «¿Qué clase de broma es esa? Joder, claro que me suena esta canción, ¿a quién no? Pero, Fernando, no te ofendas, esa, de tu padre precisamente no es, nos ha jodido», a lo que le contesté con un enigmático: «¿Estás seguro de lo que acabas de decir?». Miré a Jim, quien me sonrió como lo hace un cómplice antes de atracar un supermercado.

Segundos después Invictus se largó al lavabo y debió meterse la segunda raya de la noche, una que haría sombra, ya que regresó desde el fondo del pasillo con pupilas de lechuza, resoplando como un bisonte y con su habitual máscara de Hombre Chapa. «Pues tiene que ser duro estar vivo, como dices que lo está tu padre, y ver que tu cancionero está bien jodido, vamos, tu padre tiene un repertorio, pero no de *Greatest Hits*, sino de *Greatest Shits*. Juás». Invictus se reincorporó tras la barra. Venía decidido a desarrollar sus teorías acerca de los mitos y la suerte que habían tenido al fallecer a su debido tiempo. Según el camarero-filósofo, y en eso estoy bastante de acuerdo, una de las peores cosas que puede experimentar un artista es sobrevivir a su propia obra, como dijo que le había pasado a mi padre.

—Es lamentable que, tras tantos años de esfuerzo, uno tenga que ver que el trabajo de toda una vida ha caído en el total ninguneo, en el cieno de la infrahistoria, en el cubo de desperdicios de nuestra memoria, ¡qué coño cubo!, en el puto vertedero de nuestro olvido, triturado por un camión neuronal, el mismo que recoge toda la basura diaria cuando dormimos y envía esa información trivial muy lejos de nuestra conciencia, convertida en un poso de detritus formado, por ejemplo, por canciones escuchadas casualmente y simultáneamente detestadas, fechas intrascendentes, nombres de personas que han pasado por nuestra vida sin dejar huella, mujeres que nos masturbaron con manos de cangrejo, todo ello amontonado de una manera tan disparatada, que, al intentar recuperar datos, mezclamos situaciones y personajes, porque todo a lo que no hemos prestado atención se confunde y mezcla erróneamente, y tal es la fuerza del material compactado que es imposible de reordenar tal y como fue. Quizás, en ese material, aprisionado y convertido en un cubo como hacen con los coches viejos en el desguace, debe haber una parte, aplastada, en el puto núcleo de la mierda, que es tu padre y su obra. Es una lástima que ese tal Constancio Obs, quien, por cierto, insisto en que no me suena de nada, sí, ese supuesto antiguo niño prodigio, ese artistazo, *ejems*, *grrr*, pertenezca al grupo de aquellos artistas que no mueren en un plano físico, ¿sabes?, sino que son testigos excepcionales del hundimiento de su obra. Eso tiene que ser una putada, tío. El personaje, el cantante, murió antes que la persona, de la misma manera que los escritores y los pintores fallecen, bajo nuestra percepción, en el mismo momento en que no tienen más historias que contarnos o cuadros con los que hacernos viajar con la mente. Lo que queda, pues, es un organismo que late por inercia, lo que queda, es, simplemente, un ser humano, y de seres humanos ya hay muchos. ¿Sí o sí, Fernando?

Jim Morrison asentía, a mi lado, entre continuos amagos de arcadas, mientras yo, muy picado con aquel ensayo barato de Invictus, añadí que ser olvidado es tan sólo cuestión de tiempo. En la música, ni siquiera las bandas que ahora consideramos como las más vanguardistas e influyentes de la actualidad lograrán pasar el cruel examen de las siguientes generaciones, y la erosión, tarde o temprano, borrará los contornos, el contexto social que siempre ayuda a entender las cosas; de hecho, le dije que no es muy aventurado pensar que todo lo que sucede hoy, desde la música a nuestra manera de vestir, será objeto de burla para nuestros descendientes. En cuestión de diez minutos, una década, o al cabo de doscientos años, nadie, ni siquiera los mismísimos

Beatles, pasarán a ser nada más que un párrafo en la Wikipedia del siglo que viene y una mísera frase dentro de quinientos años. «La eternidad ya no existe desde que hay que eliminar información en los servidores —le dije—, la eternidad, paradójicamente, ha caducado, la eternidad es un concepto que el cerebro de un humano ha confundido con esa porción de tiempo que es superior a nuestra existencia, unos cuantos milenios de historia escrita a lo sumo», y aseguré a mi amigo-camarero-enteradillo-de-mierda que cuando llevemos diez mil años, Jesucristo será otro icono de una divinidad pasada, quizás con la misma importancia que tuvo Zeus para los griegos o una pintura rupestre para los primitivos. Invictus, agnóstico recalcitrante, pero fan de los Beatles a morir, se había quedado completamente pillado por culpa de mi comentario acerca de la caducidad del cuarteto de Liverpool. Enojado conmigo a lo sumo, empezó con la retahíla de siempre, que de qué coño iba, que si Lennon y Macca eran algo así como el Mozart y el Bach de nuestra época, a lo que añadí que ni siquiera esos dos de la peluca iban a sobrevivir en un futuro. Luego Invictus me pidió, con todos los respetos y diciéndome mil veces que no lo considerara una ofensa, que no metiera a genios de la música en el mismo saco que a mi padre, a lo que yo le contesté que papá también era un genio, y, otra vez empleando un tono enigmático, le aseguré que algún día encontraría la manera de demostrárselo al mundo. Obviamente se hizo el silencio, bien, todo el silencio que pueden aguantar un cocainómano-ultra-chapa como él y un obsesivo fumador de hash como servidor.

Tres segundos.

Fui yo quien ametralló al silencio.

—Da igual, nadie sabe cómo será el futuro. Quizás, después de una explosión nuclear, solamente queda una única muestra de la música pop que se hizo en el planeta Tierra y resulta que es el *Hala Madrid* cantado por Plácido Domingo. En ese caso —le dije— tendría que resucitar de mis cenizas y recomponerme para buscar otros ejemplos entre las ruinas de la humanidad.

A Invictus le hizo gracia la idea de unos marcianos verdes escuchando el *Hala Madrid*, merengue como es, a morir.

La cuestión de fondo, según Invictus, es la obsolescencia programada. Ya saben, ese rollo que últimamente está tan de moda consistente en que todos los productos, incluidos los culturales, tienen una fecha de caducidad cada vez más limitada para conseguir que la rueda del consumo nunca se detenga. Hasta llegar a la obsolescencia del mundo de la gastronomía, donde un plato preparado durante horas, con todo el amor, acaba siendo digerido y expulsado de tu cuerpo en cuestión de ocho horas.

Y entonces me viene a la cabeza la palabra *Falafel*.

Y desde mi taburete, procedo a explicarle la curiosa experiencia que padecí ayer mismo, junto a mi hermano Austin. Fue un malentendido importante, ocurrido en el restaurante pakistaní Humusland (By Muhamma & Mohamma), cuya dirección considero oportuno no precisar, aunque se encuentra a dos esquinas del Aro Sacro. Cenaba con Austin en las mesas que dan a la plaza, más que nada porque fumamos como ratas entre plato y plato, y no solamente tabaco.

Habíamos pedido falafels y dürüms sin pepino ni picante. Debatíamos acerca de cómo afrontar el alquiler del mes siguiente. Nos había llegado una multa, nada insalvable, treinta mil euros, por motivos que no vienen al caso explicar ahora mismo. La cuestión es que la cantidad solicitada nos ponía claramente en la picota y Austin, paranoico y con un punto de sociópata, fue cruzándose mentalmente con la existencia en general justo cuando le explicaba que la multa podía pagarse en cómodos plazos, ni más ni menos que **DOS**. Estábamos allí, en el Humusland, combinando bostezantes charlas administrativas con lapsus de silencio previos a la desesperación cuando Austin me señaló el interior del restaurante paki y me dijo, como si reflexionara en voz alta:

—Está bien que no hayamos cenado en el interior, Fernando, estos antros son asépticos y amenazadores, es como si entraras en un consulado, me refiero a que tienen sus canales de televisión propios y hablan entre ellos raro, y lo que tienen de exótico lo tienen también de molesto, porque parece que pasen como de la mierda del país en el que están situados, de hecho, el restaurante y la actitud de estos tipos no variaría ni un ápice en el caso de que este garito fuera succionado por una nave espacial y depositado en el centro de otra ciudad, pongamos el ejemplo de Hannover, o en un planeta de la galaxia de Andrómeda. Excepto cambiar el menú de idioma, ejecutarían los mismos movimientos de hormiga, y seguirían hablando entre ellos raro, y tendrían el mismo puto canal puesto, y casi se diría lo mismo con el cordero que da vueltas en aquel artefacto, las mismas vueltas que, por cierto, en estos momentos está dando mi cerebro desde que me has contado lo de la multa, maldita sea, pues ese maldito cordero seguro que no es ni de Barcelona ni de Hannover, lo compran a uno de los suyos, es un circuito cerrado, de la misma manera que acuden a raparse el pelo y a perfilarse el bigote a la misma peluquería que encuentras, una y otra vez, en cada barrio donde se instalan, esa especie de cadena Llongueras que tienen, ¡y aquí mismo!, Fernando, tenemos dos ejemplos claramente personificados de lo que puedes esperar de esas malditas barberías en estos dos camareros, fíjate, uno parece una especie de Freddy Mercury dejado demasiado tiempo en el horno, y el otro, el típico imberbe que asoma la cara delante de la cámara cuando su pueblo sale en la BBC por algún turbio motivo, ya sabes, cuando un tipo ha volado en pedazos, pues el joven, Fernando, tiene pinta de ponerse justamente detrás de la rubia presentadora de la BBC como si saludara a sus primos de la montaña, casi siempre con las manos detrás de su chilaba, en plan «yo pasaba por aquí y he encontrado esta chancla».

MUHAMMA Y MOHAMMA

En aquellos momentos temía que mi hermano Austin empezara a entrar en sus particulares ataques en barrena contra un objetivo determinado, casi siempre escogido al azar. Esa noche eran los pobres y honestos pakis. Mi hermano continuó, estaba lanzado, se retroalimentaba.

—No me gusta cuando hablan, como están haciendo ahora, sentados en un banco frente a las mesas de sus clientes, y cruzan las piernas, y empiezan con sus misteriosos rollos, como conspirando en voz baja, y sobre todo lo que más rabia me da es que no puedo entender una puta palabra de lo que dicen, porque al igual, en estos momentos, Fernando, se están choteando de nosotros en nuestra puta cara, que si mira lo pálidos que son, y qué peinados que llevan los muy maricones, y cosas así, Fernando, ya sé que pensarás que estoy entrando en alerta DEFCON 1, como tú dices, pues que sepas que esta vez tengo motivos, porque te aseguro que yo les sueno a estos tipos, ¡vaya si les sueno!, desde aquel día que andaba ligeramente hasta arriba de todo y entré en la barbería donde solamente ellos acuden, y, como era de esperar, me miraron de arriba abajo, superextrañados, con el silencio que se instaura cuando se masca la tragedia, Fernando, ¡me miró raro todo el mundo!, incluido el barbero, llamado Khalid, y no te lo pierdas porque empezó a señalarme a dos tipos que se encontraban de cháchara con él, precisamente, pero el barbero no señalaba exactamente a ellos, como personas en global, sino a sus putas cabezas, como si me advirtiera lo siguiente: «Oye, mira, chaval, yo solamente sé hacer **DOS TIPOS DE PEINADOS**, así que tú mismo, a-mi-go», y yo que le pillé el mensaje al instante, de hecho, Fernando, iba tan puesto que llegué a pensar que me entendía con ellos de una manera telepática, así que le contesté, para que me escucharan todos los presentes, «Relájate, a-mi-go, que cuando salga de aquí me voy a casa y no precisamente al Sónar» y entonces Khalid se resignó e inició su faena, en silencio, como si rezara, rasurando mi barba sin pedirme permiso hasta dejarme el típico mostacho de dueño de un Badulake, y luego le dio por mi cabeza, hermano, créete lo que te cuento, porque a medida que iba perdiendo masa capilar, maldita sea, iba bajándome el ciego, hasta que entonces recordé por qué había entrado en aquella condenada peluquería, y eso te atañe precisamente a ti, Fernando, sabes tan bien como yo que había entrado por culpa de una apuesta que había hecho contigo, y aprovecho para decirte que no tendrías que jugar con un tipo que va puesto hasta el culo de todo tipo de marranadas, es inmoral, pero aparquemos el tema, porque lo verdaderamente importante es que estaba dejando que me cambiara el look un tipo vestido de azul claro y con chanclas negras, mientras yo, metido en un sueño de reptil agonizante, bajo una modorra sensitiva que desaparecía y aparecía de manera intermitente, estaba tan vendido como un condenado a la silla eléctrica al que ya le han puesto la cacerola encima, así que decidí pegarme una siesta que finalizó cuando Khalid dijo en su lengua algo parecido a «*Voilà*, ya lo tenemos», y fue en aquel momento cuando me miré por primera vez en el espejo, y pensé que aquella raya lateral hecha con escarpa no tendría enmienda en un futuro a medio plazo, y aquel bigote, diablos, era para verlo, aunque en el fondo, Fernando, intenté consolarme pensando que todo aquel despropósito tenía su raíz occidental, de hecho, parecía sacado de un fotograma de alguna película rancia de los mejores tiempos de Burt Reynolds, lo grave no era eso, sino haber mostrado tan poca sesera y tantos huevos, una combinación fatal, lo sé, mamá me lo repetía infinidad de veces cuando éramos pequeños, y todo para cumplir una apuesta contigo, y ahora te preguntarás a dónde diablos quiero ir a parar, pues yo te lo explico, sin problema, porque recuerdo perfectamente que este par de camareros que nos están sirviendo esta noche eran los mismos que estaban sentados en la barbería, como testigos de aquel disparate, precisamente las mismas cabezas que Khalid había señalado en plan «esto es lo que hay, chico occidental», pues créeme cuando te digo que, al ver el resultado final, no podían evitar partirse la caja en su jerga, mostrando sus grandes dentaduras, joder, notaba que sus sonrisas me atravesaban la nuca, y entonces los miraba de reojo, por el espejo, comprobando los daños colaterales de aquel desastre, y resulta que cuando los miraba los muy mamones ¡se callaban!, ¡pues no era obvio ni nada que se estaban choteando de mí y de mi nueva pinta!, y al final me quito la toalla y veo aquel desaguisado y le pido la moto al barbero, en realidad, se la exijo, y les digo a esa especie de observadores de la OTAN que ya está bien de cachondeo alzándoles un dedo, y en cuestión de dos minutos me rapo al cero, laterales y nuca, y me quedo únicamente con la parte de arriba, es decir, esa*

---

*Nota del editor: Ahora se acostumbra a pasar a la siguiente página. Lo digo por los primerizos.

mata de pelo que empezaba donde antes había una raya lateral, ¡cómo es la vida, Fernando!, de repente me encuentro convertido en un híbrido extraño, aunque, como mínimo, aquella imagen, mucho más transgresora, hacía que me sintiera más acorde con mis pensamientos de odiador de lo establecido, y entonces el Khalid dice: «Ahora sí que Sónar, sí, sí, tú, anuncio Sónar», y yo que le pago de mala gana lo estipulado y me largo, y estos camareros que estaban allí, aprovechando que su restaurante estaba cerrado porque eran las tres de la mañana, tocándose los cojones allí sentados, mirando mi pinta de *Taxi Driver* versión Bollywood, y que si *jur jur jur*, y que si *jar jar jar*, de la misma manera que ahora se están riendo frente a su propio restaurante, no de una manera explosiva, pero sí lo suficientemente provocadora como para ponerme de los nervios, así que estoy empezando a sospechar, Fernando, que en este dürüm que me estoy zampando, en esta especie de cilindro de harina que han enrollado con sus dedos alargados y morenos, estos tipos han puesto todo tipo de ingredientes, incluida su propia lefa.

Le cuento a Invictus que en aquel preciso instante intenté hacer entrar en razón a mi hermano, pero Austin ya había puesto la quinta velocidad:

—Conozco a una médico de confianza que trabaja en urgencias. Pues resulta que un día entró uno de estos tipos diciéndole: «Pica polla mucho», así que la doctora optó por hacerle un examen en profundidad. Se puso los guantes y le endiñó un dedo por el culo, suavemente. Pues resulta que al día siguiente vinieron dos más, y a mitad de semana ya eran ¡dieciséis! los pakis que acudían a su consulta diciéndole: «Pica polla, pica polla mucho», y esto es lo que hay, Fernando, tienen a sus mujeres en el otro lado del planeta, así que se inventan este tipo de guarradas infantiles para irse a la cama relajados.

Y mientras me decía eso, los dueños del restaurante abandonaron el banco de la plaza y se levantaron para coger nuevas comandas en el interior de su querido HUMUSLAND. Debería haber media docena de parejas esperando que les tomaran nota. Mi hermano Austin los siguió, y yo, temiéndome lo peor, decidí acompañarlo hasta la barra. Sonaba una canción de Bollywood en la tele de una de las esquinas del techo cuando Austin dijo: «Eh, malditos. ¿De qué coño os estáis choteando?», y los pakis hicieron cara de extrañados, y el resto de clientes se callaron al instante temiéndose la llegada del mal karma universal, y el paki barbilampiño dijo: «¿Qué pasa, señor?», a lo que Austin le contestó: «Sabes perfectamente lo que pasa. Lo único que me falta saber es quién de los dos ha sido». «¿Quién de los dos?», y los camareros insistían «¿Pero de qué hablar, amigo?», y Austin gritó: «¿Quién de los dos se ha corrido dentro de mi dürüm?». Y, obviamente, aquellos tipos se quedaron callados, mientras con las manos alzadas pedían una explicación, pero Austin interpretó que aquellos pakis se estaban haciendo los suecos, menuda paradoja, así que, de un manotazo, mi hermano tiró al suelo todo tipo de platos y vasos que estaban en la barra esperando a ser recogidos, y el murmullo de la clientela se convirtió en frases tipo: «Vámonos, Silvia, que aquí va a haber hostias a mansalva», y yo que intenté apaciguar la ira infundada de mi hermano, ese arranque de delirio paranoico, pero Austin erre que erre, volviendo a repetir la pregunta como en un interrogatorio: «¿Quién de los dos se ha hecho una paja dentro de mi dürüm?». Y, entonces, el paki jovenzuelo, tras unos incómodos diez segundos apoyado en la pared de la barra, señaló lentamente a su compañero, el del bigote de Freddy Mercury, y dijo:

—Ete.

Se escucharon todo tipo de arcadas. Agarré a mi hermano por los hombros, intenté placarlo, incluso le pedí que contara hasta diez, como cuando éramos pequeños y me quería matar cuando le había ganado en algún juego de mesa. El paki del bigote torció la cabeza, alzó los brazos e intentó quitarle importancia al asunto, sonriendo.

—Una pajilla pequeña, amigo. Ehhh…*

Austin tomó aire y dijo:

—Vamos a ver, vamos a ver. ¿Dónde ha ido a parar tu corrida? ¿Al inicio del dürüm, por la mitad, o al final?

El bigotes vio salida a su sentencia de muerte:

—Al final, amigo, aún no has llegado a comértelo. Yo te hago otro, bueno, sin extras, ah, y no llames a la *Cheneralitat*, que si hacerlo, por culpa broma mala, negocio *kaputt*.

*Nota del editor: El autor me ha llamado insistiendo en que la frase de marras hay que leerla con acento exótico. Conclusión: el autor tiene mucho tiempo libre. Recordatorio: no cogerle el teléfono en horas de trabajo.

Y Austin alzó la cabeza y dijo:

—Bueno, si te has corrido en el final, aún no lo he probado —Entonces me sonrió—: Suerte que me he dado cuenta ¿eh? ¿A que soy listo? —Luego miró al camarero de arriba abajo y le dijo—: Te perdono, pero que no vuelva a suceder más, ¿vale?

Y se largó del restaurante a paso de militar, como si fuera el Teniente Coronel Falafel, con su peinado ridículo. «Todo en orden» dijo mi hermano a los clientes, y entonces pensé que dicha escena se relacionaba perversa e íntimamente con un capítulo muy concreto de la vida de nuestro padre, el verdadero protagonista de esta historia, y pensé que la vida era una especie de capicúa constante, como un *teenager* que se la chupa a sí mismo.

3. El misterioso caso de los Spandau Látex
Aro Sacro - Actualidad

Jim Morrison, ajeno a nuestro diálogo gastro-filosófico, se había levantado del taburete y bailaba como los chamanes un tema que Invictus ponía siempre a las dos de la mañana. Se llamaba *Aquarius*, y decía que veía a ese tal Raphael como su heredero ibérico. Me había quedado un rato en Babia, recordando la escena del falafel, cuando la mano del camarero filósofo me agarró de la mandíbula. Estaba claro que quería darme aún más la brasa.

—Oye, estaba pensando que, quizás si tu padre, ese cantante, hubiera muerto joven...

—No te entiendo.

—Pues que con un poco de suerte hubiera sido un mito de la época como Nino Bravo o Cecilia, *jeje*. —Noté que Invictus tenía ganas de desarrollar otro ensayo barato de los suyos, esta vez centrado en los mitos. Lo corroboré cuando añadió—: Hay que morir a tiempo, Fernando, siempre lo he pensado. Para un mitómano, el fallo de McCartney, o el de Jagger, puedes imaginarte cuál es. Incluso he llegado a escuchar, y no pocas veces, que Keith Richards tendría que haber muerto aquel día que se cayó del cocotero. Joder, yo creo que hay gente que desea que los que triunfan se mueran, aunque hay que reconocer que palmarla en pleno apogeo tiene sus ventajas: por ejemplo, los mitos no experimentan el dolor que supone contemplar en vida la monstruosa caducidad de tu obra, ya sabes, esos cabronazos como Hendrix, James Dean (¡este a mi abuela le encantaba!), Zappa, Kurt Cobain o el enajenado de Jim Morrison, todos ellos, y gracias a sus prematuros fallecimientos, han conseguido adelantar unas cuantas décadas su entrada en el maravilloso salón de baile de la Eternidad sin tener que esperar en el Limbo donde los contemporáneos abandonan a sus artistas aún vivos, y no por maldad, Fernando, no me malinterpretes, no somos tan malvados los humanos, sino por carecer de la suficiente perspectiva histórica para juzgarles de manera calmada.

Según Invictus, si eres bueno y la espichas joven, tienes dos ventajas; la primera es que tus coetáneos se servirán de ti para mitificarse a ellos mismos, ensalzar su modo de entender la vida, único en cada generación, con sus respectivos logros y frustraciones. Sí, lloramos por nosotros mismos, y nos sentimos partícipes de la pena tanto o más que con la de un familiar de tercer grado. Acudimos al sepelio televisivo del mito con placentera y dolorosa curiosidad, ya que, en cierta medida, también es «nuestro propio y anticipado funeral». Aquí Invictus se envalentonó:

—¡Son tan amables los mitos, tan justicieros! No me digas, Fernando, que no es de agradecer que unos tipos que han sido tan famosos y han ganado tantísimo dinero tengan el detalle de equilibrar la balanza existencial entre ellos y nosotros, mediocres meapilas, adelantándose en el tema de palmarla. Uno piensa: «Sí, sí, tan famoso y ahora míralo». Mortal gozando de la muerte de un inmortal, curiosa paradoja, *ehé*. Encima, al no envejecer, queda algo de nuestra juventud congelado en sus tersas caras.

Jim Morrison se acercó a mi oído izquierdo y me dijo: «Dile a ese bocazas lo siguiente: el mito. ¿Qué saca de todo esto de morir antes que el resto?». La respuesta del camarero fue que ganaban más que nadie, ya que gracias a su muerte, impedían que el mundo contemplara su decadencia, porque tarde o temprano nos llega a todos y ese crepúsculo intelectual no es más que el anticipo de la caricia del hombre de la guadaña. Luego se entristeció: «Yo mismo, si la hubiera palmado cuando tenía ese maravilloso pelo ondulado, como el pasmado de Jim Morrison pero mucho más locuaz, ya sabes, cuando estudiaba psicología y ligaba lo que no está escrito, mi funeral hubiera sido multitudinario. Sin embargo, los seres vulgares tenemos tan poca clase que actuamos en la fiesta de la vida como ese invitado incómodo que acostumbra a irse demasiado tarde después de haberse comido todos los canapés y soltado una ristra de chistes malos, pero malos de pedir la cuenta. Pero, ah, si me hubiera estrellado contra un árbol con veinticuatro años, como el otro pillado de James Dean, ¡qué diferente hubiera sido el recuerdo de mi persona! Si eso lo *extrapollas* a los artistas consagrados, ¡qué te voy a contar, Fernando!

»Un artista joven y bien muerto le está haciendo la mayor de las jugarretas a algunos periodistas, o a aquellos críticos amateurs que rajan de todo por puro vicio. Les dejas a todos ellos con las ganas de poder defenestrar tu primera obra falta de inspiración, tu primera película palmariamente nefasta, tu octava novela repitiendo conceptos, en definitiva, el mito no tiene tiempo de pasar de moda, y si lo hace, Fernando, curiosamente olvidamos sus deslices con la mediocridad en un curiosísimo acto de memoria selectiva. ¿Y me preguntas que qué ganan los mitos? Fíjate, la cosa irá tan lejos que algunos *freaks*, no contentos con el tema de ensalzar al malogrado creador, se preguntarán públicamente si lo mejor de su obra estaba aún por llegar, cuando al igual el tipo en cuestión ya andaba sin dientes y se aguantaba los pedos con la mano».

Invictus, a veces, es así. Acaba sus tesis con innecesarias gracietas finales, pero debe ser cosa de estar al otro lado de la barra, que saca el patético humorista que todos llevamos dentro. Recuerdo que acto seguido se largó de nuevo, haciendo caso omiso a Jim, quien en aquellos momentos se encontraba con sus pantalones de cuero bajados hasta las rodillas y enseñando la polla a las clientas del Aro Sacro, como siempre, sin encontrar ningún tipo de reacción. Invictus volvió del lavabo con los pelillos de su nariz ligeramente blanqueados. Se notaba en racha intelectual.

—Y mientras tanto —prosiguió—, ¿qué hacen los demás artistas, mundanos y mortales, como debería ser tu padre, mi querido Fernando? ¿Pues qué van a hacer los muy desgraciados? Lo que se hace por costumbre, respirar y permanecer, como todos nosotros, ¡lo más dignamente posible! en el gran teatro del mundo, intercalando tímidos aplausos y sonoros abucheos, bregando, algunos durante décadas, por entretener a un público morboso y ávido de muertes, porque la muerte prematura es de las pocas cosas que nos hace entender la eventualidad, ese accidente de estar vivo, que no es más que un punto en medio de un paréntesis central (.) entre una *no vida* a la izquierda —antes de nacer— y la muerte cabrona —como los lavabos, al fondo a la derecha.

—*What the fuck? Cheap poetry, I guess...* —dijo Jim.

Luego, y sin venir a cuento, añadió, supongo que para hacerme sentir bien:

—Tú, Fernando Obs, tienes más posibilidades de ser un mito que tu padre. A tener en cuenta el camino que sigues con tu discográfica, y, claro, viendo como te mazas a beber, no durarás demasiado, no. Encima, tienes cara de mito. Fíjate, Fernando, la mayoría de ellos tienen pinta de enajenados. En sus putas caras llevaban escrita la palabra *Caos*, como tú. Oh, Dios Fernando, ¿por qué no me avisas? Hay clientes que no saben nada. Joder, estoy aquí, detrás de la barra, hablando contigo, ¡y no me dices que me está viniendo la regla por la nariz!

Invictus se largó de nuevo al lavabo. Me quedé mirando al Rey Lagarto y le dije:

—¿Yo un mito? Me niego a reconocerlo, Jim.

Puede que tenga cara de enajenado, pero no soy nada más que el hijo del protagonista, algo así como el cicerone de este libro que ustedes tienen en sus manos, abierto de piernas, frente a sus ojos libidinosos. Ni siquiera me considero una persona, sino una caricatura dibujada por un Dios menor, hasta hace un año sin rumbo consciente, un náufrago resignado a no ver tierra firme, dejándose llevar por las olas como una sepia que únicamente pretende pasar por la vida sin que nadie le moleste demasiado. Por suerte, mi creador metafísico tuvo el detalle de diseñarme como a un tipo que tiene por costumbre hacer el idiota y caer de pie como los gatos. No lo intenten en casa, es algo innato. He vivido de rentas desde la pubertad hasta ahora, sin ningún tipo de control parental, acompañado únicamente por mi hermano Austin, quien, aparte de sus extraños síntomas, es adicto a las chuflas, y mi hermana Hellen, actualmente desaparecida con el camello marroquí que le pasaba las chuflas a mi hermano.

Debido a la incapacidad de nuestros padres de cuidarnos, tanto de manera física como espiritual, ninguno de los tres hermanos fuimos escolarizados de manera ortodoxa. Vivimos como reyes humildes con el dinero que nos dejaron, aprendimos a tocar instrumentos musicales de forma autodidacta y para matar el tiempo, leímos sin orden ni cuartel, desde catálogos de camisetas a toda la bibliografía de Aldous Huxley. Fuimos de concierto en concierto, de bar en bar, de burdel en burdel (Austin y yo) autoesculpiéndonos, como le gustaba decir a la libertaria de mamá, cada hermano con su estilo particular. Cuando se nos acabó el dinero, Hellen se buscó la vida como «modelo», junto al marroquí reconvertido en «mánager». Austin empezó a trabajar en empleos de poca monta, mientras que servidor se planteó si sería oportuno trabajar en algo que, para diferenciarme de la mayoría de mortales, pudiera hacerme feliz, y eso pasaba por no pegar demasiado el huevo. Me pasé días tocando el piano eléctrico que dejó papá en casa, o mirando por la ventana buscando algo así como una inspiración divina mientras me rascaba la entrepierna con cara de místico; sin embargo, por culpa de mi vecina exhibicionista, fui incapaz de pensar en nada más original que hacerle un megabukake a distancia, una cortina de semen que hiciera una especie de arcoíris en el cielo y fuera a parar al edificio de enfrente, concretamente a su boca. Pero, ah, un buen día, mientras andaba buscando mi destino en la vida escuchando *Shine On You Crazy Diamond* junto a Jim, deberíamos andar por el quinceavo canuto, fui interrumpido por mi hermano Austin. Había descubierto una maleta debajo de la cama de papá, una habitación donde hacía años que no entrábamos, y no por respeto, ¡qué va!, sino por dejadez absoluta. Al cabo de treinta y seis horas estudiando profundamente su contenido —exceptuando un par de calcetines allí guardados— tuve algo así como una especie de revelación, una luminosa epifanía. Hasta entonces había despreciado la figura de papá hasta los límites y me avergonzaba de explicar a mis novias qué tipo de canciones compuso, pues no pocas veces se habían mofado de mí esas perras infames. Sin embargo, al leer por completo el diario personal de papá y tras haber escuchado los másters originales, comprendí el craso error en el que habíamos caído los tres hermanos y cómo la verdad de su arte se nos había ocultado, incluso a nosotros, sus propios hijos. Fue en aquel preciso instante cuando Morrison* me aconsejó que fuera yo quien reflotara la carrera de papá, mediante la creación de una pequeña compañía discográfica y también me recomendó que, visto que los discos ya no se venden ni dentro de los tambores de detergente, creara una empresa paralela de *management*, que era allí donde estaba el *big business*. Jim estaba inspirado. Incluso me propuso el nombre: **LA VECINA DEL ÁRTICO**.

La empresa de marras es un sociedad limitada porque está formada por servidor y otro tipo de inteligencia «limitada»: mi hermano Austin, quien pone dinero en mi compañía, tras mucho insistir por mi parte, porque es muy suyo el Austin. Yo lo llamo cariñosamente *mi accionista*, mientras él deja que me encargue de la dirección artística a regañadientes.

    Junto a Morrison, establecí el plan de aquella discográfica. Era el siguiente:
1. Fichar a bandas jóvenes con futuro.
2. Forrarme.
3. Reinvertir el dinero en la edición de un disco homenaje a la figura de papá, acompañado de un libro donde aparecería toda la verdad acerca de su vida. Oigan, edición de lujo.

Mis cálculos, como era de esperar, fueron demasiado optimistas. Hasta hace cosa de dos años, la economía de La Vecina del Ártico andaba rematadamente mal. ¡Diablos, qué ingenuo fui! Pensaba que todo empezaría a funcionar desde el primer momento, porque, si de algo sé, créanme, es de música, llevo la música en las putas venas, la he mamado tanto como un becerro a su mamá

---

*Nota del editor: Es bastante probable que un tipo que habla con el espectro de Jim Morrison tenga serios problemas para llevar un negocio, cuando todo el mundo sabe que Jim Morrison está vivo.

vaca, la he mamado tanto como los labios de Traci Lords han succionado la polla de John Holmes. También poseo, no es por nada, el particular don de intuir antes que nadie lo que va a marcar tendencia en algunos sectores, y soy capaz de segmentar el público potencial de mis bandas entre el sector de los maduros con alma de niñato y viceversa. Pero en mis optimistas cálculos me olvidé de algo fundamental: las bandas no sólo deben tener talento, sino también actitud, es decir, de-ter-mi-na-ción. Con el paso del tiempo, y sobre todo después de haber conocido en profundidad a los miembros que conforman cada banda, definiría a los músicos de mi escudería como a unos impresentables niñatos malcriados. Algunos son unos malnacidos, y otros tantos combinan ambos elementos, malnacidos y malcriados, genética y ambiente, los muy hijos de puta. A diferencia del artista proletario que era mi padre, la nueva generación de músicos que he conocido pertenece en su mayoría al cuadro de pequeños burgueses depresivos. De hecho, muchas veces tengo más fe en su banda que ¡ellos mismos! Créanme. Casi todos se muestran con el mundo afectivamente hurańos, o muestran conductas imprevisibles. Tal y como aseguraba mi abuela cuando hablaba de los hombres que había conocido en su vida, «Quien no tiene un pero, tiene un poro». Eso sí. Casi todos tienen como común denominador mostrarse con un ego jupiteriano, totalmente desproporcionado con respecto a su verdadero talento, aunque de puertas para adentro sufren de una contradictoria falta de autoestima. Todos, excepto una banda, me dieron y me siguen dando pérdidas. Me encantaría contarles por qué la mayoría de discos que he publicado han entrado directamente en el número 1 de la lista de Antiventas. Como mínimo, concluirían pensando que lo mío es para darme la Creu de Sant Jordi ex aequo al empresario más pertinaz y con menos capacidad de gestionar los recursos humanos de la historia. Por otro lado —no todo iba a ser malo— me había ganado entre los músicos la fama de luchador, un irreductible, un romántico de la música y, por encima de todo, una especie de padre protector para todos ellos, lo que en el Renacimiento era conocido como un mecenas. Un mecenas de hijos de mala madre aprovechados. Un bendito imbécil.

Pero ya les he dicho que siempre caigo de pie. Efectivamente, una de mis bandas triunfó, aunque no fuera de una manera ortodoxa. Se llaman (o más bien llamaban) Spandau Látex. Con esos mequetrefes *gayers* andaba muy ilusionado desde que escuché aquella maqueta grabada en malas condiciones, de hecho pensé que iba a recuperar las pérdidas que habían generado el resto de mis bandas. Diablos, esos Spandau Látex eran una maldita máquina de *hits*, pasaron por delante de otras bandas más veteranas de mi sello, era imposible que aquel caramelo no se convirtiera en la niña de mis ojos.

Joder con la niña de mis ojos.

El dúo estaba conformado por un par de personajes muy temperamentales, histriónicos y caprichosos. Sus nombres reales los desconocí hasta mucho tiempo después, se lo prometo, lo único que me reconocieron en nuestra primera cita es que eran actores porno gays de origen bielorruso. Nunca he sabido a ciencia cierta qué diferencia hay entre un ruso y un bielorruso. La cuestión es que los tipos me dijeron que estaban hartos del porno, sobre todo después de que escribieran un guión que fue rechazado por la mafia, ni más ni menos que un *remake* de *Blade Runner* ubicado en una metrópoli únicamente poblada por pavos salidos, donde habían eliminado a Pris y Rachael y las habían sustituido por dos filipinos sin ropa, y donde el replicante interpretado por Rutger Hauer cambiaba la famosa frase de «*Y todo se perderá, como lágrimas en la lluvia*» por otra cuyo contenido no les explicaré de lo desagradable que era. *Blade Gayer* se llamaba, pero los productores albanokosovares le dieron carpetazo y les conminaron a pensar menos y dilatar más. Fuera como fuere, la cuestión es que aquel extraño dúo de actores porno con inquietudes tenía una cuenta que saldar con la mafia que los había traído al país, creo recordar que les quedaban unas cuatro películas más que hacer por amor al arte. De escondidas a su entorno mafioso, habían decidido juntar sus talentos en otra disciplina artística que no pasara por tener que darse por el saco frente a una cámara. Quizás, si triunfaban, podrían saldar sus deudas con aquellos gordos rapados sin tener que verse el resto de sus vidas vestidos de cowboy en millones de páginas web. Para que sus capos no se enteraran de su doble vida como músicos, habían ideado una puesta en escena semejante a la de los Kiss, incluso me enseñaron los diseños de lo que iba a ser su indumentaria, confeccionada con látex blanco y con una especie de artilugios que no dejaban ver del todo bien sus jetos.

SPANDAU_LATEX

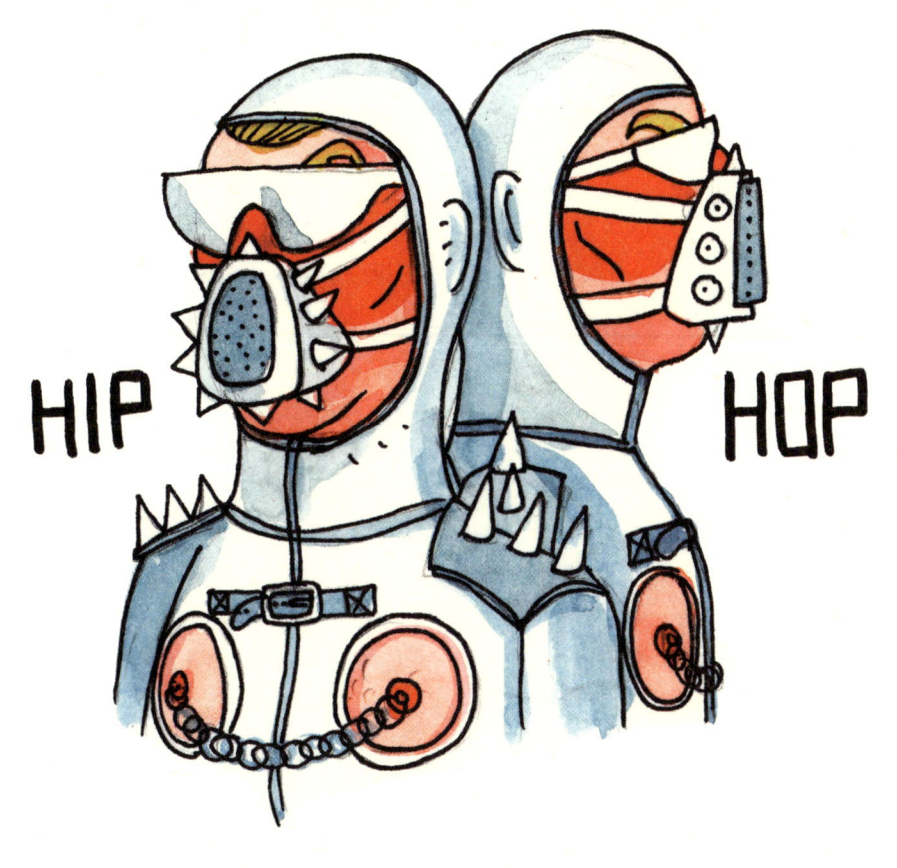

HIP   HOP

De hecho, llevaban tan en secreto sus identidades que se negaron a firmar el contrato discográfico, decían que todo era cuestión de confianza, aquellos sarasas, aunque la pura verdad es que los albanokosovares les tenían retenidos los pasaportes. El dúo escondía su identidad bajo los seudónimos de Hip y Hop. Seis meses después de ficharlos, pasé de considerarles como un par de tipos sensibles a llamarles «maldito dúo de invertidos cuyo objetivo en la vida no es otro que succionar todos mis ahorros». Me empeñé, a medida que conocí en profundidad sus caracteres y conforme me iban decepcionando con sus continuas pamplinas, en centrarme en la valía de sus canciones, hasta llegar al cenit final de aquel despropósito de banda. Sucedió hace año y medio, cuando me pidieron grabar en un estudio de San Francisco. Ochenta mil euros, eso sin contar el diseño de los trajes, un auténtico disparate que acepté pese a los gritos de mi hermano Austin. De hecho, y como me había quedado pelado con el resto de bandas, me vi en la desagradable tesitura de pedir cuarenta mil euros a Cofidis, ni más ni menos, todo para que la joya de la corona estuviera a gusto en mi compañía y ni se les pasara por la cabeza la idea de fichar por una multinacional, sobre todo por mis enemigos de Valons Music. Por lo visto, aquel estudio americano, según Hip, tenía los mejores micrófonos de válvulas del planeta, y si queríamos realmente exportar el disco de los Spandau Látex por Europa y Estados Unidos, la voz de Hop tenía que sonar profunda y cálida como la del cantante de Depeche Mode, ese ejemplo me pusieron ni más ni menos. El disco quedó fetén, de eso no me quejo, pero mi decepción fue mayúscula cuando me enteré de que Hip y Hop se habían tirado del moco y habían grabado su disco en el *loft* de Sitges donde vivían, en una de las tantas casas vacías que poseía el capo de la mafia del porno. Descubrí el pastel porque los muy imbéciles me dieron la llave para que les regara las plantas durante su estancia en San Francisco. Por algún despiste de uno de los dos —seguramente de Hip—, se habían dejado la puerta del garaje subterráneo abierta. Al entrar, descubrí que habían usado el presupuesto para montar un miniestudio de grabación casero, y con el noventa por ciento del dinero que yo les di de mi puto bolsillo habían decidido hacer el disco en aquel garaje, saldar sus cuentas con la mafia albanokosovar, recuperar sus pasaportes y, con el dinero restante, darse una vuelta por San Francisco, supuse que para practicar la sodomía con otros hombres depilados sin cámaras de por medio, por puro vicio, gracias, claro está, a mi «mecenazgo incondicional».

Malditos cagones hijos de puta. Cómo me habían tomado el pelo. Iba a caparles cuando, en aquel garaje, encendí el ordenador. A la primera escucha ya andaba completamente enganchado a sus canciones, así que les perdoné aquella inhumana traición y, al llegar a casa, escribí, movido por el corazón y el convencimiento, una nota de prensa para presentarlos a los medios de comunicación que decía algo así como «*Los nuevos Postal Service, pero esta vez, de Barcelona. Evocando a los más inspiradores Divine Comedy mezclados con techno surf down folk tempo, el disco es una celebración de hits festivalmente arreglados. Cada sutil línea melódica o inesperado giro de secuenciador que nos* *propone este dúo de identidad misteriosa estimula todos tus hemisferios,* a la vez, en un poliorgasmo centelleante*». Al regreso de su supuesta grabación en San Francisco ya me estaba arrepintiendo sobremanera de aquella laudatoria presentación. Y es que, a una semana del lanzamiento, Hip decidió dejar a Hop, y Hop, despechado, optó por largarse a Tailandia para buscar sosiego en su alma. Ambos dejaron el proyecto de los Spandau Látex pospuesto sine díe, y me dejaron en la triste tesitura de tener que sacar un disco al mercado sin el apoyo de los más interesados y, lo que era peor, teniendo que dar cuentas al tipo canoso del anuncio de Cofidis. Así pues, no es de extrañar que cuando me anunciaron su ruptura me diera un ataque de histeria. Les dije: «Pero, rediós, ¿cómo se os ocurre separaros una semana antes del lanzamiento de vuestro puto primer disco? ¿De qué coño vais? ¿Quién va a hacer las entrevistas? Y lo que es peor, cabrones, ¿cómo coño voy a recuperar el dinero que he invertido en vuestra cursilada de grupo?». «Con toda franqueza, querido, eso no me importa. Hay cosas más importantes en la vida que la música, a ver si te enteras de una vez», dijo un despechado Hop mientras hacía las maletas. «Serás hijo de puta, Hop». «No. El hijo de puta es Hip». A mí todo eso me olía a puro teatro. Hip se despidió, diciéndome: «Date un abrazo, querido, date un abrazo y cálmate».

Cuando Austin llegó a casa me sorprendió en el comedor, completamente pillado, mirando a un punto concreto de la pared, abrazado a mí mismo. Separó mis brazos agarrotados, y, como preso de una intuición canina, me apretó los huevos y me preguntó, directamente, qué había pasado con el coño de los Spandau Látex. Con sus manos en mis huevos apenas podía hablar, así que gemí, eso sí, con mucho carácter. «Se han separaooo». Entonces Austin, como tenía una mano libre, me asió del cuello y me levantó veinte centímetros del suelo. «Te lo dije, maldito cabrón, te lo dije». Lo cierto es que mi hermano, un descerebrado homófobo, un tarado de quinta galería, pero poseedor de una increíble intuición, ya me lo había advertido justo el día en que le presenté al dúo en la oficina. Pues no era nadie el Austin. Sus palabras no fueron, precisa-

---

*Nota del editor: Tenemos un par de hemisferios, que yo sepa. Empleando «todos» da la impresión de que tenemos una docena. Muy mal por el autor.

mente, lindezas: «Oídme, empuja-mierdas. No me gusta nada vuestra música ni mucho menos vuestras pintas, que conste que esto es una apuesta personal de Fernando, pero os aviso. Apartaros el flequillo para ver bien, porque si vuestros sucios rabos se equivocan de objetivo, es decir, si dais por el culo a nuestra discográfica, no habrá lugar donde os podáis esconder de la ira de mi cipote justiciero. Y mi cipote justiciero viene con *gadgets dolorosos*. Aviso». Me pareció terriblemente desafortunado aquel comentario. Ahora pienso que lo que me hicieron aquellos malditos Hip y Hop es mucho peor, ya que, por culpa de aquella caprichosa separación, tenía un palé de cinco mil discos en casa repletos de polvo y no sabía qué hacer con ellos, acaso venderlos como cortapizzas. La última vez que hablé con ellos les increpé de muy malos modos: «Cuando arregléis vuestras diferencias quizás vuestro estilo haya caducado, o qué diablos, ¡quizás el Homo Sapiens como tal habrá mutado! ¡Ojalá Satanás os martirice con rayos maricas!».

Una semana después recibí una llamada. Andaba enfrascado en un inacabado libro sobre mi mala suerte. Exactamente por el siguiente párrafo: «*Oigan. Háganme un favor. No pretendan conocer a sus ídolos, es mala idea, muy mala idea. Disfruten con su talento y nunca olviden que no es necesario que un genio sea buena persona. Spandau Látex es un gran ejemplo. Ah, y un consejo a todos los empresarios del mundo del espectáculo. Examinen concienzudamente el grado de implicación de un artista, incluso antes que su talento. Lo importante es el compromiso. De no ser así, se lo aseguro, lo van a flipar*», cuando una llamada de teléfono me cortó la inspiración. Era Hip. «¿Ya te has dado un abrazooo?» me dijo. Se había reunido con Hop en Tailandia. Por lo visto, quería que fuera el primero en saber que Hip había aceptado, por fin, que Hop se operara en ese país para convertirse en el primer actor porno con pinta de jugador de rugby y los senos más grandes de toda Europa, algo así me dijo, no lo entendí muy bien, lo cierto es que me sonó un pelín contradictorio.* Y también aprovechó para decirme que se habían reconciliado. Pardillo de mí, lo primero que le dije después de felicitarles era que tendríamos que rediseñar el traje de Hop para ponerle más escote. «Te confundes, querido. Hemos estado pensando y tene-

---

*Nota del editor: También es algo contradictorio que llevemos unas cuantas páginas y el protagonista siga haciéndose esperar. No me gusta la gente que llega tarde, pero debo confesar que en un libro nunca me había pasado.

mos varios guiones de pelis porno. Gracias a ti, Fernando, las podremos grabar con nuestra propia productora. Tú no sabes lo que vamos a ganar cuando me opere, nada que ver con tener un dúo de música petarda. Por cierto, eres un buen chico Fernando, nunca lo olvides. Ah, y no nos busques. Muchas, muchas gracias por ser tan imbécil». No tuve tiempo de contestarles, de hecho llamaban desde una cabina a cobro revertido, los muy invertidos.

Aquella misma tarde se estrellaron contra un camión de bebidas en las afueras de Bangkok. Perecieron al instante, ahogados por miles de litros de Tai Cola, según la nota que dejó en su Facebook el director de las películas, donde durante unos días apareció como avatar un pene con un crespón negro. Doce horas después, Austin, Jim y servidor nos encontrábamos, arruinados y del todo ciegos, en el Aro Sacro. Justo cuando pensábamos inmolarnos, el Rey Lagarto me dijo:

—Oye, tío mierdas. ¿Alguien, excepto vosotros, tiene noticia de la verdadera identidad de Hip y Hop?

La cabeza me daba vueltas sobre el eje de mi cuello, pero fui capaz de contestar con un «do». Luego Jim me preguntó si tenía las llaves del *loft*, y si podíamos acercarnos alguna noche por allí en una furgoneta alquilada. No era capaz de leer sus intenciones, pero le hice caso. Al día siguiente, los tres entramos en aquella especie de chalet y nos llevamos todos los sintetizadores, ordenadores y los diseños de sus trajes, así como un par de cajas de lubricante anal que cogió Austin mientras me decía: «¡Eh! ¿Qué pasa? Nunca se sabe». De camino a Barcelona, Jim miraba por la ventana y no paraba de cantar otro tema que había descubierto recientemente:

—¡*Bulería, buleríaaa*!

Una semana después, los nuevos Hip y Hop se presentaban al mundo.

No fue difícil imitar sus temas. De hecho, la mayoría de sus canciones eran un conjunto de *samplers* y pregrabados mezclados, eso sí, con su particular gracejo e intuición melódica, digna de los mejores Abba. Tanto Austin como yo, educados desde nuestra más tierna infancia en un ambiente musical, nos limitamos a sonsacar la información de los ordenadores e interpretar el papel de estrellas del techno. Las voces, de estilo robótico, fueron fácilmente copiables. Los hermanos Obs pactamos los roles de cada uno. Yo sería Hip, cantante, y Austin interpretaría al misterioso y taciturno Hop, imitando el proceder del teclista de los Pet Shop Boys. Jim Morrison, por cierto, vino algún día a mi casa para perfeccionar mis dotes como cantante y comunicador. «No olvides el Mojo». También encargamos los trajes de látex y nos hicimos unas cuantas fotografías de promoción, y para no dejar testigos, le rogué a Mr. Morrison que tuviera el detalle de apretar el clic. El muy estrellita se negó, así que optamos por el disparador automático.

Hay fotos que no tienen desperdicio.*

El disco se dio a conocer mediante varias plataformas de Internet. A los quince días, el volumen de descargas empezó a crecer de manera exponencial. Las ventas de discos físicos fueron otro cantar, pero el caso es que empezaron a llovernos ofertas de todos los rincones del mundo para presentar aquel disco en directo. Austin odiaba la música de aquellos tipos, por no mencionar aquel traje de látex que le oprimía su barriga, diablos, mi hermanito no paró de decirme durante los primeros días que con esas pintas dejábamos a Robin a la altura de un peludo taxista de Marsella, pero, ah, ¡qué pronto se le pasaron sus prejuicios de homófobo, tanta tontería!, exactamente desde la primera *groupie* que se benefició, de pie, en un Poly Klyn de color infame en el Festival Electro Total de Quintanar de Pajares. Luego cayeron rendidas el resto de ciudades, como objetivos de una invasión: Barcelona, Roma, Luxemburgo, Múnich, Londres, Nueva York. Entrevistas a los supuestos Hip y Hop, siempre telefónicas u ocasionalmente frente a las cámaras de televisión, ocultos cual comadrejas tras nuestras máscaras. Presentaciones de Spandau Látex en programas de máxima audiencia, inclusión de algunos temas en bandas sonoras, crítica brutal de la revista *Pitchfork*, y, por supuesto, *groupies, groupies* y más *groupies*, y consumir drogas de todos los colores como si no hubiera mañana, diablos, aquello fue un total despipote. De hecho, amortizamos la deuda contraída en cuestión de meses, menudo bombazo. Un año después del lanzamiento de «Two Misterious Lovers» habíamos ganado tres millones de euros y nos habíamos acostado con igual número de mujeres. Bueno, quizás exagero.

---

*Nota del editor: Es cierto. Yo he tenido la oportunidad de ver esas fotos y Austin no se cree el personaje, pero, examinando todas las fotos de mis DNI, creo que me sucede lo mismo.

El único problema, sobre todo para Austin, era no poderse quitar en público el traje bajo ninguna circunstancia, y, por encima de todo, el acoso de algunos fans de la acera de enfrente. La situación se puso peliaguda en un concierto privado, en la embajada española de Tokio. Tras nuestro minirecital, uno de aquellos jóvenes japoneses manga-gay, ultra fan del dúo y que respondía al nombre de Mika Rate Suena,* se puso muy pesado con Austin. Con la mismísima voz de Bugs Bunny, le dijo: «Yo ché un poco de epañó. Ya velás. Me gutalía que tú, llevalme a mí, a tu habitazión. Tengo yenes. Muchos. A tutiplé. Muchos. Yenes. Va. Cóle. Estlellita. Que toles más altas han caído». Y se lo dijo precisamente a mi hermano, sonriendo, con los ojos muy rasgados y vestido como una especie de *ciberpunk* grotesco, mientras que Austin, enfundado en aquel traje de látex que tanto detestaba, le contestó: «Esta sí que es buena. ¿Me lo estás diciendo a mí? ¿Y cómo se supone que tengo que llamarte? ¿Susana o Sushi? Si quieres que vayamos a mi habitación, un poco de calentamiento no nos iría mal».

*Nota del editor: Estimados japoneses. Si le ponéis a vuestro hijo Mika (Bella Flor), no os quejéis de su evolución en la pubertad, lo mismo que a una chica llamada Yukiko (Hija de la nieve) no se le tendría que ofrecer droga.

Se lo pueden imaginar. La sarta de hostias que le dio al escuálido nipón fue un tanto exagerada. Al final de la paliza Austin había dejado al chico postrado en una esquina del hall, en el piso 43 de aquel rascacielos, en máxima posición fetal, cubriéndose con una mano su cara amoratada. Escupía sangre como un toro agonizante, mientras con la otra mano protegía lo que quedaba de sus testículos. Era un japonés dantesco. Parecía que le hubiera atacado un rottweiler hasta arriba de crack.

La historia se complicó por momentos. Por lo visto, aquel joven amarillo era ni más ni menos que el hijo de un alto mandatario del gobierno japonés. Entre un tumulto de niponas chillando y con lágrimas en sus rasgados ojos, llegó la policía. Nos detuvieron y nos encarcelaron. Doce horas después, la Yakuza, mafia local amarilla y por lo visto enemiga acérrima del padre del niño, nos agradeció la paliza y nos sacó de allí para colarnos en un avión privado que nos dejó, eso sí, tirados en Berlín.

A nuestro regreso a Barcelona nos dimos cuenta de que la noticia se había expandido por toda la red. Hice caso de los consejos de mi amigo Jimbo. Era conveniente correr un tupido velo, dejar que las aguas volvieran a su cauce. Pero, en cierto modo, nos habíamos enganchado a todo ese rollo de ser misteriosamente populares. No lo voy a negar, gozábamos a lo sumo de los rumores que circulaban por Internet acerca de nuestra verdadera identidad, la lástima siempre radica en ese 1% de fans obsesivos, que, a partir de entonces, pusieron todo su empeño en retroalimentar no pocas leyendas urbanas acerca de los Spandau Látex, como por ejemplo, que en cada ciudad con playa pedíamos una terraza privada de hotel provista de una piscina hinchable lo suficientemente grande como para albergar un delfín en su interior, un simpático mamífero al que, después de nuestros conciertos, acostumbrábamos a violar. Tamaña estupidez fue expandida por un tal B.L., una especie de Pérez Hilton *underground*, un tipo anónimo que, en ciertas plataformas internautas, empezó a dar la murga con burradas del estilo. Austin, Jimbo y yo nos reíamos hasta decir basta, de hecho Jimbo nos contestó que la mitad de leyendas que circulaban sobre su persona eran auténticas sandeces. Pero ese cabrón de B.L. no era un tipo al que ignorar. Un buen día, empezó a señalarnos con su maldito dedo, asegurando que mi hermano Austin y servidor éramos los verdaderos rostros de los Spandau Látex. Por culpa de aquel malnacido tuvimos que negar oficialmente el rumor, argumentando que las verdaderas identidades de Hip y Hop debían de ser guardadas por su discográfica como el tercer misterio de Fátima, y porque, a fin de cuentas, era decisión de los artistas mantenerse en el anonimato, de la misma manera que nadie conoce quién anda debajo de los disfraces de los Residents. No sabíamos qué hacer con la banda, si continuar con otro disco o anunciar la separación definitiva. La segunda opción ganaba por paliza. Nosotros sabíamos tocar el piano desde pequeños, pero el don de la composición nos había sido negado, o quizás la biografía de papá eliminó cualquier resquicio de creatividad, teniendo en cuenta su fracaso. La idea de otro disco era inviable. Joder, teníamos tres millones de euros, más que suficiente para editar el libro homenaje a nuestro padre y pasarnos una buena temporada tirados en el sofá. Era momento de retirarse. Austin me miró con esos ojos de canario inexpresivo:

—Parece ser que no lo entiendes, pasmado. Si nos retiramos, dejo de follar, y lo que es peor, de dar palizas. Ser estrella de rock es de los únicos oficios en los que se acepta dar palizas. Y dar palizas mola. Dar palizas mola mucho. Hazlo como quieras, pero Spandau Látex tiene que continuar.

Flipé con Austin.

—La avaricia rompe el saco —le dije.

—Si la avaricia rompe el saco, cómprate otro, chaval.

4. Barry Lete and The Monguis
Aro Sacro - Actualidad

En semejantes debates andábamos cuando nos llegó la noticia de que el chico nipón había quedado parcialmente desfigurado y que había perdido un testículo, órgano minimal y rasurado al que sus padres, Nozomi y Kaori, lanzaron al mar dentro de un pequeño ataúd que no era otra cosa que el envase de un Kinder Surprise. Al cabo de dos días nos llegó la citación judicial, una carta escrita con el mismo alfabeto que sale en los créditos de *Doraemon* y, abajo, una traducción cutre al castellano. Nos veíamos en la desagradable tesitura de regresar a Tokio para acudir al tribunal donde se nos había citado, de nuevo enfundados en aquellos malditos trajes y lo peor es que habíamos engordado. La simple idea nos erizaba el vello. En un tribunal no hay personajes ficticios que valgan, de hecho los medios de comunicación no hubieran tardado ni dos minutos en descubrir al mundo los nombres de Fernando y Austin Obs, y si tiraban del hilo, tarde o temprano saldría lo de los muertos. Aquello era impensable, así que propusimos al abogado del japonés monohuevo la opción de llegar a un acuerdo sin necesidad de movernos de Barcelona. Viendo que nos encontrábamos en clara inferioridad coyuntural, el abogado Tora Chikushōme* nos chupó la sangre. Vaya si lo hizo. Si quieren saber lo que cuesta partirle la cara a un Tanaka y dejarle sin un huevo, les diré que el montante asciende a dos millones novecientos cincuenta mil euros. Nos quedó, tras dos años trabajados, poca cosa, la calderilla de lo que había sido una fortuna, todo por culpa del iracundo carácter de mi hermano. Ya estaba acostumbrado. El dinero llegaba a mi vida de la misma manera que desaparecía.

*Nota del editor: Tora Chikushōme se traduciría al castellano como «Tigre Cabrón». Imaginen que les llega una querella firmada por un tipo llamado Antón Tigre Cabrón. Y que es el abogado de la parte contraria.

Eso sí, las experiencias adquiridas como Hip y Hop quedarán para siempre en nuestras memorias onanistas.

Una vez solucionado el conflicto con «Bella Flor» y con cincuenta mil euros todavía en el banco, pensamos que podríamos respirar tranquilos, pero a pesar del repentino silencio de los Spandau Látex, los rumores sobre la identidad del dúo fueron creciendo. Yo consideraba que aquel dinero, ganado mediante una flagrante usurpación de identidad, compensaba mínimamente el engaño que nos infligieron aquellos «artistas». Sin ir más lejos, estuvimos a punto de aceptar una veintena de conciertos más por toda China, país donde la noticia de la paliza al «Bella Flor» japonés fue muy bien recibida. No. Ni siquiera podíamos considerar aquellas amables ofertas. Día tras día, notaba los rumores hinchándose como un *soufflé*. Había que sacar a los Spandau Látex del horno antes de que explotara, olvidar el tema de China y zanjar el asunto de manera tajante. Tenía mucho miedo, entré en barrena, estaba completamente paranoico con la posibilidad de que el mundo se enterase del percal, por las noches soñaba con los Milli Vanilli insultándome y dándome de piños mientras me decían que lo suyo no era ni de lejos tan grave como lo nuestro, joder, los Milli Vanilli no se habían hecho pasar por un par de fiambres y les había caído la del pulpo.

Sin consultarle a Austin, emití un escueto comunicado desde mi habitación informando a los medios de la separación definitiva de los Spandau Látex. Hip había ingresado como monje en el Tíbet y, para simular un cierto enfado, añadí que Hop se había largado al puto Amazonas para buscar un brujo que le pudiera curar de su neurosis depresiva y, de paso, un potaje de chamán que pudiera matar a sus voraces ladillas asesinas.

Cuando mi hermano tuvo noticia del comunicado, destrozó una pared con las manos, momento en el que creí oportuno contarle lo de la carta de la SGAE. Efectivamente. Nos había llegado una multa de la Sociedad de Autores por la fabricación ilícita del disco de los Spandau Látex en Ucrania. ¿Adivinan el montante? Treinta mil euros, los mismos que hicieron entrar en crisis paranoicas a mi hermano Austin en el restaurante pakistaní. Cuando leí el importe me dije: «Ole tus huevos, chaval, estás que te sales». Éramos, oficialmente, pobres.*

---

*Nota del editor: Siempre se habla acerca de los nuevos ricos. Pero… ¿Y los nuevos pobres? ¿Acaso no existe ese concepto? ¿Hoy en día? No me lo puedo creer.

Horas más tarde del *affaire* en el restaurante paquistaní, y aconsejado por Jim, me encuentro de nuevo en el Aro Sacro, escondido en mi esquina particular, desahogando mi ira mediante la escritura. Ahora mismo estoy ordenando con un Bic de color verde unos apuntes para entregarle al futuro biógrafo de mi padre, pero al no tener folios a manos, estoy usando servilletas. Voy por la página 17 de su vida y milagros.

Pero como sucede cada santa noche, vuelvo a ser interrumpido.
 Increpado.
 Atosigado.
 Por uno de ellos. Otro maldito pesado. Jim siempre me lo dice: «La experiencia te demuestra que los malos rollos no finalizan a tu voluntad, incluso después de una reconciliación uno puede notar que aún está pasando la cola del cometa. Baby». Y es que, a estas horas de la película, los rumores siguen

estando ahí, alimentados por el pesado de B.L., esa especie de *stalker*, mi pesadilla personal, mi Némesis cibernético, mi Moriarty particular. Gracias a su desinteresada colaboración en todo tipo de foros, B.L. sigue retroalimentando el rumor de que los hermanos Obs somos los Spandau Látex, incluso ha creado una página web llamada *Conspiranoics* donde hay un apartado llamado «Jim Morrison vive en Barcelona» y «Hip y Hop Case». Todo el mundo perteneciente a la escena ha entrado en esa maldita página alguna que otra vez, como supongo que lo ha hecho el personaje que llama insistentemente a mi espalda y al que intento ignorar. Creo que lo único que me salva de la unánime acusación popular es la propia naturaleza hiperbólica de aquel internauta misterioso. En su página web queda manifiesta la idiotez de ese mierdas anónimo al que su papá le debe haber comprado un tecladito de Apple de última generación. Sus ideas son propias de un *nerd* con demasiado tiempo libre, ya que mezcla suposiciones reales con auténticas teorías de conspiranoico sin ningún tipo de rigor científico, como la historia de amor de Kennedy con una gallina. Es de aquellos tipos que, simplemente, se autodescarta como una fuente de información fiable al soltar leyendas urbanas como quien lanza mierda con un ventilador. Pero las consecuencias de sus escritos las sufro de manera intermitente, cuando, de vez en cuando, en el Aro Sacro, alguien me da un toque en la espalda y al girarme me encuentro con seres de la más variada fauna. Esta vez me adelanto a los acontecimientos y, sin mirar la cara de mi acosador, le digo:

—Es cierto, soy Hip. Y ¿sabes quién es Hop? Pues tu puta madre.
—No, no, no quería decirle eso, se, se, señor. Tengo una banda.

Finalmente, giro mi cabeza hacia él, como la niña de *El exorcista*. Otro músico, otro dolor de cabeza. ¿Sus intenciones? Seguramente va a implorarme que escuche su maqueta. Esta vez el impertinente en cuestión es un pobre desgraciado gordinflón. Escaneo. Pelo rapado al uno, con tupé incorporado. Por la parte posterior aún puede apreciarse el claro capilar que en otros tiempos conformaría una coronilla de fraile. Patillas de primate, algunas canas. Sus gafas de pasta negras, mal calibradas, haciendo slalom por su tabique. Camiseta de Parálisis Permanente manchada de mostaza justo encima de la cara de Ana Curra. Tiene apariencia de eterno becario de periodismo y de tener pocos amigos, excepto su libro de Nietzsche y sus vinilos de coleccionista donde se encuentran un par de los Jesus and Mary Chain y «The Queen is Dead» de los Smiths. A bote pronto, las primeras palabras que surgen de mi mente al repasarlo son «onanismo» y «sobacón». Diagnóstico: mal de los nervios. Un ser así de poco prometedor reclama mi atención mediante un violento toque en mi espalda. Mi reacción es nula, esperando que el tipo desista en su empeño por tocarme los cojones. Entonces, el chico aparta mis labios del inminente remojón con sus blancas y peludas manos, y con una decisión y aplomo bastante fuera de lo común —diríase que había ensayado su entrada varias veces— ha tartamudeado:

—¿Me firma un autógrafo, señor Obs? —Y añade—: Para fardar delante de mis amigos, porque quiero, que sepa, que yo, que bien, que pienso, que quizás usted, y toda su familia, serán considerados, en breve, como tres de los mitos más sagrados del *andergráaund* más *andergráaund* de este país, porque el clan de los Obs es extraño donde los haya.

Hay personas que funcionan como imanes de gente rara. Uno de ellos, está claro, soy yo.

—¡Oh, señor, algún día harán tesis universitarias que loarán las ge, ge, ge, gestas de su compañía! Esa manera de jugársela continuamente es tan, tan, admi…rable. Lo adoro.

Tomo aire. Ya veo que esta noche el pesado de turno es un tipo algo sumiso con problemas de dicción. Por si su tartajeo demencial no fuera suficiente, esta halitosis que desprende su boca, como el vapor que surge de un dragón con úlcera, me noquea los sentidos y provoca en mi psique visiones apocalípticas. Le pregunto cómo se llama, y sobre todo, qué quiere de mí aquel ser del infierno. También le advierto que no soy homosexual,* bueno, como mínimo, hasta la fecha. Que tenga tanta mala pata con las mujeres no significa que me haya rendido, y mucho menos que esté dispuesto a ser besado por un tipo cuya boca huele como el ojete de una vieja. Barry toma aire: «Me llamo Juan Campós. Pero mi nombre artístico es Barry Lete. Y no he venido aquí a ti, ti, tirarle los trastos».

Empiezo a ir bastante borracho. Siempre que me mazo a beber, pierdo el filtro de la diplomacia. Como le paso un palmo, lo agarro por el cráneo como si mis manos estuvieran a punto de reventar un balón y le examino sus folículos pilosos, tal y como hacen las monas con sus crías:

—Te estás quedando calvo, Barry Lete. Tienes clapas.

—Lo. Sé. Pero quiero que, que sepa, ob, ob, obviando el desafortunado comentario acerca de mi cal, cal, calvicie intermitente, que mis hermanos, y por añadidura, casi-amigos, bajo mi actitud, a veces tildada injustamente de despótica, hemos fundado un club llamado F.O.F.O., es decir Fans Obsesionados con Fernando Obs. Y suélteme la cabeza, se lo ruego.

*Nota del editor: Y dale con los gays. ¿Pero qué le pasa a este tipo?

LAS CALVAS DE BARRY LETE

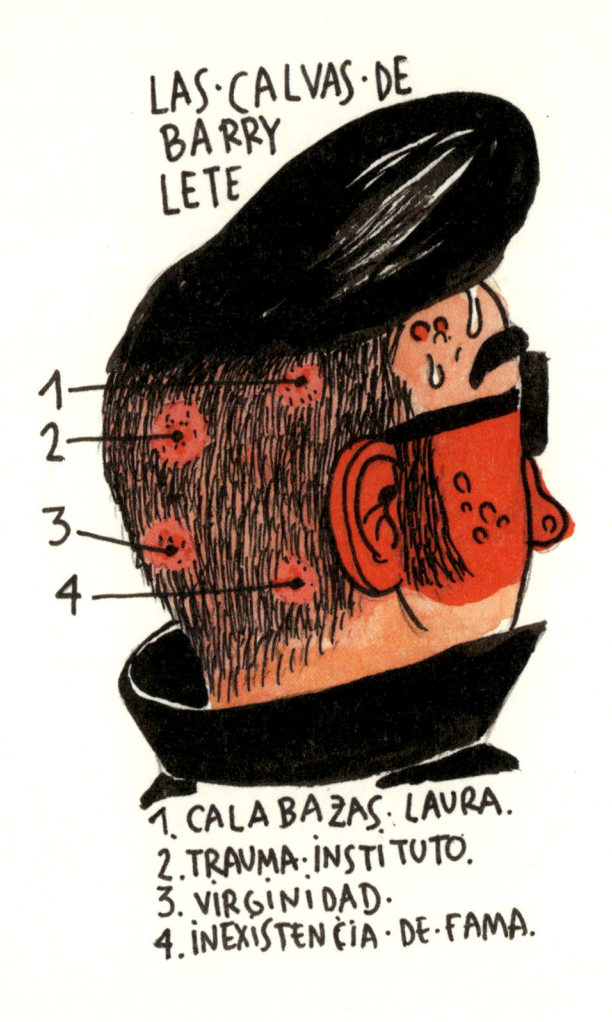

1. CALABAZAS. LAURA.
2. TRAUMA. INSTITUTO.
3. VIRGINIDAD.
4. INEXISTENCIA DE FAMA.

Un club de fans dedicado a mi persona. No puedo salir de mi asombro. Le pregunto si hay chicas en tal selecto club y el tipo me contesta que cero pelotero. Me lo suponía, iba a decirle, pero Barry se ha arrodillado ante mí, bajando aún más su cabeza alopécica júnior.

—También hemos fundado una banda de pop llamada Barry Lete and The Monguis.* ¡Sin piedad con el sistema! —En aquel momento se reincorpora de un brinco y me enseña su maqueta con un gesto fascista—. Tenemos

---

*Nota del editor: El nombre de la banda denota una clara megalomanía llevada hasta tal extremo que Barry considera al resto del grupo como unos monguis. Lo extraño es que los músicos aceptaran, pero siempre hay un roto para un descosido… y un tonto para un malnacido.

el local de ensayo en el piso de arriba de la mítica tienda de la calle Alí Bey, Freak and Company, ya sabe, la de los muñequitos de la Marvel y etcétera, entendiendo el «etcétera» como su increíble catálogo de muñecos descatalogados, valga la redundancia cacofónica.

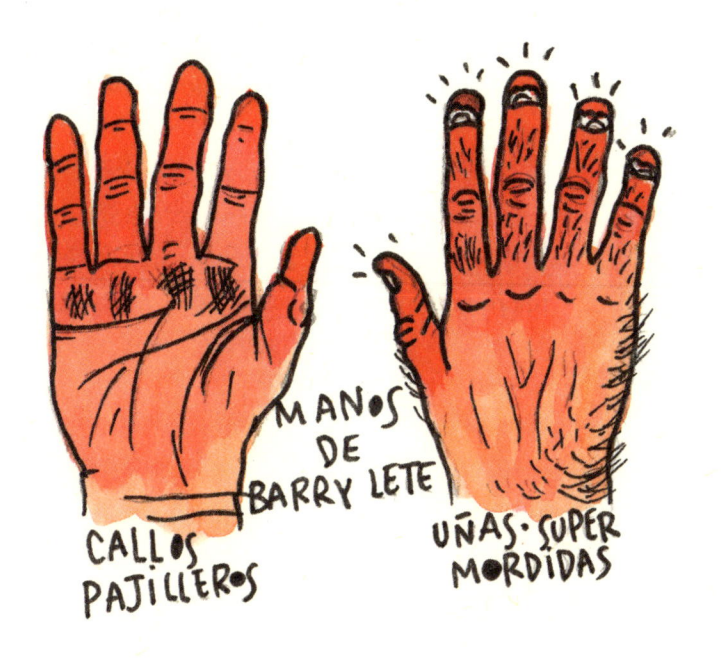

Lo vuelvo a mirar, de arriba abajo.

—Así que Barry Lete and The Monguis. Muy prometedor. Mira, amigo, acudiré a uno de vuestros ensayos en cuanto mis obligaciones con el vicio disminuyan. Ahora, si me permites, ahueca el ala, no creo que me interese tu proyecto, es más, en el caso de que así fuera, no tengo ganas de complicarme la vida con otra banda de tarados. Estoy intentando recuperarme de un bache económico que dura ya demasiado tiempo, amigo Barry, y los responsables de mi ruina han sido otros músicos como tú que llamaron a la puerta de mi oficina con tu mismo ímpetu. Tengo que descansar, Barry. La resistencia al fracaso necesita un tiempo de descanso, no sea que te acostumbres a ser un perdedor. Hay gente que se vicia con ese rollo de los antihéroes, diablos, yo no, joder, la mala suerte, de manera continuada y tras mucho tiempo esforzándote en algo, crea agujetas en el espíritu. Busco a estrellas, aunque sean *undergrounds*, pero estrellas, de aquellos que buscan el éxito como el Santo Grial, de esos tipos que son incapaces de imaginar su vida si no es subidos a un escenario. Creo que tú no cumples con semejantes requisitos. Debes andar por los cuarenta y ocho años, muy mala edad para que yo pueda cambiar tus vicios de músico frustrado.

—¡Déjeme explicarle, se lo ruego! Y tengo veintinueve años.

Barry me habla de usted y yo lo tuteo. Eso, cuando sucede, te hace sentir importante. El chico se acerca a cinco centímetros de mi oreja, apoyándose en sus zapatos mod con punta de plata, y me grita:

—¡Nuestros ensayos son como ritos iniciáticos! Creamos *performances* para nuestros directos. El nuevo espectáculo, pese a que aún no lo hemos estrenado, será la hostia, porque, porque ¿sabe? Hay una parte en la que soltamos los instrumentos, la pantalla retroproyectora se enciende y aparece su cara, señor, qué coño señor, ¡mi Mesías! Luego, tenemos pensado depilarnos el cuero cabelludo a la cera, los unos a los otros, delante del público, hasta que de nuestros poros surja un rocío bermellón, supongo que gotitas de… ya sabe, sangre. Será sólo una pequeña incisión para que luego el Gran So-Cerdote, que es mi primo segundo, tire, desde la nuca hasta la frente, con un gesto decidido. Lo hemos visto en algunas películas del Far West *gore*, tipo las que dirige Tor Fruergaard, y no parece difícil. Oiga. Ozzy Osbourne hizo cosas así, me refiero a que se ha tragado cabezas de murciélago y no le ha ido nada mal, de hecho se ha acostado con cada pibón que tira de espaldas. Usted sabe mejor que nadie que toda chica lleva una *groupie* dentro. ¿No cree, señor Obs?

Me balanceo frente a él intentando aguantar un par de eructos de una acidez tal que bien podrían perforar el suelo. Constriño mis labios y cierro los ojos. Cuando el tsunami estomacal ha cedido, le contesto, ignorando mi pasado como Hip:

—¿Me estás hablando de fans? ¡No lo sé, tío! ¿Qué coño me cuentas? Solamente una de mis bandas ha triunfado y encima se han separado, eso se lo tendrías que preguntar a Mick Jagger que hasta le hicieron un molde de su nabo —En aquellos momentos Jim Morrison sonrió maliciosamente, a mi lado—. Con toda franqueza, creo que lo primero en lo que tendría que centrarse tu banda, antes que idear *performances* disparatadas, es en componer buenas canciones, porque si Barry Lete and The Monguis es tan sólo una mediocre reunión de amigachos onanistas, te aseguro que jamás vas a tener tu camerino lleno de tipas víctimas de un inexplicable furor uterino hacia ti, por mucho que en tus jodidas *performances* te arranques el pelo como los Sioux y tengas que hacer un concierto cada seis meses.

—¡Discrepo, señor! Porque cuando me vean calvo y sangrando, todas pensarán que tengo un par de agallas bien puestas y empezarán a hablar de mí por toda Barcelona.

Recuerdo a papá y sus bailes frenéticos encima de la mesa, pensando que aquello iba a romper una repetida racha de fracasos. Lo decía con la misma fe que Barry. Entonces miro a mi nuevo amigo y le pido que no se conforme con el cuero cabelludo. Si se trata de triunfar con el sexo opuesto, le aconsejo que suba al escenario, se desnude por completo y se deje arrancar los pelos de las axilas, o del pubis, sin olvidar los que pueblan aquella zona intermedia entre su escroto y su ano, conocida como perineo. Será como solidarizarse de alguna manera con el dolor de las mujeres velludas. También le digo que, en el caso de no atraer a las féminas, a buen seguro tendrá un ejército de ciclistas que lo tomarán como a su Dios.

—Ya hice lo del perineo, señor, hace unos dos años. Pero, lamentablemente, a ese concierto simplemente acudieron cuatro Ángeles del Infierno. Sucedió en la sala Magic, a la que convertí en un pequeño teatro de varietés para la ocasión, y aquellos tipos se mofaron bastante de mí, tengo que reconocerlo. De hecho, tan sólo hubo una pequeña reseña mencionando mi depilación en la revista *Ruta 66*. Por eso le necesito.

El tipo está peor de lo que imaginaba. No puedo dejar de imaginarlo arrancándose los pelos de su triste anatomía frente a cuatro tipos barbudos y encuerados, y de repente pienso, y se lo digo en voz alta, que Barry es genial, porque es más raro que yo. Cuando uno encuentra a su IP, es decir, su Inmediato Peor, el mundo te sonríe con una carcajada. Si estás un poco desequilibrado y te encuentras cara a cara con un enajenado, piensas: «Ahá, aquí tengo un IP». Si un tipo bajito se encuentra un liliputiense dice: «Ohó, ahí va un IP». Y añado:

—En tu caso, te será difícil encontrar a tu Inmediato Peor, tendríamos que remontarnos a Charles Manson, quien a su vez no tiene IP.

—Señor —gimotea Barry— me está hundiendo en el lodo. En realidad, todo el tema de triunfar con el sexo opuesto no es la única finalidad de nuestra *performance* capilar. No sé. Molará. Será *cool*, ya sabe, diferente. Es decir, no es algo que haría un cantante melódico en un concurso televisivo.

Establezco un análisis previo de Barry y los suyos. A buen seguro que este pelmazo y sus amigotes deben ser otro grupúsculo de personas rechazadas por el resto, los engullidos por el desagüe social, las sobras que emite cualquier sistema natural, quienes se han ido uniendo con el paso del tiempo como si se trataran de pequeñas manchas de aceite flotando en el mar de la soltería, los abandonados por sus mejores amigos cuando esos traidores han rapiñado novia, los olvidados por aquel supuesto amigo del alma, sí, el mismo que les ponía al día en las últimas tendencias de las películas protagonizadas por personas que aman sin tapujos a cebras. Le digo a Barry que me parece otra de tantas víctimas del porno y sus doblajes, el mismo cupo de cada quinta, perdidos en una vorágine de soledad de lavabo o de pantalla de ordenador que les consume y enturbia la sesera. A Barry se le humedecen los ojos. Quizás me estoy cebando demasiado con mi IP. Se defiende:

—Yo quisiera más que nadie en el mundo que Barry Lete and The Monguis fuera un símbolo de ap-per-aperturismo sexual, maldita sea. Mi sueño sería llegar a convertir mi banda en un *duty free* de desviaciones, disfunciones y desarreglos hormonales y… oh, por Dios, ¡maestro! Personalmente no me como un rosco. Ni con hombres. Ni mujeres. Ni mascotas. Necesito una fémina en mi cama. O fémino. Y usted es la clave. Sé muchas cosas sobre usted, créame, Fernando, su compañía discográfica es mi esperanza y mi principal fuente de inspiración para seguir teniendo fe en…

—¿…en perder dinero a mansalva? ¡Escúchame, hijo, no te dejes llevar por los Spandau Látex! Soy un fracasado que ficha a fracasados. Por tal motivo he llegado a pensar que, siendo diplomático, si alguien piensa que estoy loco, es que me está subestimando.

—Tengo todos los discos publicados por su compañía, incluso los vinilos.

—Eso da igual. No te ofendas, pero por desgracia no hay tantos chalados como tú. Exceptuando a Hip y Hop, las ganancias de mi compañía han sido mínimas. Una flor no hace primavera, chaval. ¿De verdad quieres que tu banda ingrese en el selecto club de la *crème de la merde*? ¿Ser para siempre un proscrito?

—Señor —se pone tan firme como un recluta— ¡reto a duelo a cualquier fantoche que ose insinuar algo así con respecto a su compañía! Las bandas de su sello son independientes, y eso significa que intentan aportar a la música nacional algo más que estribillos resultones y letras de forma y contenido obvio.

—Barcelona no me quiere, Barry.

De repente, Invictus ha entrado en la conversación, empleando las formas de un mayordomo inglés.

—Bien es cierto que en el mundillo *underground* «el señor Obs» tiene fama de estrafalario. Ya sabe, esos rumores, ese binomio Fernando-Hip, le están cerrando las puertas de ese supuesto círculo virtuoso de la cultura de la ciudad, quien lo mira con absoluto recelo. Según ha llegado a mis oídos, algunos de los capos han expresado de manera abierta que el modus operandi de la discográfica de mi cliente, bebedor, y sobre todo amigo, centrado en su particular estilo de concebir el negocio, es decir, usurpando, supuestamente, identidades, es algo así como el insulto más grande infringido a los derechos de autor. Pero conozco al señor Obs. Siempre se la ha traído al pairo la opinión de esos mequetrefes gafapasta; de hecho, nunca se integrará en esa pandilla de *snobs* y, por si fuera poco, me aventuraría a asegurar que Fernando no lo desea. Es indignante pensar que mi amigo y su hermano se han hecho pasar por un par de cantantes afeminados, por cierto, con un curioso acento bielorruso. De todas maneras, es difícil integrarse en el mundillo cultural de Barcelona, incluso para un barcelonés, y lo digo yo, Invictus, nacido en este mismo barrio. Es como cuando sabes que chirrías, te lo hacen saber con la mirada esos malditos culturetas envidiosos. No es de extrañar que la discográfica de mi amigo, sobre todo a raíz del éxito de los Spandau Látex, sea vista como una tuerca que se ha colado dentro del engranaje, políticamente inofensivo, formalmente correcto y de características meramente estéticas, de la supuesta «independencia barcelonesa de principios de milenio», a la que mi amigo llama, no sin cierto rencor, «la *droîte divine*». ¿Verdad, Fernando?

Lo de «la *droîte divine*» es una definición un pelo exagerada que saqué un día muy, muy borracho en este mismo taburete. Ataco mi sexto bourbon, que acompaño con el decimoséptimo porro del día. Para que le haga caso, Barry me muestra sus heridas de guerra suicida. Un par de cicatrices en cada muñeca de la mano, un parte médico hablando de «sobredosis de Ariel ingerido a base de gárgaras espumosas» y todo ese tipo de ridículos simulacros que ejecuta un pseudo-suicida que solamente pretende llamar la atención a su entorno. Luego añade:

—Cada rechazo por parte de una discográfica o agencia de representantes me ha llevado al borde de la locura.*

Enrojezco de los nervios. Estoy harto de que el joven europeo medio se ahogue en un vaso de agua. Ahora solamente falta que me diga que Papá Estado tendría que subvencionar a los artistas. Barry ha carraspeado, y ha vuelto al ataque:

—Creo que el Estado tendría que preocuparse de los artistas como yo. Subvencionarnos, no sé, algo, porque subimos el nivel.

Hasta aquí hemos llegado.

—Tú el único nivel que subes es el del mar cuando te bañas, pasmado. ¡Maldita sea tu estampa, hijo! Hay moribundos agonizando en salas de espera, en definitiva, hay gente que lo está pasando sumamente mal, y tú pretendes que el Ministerio de Cultura subvencione tus espectáculos de pacotilla. Me repugnan los artistas derrotistas como tú. Déjame decirte algo. Mi padre, que también era artista, nunca intentó suicidarse, y mira que tuvo centenares de momentos en los cuales lo más sensato hubiera sido quitarse de en medio. ¿Entiendes? ¡*Pum*! Pues no lo hizo, porque esas cosas son las que curten a un hombre.

Jim me mira, y con el dedo me hace *fuck you*.

Desde que Barry me ha mostrado su catálogo de autolesiones, mi grado de certeza es absoluto. Doy un trago al bourbon, me incrusto un cubito de hielo en la boca, lo aprieto entre los dientes y le suelto:

—¿Cómo ze llama tu ziquiatra? Antez de ezcuchar tu múzica me guztadía zaber cuál ez tu enfegmedad, por zi la tengo repetida en mi catálogo dizcográfico.

—Caramba, señor —me suelta un atribulado Barry—. Es muy de, de, desolador, que lo asalte en un bar pidiéndole una oportunidad para entrar en su sello y que lo primero que me pida es un in, for, for, for, me de mi salud mental. Pero, si le sirve de algo, le diré el nombre de la persona que me está tratando.

---

*Nota del editor: Lo mismo digo con cada llamada del autor de esta novela.

Luego, con una expresión algo condescendiente, abre su maltrecho monedero y extrae una tarjeta con las esquinas gastadas. «Sigmund Floyd. Psiquiatra y periodista musical *trendy-casual*». De repente, su apellido me lleva muy lejos. Directamente a la infancia de mi padre. De hecho, juraría que Sigmund es hijo del decano del colegio de psicólogos, el insigne doctor Piscis Floyd, a quien, por motivos que no conviene mencionar, le debo un par de hostias. La guardo en el bolsillo interior de mi parca —la operación «búsqueda de bolsillo» es bastante complicada para un borracho— y tras conseguirlo, sonrío, miro a Barry, luego vuelvo a sonreír, lo vuelvo a mirar, vuelo a sonreír, lo vuelvo a mirar, vuelvo a sonreír. Quizás tienen razón los que escriben libros de autoayuda, ya saben, todo eso de que el universo conspira para que se realicen tus deseos. Barry me interrumpe:

—Oiga. ¿En serio piensa llamar al doctor Floyd para preguntarle qué coño me pasa en la azotea?

Tengo un ataque de sinceridad con el gordo *rocker*. Le cuento que me quedan quince mil euros para contratar a alguien que escriba las memorias de mi padre, «un cantante melódico que no debes conocer», y, con respecto a su banda, le aviso que, en caso de que me guste, no pienso embarcarme en otro proyecto hasta que tenga el mencionado libro bien encarrilado, porque la experiencia me ha demostrado que hay que tomarse el tiempo necesario para que las cosas salgan bien, y no al estilo español, según el cual, si las cosas funcionan, es por una serie de milagrosos sucesos de última hora, no es «gracias a nosotros» sino «a pesar de nosotros». Barry se rasca la coronilla durante dos minutos absurdos. De repente, se hincha como un sapo y me comenta:

—No quería decírselo de buenas a primeras, pero conozco el trabajo de su padre. Y me ha influenciado notablemente. Sobre todo el disco «Héroes del cilicio». Una verdadera obra maestra, lástima que solamente haya podido escuchar canciones sueltas de sus anteriores discos, como «Imperio». Pero temazos co, com, co, como *Gitano Robot y Payo Robot*, o *The Antisport Kommander o Dolor Sumo* han marcado a fuego la manera de encarar las letras de mis propias canciones. Aunque mi preferida con diferencia es *Alfombras Peludas*.

Agarro a Barry del cuello para no perder mi centro de gravedad. Miro a Jim Morrison y le pregunto: «¿Es real este tipo?», a lo que Jim me contesta elevando su dedo pulgar hacia arriba.* Barry me pregunta con quién estoy hablando. Al entender mi silencio ha vuelto a la greña, contándome cosas que desconocía acerca de los discos de mi propio padre, y hace especial hincapié en lo dificultoso que es encontrar sus trabajos, obligándole a adquirirlos en el mercado negro de la música. También añade que considera injusto que piense explicarle la vida de mi padre a un tipo tan enjuto como el psiquiatra Sigmund Floyd, cuando en realidad, el verdadero fan de papá es él. Acuerdo con Barry que cada vez que acuda a la consulta del doctor Floyd, volveré por la noche al Aro Sacro, y si él está allí, también le haré partícipe de mi narración. «Fantástico», dice Barry. «Hay tantas cosas que me gustaría saber acerca de ese mito viviente».

Me estás empezando a caer muy bien, Barry.

Me caigo del taburete.

---

*Nota del editor: Lo último que se me ocurriría es pedirle a una alucinación lo que opina sobre lo que es real e irreal. Es cuestión de confianza, pienso.

5. SIGMUND FLOYD
Actualidad - Narrado por su insigne voz de psiquiatra condescendiente

Jamás hubiera dicho que un paciente tan enajenado como Barry Lete sería capaz de recomendarme a nadie. Consideraba que era imposible que ese tipo tuviera amigos. Por otro lado, mis avances con aquel ser rechoncho y multisintomático eran más bien nulos, de hecho, me sorprendía gratamente cada vez que aquel *rocker* frustrado reincidía en mi consulta. En aquellos momentos estábamos trabajando su manía de autodiagnosticarse. Sin ir más lejos, su última idea de bombero es que padecía de «Personalidad bipolar de naturaleza edípica», para que nos entendamos, una personalidad de Barry quería follarse a su madre mientras que la otra quería tirarse a su padre.

En tal lío andaba con el *rocker* alopécico cuando Fernando Obs llamó a mi consulta. Mi nuevo cliente sabía que había escrito un par de libros, recomendados encarecidamente por Barry. El primero, *Por qué James Dean accedió a hacerse una foto desnudo subido a un árbol como un macaco y otras manchas del pasado de las que algunos mitos tendrían que avergonzarse*, le había gustado tanto que había decantado la balanza para que me convirtiera en el biógrafo oficial de su padre, aunque reconoció no haberse comprado aún mi segundo trabajo, *Sobre el batería negro de The Cure y otras incongruencias del mundo gótico*. Cuando Fernando Obs me explicó su proyecto, andaba enfrascado en el primer libro de autoayuda de mi propia cosecha, teñido de tonalidades francamente derrotistas. Aún no tenía título y me había encallado en la primera maldita frase: «Empleemos siempre frases positivas. Digamos, alto y claro, "¡Sí, soy un fracasado!"». Como la inspiración no llegaba, atendí la llamada de Fernando, quien definió aquel encargo como una especie de «justicia histórica» y explicó que confiaba en mi persona para poner los puntos sobre las íes acerca de su padre y, de paso, dilucidar qué había de real y falso, sobre todo en las leyendas concernientes a su última época. No tuve más remedio que interrumpirle:

—Oiga, no le sigo, aguarde. Ha dicho «leyendas». ¿Su padre es artista?

—Mi padre es *el* artista, señor —contestó Fernando, altivo—. Alguien que ha hecho de su vida una novela de Víctor Hugo. Supongo que lo conocerá, siendo usted un melómano. Era un niño prodigio de la dictadura y la transición, llamado Constancito, o quizás le suene con el nombre de Cuchi Cuchi, uno de sus apodos.

—Mucho me temo que no tengo ni idea de quién es su padre —contesté, algo azorado.

—No se preocupe, yo tampoco tengo ni idea de quién es el suyo —dijo Fernando con cierto desdén—. De hecho, también tuvieron ese problema los primeros que se apellidaron Expósito, que era el apellido que ponían en los orfanatos.

Visto con el tiempo, pienso que aquella estúpida respuesta tendría que haberme puesto sobre aviso. También pensé que Fernando Obs había investigado sobre mi persona y que tenía la retranca de los hijos de puta. Mi nombre literario es Sigmund Floyd, hijo del famoso decano del colegio de psicólogos Piscis Floyd, aunque en realidad nuestro apellido es Expósito.

Tras aceptar valorar el encargo, le pregunté qué objetivo final tenía aquel libro, si es que en realidad tenía alguno. Entiéndanme. Conozco a unos cuantos que han pagado cantidades considerables de dinero para averiguar el escudo heráldico de su familia, buscando algún resquicio de nobleza en apellidos tan respetables, pero comunes, como Herrero o Pastor. Sin embargo, un libro es otra cosa. Casi adivinando mi pensamiento, Fernando me dijo:

—Quizás no gane el Pulitzer con este encargo, pero contribuirá a que el universo se ordene un poco. Ya sé que encargar un trabajo biográfico hablando de la vida y milagros de un artista fracasado, por mucho que fuera el señor que le soplara la oreja a tu santa madre, es una estupidez si no va a tener lectores. Quizás piensa que he caído en algún tipo de delirio, o sospecha que su tarea previa de documentación será infructuosa. Indague, doctor Floyd, según tengo entendido usted es un especialista en el Indagueo Ilustrado.

Intenté ser diplomático. Le dije que me había iniciado en el mundo de la música en los decadentes años ochenta, temporada de grandes *singles* y no demasiados grupos de larga trayectoria, en definitiva, yo crecí en la dorada era de los *One Hit Wonders* británicos. Sin embargo, a diferencia de tipos como Black o Sabrina, Cuchi Cuchi no podía considerarse miembro de tan selecto club. Según palabras de Fernando, su carrera empezó en los sesenta, y era más conocido en América Latina que en España, donde nunca superó el puesto 64 en las listas de éxitos. En Costa Rica, no obstante —siempre según la versión de su hijo—, logró un meritorio número 3 con la primera versión de *La Canción Venérea*, así como un quinto lugar en México durante un par de semanas con *Gitano Robot y Payo Robot*, a mediados de los noventa. Apunté todos los datos en mi libreta. Tras colgar el teléfono, menté el nombre de Cuchi Cuchi a Sandra, mi mujer. Tras su respuesta negativa, mencioné su nombre a algunas personas de su generación y me cercioré de que su figura había caído completamente en el olvido. Tampoco en las revistas donde colaboraba, ni siquiera entre los periodistas sesentones, encontré más que puntuales suspiros, acaso un tímido «Sí, espera, quizás era el tipo que cantaba… nah, olvídalo, me confundo con Pablo Abraira». Las canciones, por cierto, habían corrido el mismo sino que su autor. Para empeorar las cosas, recordé que Fernando me dijo que la carrera de su padre estaba llena de intermitencias y largos vacíos biográficos, es decir, había años en los que ni siquiera sus propios hijos sabían qué había estado haciendo.

—Bueno, en realidad —me dijo Fernando— si analizo mi vida, también me pregunto qué he estado haciendo todos estos años, y eso que me veo cada vez que me lavo los dientes. Usted, dicho sea de paso, no tiene ese problema. Lo digo por sus dientes. Ejems.

Esos comentarios empezaron a descolocarme. El caso es que durante aquellos días de investigación llegué a sospechar que Obs, directamente, se había inventado la figura de su padre. Pero nada más lejos de la realidad. Estaba con Sandra en el Mercat dels Encants cuando, mientras ella ojeaba antigüedades —y yo cuerpos de jovenzuelas con *leggins* resaltando sus culos cometrapo— me di de bruces con una tienda de vinilos. Azares del destino, removiendo entre su polvoriento catálogo, encontré un disco algo maltrecho que me llamó la atención al instante. Su título era «Jael (El artista conocido anteriormente como Cuchi Cuchi)».

La portada era una de las más bizarras que había contemplado jamás, un auténtico caramelo para un coleccionista de rarezas *kitsch*. Con respecto a su contenido, reconozco que no tuve el coraje de escucharlo. Sin embargo, había algo positivo en aquel descubrimiento: Fernando Obs no mentía. Lo llamé para comunicarle mi hallazgo y de paso comentarle que no había visto ningún logotipo de sello discográfico. Fernando me dijo que «Jael» había sido autoeditado por él mismo tras una amarga pelea con su compañía discográfica, Boltor Music Spain, donde desarrolló la mayor parte de su carrera.

Tiré del hilo. Comprobé en Google que la compañía había desaparecido y que su fondo de catálogo era ahora propiedad de Valons Music Worldwide. Consultando la Wikipedia, descubrí que, en realidad, ambas pertenecían al mismo dueño, un tal Gustav Ausdenmeyer —cuya biografía personal aparecía bloqueada a petición de Valons Music—. Me armé de valor y llamé a la delegación nacional de Valons, con sede en Barcelona, y pregunté por Cuchi Cuchi. Como respuesta obtuve un amargo silencio y poca cosa más. Insistí: «Por lo visto, sacó media decena de discos con ustedes, en los tiempos de Boltor». La responsable al otro lado del teléfono consultó el catálogo y me dijo: «Lo lamentamos. Ese artista no está en nuestra base de datos, ni siquiera en la de la antigua discográfica. Por cierto. ¿Ha escuchado el último trabajo de David Narciso Berenjena? Lo tenemos en promoción en El Corte Inglés». Tras insistir con el padre de mi cliente, la voz de la recepcionista adquirió un tono violento: «Oiga, olvídelo porque nunca existió».

Colgué el teléfono y volví a repasar aquella portada de mal gusto. Me sorprendí a mí mismo anhelando que aquel tipo hubiera hecho la música más infame de la historia con la acomodaticia excusa de ponerme a favor del más fuerte para que me viera capaz de aplaudir la decisión de Boltor Music de borrarlo de nuestra memoria colectiva. Y es que la pereza que desde siempre me ha inspirado la vulgaridad me atenazaba, por lo que busqué mil excusas para desestimar aquel encargo. Con aquel desierto de datos, ¿cómo podía empezar mi investigación sobre el supuesto «fenómeno» de aquel antiguo niño prodigio si no era recurriendo a la memoria de su hijo Fernando? El hermano menor de mi cliente, Austin, no se encontraba por lo visto en condiciones de hablar. Según Fernando era un auténtico tarado que había evitado el psiquiátrico más veces de las que merecían sus actos, y Hellen, la única hija de nuestro cantante, llevaba también un par de años haciendo de «modelo nocturna» sin ponerse en contacto con nadie de la familia. Decidí, pues, citar a Fernando Obs lejos de mi consulta, concretamente en el Café de la Ópera de las Ramblas. Sin duda alguna mi cliente era mi única luz, y, créanme, según sus pupilas, era una luz bastante lisérgica.

Fernando apareció en el Café de la Ópera media hora tarde. Hasta aquel día nuestras conversaciones habían sido siempre telefónicas, así que al verlo por primera vez me entró una gran desazón. Sutilmente, le pregunté si recordaba el actor que aparecía en la portada de «Jael». Me contestó con un escueto:

—No es ningún actor, es mi padre. Oiga, usted es un poco raro.

Llevaba el vinilo en mis manos. Volví a observar la portada, por si me había fallado la vista. Obviando el mensaje explícito de aquella aberrante imagen, me quedé un buen rato impactado, sobre todo, por encima de todas las cosas, porque aquel antiguo niño prodigio era un poco oscuro.

Más bien negro.

Miré a aquel pálido ser con expresión consternada:

—Veamos. ¿Usted, Hellen y Austin son en realidad hijos naturales de ese hombre? Le ruego que me lo aclare, porque de ser así, las leyes de Mendel han estado equivocadas hasta ahora. ¡Es negro!

—Oiga, atienda. Si quiere escribir acerca de nuestra familia, he de decirle que tendrá que aparcar la lógica. Por cierto, ¿ha escuchado el disco? ¿Qué le parece?

—En realidad, lo que opine acerca de la música de su padre es indiferente. Si finalmente accedo a escribir el libro, voy a limitarme a transcribir todo lo que usted me cuente, y luego veremos si ha quedado un libro biográfico o un boniato repleto de tinta. ¿Un café?

—Así que no lo ha escuchado.

—Veamos. Si consideramos el disco como una obra dentro del contexto de su época, en su particular coyuntura, pues… oiga, no. No he sido capaz de escucharlo. Es cosa de la portada, creo. En serio, no la soporto. La considero de un mal gusto atroz. Esa felación, esos muñecos. Dios mío.

—Repito. Todo tiene su porqué. Oiga, usted es bastante obsesivo para ser psiquiatra. No me extraña que mi amigo Barry Lete apenas experimente mejorías.

Iba a levantarme de la mesa y abandonar el proyecto cuando Fernando añadió en una servilleta otro cero más a la cifra de mis honorarios. El dinero que me puso por delante era tan disparatado que calculé que Fernando Obs no iba a recuperar el montante de mis honorarios ni siquiera convirtiendo el libro en un *best seller*. Ochenta mil euros. El párpado del ojo derecho de Fernando empezó a temblar de una manera incontrolada, como si hubiera soltado un farol de antología. Eso, sumado a los pececitos que nadaban en sus ojos azules, esa mirada acuática que tienen todos los chalados, me hizo pensar que el libro era una original excusa para visitar a un loquero. Fernando añadió: «Cada semana recibirá un cheque por un valor que oscilará entre los dos mil y los cinco mil euros. Dependerá de lo rápido que escriba, doctor».

En aquel preciso instante, lo reconozco, la codicia, como decía Hannibal Lecter, se apoderó de mi voluntad. Le hice una foto mental a aquella servilleta para que me acompañara en mis momentos de flaqueza. Estaba claro que no iba a ganar ningún Pulitzer, pero aquel dinero significaba el pasaporte para poder largarme con mi secretaria a Brasil y vivir a cuerpo de rey durante un par de años, así que me levanté de la mesa, le estreché la mano y le dije: «Le espero el lunes a las cuatro y media».

En aquel momento ignoraba que, como le pasó al mitológico Fausto, había vendido mi alma al diablo.

Me encendí un cigarrillo.

Humo. Mucho humo.

Pero mucho.

LIBRO II

EL ANTIGUO NIÑO PRODIGIO

6. Génesis
Mayo de 1961 - Pirineos profundos

James Dean miró a mi abuela Angelina y le dijo: «*Hello, darling, how do you do?*». El actor estaba completamente desnudo, colgado de la rama más gruesa de una encina del jardín familiar plantada, como el resto de árboles, por miembros de su familia en un tiempo inmemorial. James llevaba el pene muy tieso y se tocaba lentamente, de arriba abajo, una y otra vez, descapullando. Angelina empezó a contar las veces que el actor efectuaba aquel ritual. Era exactamente el mismo movimiento que hacían los jóvenes de su pueblo cada vez que la veían pasear, acompañada siempre de su gracejo y sus pechos ingrávidos, sólo que James, a diferencia de aquellos bastardos pueblerinos, lo hacía de una manera parsimoniosa, regalándose, como si no tuviera prisa en llegar al orgasmo y quisiera a su pene de la misma manera que un humano acaricia a su fiel pastor alemán junto a la chimenea. Dejando a un lado las distintas maneras de tocarse el rabo, lo verdaderamente importante de la escena es que mi abuela, a diferencia del resto de días de su corta vida, tenía en el jardín familiar a un mito del cine subido a un árbol y haciéndose una paja, eso sí, tántrica.

Cinco minutos antes de aquella aparición, la hermosísima e irresistible Angelina Obs (de acuerdo, es mi abuela, y no soy muy imparcial, pero he visto fotos suyas de joven y yo me la hubiera beneficiado) se había encaramado al tejado de su casa para esconderse, como cada noche, de la exagerada y torpe vulgaridad de sus conciudadanos. También, y quizás eso es lo importante del asunto, mi abuela estaba harta del unánime acoso que sufría, desde que tenía doce años, por parte de todos los mozos en edad de merecer, situación que se agravaba cuando llegaban las fiestas mayores.

La noche de autos en la que mi padre fue concebido era el vigésimo tercer día de las fiestas patronales de aquel pueblo de malditos locos degenerados. Sí. He dicho *vigésimo tercer día* y he dicho *locos degenerados*. Y es que aquellas fiestas empezaban la última semana de abril y finalizaban la primera de junio. Cuarenta y dos días. Pues no les gustaba la farra a esos pueblerinos. Aquellas fiestas eran como asistir a doce bodas gitanas, una detrás de otra, y con el mismo traje.

Antes de la aparición de James, Angelina, cansada ya de la bajura moral de sus vecinos, miraba las estrellas con aquellas pestañas negras y brillantes donde se podía incluso tender la ropa. Respiraba profundamente. Se había desnudado por completo, como de costumbre, así que cada vez que tomaba aire, una luna lesbiana se excitaba y lamía a una nube al observar aquellos senos turgentes ascender y descender acompañando sus suspiros.

A instancias de Joanet, su hermano mellizo y un atlético mozalbete de diecisiete peludas primaveras, Angelina bebía unos cuantos tragos de una violácea bebida llamada Salvienta Belladonae, un brebaje típico de aquella localidad, nada del otro mundo, ni más ni menos que quince grados superior a la mismísima absenta. Compuesta por alcohol, opio, salvia, belladona y otros ingredientes autóctonos, aquel jarabe era un buen quita resacas, y a ciencia cierta que ambos hermanos lo necesitaban. Joanet le insistía a su hermana, a la que veía como una princesa, que no bebiera tan a morro de la botella; según él, quedaba muy ordinario que una chica pusiera aquellos labios de mamona cada vez que daba un trago, pero mi abuela nunca aprendió a dejar de poner cara de mamona, diablos, es muy difícil dejar de poner cara de mamona si has nacido con labios de mamona, a no ser que aprietes tu boca hacia adentro como si no tuvieras dientes para convertirte de repente en una vieja mellada, y mamona. Lo importante de la escena es que al cabo de cinco minutos (mi abuela debería andar ya por el sexto trago de Salvienta) su hermano Joan había desaparecido de su campo visual como por arte de magia.

Vo-la-ti-li-za-do.

De hecho, un minuto después de aquella incomprensible desintegración, James Dean apareció encaramado a la encina.

¿Casualidad? ¿Causalidad? ¿Calamidad?

El actor rubiales había trepado por las paredes hasta llegar al tejado. Al sentarse junto a mi abuela, James volvió a tocarse el miembro mientras le cantaba, con un cierto deje aflamencado: «Me estoy amando locamente, pero no sé cómo te lo voy a decir». No hacía falta ser Stephen Hawking para darse cuenta de que aquello no podía ser más que una alucinación. La mayoría de ciudadanos del mundo desarrollado hubieran considerado inverosímil la escena, teniendo en cuenta que hacía casi seis años que James se había estrellado a bordo de su Porsche Spyder 550. Pero, aunque parezca mentira, mi abuela, por aquel entonces una hermosa zagala con más sueños que raciocinio, ignoraba por completo la noticia del accidente. En su defensa, cabe resaltar que en aquel remoto pueblo pirenaico las noticias llegaban algo tarde, a veces con una década de retraso, como sucedió por ejemplo con la bandera republicana, que no fue retirada del Ayuntamiento hasta 1950. De hecho, el pueblo donde mi padre fue concebido no entró en los mapas hasta 1984, fecha en la que una pareja de guardas forestales descubrió aquella especie de «asentamiento» por casualidad. Semejante aislamiento extremo provocó que Angelina pensara que James Dean estaba aún vivo y que había decidido darse un paseo por aquel pueblo perdido del norte de la Península Ibérica, e incluso llegó a pensar que había venido para catar el *famoso* fuet de Ulldemolins.

Huelga decir que James Dean ya traía su propio embutido. Y quería utilizarlo. Para lograr su objetivo, sabía que tenía que elevar el ego de mi abuela como quien echa por primera vez una malherida cría de águila a volar. Así que James le comentó que era del todo preciso largarse de aquel infame villorrio y en cuanto fuera posible. Por lo visto, había llegado a sus oídos que mi abuela cantaba como los ángeles, y por tal motivo había decidido salir de California y visitar aquel pueblo perdido.

Juás.

James estaba convencido de que mi abuela tendría una vida mejor en una ciudad abierta de miras como Barcelona, porque de sobras es conocido que Barcelona es como ¡un trampolín hacia Hollywood, o quizás Broadway!

—Sí, *oh yeah*, Barcelona y su Avenida del Paralelo, hervidero de artistas de varietés y de avezados buscadores de talento, ese y no otro tendría que ser tu objetivo vital, Angelina, me cago en Dios, ¿no lo ves? Allá podrás realizar tu sueño de cantar y bailar y contornearte delante de miles de personas de buena posición y mejor criterio artístico que estos salvajes con azada que tienes que aguantar como vecinos, del todo inmunes a la belleza, a tu belleza, me cago en el copón, chiquilla, qué buena que estás.

Porque mi abuela Angelina cantaba muy bien. Jodidamente bien. James Dean, quien le hablaba cada vez más cerca, se arrodilló y le pidió que la acompañara esa misma noche. Mi abuela, de repente, tuvo un acceso de razón:

—Aguarda, hay algo que no me cuadra. ¿Tú no eras yanqui?

—Nooo, qué va, para nada, soy de Sabadell —le contestó James— aunque luego salté de Barcelona a California. ¿Yanqui yo? Menuda gilipollez, es el tupé que engaña.

—¿Así que en Barcelona vais todos con tupé?

—Todos, mi niña, todos. Los niños, los viejitos, las señoras de la limpieza. Y en Madrid también. Incluso Francisco Franco, el Caudillo, en sus ratos libres juega con ponerse un peluquín en el palacio de El Pardo y cantar *Hound Dog*.

Luego, y sin venir a cuento, se levantó, oteó el estrellado firmamento y empezó a cantar *Over the Rainbow*, ni más ni menos que con la infantil voz de Judy Garland. Mientras entonaba esa tierna canción, no dejaba de tocarse el miembro, una y otra vez. Algunas veces tensaba su falo y lo dejaba rebotar contra su ombligo. Escenas, supuso mi abuela, censuradas de *Gigante*.

Después, James le pidió a Angelina que agarrara su miembro y lo usara como un micrófono. «Cántame, Angelina, alguna de las entrañables tonadillas de tu pueblo», y Angelina asió el miembro del actor y empezó a cantar: «*Baixant de la font del gat, una noia, una noiaaa*». El pene-micrófono empezó a acoplar. Era un insoportable ruido, algo semejante a un «uhhhh» empezó a rebotar por las montañas.

—Pues sí que cantas bien, Angelina, *my sweet Angie*, tú no mereces pasar el resto de tu vida en compañía de catetos. Hay gente conformista y luego están los otros, donde estamos tú y yo. No obstante, si quieres ir conmigo a la capital, tendrías que dejar tu ingenuidad atrás, Angie, *ahhh*, en la ciudad, te lo aseguro, la buena fe no te servirá de nada, ya lo comprobarás. Tendrías que pasar, cómo te lo diría yo para que me entiendas, ¡de niña a mujer! Si me haces caso, si sigues mis instrucciones, te aseguro que serás una dama, y de las de campeonato.

—¿Y cómo se hace el cambio?

James Dean entornó sus ojillos y le dijo, con una sonrisa irresistible, entre niño triste y tigre voraz:

—Dándote más inteligencia mediante un contacto mágico con mi «cetro rosado de inteligencia». Mira, Angelina, es tan fácil como efectuar un movimiento, el mismo que hizo tu madre para llevarte al mundo, pues esa oscilación la realizarás tú, voluntariamente, ahora mismo, para parirte a ti misma de nuevo. Bueno, siento la metáfora, era un tanto barata. En realidad, no hay que ser contorsionista precisamente; la pierna izquierda, simplemente, se desplaza aún más para la izquierda, y la derecha hace lo mismo, pero en sentido opuesto. Ahora, con mis manos, procedo a levantarte un poco los muslos y te meto el «cetro rosado de inteligencia» que tengo justo aquí. ¿A que es fácil? Espera, voy a abrirte un poquito más hasta que distinga el objetivo. Diablos, aquí en el Pirineo no os depiláis el gato, ¿eh?

Mi abuela, que era virgen pero había visualizado no pocos actos sexuales entre sus vecinos, dejó que el actor hiciera de las suyas. Al fin y al cabo, era

James Dean. Eh, mujeres. Pónganse en el lugar de mi abuela y sustituyan la escena con su actor favorito.

Exacto.

Ahora, como soy muy ordenado, contaré lo que sucedió cuando James Dean logró desvirgar a mi abuela. Ni más ni menos que otro fenómeno paranormal.

Estaba el actor en faena, soltando *buf, buf*, en cada una de sus primeras embestidas, cuando, a los cinco segundos de iniciar la cópula, un rayo azulado procedente de una repentina nube impactó en medio de los glúteos del actor con la precisión de un láser y el ruido de las tormentas de verano. Y aquel grito de James, bastante amanerado, por cierto, fue una mezcla de goce y petición de auxilio, la combinación exacta entre dolor y placer que desde siempre habían buscado los alquimistas pervertidos. Mi abuela notó a su amante eyaculando mientras aguantaba encima de su cuerpo aquellas salvajes convulsiones de James. En el juego de oscuridad y resplandor de aquel relámpago, mi abuela comprobó cómo las facciones del actor empezaron a mutar hasta convertirse en el rostro de otra persona que, por desgracia, conocía.

Y Angelina, como tantas y tantas mujeres a lo largo de la historia, supo que por culpa de aquella botella de Salvienta había cometido el gran error de su vida.

Dicho de otro modo:

Cuando Joanet Obs anunció que había dejado embarazada a su propia hermana, sus padres estallaron en cariñosas muestras de «júbilo». Los confetis estallaron, el perro de la familia bailó un improvisado fandango y las vacas del establo hicieron una ola de forma espontánea. Corría una suave brisa primaveral en aquella noche de autos de 1961 cuando Eliana Joliu, madre de aquel par de jóvenes inconscientes, se desplomó en el suelo, víctima de una bajada de tensión, mientras repetía el siguiente mantra obsesivo: «Lo que nos faltaba, y ahora qué vamos a hacer, qué vamos a hacer con la casa». Angelina quiso explicarse, argumentando que, cuando la cara de James Dean mutó en el pirenaico, sonrojado, angosto y viril rostro de su hermano Joanet, ya era demasiado tarde, y que el zagal andaba con los pelos erizados debido al voltaje celestial, y que puso los ojos en blanco, y que todo su cuerpo desnudo empezó a resplandecer, y que de su garganta salió expulsado un aullido lobezno, y entonces, Dios mío, entonces, la culminación, mediante una eyaculación eterna. *La petite mort*. Ninguno de los dos sabía explicarse cómo había sucedido. No era el caso de un par de hermanos criados en la distancia, ni existía atenuante alguno frente al Dios supremo de la moralidad. Ambos se habían criado de manera simultánea, cada uno mamando de uno de los senos de Eliana Joliu. Bien, en realidad no estoy siendo del todo preciso. Mientras mi abuela veía a James Dean, Joan Obs vio en todo momento a su hermana. El chico no paraba de repetir: «No ha sido voluntario, ¡reconozco que la amo!, pero he sido poseído. Ha sucedido un extraño fenómeno en el cielo, mamá». Eliana no tuvo reparos en contestarle: «Vosotros sí que sois unos fenómenos… ¡de la inconsciencia!». La reacción de su marido, Iván Obs, futuro abuelo paterno (y materno) de aquel embrión, fue más impulsiva. Salió disparado hacia la cocina y volvió con unas tijeras para esquilar ovejas.

«No te muevas, hijo de puta, que ahora mismo estoy por ti». Completamente fuera de sí, abalanzó su cuerpo contra el de su primogénito para sesgarle de una vez por todas sus aparatos sexuales, no fuera que después de lo acontecido al inconsciente de su hijo le diera con las gallinas. Iba a castrarlo, como él mismo hacía con los cerdos capones, sin anestesia, y a buen seguro que aquel airado anciano hubiera saciado su sed de venganza de no haber sido por la inoportuna náusea de su hija Angelina, la cual estalló, en modo aspersión, sobre su canosa cabeza.

Muy apreciado doctor Sigmund Floyd, gran psiquiatra y mejor periodista. No crea que me encuentro escribiendo estas líneas en la barra del *pub* Aro Sacro con un infame y pueril ánimo por escandalizarle ni más ni menos que en mi primera visita. Simplemente, le narro la primera noticia que se tiene sobre la existencia de mi padre, hijo del incesto, quien, tras nacer, crecer, copular y fracasar (eso en mayor medida que el ciudadano medio) ha pasado a la posteridad bajo el nombre de **EL ANTIGUO NIÑO PRODIGIO**. Como habrá podido comprobar, el anuncio de su existencia no fue como la Anunciación del Arcángel Rafael a la Virgen María, aunque, dicho sea de paso, a partir de entonces mi abuelo Joanet Obs empezó a ejercer como un auténtico palomo.

Ahora, doctor Floyd, le ruego que ponga el pause en el aparato reproductor de su mente. Antes de continuar, tenemos que hablar de usted y de mí. Lo estoy visualizando, frente a mi persona, en su propia consulta, acariciando un pequeño busto de Freud mientras lee la confesión de un acontecimiento familiar que apenas conoce nadie hasta la fecha, y a buen seguro que estará componiendo una mueca de extrañeza. ¿A que esto no se lo esperaba cuando empezamos a hablar en el Café de la Ópera, eh?

Entienda que use estas servilletas para vencer mi timidez. Mientras usted lea este singular inicio, calculo que llevaré unos cinco minutos en su consulta. Ni usted gozará de mi entera confianza, ni viceversa. Ya sabe cómo funciona el tema de soltarse, sobre todo a un catalán. Si hacen falta muchos mojitos para reconocerle a tus amigos del alma que te excitas mirando catálogos de piscinas, ¡cuánto menos viable resulta abrirse, de buenas a primeras, a un psicólogo, taxímetro humano donde los haya, y empezar a vomitar intimidades a viva voz, y más cuando mi historia familiar posee titulares tan escandalosos como que los padres de tu propio padre eran hermanos! Ah, Doctor, maldita sea, entiéndalo. Ese pequeño detalle genético implica reconocer que servidor, como nieto de aquel par de cromañones, tiene un cincuenta por ciento de posibilidades de ser un anormal de antología. ¿No es comprensible, pues, que venza los diques de la cordialidad entre paciente y especialista con una humilde y escueta epístola, escrita en un montón de servilletas ordenadas en fascículos?

Por favor, se lo ruego. No maree la perdiz buscando disparatados complejos de Edipo que no llevan a ninguna parte. No todos los niños han deseado yacer con sus madres, ¡pues no hay madres feas en el mundo! por mucho que a Freud le diera por globalizar sus particulares fantasías de erotómano reprimido. Le ruego, pues, que en nuestras visitas no nos encallemos en el tema del incesto de mis abuelos ni nos regodeemos en arquetipos, patologías o aberrantes teorías de la conspiración. La importancia de semejante pecado radica, no en su moralidad, sino en las peculiaridades cerebrales y físicas que desarrolló papá desde el día de su nacimiento y que, indefectiblemente, lo llevaron a ser quien fue. Un tipo con las mismas carencias que talentos, una especie de muñeco prodigioso.

Ya ve, señor Floyd. Mis abuelos pegaron un polvo con tal mala pata que el virgen de Joanet Obs no supo, o no pudo, ¡o no quiso! sacarla a tiempo. Doctor, hay dos versiones que circulan en mi familia, basadas en dos supuestos del todo antagónicos. La primera teoría, realista hasta el asco, es la defendida a capa y espada por mi hermano Austin, y se basa en suponer que, antes de entrar en aquel supuesto proceso de enajenación sexual, nuestra abuela debería pensar que su hermano Joanet era el único mozo de toda la aldea que no le producía una indescriptible grima. Luego, y bajo los efectos de la Salvienta Belladonae, fueron incapaces de calibrar la gravedad de su intoxicación y, cuando el ciego llegó a sus niveles máximos, perdieron todo tipo de prejuicios y se «entejaron» sin ningún tipo de cautela preservativa. Mi hermano comenta que aquel desliz no hubiera pasado de ser una mala anécdota si no hubiera dejado consecuencias en forma de papá. Austin, quien no tiene ningún tipo de cariño ni consideración hacia la memoria de ninguno de nuestros antepasados, califica a mi abuelo como un puerco enfermo y auténtico papanatas en temas amatorios. Según palabras de mi hermano, «Si es verdad que el clímax le aconteció, y también sorprendió, justo al cabo de cinco segundos de iniciar el acto, no hay que ser muy avispado para llegar a la conclusión de que **ESE PUERCO ENFERMO** tendría que haber expulsado su apéndice sexual de pulpo asqueroso* un segundo justo después de entrar en aquellos rosados labios. Triste el tema de sacarla tan pronto ¿verdad, Fernando? Imagina el

---

*Nota del editor: «Apéndice sexual de pulpo asqueroso». Con esas mismas palabras definió mi miembro una ex novia bióloga que tuve en 2011, así que sospecho que Austin y yo hemos estado con la misma mujer. Ah, me dejó ella. Nunca he tenido dignidad.

Baticoche de Bruce Wayne entrando en la Baticueva a toda velocidad y, acto seguido, saliendo disparado marcha atrás echando llanta, como si:

    a) Hubiera encontrado una bomba grande como un melón en el garaje.

    b) Batman hubiera pillado a Robin en la cama con Catwoman.

    c) Se hubiera olvidado de comprar el pan.

»Si una escena de tu vida es susceptible de ser eliminada por un montaje de Steven Spielberg, es que no vale la pena vivirla, Fernando, así que el abuelo debería pensar que es mejor olvidarse de una marcha atrás tan precoz y dejarse llevar por la naturaleza, es decir, gozar del orgasmo, y luego dar las excusas convenientes a tu pareja, y si no le gusta, hasta luego. Tú, en cambio, mi hermanito flipado, necesitas siempre de referencias mágicas para curar el dolor que te produce esta gris existencia y sus lamentables escenas, que si James Dean, que si promesas de Hollywood. Por el amor de Dios, Fernando, dejémonos de rayos placenteros y de niños muertos, lo más probable es que la abuela Angelina le metiera un dedo en el culo, justo en el momento de empezar a follar. Un par de guarros los abuelitos». Así de basto, así de real.

Mi hermano Austin es un tipo bizarro y muy desagradable.

Acto seguido, doctor, vino el tercer momento mágico de aquella noche. Porque, y tras el relampagueante orgasmo de mi abuelo, Angelina se estremeció. En su interior notó una intensa punzada, un claro aviso de la llegada de un intruso. Mi abuela, la hermosa y voluptuosa Angelina, supo que había quedado en estado de *mala* esperanza al instante. Y empezó a abofetear a su hermano. Y a darle puñetazos en los glúteos. Y a estirarle las orejas. Y a arrancarle los pelos de las axilas. Luego le depiló las cejas a base de pellizcos e intentó extraerle el cerebelo por sus orificios nasales. Los síntomas de embarazo empezaron a los cinco minutos. Mareos, náuseas y antojos la pillaron aún desnuda, con la luna llena contemplando la escena y llevándose, avergonzada, una nube a la boca.*

Mi querido doctor. Tiene que saber que papá, desde el mismo momento de su concepción, empezó a dar señales de su existencia, digamos que fue un tipo ruidoso desde sus inicios monocelulares. Al cabo de cinco minutos, papá

---

*Nota del editor: Esta es de las pocas imágenes bonitas que leerán a lo largo de este libro. Saboréenla.

ya pataleaba, o quizás bailaba foxtrot en el vientre de mi abuela, eso cuando no se columpiaba en sus trompas de Falopio como en un musical de Broadway.

Nada en aquella gestación parecía normal. A las cuarenta y ocho horas, Angelina Obs-Joliu gastaba una tripa de cuatro meses. Sus pezones de italiana del sur se habían dilatado como los mismísimos anillos de Saturno. Aquel engendro que luego fue mi padre crecía a la velocidad de la luz, porque, amigo doctor, antes que niño artista, mi padre ya fue un embrión prodigio. Ante tal celeridad, no tuvieron más remedio que contárselo a mis bisabuelos. Y, como usted supondrá, se armó un Cristo de narices, y no por lo que usted imagina, doctor. Le ruego que no saque conclusiones antes de tiempo. No me gusta la gente que presupone. En realidad, no me gusta la gente, en general.

Volvamos a la escena congelada de una chica embarazada echándole la cena a su padre, cuarenta y ocho horas después del acto. Démosle al play y sigamos.

Siendo optimistas, todo el censo electoral de Ulldemolins de Tabernes iba a conocer la noticia a la hora de comprar el pan. El rumor se expandiría a la misma velocidad que un titular en la red y derretiría las nieves perpetuas que rodeaban al pueblo, como un donut de crema dentro de un Fiat robado por un yonqui y aparcado en la playa en pleno mes de agosto. Al cabo de dos minutos, veinte segundos y tres décimas, el alcalde de Ulldemolins tendría noticia de lo acontecido. Y si se enteraba el alcalde, el padre de aquellos irresponsables chiquillos iba a hundirse en el río con una piedra al cuello del tamaño de un menhir. Ambos, alcalde y futuro abuelo, sabían el porqué, pero preferiría explicárselo cuando tengamos más confianza, doctor. No me gusta la gente impaciente.

Ya ve. Esta hermosa historia en capicúa acaba con mis abuelos huyendo del pueblo a medianoche, entre la mirada de las estrellas y la amenaza invisible de los lobos. Las últimas palabras de sus padres fueron muy cariñosas. Alzaron sus pañuelos y les dijeron:

—Largaos de aquí, mal nacidos, desagradecidos, hijos de perra, estáis más podridos que la cabeza de un jurel.

Querido doctor Floyd. Lamento decirle que mi prefacio familiar acaba aquí. El camarero del *pub* Aro Sacro, el dulce pero decidido Invictus, acaba de amenazarme con quitarme el servilletero. Ahora, supongo, viene cuando le toca hablar a usted y sacarme más cosas con esa odiosa máscara de condescendencia que les regalan a todos los psicoanalistas cuando les entregan el diploma. Ayúdeme a que la figura de mi padre no caiga en el olvido. Incluso yo estuve a punto de hacerlo.

    Atentamente: Fernando Obs.
    PD: Y no soy un anormal.

7. Ulldemolins de Tabernes

El doctor Sigmund Floyd ha finalizado la lectura de mi libro-servilleta. Ha guardado en una carpeta de piel todos los pedazos de papel translúcido y se ha frotado la perilla. Luego le ha dado por simular que reflexionaba en voz alta:

—No sé qué decir. Si tuviera diecisiete años lo resumiría con un «estoy flipándolo», sobre todo por la colección de servilletas grapadas donde ha escrito esta especie de relato de ciencia ficción pirenaica. Veamos, Fernando. Si me permite la observación, por lo que he leído en sus notas, resulta que el supuesto gran artista que fue su padre era producto del incesto. Entiendo que sea reacio a confiar dichos datos a un extraño. El sexo entre hermanos no es un asunto baladí.

Observo la mitad superior del cuerpo del doctor Floyd asomando desde su mesa como si fuera un muñeco de ventrílocuo mientras pienso que la palabra «baladí» tiene una sonoridad ciertamente cursi. Luego intento aclararle un dato muy importante.

—Doctor Floyd. Si bien mantener relaciones sexuales entre miembros de tu parentela puede ser considerado en la mayoría de civilizaciones como un asunto moralmente reprobable, en el pueblo de donde mi familia era oriunda aquello estaba a la orden del día.

—¿Insinúa que hacer el amor con miembros de tu familia no estaba mal visto? ¿Es que acaso siglos y siglos de evolución no habían hecho la más mínima muesca de sensatez en aquellas cabezotas? Oiga, no estamos hablando de un pueblo remoto del Amazonas.

—No se preste a engaño, doctor. Por el pueblo de donde procede mi familia paterna, pasaron todo tipo de civilizaciones: fenicios, griegos, romanos, y un largo etcétera. La diferencia es que salieron todos por patas.

—¿A qué es debido?

—No sé, doctor. Algo había en el pueblo de mi familia que olía a libertinaje desde los primeros asentamientos en las cuevas de Montlleó. Debería ser cosa de la dieta, o de la continua ingesta de Salvienta. Era un hedor indescriptible de salvajismo y anarquía, que, siglo tras siglo, fue creando una civilización de comportamientos socialmente hiperbólicos, sobre todo en cuestiones sexuales. Créame, doctor. Si uno quería integrarse en ese villorrio tenía que desprenderse de sus instintos románticos, así como de su ropa interior.

—Entonces, ¿por qué aquel cabreo monumental de sus bisabuelos?

—A decir verdad, si mi bisabuelo se enojó tanto con el anuncio de la llegada de aquel retoño fue por un motivo mucho más prosaico. Iván Obs era un viciado del póquer. Había empeñado la preciadísima virginidad de su propia hija, tras una mala racha frente al alcalde. Y aquel asunto del embarazo significaba «entregar el producto en mal estado». *Capisce*?

Los músculos faciales de Sigmund Floyd han construido una expresión de suma extrañeza mezclada con grima, como si estuviera oliendo mierda con un palillo. Luego ha añadido, mientras me aplaudía:

—Oiga, oiga, oooiga, bravooo, plas, plas. Le aseguro que ha sido el principio más espectacular que he oído jamás en esta consulta. Creo que voy a ponerme cómodo. Necesito ordenar mi mente, así que vayamos por partes. En primer lugar, ha dicho que en aquel pueblo estaba a la orden del día el tema del conchabamiento genético, que eran algo así como una especie de monos bonobos, ni más ni menos que en España en 1961, cuando triunfaba Raphael. ¿Está seguro, Fernando? Francamente, me ofendería que usted y yo empezáramos con mal pie, es decir, con tamañas falsedades. Míreme a los ojos y dígamelo sin pestañear: ¿Eso sucedía en Ulldemolins de Tabernes, población de la que por cierto no tengo ninguna noticia?

—Doctor, el pueblo ya no existe. Ni se moleste en buscarlo en Google Maps. Hace cosa de unos veinte años que el pueblo fue sepultado bajo toneladas de nieve artificial. Actualmente es una pista de esquí del Pirineo Oriental. Y no diré su nombre.

—Ahá.

—Pero en aquella época, Ulldemolins, por su altura y singular encajamiento entre dos montañas, pasaba la mayor parte del año absolutamente incomunicado de sus pueblos colindantes. Aquel enclave remoto estaba situado, como la cagada de un dinosaurio, justo en la frontera limítrofe que separaba Catalunya de Aragón, de hecho, medio pueblo pertenecía a la provincia de Lleida y la otra mitad a Huesca, pero ni siquiera ellos, en 1961, sabían a ciencia cierta si eran aragoneses o catalanes. Hasta la construcción de la carretera comarcal X-46 los ulldemolinienses sufrieron, y también gozaron, de un enclaustramiento geográfico que, entre otras cosas, provocó que la endogamia corriera a sus anchas a lo largo de los siglos, exactamente igual que ha sucedido en otras regiones de la Península Ibérica, ya sabe, no voy a concretar. El producto de dicho *modus follandi* quedaba constatado echando una ojeada al primitivo censo de la localidad. La mayoría de ciudadanos se apellidaban Permanyer, Ulldemolins, López, Castillo, Oró, Herrando, Joliu o Tabernes, en una especie de anárquica permuta de ocho palabras. Si uno se paseaba por sus pedregosas y angostas calles y prestaba atención a la fisonomía de sus simpáticos lugareños, no podía dejar de maravillarse ante las continuas coincidencias faciales, como en un clip de los Aphex Twin. La nariz de loro de los Tabernes —puede constatar lo que le digo en sus descendientes, doctor, actualmente monitores de esquí en pueblos colindantes— venía a veces mezclada con los labios anormalmente hinchados de los Joliu, mientras que las orejas de Macacus Rhesus propias de los Herrando podían venir sabiamente mezcladas con el paladar quebrado del clan de los Castillo, o la disparatada cabeza cónica de los Oró. En algunos casos, determinados aldeanos mostraban el pack genético de una sola familia, personajes que podríamos denominar como «Códigos Fuente».

CÓDIGO FUENTE EXTENDIDO EN DIVERSAS FAMILIAS.

»Convengamos, pues, que en un pueblo de 1961 y sin la llegada de los chinos, resultaba harto difícil enamorarse de alguien que no estuviera emparentado con uno mismo, fuera en segundo o tercer grado, y en ocasiones por partida doble, a no ser, claro, que eligiéramos como solícito esposo a un lanudo can pirenaico. Definitivamente, su sentido de la moralidad era un tanto laxo. Ajenos a las durezas de la dictadura franquista, el chiringuito eclesiástico lo regentaba ni más ni menos que un Papa local, Camilo VI, cuya existencia se ignoraba en los despachos del Vaticano. El tipo en cuestión había adquirido la responsabilidad de su papado por herencia familiar, siendo la cuarta generación de Camilos desde aquel primer cura que había llegado al pueblo en el año 1864, completamente desnudo, escapando de otra aldea tras un desliz con una feligresa y con un perdigonazo en los glúteos. El párroco llevaba un saco repleto de libros prohibidos por la Iglesia, ni más ni menos que el Index librorum prohibitorum, que había sisado de la biblioteca de las catacumbas de un monasterio.

»Viendo la orfandad espiritual de aquel villorrio de montañeses y su tendencia natural al libertinaje, tardó poco menos de una semana en declarar un minicisma en el catolicismo, autoproclamarse el verdadero descendiente de San Pedro y lograr ayuda de los aldeanos para construir una especie de mini-Vaticano. En 1961, el bisnieto de aquel vivales, Su Santidad Camilo VI, andaba amancebado con cuatro esposas a la vez, cuatrillizas, y conocidas en el pueblo como «las Obispas».

»De hecho, el tipo celebraba misa con toda clase de libros de carácter libertino, los cuales recitaba con desmesurada fruición, a saber: *El arte de amar* de Ovidio, *Hermaphroditus* de Beccadelli, *Los cuentos de Canterbury*, *La puttana errante*, *El libro de buen amor*, *Sodom, o la quintaesencia del libertinaje*, de Wilmot, un tratado sobre orgías llamado *El diablo en el cuerpo*, así como toda la colección del Marqués de Sade. El Papa Camilo VI organizaba una misa multitudinaria al año, en fechas cercanas a la Navidad, al lado de sus esposas, en la que siempre decía: «Queridos y amantísimos hijos, oficiales o deslices. En verdad os digo que nos tendría que sudar sobremanera lo que hace nuestro vecino, siempre y cuando sus obras no afecten, directa o indirectamente, a terceras personas. Ya sabéis, lo que decía Kant de la libertad y esas cosas». Luego, y debido a que su padre Camilo V había perdido el único ejemplar de la Biblia en una partida de mus, cerraba el *Decamerón* y exclamaba: «Sed felices, coño, que en la vida hace mucho frío, sobre todo aquí. Y ahora, a beber, que es Navidad. Por cierto, seguimos sin orquesta, así que cada uno cante lo que le venga en gana, que es lo que pienso hacer a partir de estos mismos instantes. Amén y eso». ¡Claro que no tenían orquesta, estaban aislados del mundo! De hecho, robaban la electricidad a pueblos colindantes mediante una línea enterrada que cruzaba siete picos nevados, pero la aguja del único tocadiscos que tenían se les había roto. Así que cada habitante, desde los ancianos hasta los infantes, bailaba a su estilo, *free dancing*, algo absolutamente desorganizado.

»Igual que el primer Papa, las únicas visitas que recibían del exterior eran casi siempre refugiados de las guerras que, durante la historia, fueron sucediéndose en nuestro país. El recién llegado era recibido con júbilo por aquellos bereberes del Pirineo, ya que con sus genes contribuían, en parte, a purificar la sangre de aquella especie de tribu. *Bandolers* en el siglo XIX, o Maquis de la Guerra Civil, incluso un director de cine condenado al cadalso que apareció en el pueblo con centenares de rollos con clásicos del celuloide, todos llegaban a Ulldemolins exhaustos, víctimas de la hipotermia y, como el primer párroco, acostumbraban a llevar una bala alojada en el dorso. Pronto se adaptaban al *Ulldemolins Way of Life*; de alguna manera, pensaban aquellos refugiados, el espíritu de la República seguía vivo en aquella especie de Tíbet del libertarismo. Ya sé que en nuestros tiempos resulta inconcebible, pero créame cuando le digo que el rudimentario sistema de información de la dictadura ignoraba por completo la existencia de dicho emplazamiento. Con muchísimo retraso, los ulldeminienses fueron recibiendo las noticias de tan cruenta guerra y de los posteriores años de oscuridad por el quejumbroso eco que les llegaba de los valles. Algunos vecinos de pueblos colindantes, los que comerciaban con los ulldeminienses con libros o kiwis en primavera, estuvieron en muchas ocasiones tentados de desvelar la existencia de tan curiosa pedanía, pero por un instinto diríase que romántico, nadie, absolutamente nadie, creyó conveniente informar a Gobernación Civil, ni siquiera los fascistas locales se atrevieron a señalar aquella especie de Atlántida de folladores. Es como saber que tu vecino vive con cinco musas ninfómanas y tiene la casa convertida en una selva de marihuana. Te callas y si te lo encuentras en el rellano, te limitas a envidiarlo, y en algunos casos, a reverenciarlo y besar sus túnicas.*

—Amplíeme, por favor, ese supuesto libertarismo.

—Ah, doctor. Usted cumple con la premisa de que todos los guarros quieren detalles. Llámelo libertinaje, *laissez faire* o poligamia, aquella sociedad funcionaba como los Alfa de *Un mundo feliz*. «Todo el mundo pertenece a todo el mundo». Desde los quince hasta los dieciocho años, la juventud se embriagaba, diría que consumían sexo hasta el hartazgo. Luego, a la llegada de los críos, se calmaban voluntariamente, sin las neurosis que origina un compromiso matrimonial judeocristiano. Pero, doctor, atienda porque esto es muy importante: para entrar en el juego había que perder la virginidad. Llámelos infantiles, pero en aquella sociedad tan abierta de miras, el único mérito que podía adjudicarse un chico o una chica de Ulldemolins era ¡haber iniciado a alguien! Y mi abuela Angelina, por su belleza, o por resistirse a capa y espada, estaba muy valorada. Demasiado. Era evidente que quien lograra llevarse el gato al agua sería felicitado por partida doble. Primero, por la inyección de ego que recibiría el afortunado, y lo más importante, porque a partir de entonces Angelina podría ser requerida por cualquiera.

—Así pues eran una mezcla entre las costumbres sociales de la casta de los Alfa y el rito gitano de la virginidad. Curioso.

—Sin embargo, mi abuela quería librarse de la sensación de claustrofobia pueblerina, del implacable campanario oxidado, de la señora Tabernes, la anfibia, viniendo de comprar el pan con aquellos brincos de sapo que mostraban sus enaguas cada vez que se agachaba para que sus gemelos cogieran impulso. Un príncipe azul, aunque fuera en forma de rana aerofágica, que la sacara de ese pueblo a galope, alguien a quien entregarse por com-ple-to. Alguien que, tan sólo con mirarla, elevara el monótono ritmo, ese latido hipotenso de su adormecido corazón.

---

*Nota del editor: Completamente de acuerdo con la reflexión de Fernando, pero… ¿existen estos tipos?

—Esa última frase, si me permite la observación, parece que la llevara preparada desde casa, aunque reconozco que no he entendido demasiado la imagen de una mujer-sapo.

—Luego lo entenderá todo, doctor. Por cierto. Otro de aquellos prófugos del franquismo llegados a Ulldemolins era, precisamente, mi bisabuelo. Iván Obs, con todos los respetos hacia mi padre, fue el primer artista conocido de la familia. ¿Lo recuerda, doctor? Es el mismo al que dejé congelado en mis servilletas, justo cuando estaba a punto de recibir una lluvia de garbanzos en la cabeza. Iván Obs había sido ventrílocuo. Llegó al pueblo con la clásica bala en los glúteos y un zurrón donde escondía a su compañero de trabajo, un muñeco de madera llamado Chap con expresión de violador.

»Ambos venían huyendo ni más ni menos que de Franco **EN PERSONA**. Intentaré resumirlo. El bisabuelo imitaba tan bien las voces que escuchaba por la radio que su popularidad llegó al mismísimo Caudillo, quien tuvo a bien invitarlo al palacio de El Pardo. Lástima que el día en el que estaba a punto de recibir la consagración por parte de las más altas instancias, los nervios le jugaran una mala pasada. Mi bisabuelo, con un elegante esmoquin blanco alquilado, delante de un auténtico ejército de hombres obesos condecorados y con el enjuto Generalísimo sentado encima de una tarima cual César, tuvo la ocurrencia de hacer hablar a su muñeco Chap con el mismo tono que empleaba José Antonio Primo de Rivera en sus discursos, finalizando su sarcástico monólogo con un «Paco, ay Paco, desde la tumba te digo que a tu mujer no se la come ni el ácido sulfúrico». Esa frase, por mucho que saliera de aquella bocota de madera, dejó estupefactos a los allí presentes. Las pocas carcajadas fueron sustituidas por un murmullo de indignación entre todos los oficiales, incluso se escuchó algún chasquido de rifle cargando munición. El Caudillo alzó la mano y exclamó, con voz nasal: «Oye, bufón, no tienes ni puta gracia». «Sus políticas tampoco, mi General, y nos jodemos muchos».

»Aquel último comentario significaba que mi bisabuelo estaba condenado al cadalso, o en el mejor de los casos, a pasar varios años realizando trabajos forzados, y el muñeco Chap, también. Nadie sabe cómo artista y muñeco lograron escapar de la cantera del Valle de los Caídos, el caso es que Iván Obs llegó a Ulldemolins de Tabernes un 15 de enero de 1943, exhausto y con el dorso muy dolorido. Estuvo bajo los cuidados de la familia Joliu, concretamente de la única hija del matrimonio, la pasablemente bella y ligeramente sensual Eliana. Como siempre sucede en estos casos, el paciente se enamoró locamente de su joven enfermera, sobre todo cuando mi bisabuela Eliana, harta de curarle la herida dorsal, decidió darle la vuelta al enfermo. Iván aprovechó la coyuntura para enseñarle un truco de magia que consistió en sacarle las bragas con un chasquido de dedos en el oído derecho. Después de hacer el amor por primera vez, Iván Obs decidió quedarse en el pueblo, casarse con aquella solícita muchacha y convertirse en payés, no sin antes lanzar al muñeco Chap a la hoguera.

—Oiga. Me parece muy extraño que un ventrílocuo ponga en la pira a su muñeco. Existen lazos de afecto, al fin y al cabo, es tu compañero de trabajo.

—Vaya. Pues no anda falto de razón, de hecho, doctor Floyd, usted me ha pillado en una de aquellas típicas florituras con las que siempre aderezo mis narraciones, *ejem*. La verdad es que Chap era la Caja de Ahorros de aquel ventrílocuo. Porque el interior del muñeco albergaba todo tipo de joyas y relojes de oro sisados en las casas donde acudía para amenizar fiestas burguesas, aprovechando las risas y el cieguito del champán. La particular colección del muñeco tenía como pieza estrella un collar de rubíes de la mismísima Carmen Polo, esposa del Caudillo. Lo verdaderamente importante del asunto es que mi padre, **EL ARTISTAZO**, heredó de su abuelo ventrílocuo un prodigioso oído reflejado en una réplica exacta de una música o el tono de voz de un incauto. Y también, reconozcámoslo, mi padre heredó de su abuelo la mala pata con el público.

—Oiga, no avanzamos. Intentaré resumir por usted: de la unión de Iván Obs y Eliana Joliu, nacieron sus dos abuelos, Angelina y Joanet, los mismos que, años después, erraron de aquella escandalosa manera y se pasaron por el forro el límite de consanguinidad permitida en la época, incluso por aquella sociedad endogámica…

—… Y repleta de poderes.

—¿Cómo?

—Sí, he dicho *poderes*. Todos los habitantes de aquel pueblo tenían algo que los diferenciaba del resto. Un don.

—Ahá, claro. Bendito sea, Fernando, en serio se lo digo.

—Créame, doctor. Todos los niños de Ulldemolins llegaban al mundo con extrañas peculiaridades bajo el brazo. Le pondré ejemplos. El pregonero retransmitía los bandos de manera telepática.

PREGÓN TELEPÁTICO

»Mi bisabuela, cuando hacía el amor, hacía vibrar el útero como una batidora. El cartero, al que llamaban El Santa, repartía la correspondencia saltando por los tejados, brincando como una cabra montesa, cantando *Ay Carmela* mientras lanzaba las cartas por la chimenea. Sin ir más lejos, mi abuelo Joanet era capaz de mantenerse nueve minutos debajo del agua sin respirar, consecuencias de la práctica ancestral del *Joc de la Immersió*, celebrado en el lago Permanyer, llevado a cabo por los aldeanos desde tiempos remotos cada mes de mayo, aprovechando el deshielo. Se practicaba delante de las chicas en edad de pegar un polvo para demostrar la hombría de cada participante, ya sabe, como esa estupidez de andar por encima de las brasas. Semejante celebración y sus entrenamientos, a veces de ocho horas al día, provocaron que algunos ulldemolinienses desarrollaran una membrana de anfibio entre los dos dedos y, de la misma manera, generación tras generación, el gen fundador les otorgó a unos cuantos privilegiados un buen par de branquias.

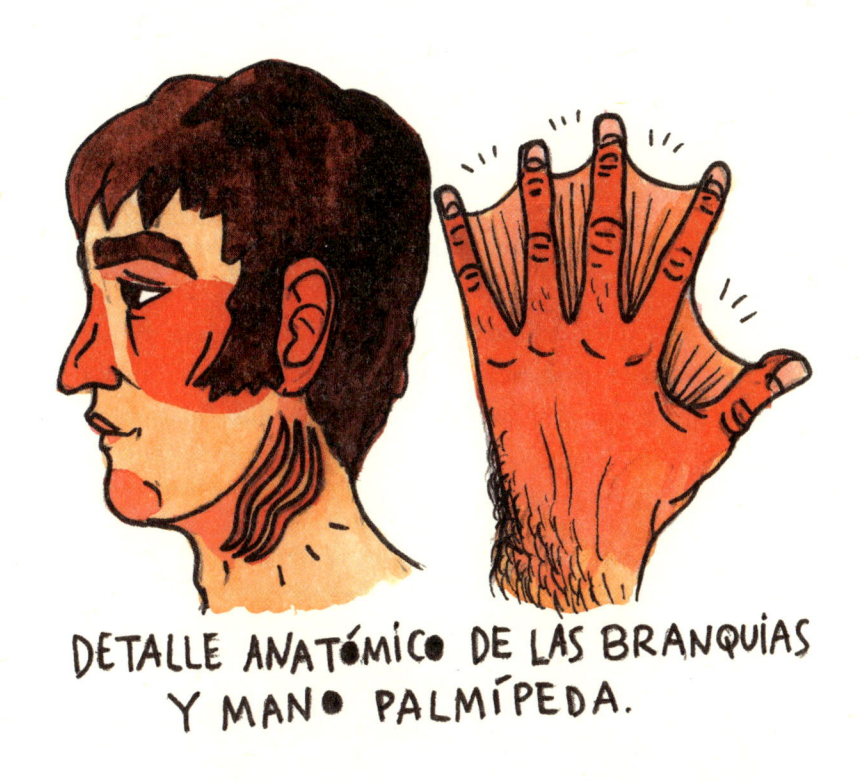

DETALLE ANATÓMICO DE LAS BRANQUIAS Y MANO PALMÍPEDA.

—Espere un momento. Voy a mirar si ha puesto alguna cámara oculta y todo esto es una broma de algún canal extraño. Quizás debajo de la mesa. *Volvamos loco a un psiquiatra*, debe llamarse.

—La abuela Angelina, quizás por ser hija mestiza, nació sin ninguna excepcionalidad, más allá de su atractivo. El ovalado trazo facial de princesa medieval y sus labios carnosos eran una réplica anticipada de la actual Monica Bellucci en contraste con los dos prototipos de cara femenina en el pueblo: las anguladas velludas o las cara de pan con mofletes sonrosados.

TIPOLOGÍA DE BELLEZAS DE ULLDEMOLINS

VELLUDA   ANGELINA   CARA PAN

»Dicha anomalía llamada «belleza» colocó a mi abuela en una delicada situación. Las chicas la envidiaban, mientras que los chicos no sabían si la atracción que sentían por ella era debido a su «exotismo». De hecho, cuando la hormona del desarrollo despertó de su letargo a los doce años, Angelina empezó a dejar entrever unas protuberancias mamarias de tal tamaño y curvilíneas formas que dejaban en evidencia al prototipo de pecho cabrense del resto de mozas, así que resultaba imposible, incluso a las mujeres del pueblo, desviar la vista hacia ese par de glándulas divinas para concluir que, a veces, y como sucede con una flor, la naturaleza se luce de manera desigual. Angelina, apodada como La Popes, era el objeto de deseo de todo el pueblo.

»Al principio, algunos chicos empezaron a soltarle todo tipo de improperios al verla pasear por la calle, así que mi abuela adquirió la particularidad de andar corriendo cada vez que salía de casa, recogiendo sus senos entre sus brazos, generalmente llorando. También acostumbraba a rellenar sus ratos libres fantaseando con la anterior vida de artista de su padre, cuando el grandioso ventrílocuo Iván Obs deambulaba por un mundo sin fronteras, al lado de su muñeco Chap, recibiendo aplausos por doquier. Gracias a las sesiones de cine dominicales creadas por el director de cine exiliado, Angelina soñaba con gente como James Dean, Marlon Brando o Charlton Heston, por no mencionar los musicales como *West Side Story* o *My Fair Lady*, los cuales hicieron una especie de boquete en la frágil cáscara de huevo que era su cerebro. Mi abuela Angelina, a fuerza de imitar aquellas escenas desde la puerta del mini-Vaticano, empezó a mostrar ciertas aptitudes para el baile, incluso una probada destreza en el arte del contorsionismo, aunque su punto fuerte era su voz. Doctor, para que se haga una idea, su voz era semejante a la textura de Barbra Streisand, pero por aquellos tiempos ninguna chica con talento soñaba con tocar en festivales veraniegos llenos de gafapastas, sino en convertirse en una rutilante *vedette* del Paralelo.

»Víctima de una especie de automarginación, la abuela pasó toda su pubertad sin apenas amigas, en el callejón empedrado de su casa, dando sorprendentes giros y volteretas con su hermano como único público, observando como cada vez más y más vecinos empezaban a coger la costumbre de masturbarse, algunos escondidos tras sus cortinas o, los más *borderliners*, que no se andaban con protocolos, delante suyo.

»Debido a su carácter soñador, un cierto sentido de superioridad que casi siempre lleva intrínseco la misma dosis de idiotez, no es de extrañar que mi abuela considerara inviable la posibilidad de rechazar todo tipo de propuestas serias de desvirgamiento, como la que aconteció a principios de las fiestas mayores, unos días antes de la concepción de mi padre. Albert Oró i Oró, ni más ni menos que el primogénito habido de la unión del alcalde y su prima hermana, y cuyos poderes (exceptuando la típica cabeza cónica de la familia) eran ni más ni menos que un grado de sordera de un noventa por ciento y una voz de espeluznante volumen que le valió el apodo de El Hueco, se atrevió a pedirle lo que usted ya sabe desde la otra punta del villorrio, con un alarido cuyo eco rebotó en las montañas durante dos días y originó varios aludes. «Desvírgate conmigooo, desvírgate conmigooo, conmigooo, conmigoooo». Luego se atrevió con el aria *Nessun Dorma*.

»No dio ni una puta nota. Murieron ocho cabras del estrés.

»Ante los llantos de mi abuela y su absoluta negativa, mi bisabuela Eliana, poseedora también de una inmensa puntería, contestó al hijo del alcalde mediante un papel que pegó a un plato de loza. Eliana lo lanzó, a modo de avión, desde el balcón de su casa, surcando el pueblo por los aires en una perfecta parábola. Unos segundos después, y tras el estruendo de la cerámica rompiéndose en mil pedazos, se escuchó: «¿Nooo? ¿Por quéééé?», y volvieron los aludes. El acabose de acontecimientos que desembocaron en el nacimiento de mi padre empezaron la noche siguiente de aquella fallida declaración de «amor». Era el día de la fiesta del *Nan Rajant*, cuando mi bisabuelo, acuciado por las deudas del juego y con un muñeco Chap desprovisto ya de joyas robadas, aprovechó que la virginidad de Angelina había llegado a su máximo histórico en aquel particular Dow Jones y vendió el honor de su propia hija al alcalde, quien a su vez cedió sus derechos de pernada a favor de su hijo, el despechado y cónico Albert Oró i Oró.

LA FIESTA DEL «NAN RAJANT».

—Oiga… ¿Ha dicho la fiesta del *Nan Rajant*? ¿Eso sería traducible al castellano como la fiesta del «enano supurando»?

—Efectivamente, aunque se llamaría, vulgarmente, «El día de la farlopa».

—Amplíe.

—Oiga, no creo que tenga ninguna importancia. Tan sólo era un hecho histórico, lo considero una información tangencial.

—Por favor.

—En fin, como quiera. En aquellos tiempos, Ulldemolins contaba en su censo con un viejo enano muy vicioso, un tipo que había trabajado varios años en Colombia y a su regreso se trajo consigo cuarenta kilos de cocaína pura camuflados dentro de un somier, dedicándose el resto de su vida al ministerio de consumirla o a cortarla con todo tipo de sustancias para venderla luego a precios prohibitivos. Cada 1 de mayo sacaban al diminuto ser desde el balcón del Ayuntamiento y frente a la multitud, le obligaban a esnifar dos gramos y medio de aquel polvo. Si aquel pequeño desquiciado empezaba a sangrar por el agujero izquierdo de su nariz, lo que quedaba de primavera sería apacible, y todo lo contrario si su tabique reventaba por el derecho. Aunque a veces ni lo uno ni lo otro y el tipo se hacía popó, allí, colgado de los brazos del alcalde, con su sombrero de copa. Puede imaginarse en qué consistía el resto de la fiesta. Un auténtico despipote. Sin ir más lejos, Ulldemolins de Tabernes tenía dos calles, situadas en el radio exterior, llamadas respectivamente Calle del Vómito y Calle Orinal. ¿Para qué andarse con rodeos? ¿Acaso estaban en las guías de lugares de interés de la comarca?

—Lo puedo imaginar, Fernando. De sobras es sabido que el alcohol y la coca repartidos en las fiestas mayores nos muestran al verdadero imbécil que algunos de nuestros vecinos llevan escondido en su interior durante el resto del año.

—Pues en Ulldemolins de Tabernes, la cantidad de energúmenos anormales era superior a la media, doctor. El caso es que el chivatazo de la apuesta llegó a oídos de Joanet. «Tu padre ha perdido a las cartas con el alcalde. Tu hermana ya puede ir abriéndose de piernas, *jía, jía*». Y el chivato en cuestión añadió: «*Facka*. Y luego, el resto también haremos *facka*. Con ella».

—Imagino a su abuelo, quien a buen seguro no participaba de ese libertinaje con el resto de muchachos, recibiendo semejante noticia.

—Doctor, veo que empezamos a estar en sintonía. Sinceramente, creo que en la vida hay cuatro estados civiles. Soltero, casado, viudo, y otro más, al que llamo «a la espera de». Mi abuelo llevaba años «a la espera de» su hermana y no admitía la idea de otra mujer. A decir verdad, en Ulldemolins había una ochentena de chicas casamenteras sin contar a un invertido de sesenta años, pero no contaba al mantener una relación estable con el farmacéutico desde que eran jóvenes.* Las chicas más decentes se llamaban Teresa Castillo Castillo y Júlia Permanyer Tabernes, y podrían catalogarse como auténticos eslabones perdidos. Oiga, aquí tengo un par de fotos de las susodichas. Juzgue usted mismo. De la segunda mi abuelo decía en sus crónicas ulldemolinienses:

---

*Nota del editor: En todos los pueblos hay un farmacéutico invertido. Los peluqueros solamente fingen serlo.

JULIA PERMANYER TABERNES

«*Cuando Júlia sonríe, se escucha un trueno a lo lejos que retumba. Granizada y malas cosechas ese año. Dócil en el trato, en una casa sin espejos, la uniceja ignora que en sus dientes se ha instalado una colonia de pequeños moluscos. Tengo que largarme de aquí. A mi hermana este pueblo le oprime el pecho y se le queda pequeño. Quiere ser vedette en el Paralelo. Yo, simplemente, deseo estar a su lado, siempre a su lado. Para empeorar las cosas, a Ulldemolins le queda poco tiempo. He visto a Júlia bañarse en el río, con la boca abierta. En breve toda la ribera estará colonizada por aquellas cosas negras. Y después serán los valles. Tenemos que huir*».

—Bien, un poco exagerado su abuelo, pero una vez examinadas las fotos de las chicas con atención, aceptamos incesto, eso sí, como caso excepcional, digamos que por motivos de supervivencia estética. Bien pensado, el otro día vi en televisión un poblado de China cuyos usos sexuales me recuerdan bastante a los de Ulldemolins, pero la raza en cuestión estaba más o menos de buen ver. La poligamia se me antoja como una opción atractiva en una región de bellezones, de no ser así, hay que reconocer que es como asistir a un tapeo de mierda. El pueblo de mis padres, bien pensado, debe andarle a la zaga a los de Ulldemolins porque hay cada cardo que...

—No se me pierda, doctor. El caso es que Joanet bebía los vientos por Angelina desde la llegada de su pubertad, oiga, póngase en la situación de mi abuelo, un pobre chaval que nace en un pequeño país de monstruos endogámicos y que tiene como hermana a un clon de Monica Bellucci. Reconozcámoslo, en el tema de las querencias, en el asunto del deseo, todo es mucho más sencillo de lo que imaginamos. Elegimos según nuestro entorno, donde elaboramos un inconsciente *ranking*. Mi abuela apenas tenía competencia, más bien ninguna; sin ir más lejos, doctor, su mujer hubiera sido considerada Miss Mundo en ese pueblo. ¿Podía ir mi abuelo contra natura y dejar que le usurparan el placer de yacer con su hermana? ¿Podía mi abuelo dejar de desear a aquella muchacha que dormía a un metro de su habitación para entregarse a las pobladas barbas de aquellas mozas, más cercanas a los habitantes de la isla del doctor Moureau? En definitiva, ¿cómo se deja de desear a alguien?

—Oiga, oiga, aguarde. ¿Ha mencionado a mi mujer, así, gratuitamente?

—Oh, no se ofenda, doctor, he empleado a su esposa como ejemplo por decir a alguien. Lo importante es que, a aquellas horas de la noche, y mientras zagales como Jaume Castillo, Claudi Oró, Sebastià Tabernes o cualquiera de aquellos quinientos cafres de cabeza cónica, junto a quinientas primas carnales bigotudas, andaban, sin distinción de sexos, haciendo eses por las angostas calles del villorrio o copulando en grupo, ¡a veces en grupos de doscientos!, mi abuelo se debatía entre traicionar a su propio padre o a su idolatrada hermana. Voy a encenderme un cigarro.

—En fin, por lo que paga... Prosiga.

Noto como el doctor Floyd está más pendiente de encontrar la dichosa cámara oculta que de mis explicaciones.

—Cuando Joanet llegó a casa, encontró a su hermana en el súmmum del hartazgo pueblerino. Por lo visto, aquella misma madrugada en la que mis abuelos concibieron a mi padre, mientras mi abuelo negociaba el himen de su propia hija en el Ateneo de la Plaza, Angelina escuchó un enervante sollozo procedente de la pared exterior de su habitación, salió al balcón y en los muros de su casa, pegado como una salamandra a cinco metros del suelo, descubrió a Inocencio Herrando Herrando, uno de los hijos bastardos del Papa Camilo VI. Las malas lenguas aseguraban que había salido de un huevo y que tenía un par de pequeñas orejas en su pene, así que, cada vez que hacía el amor, tenía una experiencia extrasensorial debido a aquellos continuos *flops*, *flops* que escuchaba, enviados por su particular *espeleólogo*.

»Desde aquella posición más propia de un reptil, no cesaba en su lamento: «No te desvirgues con El Hueco, no te desvirgues con El Hueco». Por eso mismo, doctor, y viendo las exiguas alternativas que tenía mi abuela de mantener

COMPARATIVA DE GENITALES DEL CÓDIGO FUENTE.

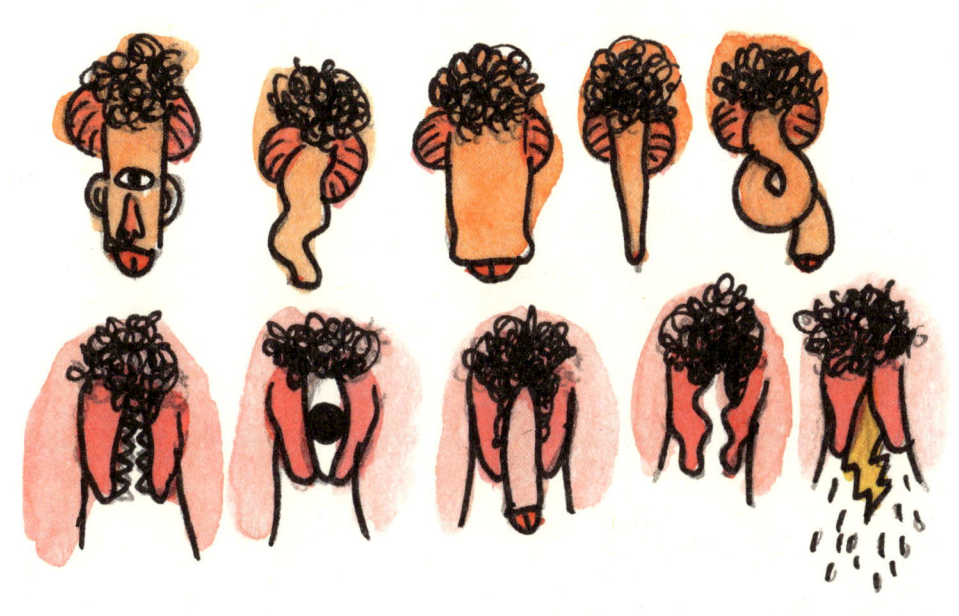

una relación con alguien que no fuera un pretendiente sacado de los cromos de la pandilla basura, se encaramó al tejado a medianoche junto a su hermano y empezó a maldecir su suerte. El resto ya se lo he contado. Mis abuelos se largaron a Barcelona, Joanet Obs descaradamente feliz como San José, y Angelina con su pesar a cuestas, y digo «pesar» porque el feto de mi padre ya pesaba lo suyo. Tras la desaparición de tan inapropiada pareja, el pueblo se hizo eco de la noticia y quedó preso de una profunda conmoción. En realidad, lo único que lograron con aquella huida fue ignorar las habladurías, las cuales obviaron el tema del incesto y se cebaron en el hecho de que el anciano Iván Obs había engañado a otro aldeano, ni más ni menos que al alcalde. Una partida de cartas era algo sagrado. Y faltarle a la palabra a uno de tus vecinos, imperdonable.

*Nota del editor: ¿Hacía falta la ilustración? Hay niños que abren los libros de sus padres por una página al azar y pueden quedar altamente traumatizados.

—Ojalá los políticos tuvieran ese sentido de la palabra.

—Mis abuelos llegaron a Barcelona a mediados de junio de 1961. Para evitar suspicacias, falsificaron el nombre de mi abuela, que a partir de entonces pasó a llamarse Angelina Joliu. Papá nació el 3 de noviembre, y es escorpio.

—No me salen las cuentas.

—El embarazo duró cinco meses y medio.

8. El antiguo niño prodigio

—Dicen que cuando papá nació, lo primero que hizo fue cantar una saeta. También cuentan que el parto dejó agotados a los médicos, y es que había sido una ardua tarea sacar a la criatura del interior de una chica a la que en un principio supusieron estrecha de pelvis. Pero mienten. No hubo médicos asistiendo el nacimiento, sino *vedettes*. Mamá había conseguido trabajo en el Paralelo, como le había prometido James Dean. Aunque debido a aquella barriga de parturienta, solamente encontró trabajo en la guardarropía del teatro El Molino. Allí, mientras la función llegaba a su ecuador, mi abuela acostumbraba a probarse abrigos de piel, buscar calderilla olvidada en los bolsillos, mirarse al espejo y soñar con ser una hermosa cantante llamada Angelina Joliu o, en su defecto, convertirse en la esposa de uno de aquellos apuestos burgueses que acudían como público. Por las mañanas hacía doblete como mujer de la limpieza y observaba desde bambalinas los ensayos. Uno de esos días en los que el elenco se encontraba recogiendo los bártulos, Angelina tuvo la tentación de entrar en el escenario. Uno de los empresarios, desde la parte oscura de platea, le dijo: «Eres tú la que siempre dices que sabes cantar, ¿no es verdad? Pues ando pensando en nuevas coristas para el espectáculo de la próxima temporada. Quizás, cuando tengas el hijo, y si me gusta lo que haces, puedo pensar en ti, porque tienes unas buenas perolas. ¿Podrías cantarme alguna canción?». La abuela eligió *María de la O*. Sin embargo, su actuación duró dos segundos. «María de la Ooooooooooooooooooo. *Yijaaaaaaaa...*».

»Había roto aguas. Todos los miembros del reparto de *Una corista murciana en Barcelona* corrieron raudos a ayudar. *Vedettes*, maestros de ceremonias amanerados, nadie escurrió el bulto. Papá salió a la velocidad de la luz; de hecho, fracturó la pelvis de mi abuela.

»Por lo visto, el bebé era una escuálida estructura de carne coronada por una inmensa cabeza. Aunque ensangrentado, papá parecía una especie de artilugio montado en una factoría soviética de torpes movimientos (de hecho, uno de los humoristas de El Molino, un tipo bastante coñón, le dio la vuelta buscándole las pilas). Mi padre tenía los ojos terriblemente separados, casi bordeando los occipitales, y la boca como paralizada en una eterna «o», como si no pudiera salir del asombro que suponía nacer. Su cara, pues, formaba un perfecto triángulo alienígena, siendo inevitable que la primera imagen que tuviera uno fuera el cabezal de una Philips Shaver. Una *vedette* dijo: «Parece un muñeco de ventrílocuo», y otra añadió: «Sí, pero atropellado por un camión». Su blanca piel, casi translúcida, dejaba ver todo su aparato circulatorio, desde las autopistas a las carreteras comarcales. Su aire entumecido no presagiaba un futuro demasiado halagüeño, precisamente. Lo más triste es que su madre lo aborreció al instante. Era un niño claramente espantoso, un ulldemoliniense **PURO** que, para más inri, había estado a punto de partirle el clítoris en dos en su llegada al mundo.* En Barcelona, donde habitaban personas supuestamente normales, aquel bebote era una humillación con patas. En serio. Había algo en él, desde que nació, que causaba una impresión perdurable. Aunque solamente lo hubieras visto diez segundos, su cara se repetía como una canción de Shakira. Entonces sucedió el milagro. Porque el niño balbuceó la melodía de *María de la O*… ¡justo donde su madre la había dejado! Un mariquita se santiguó y dijo: «Castigo de Dios».

»La pareja incestuosa se había instalado en una pensión en la Ronda de Sant Antoni. Cuando la abuela, cojeando y con el niño a cuestas, regresó a la habitación 22, Joanet Obs sentenció: «¿Nos tenemos que felicitar o dar el pésame? Tiene cara de tonto, y si tiene cara de tonto, es que lo es». La abuela Angelina notó que aquel niño era su sentencia: cinco años, como mínimo, de entrega

*Nota del editor: Este tipo de comentarios son, a nuestro parecer, los que restan calidad al texto. Son innecesarios y groseros. Desde la editorial puntuamos esta imagen con un 2,5.

absoluta, eso si el destino la perdonaba por buena conducta, o veinte o más si es que el niño le salía completamente tarado. A mi abuela le daba tanta grima que nunca dejó que el bebé mamara de sus pechos. Para empeorar la relación materno-filial, Angelina se dio cuenta de que su capacidad para el baile había mermado considerablemente. No es que careciera de dotes, sino que la expulsión de aquel cabeza buque había limitado notablemente sus movimientos, sobre todo el lanzamiento al suelo al estilo «ventosa». El día de su decimoctavo cumpleaños, y para luchar contra su depresión postfractura de pelvis, Angelina se regaló la matrícula para formar parte del club de danza Els Rovellons Graciencs, pero pronto se dio cuenta de que las hemorroides postparto le impedían desarrollar sus antiguos movimientos de acróbata. Desde luego, ser madre de aquel niño había sido una **EXPERIENCIA DESGARRADORA**. Ah, por cierto, al chaval en cuestión le pusieron Constancito, aunque su nombre completo fue impuesto por un cura alcohólico, quien, inspirado por la gracia divina, al ver la cara del bebé lo inscribió como Constancito Torcuato Tristeo Cancionilo Toribio.* Los monaguillos dijeron: «Toma castaña».

»Mis abuelos dejaron la pensión y se trasladaron al barrio de Gràcia. A las primeras de cambio, papá demostró que era un portento musical. En vez de gruñir o balbucear, el niño ya cantaba o imitaba sonidos a la perfección. Una vez, con cuatro meses de edad, se pasó dos días pronunciando sin parar «blop, blop». Mi abuelo pensaba que eran gases, hasta que se enteró de que dos pisos abajo había una fuga de agua cuyos efectos de humedad llegaban a la portería. Como allí vivían dos ancianos, se ofreció para ayudarles. De rodillas, agachado en la pica de la cocina de aquellos vecinos, ató cabos. Constancito, aquel feote bebé, había hecho una minuciosa plasmación del goteo de una cañería de agua. Digamos que papá era un retratista sónico de brutal precisión. Hasta los dos años pasaba por idiota, o siendo amables, por un niño retraído, huidizo, escaqueado de la realidad. Sus expresiones faciales eran las de un autómata del museo del Tibidabo, sin emociones apenas. Jamás, en sus primeros años, esbozó aquellas cálidas sonrisas capaces de desarmar a la más gélida de las madres, aunque en el caso de mi abuela, no se sabe quién empezó antes con

---

*Nota del editor: Personalmente, no me sorprenden los nombres extraños desde que sé que hay un tipo peruano llamado James Bond Noteno. Y tampoco tiene pinta de agente secreto.

las hostilidades. Constancito se mostraba tremendamente incapaz de usar el mundo de las palabras para comunicarse, a no ser que fueran cantadas. Pasaba largos ratos en una especie de paréntesis vital, como un aletargamiento de reptil. Sin embargo, también tenía cierto contacto con un mundo mágico. Según me dijo cuando yo era un niño, papá veía pulular por encima de su cuna a centenares de seres alados, y cada uno de ellos le cantaba una melodía diferente hasta que se dormía en los brazos de una clave de sol. Al día siguiente, Constancito se levantaba con estribillos cuya temática casi siempre era «papi mami chupi», y no cesaba de repetirlos durante ocho horas al día, hasta que Angelina decidió andar por casa con papeles arrugados e incrustados en sus pabellones auditivos. Era una manera de hacerle el vacío.

»Doctor, hay muchas habladurías en torno a la figura de mi padre, y la mayoría son falsas, en especial las buenas, pero las saetas las cantaba, créame. Mi abuelo juraba y perjuraba que había escuchado de su hijo, y no pocas veces, *María de la O* versión bebé de cuatro meses. Le faltaba el traje de faralaes, eso sí, con pañal.

El doctor me mira. Noto su acuciante necesidad de fumarse un cigarro. Luego inspira varias veces, sin expirar, y me suelta:

—Llevo una hora y media con usted y ya estoy sorprendido, créame. Por cierto, el detalle del incesto vuelve a parecerme importante en estos momentos de la historia, ya sabe, para dilucidar el futuro carácter de su padre. Exceptuando sus momentos de parálisis mental transitoria, ¿aquel nacimiento prematuro causó algún tipo de anomalía seria en el pequeño, algún tipo de limitación intelectual grave?

—El primer efecto conseguido por papá fue la desconfianza de mi abuelo, supongo que debes andar algo mosca cuando tu supuesto hijo ha nacido a los cinco meses y medio de gestación. Pero entonces la abuela se ponía a llorar, porque tampoco podía entender aquel fenómeno paranormal. De repente, mi padre empezó a hablar. Y empezó a hacerlo por los codos. Mis abuelos comprobaron que, cuanto más largos eran los momentos de alelamiento, más intensos eran los días de extroversión. Era como un ser binario. O se pasaba callado tres días con sus músculos agarrotados, o nadie podía callarle. Pronto cayeron en la cuenta de que una pierna era ligeramente más corta que la otra, así que tuvieron que comprarle unos zapatos ortopédicos en una tienda especializada.

»También había desarrollado un talento innato para la lectura. A los dieciocho meses, papá abría un libro y cada uno de sus ojos leía una página, de manera simultánea. Para impresionar a mis abuelos, declamaba las dos páginas a la vez. Su voz salía en estéreo y uno no entendía nada, parecía un puto poseído por el demonio. Finalmente, le obligaron a leer con el libro doblado.

—Eso, Fernando, es sencillamente imposible. Admitiendo que ese hijo del pecado entre dos pueblerinos pudiera leer con los dos ojos, la voz de un humano no puede salir jamás de manera estereofónica. Es cuestión de nuestra particular ergonomía. Hábleme un poco más de sus abuelos. ¿De qué vivía la familia?

—Pasó un tiempo hasta que Joanet Obs logró adaptarse a Barcelona y su «urbegoísmo». Buscando un ente reducido de personas con las que rememorar el compañerismo de Ulldemolins, pensó en formar parte de un equipo de fútbol. Debido a la capacidad pulmonar que le conferían aquellas branquias extras, se presentó a unas pruebas para jugar en el Europa. Joanet no era un figura, pero era capaz de mantener el mismo ritmo durante todo el partido con el pulso de una persona en reposo. Para complementar el mísero sueldo que recibía como lateral derecho, trabajaba como jardinero en muchos caseríos del barrio de la Bonanova. El abuelo estuvo a punto de tener su oportunidad en el mundo del fútbol profesional. La información de su resistencia pulmonar llegó a un ojeador del Fútbol Club Barcelona, que incluso fue a verlo una vez a un partido. El Europa iba ganando por cuatro a cero al Horta Guinardó, goles en los que mi abuelo había colaborado activamente. Sin embargo, cuando faltaban dos minutos para la culminación del encuentro, un delantero del Horta se plantó delante del portero, de una vaselina elevó el balón por encima del guardameta y, con la portería vacía, esperó a que el balón bajara para rematar a bocajarro. Pero mi abuelo había tenido tiempo de bajar desde el centro del campo en cuatro segundos para cubrir los palos, se había puesto frente al delantero y pudo salvar aquel gol cantado ni más ni menos que con su cara. Estuvo algunos segundos inconsciente; de hecho, el árbitro pitó el final con mi abuelo aún postrado en aquella cancha de tierra, viendo por primera vez todas las constelaciones del universo como las imagina Stephen Hawking, ya sabe doctor, *The Cosmooos*. El árbitro pitó el final del partido y algunos espectadores corearon su nombre. Cinco minutos después, en el vestuario del Europa y mientras aquel heroico lateral escupía sangre en un cubo de hojalata, llegó el ojeador del F.C. Barcelona y le dijo: «Eres bueno e infatigable, eso no lo pongo en duda, pero déjame decirte que eres un poco gilipollas si pones el jeto para salvar un gol tan intrascendente. No seas tan honesto que la vida te va a pasar factura, *fill*». No lo fichó. Años después aquel ojeador se convirtió en presidente del Fútbol Club Barcelona. La instantánea del pelotazo salió en portada en varios periódicos locales y el barrio de Gràcia empezó a mofarse de su estúpido idealismo, así que mi abuelo abandonó el fútbol para entrar como funcionario del ayuntamiento, distrito Ciutat Vella, para hacer de hombre rana. Era un departamento desconocido por la mayoría de los ciudadanos llamado B.P.E.L.M.D.A.M.P.B. (Buscadores de paquetes de extraperlo lanzados en un momento de desesperación y acorralamiento en el muelle del puerto de Barcelona). Al cabo de los años el equipo de buceo se especializó en encontrar monederos lanzados por carteristas de poca monta, y a partir de los ochenta se encargaron de recuperar cargamentos de droga.

»Era un trabajo fijo, de sueldo humilde, pero faltaría a la verdad si le dijera que mi padre creció entre dificultades económicas. Los Obs eran una familia de clase media baja y estaban completamente integrados en Gràcia, donde nadie sospechaba que eran hermanos. Angelina Joliu era ama de casa mientras su hermano-marido se levantaba cada mañana y bajaba al puerto caminando, con su bocadillo de atún. Allí se ponía el traje de neopreno y se pasaba ocho horas al día buceando entre aquel viscoso mar de residual opacidad, mano a mano, aleta con aleta, con sus compañeros, todos de izquierdas, cosa que influenció notablemente al bueno de Joanet hasta quedarse imbuido en los ideales comunistas de la rama estalinista. El trabajo se lo consiguió Melcior Permanyer, diez años más viejo, otro exiliado de Ulldemolins, también provisto de branquias. Cuando mi abuelo le preguntó qué hacía viviendo en la capital, aquel treintañero le comentó: «Pregúntaselo a mi madre, y a mi hijo-hermano, el que repta como una salamandra». Y luego añadió: «*Jía jía*».

—Vaya. Lo de Ulldemolins era una auténtica Gomorra genética.

—Añadiré que la abuela le obligaba a bañarse cada día cuando llegaba a casa. ¿Quiere ver una foto de mi abuela en sus buenos tiempos?

—Claro.

—Aquí tiene.

—Maldita sea. Pues resulta que tiene razón. Se parecía a Monica Bellucci. Y menudas perolas… perdón, acabo de incurrir en una gravísima falta de profesionalidad. Oiga, lamento ser morboso, pero ¿seguían haciendo el amor?

—Negativo. Ambos hermanos convinieron en no volver a caer en las redes del pecado, así que se limitaron a practicar sexo oral. Pero nada de follar, créame, de hecho Angelina accedía únicamente cuando «los *fogots*» arreciaban. *Fogots*, ya sabe, calenturas en catalán.

—Esa sí que es buena. Así que piensa que sus abuelos* fueron un ejemplo de decencia. Según usted, el mismísimo Papa tendría que haber aplaudido su contención. Oiga, voy a levantarme, se me están durmiendo las piernas de tanto disparate.

—Ya veo. Sus piernas deben ser víctimas de un hormigueo descomunal, supongo que debe ser porque parte de su sangre está en estos momentos hinchando esa protuberancia cavernosa conocida por la masa como «pene», cosa normal después de haber visto una foto de mi abuela. Oiga, estaba pensando… ¿Tiene usted hermanas?

—Oiga. Estoy muy avergonzado. Necesito beber agua. Y con respecto a su pregunta, sí, tengo una hermana, pero es diez años mayor que yo.

—Ahá. Me ha hecho gracia su respuesta.

—Me refería a que la he visto siempre como una segunda madre más que como una… Oiga, déjelo, me da la impresión de haber caído en una trampa bastante maliciosa por su parte. No todos somos de Ulldemolins de Tabernes. Vuelva a la historia, se lo ruego.

—Aquella relación pecaminosa finalizó en 1965, cuando dejaron el piso de alquiler de la calle Verdi y se trasladaron, como flamantes propietarios hipotecarios, a una vivienda de la Plaça de la Virreina que actualmente ocupamos mi hermano Austin y yo. Mis abuelos habían comprado el piso a un precio muy por debajo de mercado al dueño de una mercería. El inmueble había sido habitado por una facción de prófugos de la justicia franquista, de los cuales solamente quedaba uno: Aristóteles Juánchez, huido de la justicia desde tiempos de la Guerra Civil. De ahí venía el precio ganga, doctor. Y ahora atienda.

---

*Nota del editor: Esos abuelos incestuosos recibieron en las galeradas del libro varias denominaciones. «Hermarido» nos gustaba, hasta que el autor dijo que prefería «Maranos».

»Si hacemos la resta nos daremos cuenta de que el tipo llevaba escondido en aquel inmueble la friolera de un cuarto de siglo. Papá nunca me aclaró si aquel hombre era rojo o anarquista, el caso es que era de aquellos tipos que defendía una ideología de izquierdas digamos que unilateral, ya sabe doctor, lo tuyo es mío y lo mío es mío. De hecho el tipo vestía de manera demasiado impecable para ser un acólito de Lenin. Al inquilino Aristóteles le bastó una semana para nacionalizar a la única hembra del inmueble mediante el decreto ley de su penetrante perfume Brummel, y lo hizo de la misma manera que los ladrones de guante blanco roban en un banco, paso a paso, estudiando a la pareja primero, descubriendo que Joanet y Angelina eran hermanos después para, acto seguido, seducir a mi abuela mediante sus innatas dotes de galán cinematográfico. La lástima es que Aristóteles se limitaba a besar los pechos a mi abuela durante mucho tiempo. Estaba obsesionado con aquella perfección. Luego, cuando la penetraba, tardaba un minuto en irse. Mi abuela se conformó con aquel tipo. «Es mejor que los cinco segundos que duró mi hermano». No era el ideal de amante, precisamente. La cosa en estos tiempos se hubiera arreglado, pienso, dándose de alta en algunas redes sociales. *Ehé*.

—¿Y su abuelo?

—Mire, estaba que sacaba fuego por las muelas, la atracción entre ambos se olía de lejos, pero Joanet la seguía amando. Aquello era una buena encrucijada. No olvide que aquel realquilado pertenecía a la quinta del biberón, así que, a pesar de desearlo muy lejos de su hermana, accedió a no delatarlo por principios. De esta manera, Aristóteles siguió en su habitación de toda la vida, con sus trajes, sus gominas y sus discos de Antonio Machín, leyendo, escuchando música… haciendo el holgazán, en definitiva. Cada domingo el tipo salía de casa, aprovechando el tumulto festivo, siempre hacia el cine Rex de Gran Vía. Poco tiempo después empezó a hacerlo de la mano de Angelina, mientras mi abuelo optaba por ir al campo del Barça acompañado de mi padre, por aquel entonces un niño cabezón de tres años. Pero muchas veces no acudían al estadio.

»Mi abuelo, víctima de la repentina abstinencia sexual impuesta por Angelina, entraba en una *meublée* con el niño para paliar sus necesidades fisiológicas. Mi padre se quedaba a recaudo de las putas más jóvenes, mientras que el abuelo se largaba siempre con una pelirroja madura que entraba a la habitación con un cable eléctrico pelado. Las putas le ponían la radio al chaval. Mi padre memorizaba, frase por frase, la retransmisión de Matías Prats. Luego, cuando mi abuelo salía, con los pelos de punta, le pedía a papá una moviola auditiva de los mejores momentos de la jornada. Así tenía la coartada perfecta. No sé por qué se tomaba la molestia. Su «marana» andaba hipnotizada por aquel inquilino comunista. De hecho, durante los días laborables, Angelina y Aristóteles empezaron a seguir una rutina de infidelidad. La secuencia era la siguiente: el abuelo se levantaba y desde la cama, el realquilado le deseaba una buena jornada, dejando que su sonrisa de nácar resplandeciera desde la penumbra de su habitación. Cuando mi abuelo cerraba con un portazo, el prófugo daba unos cuantos pasos de claqué completamente desnudo y, acto seguido, desayunaba leche con canela y galletas. Luego se limpiaba el bigote de migas y se dirigía al aparato de discos donde hacía descender la aguja de diamante en la canción *Angelitos negros*.

»A todo trapo, para que ningún vecino los escuchara. Durante los primeros compases, Angelina y Aristóteles bailaban uno muy cerca del otro. Luego, el realquilado lactante, sin dejar de mover la pelvis, le daba unas palmadas a los glúteos de mi abuela y la instaba a desnudarse en la habitación. Entonces, Aristóteles ponía a mi padre encima de una silla, con sus zapatitos de charol, uno de ellos ortopédico, para que ensayara diversas modulaciones vocales en el comedor, con una berenjena como micrófono. El resto se lo puede imaginar, doctor. Ya ve. En aquella anormal normalidad creció mi padre, al lado de sus padres-tíos y aquel misterioso tipo engominado, sí, un extraño señor aquejado de sonrisa crónica, un charlatán vendedor de aire, pero sin duda, pieza capital en la futura vocación de papá con respecto a la música, porque, ¿sabe doctor? Según dicen los más viejos del barrio, no había niño que cantara *Angelitos negros* con el candor y gracejo que papá. Así se pasaron meses, doctor. Meses.

—No tengo palabras. Esto se está poniendo interesante de lo absurdo que es.

—Mi padre había empezado a despertar recelo en Aristóteles, era cosa de su mirada de pez, sus brazos casi siempre rígidos y su boca en perpetuo estado de estupefacción, así que para ganárselo, le compró un piano de pared en su cuarto cumpleaños, ni más ni menos que un Steinway. Nadie sabe de dónde diablos había sacado el dinero, pero lo verdaderamente importante del asunto es que papá se quedó mirando el piano durante dos días, sin hablar, como si estuviera en trance. Nadie lo vio practicar ni una sola vez, simplemente se limitó a tocar cada tecla y memorizar su sonido mientras su madre dejaba comerse los pechos por aquel tipo. Pero, de repente, un buen día posó sus deditos en las teclas y empezó a tocar *Angelitos negros*, con variaciones armónicas propias de un músico de jazz. Luego, un nocturno de Chopin o una fuga de Bach, toda pieza que hubiera escuchado en el tocadiscos de Aristóteles, aunque fuera una sola vez, era profusamente interpretada por aquellos dedos diminutos. «Oído absoluto», lo llaman. Aquello, desde Mozart, no se había visto en la historia de la humanidad, toda una proeza infantil. Como detalle le diré que papá, víctima de una ligera fotofobia, entornaba los ojos hacia arriba cada vez que cantaba o interpretaba una sinfonía, dando la impresión de estar cieguito.

»Meses después, justo cuando escolarizaron al niño, Aristóteles le compró una guitarra. Con aquel instrumento mostró la misma precocidad. Aristóteles dijo: «Lástima que no pueda trabajar, porque este cabezón es una mina de oro, me encantaría estar en otras circunstancias vitales. Me haría su representante a la de ya». Incluso mis abuelos llegaron a comentar el asunto. Joanet no estaba por otra labor más que normalizar al chaval. Le tenía mucha manía al mundo de la farándula por culpa del ventrílocuo de mi bisabuelo. Esgrimió no pocos argumentos. Le dijo a Angelina que el niño era palmaria y manifiestamente tonto y que poseer talento en algo específico no venía, por desgracia, de la mano de una inteligencia global, ni de principios morales, ni de suerte en la vida. Dio varios ejemplos: que un futbolista sepa regatear a todo un equipo contrario, aunque sea dando toques al balón a la velocidad de la luz, o que un tipo sea un hacha a la hora de memorizar todo el listín telefónico de Los Ángeles, no exime al talentoso de una más que posible supina estupidez o falta de vista ante la vida, de la misma manera que un mono, con un talento innato para saltar de árbol en árbol, nunca será capaz de explicar por qué lo hace. Insistió a su hermana en que, antes que nada, había que formar a Constancito como persona, globalmente, porque de no ser así el niño estaría abocado a la manipulación por parte del capital. Con respecto a su tontuna, los datos académicos contradecían a mi abuelo. Aquel chaval de movimientos robóticos coleccionaba Matrículas de Honor, aunque, curiosamente, su fama de tonto marginado pasó del alumnado a todo el claustro. «El idiota prodigio», lo llamaban; de hecho, durante los pocos años que mi padre asistió a la escuela no hizo ni un solo amigo. Ya se sabe, doctor. Puedes ser el mismísimo Einstein, pero si no sabes darle a un balón, el resto de niños te considerarán un *outsider*.

—Es verdad. Yo jugaba fatal.

—Lo cierto es que los genios y los idiotas tienen curiosamente los mismos problemas de adaptación. Perdóneme, doctor, pero aún no sé a qué grupo pertenece usted.

—Muchas gracias. Yo tampoco, pero espero que no coincidamos en el mismo equipo. Sin acritud. Ahora, si me permite, tengo que ir al lavabo. Me estoy poniendo nervioso.

—Como quiera. Aguardaré.

Voz de Fernando Obs tras haberle sisado la grabadora al doctor Floyd mientras miccionaba en el lavabo

Un, dos, probando, probando. Veamos, voy a jugar un rato con esto. Piscis Floyd. Psiquiatra. Fecha de nacimiento, calculo que hacia 1965. Perilloso. Ojillos de rata sabia de color miel. Tiene algunas canas, señal indefectible de que no es del todo calvo. Fuma pipa, pero no delante de mi persona. El doctor se ha largado al lavabo y se ha hecho el típico e inquietante silencio que percibe un hombre solo en un despacho de un médico entre muebles antiguos que parecen estar a punto de hablar acerca de su pasado. Desde el fondo del pasillo se escucha el ruido de una cisterna seguido de un zigzag correspondiente a la cremallera del doctor Floyd seguido a su vez de un raaac y de un sonoro «¡Diablos! ¿Dónde está la pomada?». Y ahora una bonita canción, Vivir así es morir de amooor... *Corto la emisión. El doctor llega del servicio con expresión de dolor sumo.*

—¿Qué acaba de hacer, señor Obs?

—Oh, me hacía mucha ilusión grabar algo en esa cinta. A veces creo que tendría que haberme dedicado a eso de la música, ya sabe, pero desde el otro lado, todos esos mequetrefes con guitarra se hinchan a... ya sabe. Lástima que cante tan mal.

—Veo que como mínimo tiene oído.

—No entiendo qué pretende decirme.

—Fernando. Generalmente, la gente que canta mal no se oye, los muy jodidos. Entiéndame, se creen que cantan bien, y si saben que desafinan como gatos en celo que maúllan tras beber un litro de Cazalla es porque la gente ya se lo ha dicho, generalmente en un karaoke. Es decir, que si canta como una grulla y lo sabe, quiere decir que usted tiene oído, así que podría cantar algún día, porque en verdad tendría tan sólo un problema de modulación de las cuerdas vocales, a no ser que cante mal a sabiendas, simplemente porque le hace gracia cantar mal, como un crío al que le gusta hacer estupideces delante de un espejo.

—Le propongo un trato, doctor. No. Centrifugue. Tanto.

—Déjeme que le diga algo. Usted se hace gracia a sí mismo. Muchísima. ¿Me equivoco?

—Oiga, creo que se sulfura a demasiada velocidad. Usted es el Coyote y la paciencia es el Correcaminos. *Mic mic*, usted nunca la alcanza. Tiene poca mecha para ser psiquiatra. Está muy ansioso, debería hacer yoga. Voy a encenderme un cigarrillo.

—¿Otro? Déjelo para luego, por favor.

—Yo pago, yo fumo ¿No? *Puf.*

—Oiga. Me va atufar el despacho. Mi mujer es antitab…

(Silencio)

—*Puf.* Escúcheme. Es bastante difícil para una persona que fuma no encenderse un cigarrillo si le están sacando las entrañas biográficas de su familia y si, por añadidura, aprovechan para analizarle. Es decir, se supone que quien acude a su consulta es porque está mal de los nervios, así que es normal que un enfermo de los nervios fume. Su tarea, creo yo, se basa en cortar de raíz los problemas de sus pacientes, y quizás así, cuando triunfe en el ruedo del cerebro ajeno, mi querido torero-bombero, quizás hace de mí un jodido deportista o un talibán de la liga antitabaco o un pequeño mequetrefe afiliado al Opus Dei.

—Le pido encarecidamente que apague el cigarro. Estoy escribiendo un libro acerca de su padre, no psicoanalizándolo.

—Usted fuma en pipa. Lo sé por el tufo del pasillo interior. Cuando ha vuelto del lavabo, después de decapitar su prepucio con la cremallera, ha salido más niebla que en el puerto de Londres. No me malinterprete. Me place el aroma del tabaco de pipa, pero no me caen bien los que fuman pipa. Parecen tertulianos *snobs*, o los amigos de Willy Fog que dedican sus horas de ocio a pensar cómo tirarse a la doncella mientras ojean *The Times* y miran de soslayo a su chófer, llamado *Chals* o *Uálas*. Vaya. Sus labios están dibujando una «o» perfecta. Me recuerdan a mi padre.

—Fernando, ¿por qué se muestra tan hostil? Estoy escribiendo un libro acerca de su padre, en ningún momento pretendo que sintonice con el mundo. De ser ese mi objetivo ya le hubiera dicho que no puedo ayudarle desde que tomamos aquel café. Sinceramente, he vuelto a caer en el vicio del tabaco esta misma tarde, y mire que llevaba cuatro meses sin catar nicotina. Pero su febril imaginación, su, cómo lo diría yo, **DELIRISMO**, me engancha y pone nervioso a la vez. Es como si viviera escuchando una sintonía privada que ahora tiene el dudoso detalle de retransmitírmela. Mucho me temo que no podría curarlo ni queriendo.

—Mejor. Odio el psicoanálisis. Me da la impresión de que su gremio pretende tirar del ovillo eternamente para vivir del cuento.

—Oiga. Sigamos con lo de su padre.

—Tras una larga temporada en silencio, mi padre habló. Cada vez que lo hacía era una especie de acontecimiento. Agarró a su madre y exclamó: «Mamá. Dile. A tu… especie. De. Amigo. Que ahora. Quiero. Un juguete». Era 1966. Entonces, a instancias de Aristóteles, le compraron un walkie-talkie. Mi padre, con los ojos entornados hacia arriba como si viera a la Virgen, dijo: «¿Por qué? ¿Me habéis? ¿Comprado? ¿Un walkie-talkie? ¿Si soy hijo único?».

»Aristóteles, que era muy de la coñita, le contestó: «Mira, niño. Eres muy curioso, amén de parecer tonto. Pero déjame decirte algo. Tienes poderes y mucho talento. Estoy seguro de que, con el paso del tiempo, irán aflorando toda una colección de destrezas. Se nota que en tu espíritu viven millones de ideas, un continente en ebullición que ahora mismo duerme, como un país que en silencio gesta una revolución cultural. Despierta a tu propia China, campeón. Ya verás, si me haces caso, le darás un uso diferente a este juguete, no puede ser de otra manera, tú no eres igual que el resto de niños. Si eres capaz de leer dos páginas de un libro a la vez o tocar como lo haces, a buen seguro que serás capaz de oír las voces cacofónicas que salen de estos aparatos». Entonces se agachó poniéndose a su altura y le susurró: «Probablemente entres en contacto con los espíritus de los vecinos que murieron en la habitación donde ahora duermes. Porque este inmueble es viejo, chaval. Seguro que en el mismo lugar donde juegas, varias personas soltaron su último pedo». De esta manera tuvieron tranquilizado al crío otra temporada, intentando contactar con algún ente invisible a través de aquellos trastos de limitado alcance, mientras Aristóteles y su madre seguían con lo que mejor se les daba en la vida. Sudar juntos.

—*Buf*. Prosiga, Fernando. Sorpréndame. Y luego dígame qué camello le pasa el costo afgano.

—Aristóteles acertó. Porque mediante aquel walkie-talkie, papá llegó a contactar con unos cuantos espíritus, ningún vecino de aquel inmueble, por cierto, sino que habló con unos cuantos caídos por la República en aquella infame contienda llamada Guerra Civil. Papá escuchó que en su comedor, pero en otra dimensión, se había organizado un guateque de rojos fallecidos. Le dijeron: «¿Cómo te llamas?». Y el niño contestó: «Me. Llamo. Constan. Cito». La voz replicó: «No eres muy locuaz que digamos, lo sabemos porque llevamos observándote unos cuantos días. Por cierto, ¿sabes que tus padres son hermanos? ¿Tienes idea de lo que tu madre está haciendo con ese señor en la cama?». Y el niño les decía que no a todo, entonces los espíritus maliciosos contraatacaban: «Pues resulta que están follando, amigo corpóreo. ¿Sabes lo que significa follar, niñato? Algo que no podemos hacer los espíritus, maldita sea». Entonces esas voces le contaron a papá cómo funcionaban los extraños mecanismos invisibles que activaban el deseo. Aquella misma noche, cuando llegó el abuelo de su jornada laboral y los cuatro se disponían a cenar, papá se subió a la silla y dijo lo siguiente: «Los espíritus de los soldados muertos me han dicho que no te recuerdan en el frente, Aristóteles». Aquel día, los mayores de la casa se largaron a dormir entre una nube tóxica de silencio.

»Justo a la mañana siguiente, mi abuelo Joanet volvió de improviso a casa. Había pescado un atún gigante y venía ilusionado con el trofeo, ya sabe, la típica expresión idiota que tiene un cornudo en las películas antes de descubrir el percal. Llegó a casa y encontró a su hijo subido a una silla y canturreando, con expresión de obligado. En la habitación, el realquilado y su hermana-esposa completamente desnudos. Aristóteles Juánchez se encontraba resoplando en los senos de Angelina, *buuuu*. Mi abuelo esperó a que acabaran, resignado. Aristóteles salió de la habitación bailando claqué. Iba a encenderse un cigarro cuando le cayó una paliza en forma de atún gigante abofeteándole la cara. Suerte que no estaba congelado.

»Aristóteles Juánchez desapareció aquel mismo día, el 2 de Diciembre de 1966. Dijo que lo habían localizado los servicios secretos de Franco, así que cogió todos sus vinilos, gominas y trajes, y se despidió de la abuela con un «Me voy a Francia. Hey, no cambies nunca. ¿Me lo prometes?». Luego miró a papá, se agachó, le dio cortésmente la mano y le dijo: «Eres angelicalmente demoníaco, hijo, pero hay que reconocer que tienes talento. Ayer me dejaste impresionado con lo de los espíritus». Medio año después mi familia se enteró por los periódicos de que el nombre real de aquel inquilino comunista era Gisbert de Perearnau, un rico heredero textil y que nunca había estado en el frente, sino viviendo a cuerpo de rey. Lo que en realidad había hecho todos aquellos años fue esperar y esperar hasta tener noticias del fallecimiento de su padre, por lo visto un fascista de mal carácter, de aquellos burgueses que entraban los primeros en la fábrica y se largaban al anochecer, justo lo contrario que hizo Gisbert al hacerse cargo del imperio y que a la sazón provocó que, en la crisis textil de 1972, las empresas Perearnau fueran las primeras en caer en el precipicio de la suspensión de pagos. Por cierto, a su familia le dijo que había estado veinticinco años preso en la Unión Soviética y todos tragaron.

—¿Y su abuela no volvió a verle?

—Bueno, en realidad Angelina se plantó un día frente a la puerta de la fábrica, pero dio media vuelta cuando vio el impecable Ford Mustang de Gisbert saliendo de las instalaciones al lado de Teresa Jové, su flamante esposa, obviamente hija de otro acaudalado industrial cuyas empresas siguió dirigiendo el maduro Gisbert hasta que fue sucedido por sus dos hijos varones y él, con el dinero de la primera quiebra, se largó a Venezuela con una de sus empleadas, y claro está, sus discos de Antonio Machín. En ese país, Gisbert de Perearnau, literalmente, se esfumó. Supongo que volvería a cambiar su nombre y apellidos.

—¿Hubo otro tipo de reacciones?

—Oiga, voy a encenderme este porro que llevo en el bolsillo. *Puf,* ¿reacciones? Pues sí. Después de aquello mi madre cogió una manía enorme hacia todo lo que oliera a izquierdas, mientras que mi abuelo corroboró su odio hacia la derecha. Honestamente, creo que mi abuelo andaba en posesión de la verdad, ya que aquel tipo, de izquierdas, lo que se dice izquierdas, no era, no. Da igual. Una vez descubierto el pastel, mi abuelo pensó que había llegado su oportunidad. Joanet Obs tenía un afán que no disimulaba en absoluto. Convencer a su hijo de que tenía que andar con ojo por la vida. Que medio mundo engaña a la otra mitad, como había sucedido con Aristóteles (el capital) y él mismo (proletariado). Y que anduviera con los ojos muy abiertos, y que, de encontrarse con un abuso de poder, se revelase con entusiasmo, porque las situaciones injustas eran las que enardecían nuestras agallas y sacaban lo mejor de nosotros. ¡Necesitamos héroes, Constancito, mártires! Tú, por ejemplo, con tu arte, podrías convertirte en la voz de los indefensos, hijo mío. Un día de estos voy a enseñarte *La internacional*. Es un himno precioso. Para el caso, mi abuelo decidió llevar a su hijo al barrio de la Mina, una lección de realidad tapada por los medios de comunicación como *El Alcázar*. Era un domingo por la noche, antes de Navidad. Nunca llegaron. A medio camino, concretamente en la calle Guipúzcoa, el utilitario del abuelo fue interceptado por una pareja de la Guardia Civil, los dos aquejados de un extraño sarasismo. En realidad aquella pareja policial estaba formada por dos travestidos, algo realmente inaudito en 1966. Por lo visto el trasto de mi abuelo tenía una luz averiada. «¿Lo sabía, monada?», le preguntó uno de los sargentos de la Benemérita. «No», dijo el abuelo, con sus músculos faciales del todo tensos. Uno de los guardias civiles, el que tenía las cejas depiladas, le arreó una bofetada que sonó hasta en el Tibidabo. *Facka*. El abuelo tomó aire, conteniendo su ira. Luego, la pareja policíaca del abofeteador ordenó a mi abuelo que saliera del coche. Entre los dos le bajaron los pantalones y le dieron unos cuantos azotes en el culo, tan ridículos como humillantes, mientras iban diciendo: «Ma-lo-te, no-se-va-por-la-vi-da-con-una-luz-a-ve-ri-a-da». A cada sílaba, palmada en sus enrojecidos glúteos. Uno de los guardias civiles se masturbaba por debajo de los pantalones. Llevaba tacones de señora. El abuelo parecía conocerlos. Les dijo: «Hoy no, por favor, hoy no». Ninguno de los dos le hizo caso. Conectaron la batería del supuesto coche patrulla a un cable pelado. Abrieron de piernas a mi abuelo y se lo metieron de malas maneras. Arrancaron el coche y el abuelo eyaculó al instante. Los supuestos polis ordenaron sus bártulos y le dijeron: «Son dos mil pesetas, Joanet, como siempre. ¿En formato de multa?». El abuelo contestó: «Quedamos el miércoles, malditos cabrones, el miércoles. Hoy andaba por aquí con mi hijo para que conociera la realidad social». Por lo visto, desde el día del relámpago en el tejado, mi abuelo se había convertido en un adicto a los electroshocks anales. Cuando el abuelo subió de nuevo al coche, dio media vuelta en un absoluto silencio.

»Ya ve, doctor. Mi abuelo era un tipo curioso, una contradicción con patas. Bajo aquella pose izquierdista y aquel odio hacia el mundo del arte creo que se escondía un simple cobarde que sufría pánico ante la excepcionalidad. Sin ir más lejos, uno de sus grandes pasatiempos consistía en comprarse el *Hola* todos los domingos y empezar a dibujar bigotes encima de grandes celebridades, o parches de pirata, o dejaba a Sofía Loren sin un par de dientes. Siempre decía que los famosos eran unos vagos, gentuza, aquejados todos de grandísimas perversiones. Y lo decía un tipo que necesitaba dejarse el esfínter enrojecido, como el encendedor de un coche, para llegar al clímax.

—*Puf*.

—¿Ha dicho algo, doctor Floyd?

—Pues. Me está cogiendo un ataque de ansiedad. Y de los agudos. Necesito mojarme la cara. No se vaya. Ah, y no me toque nada.

Dos minutos después

—Oiga, no, no, no. Le había dicho que no tocara nada. Deje esa foto donde la ha encontrado, y hágalo ipso facto.

—¿Por qué tiene una foto de Rosendo encima de la mesa?

—¿Esa foto? Es mi mujer.

—No es posible. Es Rosendo Mercado. Lleva las mismas melenas y tiene la misma nariz.

—Gracias por insinuarme por segunda vez que mi mujer no es muy femenina. Oiga, voy a tapar la foto.

—Como usted quiera. No necesito verla todo el rato. Me refiero a que la napia de Rosendo no se olvida fácilmente. Tengo dos discos en casa. Esa foto es de la época de «Loco por incordiar».

—¡Es mi mujer! Usted percibe a Rosendo y eso no es cierto.

—¿La desea?

—¡Eso a usted no le importa!

—Eso significa que no. Quizás usted no la desea porque inconscientemente también ve a Rosendo. Déjeme ver si la foto está firmada.

—No.

—Oh, por Dios. ¿Por qué la gente se comporta de manera tan rara tras mis peticiones, eh?

—Porque usted no tiene nada que hacer con la foto de mi mujer y porque estoy perdiendo los nervios.

—Por favor, Obi.

—¿Por qué diablos me llama Obi?

—Usted para mí es como Obi Wan Kenobi. El instructor para poder llegar a ser un Jedai del pensamiento. Yo soy Han Solo.

—¿Desde cuándo se cree Han Solo?

—No importa, olvídelo, este libro no habla de mí.

—Insisto en saberlo.

—Me va a ratos. Algunas veces soy Han Solo, y en contadas excepciones Hannibal Lecter. Según me convenga, cojo prestado el carácter de cada personaje. En cambio, Rosendo es siempre Rosendo. Pasen los años que pasen, siempre está ahí, diciéndonos a todos: «Eh, ¿qué pasa tronco?». Yo estaría muy orgulloso de su mujer.

—Escúcheme, Han Solo. Centrémonos en el tema de su padre antes de que me pregunte si hago el amor con mi esposa mientras escuchamos a Barón Rojo o nos lo hacemos vestidos de cuero. Dios mío, ya no sé ni lo que digo. Supongo que deber ser más gratificante pensar que uno es Han Solo que encarar la realidad de un maleducado al que le da por coger fotos en un despacho sin permiso.

—Maestro Jedai, déjeme ver entonces la libreta. Quiero ver cómo está quedando el libro.

—Oiga, ¿qué le ha dado? Son apuntes, una mierda de apuntes hablando de un cantante de mierda al que únicamente conoce usted, un chalado de mierda, nada más.

Nota del psiquiatra: *En ese momento, Obs me agarró del cuello. En nuestro particular rifirrafe el aparato magnetofónico cayó al suelo de mi despacho y por unos segundos dejó de funcionar. En medio de la trifulca, abrí el cajón de emergencia para comprobar si la pistolita de plata que un día me regaló mi mujer después de un incidente con Barry Lete seguía donde siempre, así que empuñé el arma y se la mostré a Fernando a cinco centímetros de su boca. Como rehén, Fernando se hizo con la foto de Rosendo, quiero decir de mi esposa. Ni corto ni perezoso, tuve a bien introducirle el arma hasta el esófago.*

—*Tsé, tsé, ché, ché.* ¿Dónde va, Fernando? Deje la foto donde estaba ahora mismo. Señorita Valls, venga al despacho. Acompañe al señor Obs al vestíbulo. Póngale la chaqueta y llévelo al rellano.

—Hombre, cariño. Reconocerás que tu mujer es calcada a Rosendo.

—Merche, por favor, ahora no es momento de…

—Así pues ustedes dos están… Interesante.

—Oiga. Voy a pegarle un tiro. Ya lo he decidido. Usted se parece a Barry Lete, ya veo que tienen puntos en común. Ese hijo de puta cotilla se enteró de lo mío y mi secretaria y ahora me tiene chantajeado, es decir, tengo que escuchar las paridas de ese cabrón ¡gratis! porque, de no ser así, me ha dicho que no dudará un solo instante en largarlo todo a mi mujer. Y tú, Merche, lárgate a tu mesita, joder, mira que eres indiscreta. Muy bien, así me gusta, sentado y relajado. Prosiga.

—Bueno. Creo que ahora viene el momento clave de la vida de mi padre. Cuando conoció a su descubridor.*

---

*Nota del editor: Ya llevamos unas cuantas páginas. ¿Cómo lo llevan? Respondan con una X en el recuadro que coincida más con sus sensaciones.

☐ Interesante como libro de *atrezzo*.
☐ Soy enanito y he podido cambiar una bombilla encaramándome sobre este tocho.
☐ Sin apenas interés. Como los bancos.
☐ Los dibujos están chulos. ¿Hay una versión sin texto?
☐ Ovra de harte, a la altura del *Ulises* del Jeims Jois.
☐ Oigan, estoy pasando un rato muy agradable.

9. Manolo Pencas,
el representante visionario

—1967. Tras la miserable huida de Aristóteles-Gisbert, mi abuela entró en una insondable depresión. Se sentó en el sofá y engordó unos cuantos kilos. Mi abuelo no sabía qué hacer al respecto, su relación sentimental había finalizado y moralmente se sentía incapaz de enojarse con ella; al fin y al cabo, había comprendido que jamás podría recuperarla como mujer. Se habían convertido simplemente en un par de hermanos haciéndose cargo de un anormal hijo en común y con una vida bastante triste, anodina, sin más luz en el horizonte que una bombilla de 110 vatios colgando en el comedor y sin más decoración que el polvo. Para más inri, del piso fue desapareciendo el tufo a Brummel de Gisbert para ser sustituido por el olor a pescado putrefacto de mi abuelo. Entonces llegó Manolo Pencas, el futuro representante de mi padre, y todo volvió a cambiar.

—Descríbame a ese hombre.

—Manolo era un ex taxista reconvertido en cazador de talentos, un tipo de ideologías fascistoides; de hecho, lo habían echado de los Guerrilleros de Cristo por radical. También era locutor ocasional de Grama Radio, un buscavidas de los de siempre. Por lo visto, un buen día tuvo una especie de visión. La Virgen de la Pilarica le había dicho que tenía que dedicar el resto de su vida a visitar funciones escolares en los colegios públicos de Barcelona para encontrar diamantes en bruto, niños que, sin ayuda, no podrían salir jamás de un contexto social humilde. Según algunos directores de escuelas del extrarradio, Manolo se presentaba ante ellos como un voluntarioso benefactor. Sus huevos.

—Cuénteme cuándo se cruza la vida de ese tal Pencas con su padre.

—Pues en la función organizada por el colegio público donde estudiaba mi padre, celebrada en la parroquia de su barrio. Lo primero que hizo papá fue llenar el escenario de copas con diversas cantidades de agua. Entre las burlas de sus compañeros de clase, mi padre empezó a rozarlas con las yemas de sus dedos en una especie de estado de trance. Con los ojos en blanco y sus movimientos robóticos, fue capaz de extraer de aquellos cristales una melodía semejante a *O Venezia, Venaga, Venusia* de Nino Rota. Los niños quedaron extrañamente hipnotizados, con las órbitas de sus ojos hacia afuera, como si se estuvieran paseando por el espacio exterior sin traje. Luego, cuando papá logró el silencio sepulcral que deseaba para su primera aparición en público, dejó las copas y empezó a cantar, a capela, *Angelitos Negros*. Al finalizar se armó un tumulto bestial que llegó a su máximo apogeo cuando una de las madres se percató de que la talla de Jesucristo de una de las naves laterales ¡estaba sonriendo! Aunque lo más excepcional, doctor, es que estaba sangrando. Por la nariz, doctor, Jesucristo sangraba ¡por la nariz! Dicen que todos entraron en estado de histeria menos el abuelo, ya sabe, aquellos angelitos negros de los cojones le traían infaustos recuerdos calcáreos.

»Y mientras el tumulto gritaba «Milagro», él estaba allí, Manolo Pencas, agazapado como un buitre en un lateral de la iglesia observando a mi abuela Angelina y su provocativo vestido escotado que dejaba entrever sus pezones duros. Manolo le entregó a mi abuela una tarjeta de Boltor Music Spain. Se presentó como cazatalentos de la compañía y pidió a mis abuelos que esperaran a que el resto de los padres abandonaran el templo ya que debía comunicarles algo importante. Cuando se hizo el silencio en la iglesia, el cazatalentos derramó toda su esencia de charlatán, aunque, como todo macho alfa español, no podía evitar sacar a relucir sus verdaderas intenciones desde el primer minuto del partido, así de ofensivo era su talante. «Asombroso, asombroso», decía, sin dejar de mirar el canalillo de mi abuela, totalmente abducido por aquellos senos firmes y descomunales. «¿Asombroso? ¿El qué?», espetó mi abuelo. Manolo le dedicó una mísera mirada de reojo que duró décimas de segundo para, acto seguido, volver a repasar a la abuela de arriba abajo, esbozando una media sonrisa agradable y mordiéndose los labios como lo haría un chacal ante un trozo de carnaza que supura sangre por sus grietas y que hubiera descubierto abandonado en medio de la sabana. ¡Albricias!, aquí tenemos un manjar delicioso, sin duda abandonado por un león afeminado. «Le he hecho una pregunta».

»El representante, como despertando de un sueño húmedo y vívido añadió, sin dejar de mirar los senos de mi abuela: «Sus te… digo, el… niño, es asombroso. Tiene un futuro tan… exuberante, sí, se aprecia tanta jugosidad en su, esto, talento, incluso por un momento he pensado que parecía que flotara en el escenario… durante toda su actuación he pensado que me gustaría estar allí, en medio de ese par de… cuerdas vocales, y soplar, soplar muy fuerte, *fffff*, para… ¡desperdigar la buena nueva de su voz por todo el país!». Mientras decía eso, aquel infante de calzón corto que era mi padre miraba la escena como un palurdo observando un cuadro cubista, intentando entender lo que estaba sucediendo en el supramundo de los adultos, básico, pero complicado en sus formas. Aquel tipo, por cierto, tenía como particularidad una nariz algo abollada, no erraríamos si sentenciáramos que era fea, pero era tal la virilidad que exudaba su mirada, que aquella napia de boxeador *amateur* conseguía el efecto contrario, confiriéndole carácter y masculinidad a sus facciones, así que Manolo Pencas era considerado por la mayoría de féminas como un hombre medianamente atractivo. Por otra parte, doctor, convendrá conmigo en que una de las cosas que más aprecian las mujeres es sentirse intensamente deseadas, y tanto les llega a influenciar semejante acoso visual que puede decantar hacia el lado positivo un primer análisis dubitativo, sobre todo si el emisor de tales miradas es poco menos que un canalla. Aquel marasmo de sensaciones, aquel aroma-hedor a sexo duro propiciado por aquella violación ocular, causó tal sofoco en mi abuela que se vio en la necesidad de sacar su abanico del bolso para enfriar sus pezones, endurecidos ya como pequeños volcanes, y eso que era el mes de enero. Luego la abuela empezó a notar que sus bragas pesaban, y lo hacían por una cantidad exagerada de flujo provocado por la mirada de un desconocido.

»Doctor, espero que no le pase nunca, pero experimentar un caso de atracción inevitable entre tu pareja y un actor inesperado en tu vida es comparable a la sensación que tiene un niño que ha llegado nuevo a un colegio con su **PROPIA PELOTA**, y al que le han robado su maldita **PELOTA**, y al pobre idiota de la **PELOTA** no le dejan formar parte de ningún equipo, y se pasa la primera hora de recreo con expresión de lerdo, viendo cómo los demás disfrutan dando patadas a **SU PELOTA**. Mi abuelo, que ya estaba **HASTA LAS PELOTAS**, chasqueó los dedos para que el representante despertara de sus visiones, y entonces aquel hombre esgrimió varios argumentos políticamente correctos y lo suficientemente persuasivos como para llevarse el gato al agua; que si ya había lanzado a otros niños al estrellato, pero que el caso papá era para darle de comer aparte, nada que ver con los otros infantes a los que había representado, ¡qué va!, él estaba destinado a llegar a lo más alto, siempre y cuando los padres estuvieran de acuerdo en aceptar ciertos peajes y soportar algunos sacrificios. De las cuerdas vocales de mi abuela surgió un «Usted es el experimentado. Por mi parte haré lo que sea necesario por tal de complacerle, todo, y el niño, bien, el niño hará lo que yo diga». Entonces se apartó el pelo y miró hacia el suelo de la iglesia, percatándose de que una gota de flujo cayó en cámara lenta entre dos filas de asientos.* *Bluops*. Al llegar a casa, mi abuela estaba tan ufana que puso en su aparato reproductor una canción de Frank Sinatra cantada a dúo con su hija Nancy: *Something Stupid*. Entonces subió a Constancito a la altura de sus labios y bailó con él dando vueltas por todo el comedor. Aquel día fue de intensa felicidad. Mi padre nunca había estado tan cerca de los senos de su madre como en aquel instante. Vueltas y más vueltas. Tan contento estuvo mi padre, que vomitó.

»Definitivamente, el pescado estaba vendido. Lo primero que hizo Manolo Pencas para ganarse la confianza de mi abuela fue presentar al zagal a los medios de por aquel entonces mediante concursos de más empaque. Luego vino *Gente menuda* de Radio Televisión Española, donde quedó segundo después de un niño malagueño de pelo rizado al estilo escarola, y *Reyecito por un día*, realizado en los estudios Miramar. Allí quedó cuarto, pero Manolo ya había conseguido que los jefes de Boltor Music, ubicados en Miami, accedieran a ofrecerle un contrato discográfico. En *Galas del sábado* estuvo a punto de entrar, pero el realizador se negó finalmente, al ver la expresión de idiota del chiquillo. Daba igual. Un contrato discográfico ciega a cualquiera. Podría decirse que mi abuela ya estaba lo que se conoce técnicamente como «engatusada».

—¿Quién le hacía las canciones?

—Mi padre se encargó de hacer las melodías y las letras de aquel primer disco, es decir, todo. Su primer trabajo salió en 1967. Se llamaba «La gracia

---

*Nota del editor: Imagen muy «evocadora». Desde la editorial creemos que el escritor debe haber visionado algún *remake* porno de *Mulholland Drive* de David Lynch. El mundo de los *nerds* es infinito…

de ser de Gràcia», un pequeño homenaje en forma de rumba a su barrio de toda la vida, compuesto en menos de cuarenta y ocho horas, así de prolífico y colaborador se mostró con la causa, sobre todo al ver tan ilusionada a su madre. El disco se llamaba así por una de sus mejores canciones, aunque el vinilo original traía consigo otro tema, de corte más clásico, el número doce, que, finalmente, no fue incluido en su edición definitiva. Se llamaba *La, la, la*. Cuando se la interpretó por primera vez a su representante, al piano, a solas los dos, Manolo le dijo:

—*La, la, la*. Así que «todo en la vida es como una canción». Ya. ¿Qué nivelón de letra, no?

—Bueno —dijo papá—. Habla. De la alegría. De estar vivo. Y tal.

—*La, la, la* es horrendo, cursi. Prueba con «Olé, olé, olééé». Fíate de mí. Es más castizo.

Papá tenía seis años, pero había algunas cosas que tenía muy claras.

—«Olé, olé» no queda. Igual. Métricamente. Y me gusta más «la, la, la».

—Oye, Constancito. «La, la, la» lo van a cantar únicamente las locazas del Paralelo, te lo digo yo. Déjame hacerte una pregunta. Aparte de ser un bicho difícil de ver, encima de eso, ¿eres bujarra?

—No entiendo. La. Palabra.

—Pues si te gustan otros niños. Espero que no.

—No. ¿Y tú? ¿Eres? ¿Bujarra?

—A veces pienso que no tienes un pelo de tonto y que te estás quedando conmigo. Escúchame, cara de cipote. La experiencia más cercana a la homosexualidad que he tenido en mi vida ha sido recibir el cuerpo de Cristo. ¿Me entiendes? —Doctor. En aquellos momentos, y siempre según la versión de papá, su representante lo asió ligeramente por el gaznate y empezó a hablarle con una especie de serenidad histérica—. Y no me llames bujarra nunca más en tu puta vida. En fin, déjalo. No voy a entrar en una conversación de sexo contigo, soy tu mánager, no tu padre. De todas maneras, contigo no hay prisa para hablar de mujeres. Con lo feo que eres no las vas a oler, chaval, ni de refilón, en los próximos veinte años. Maldita sea, mira que los niños acostumbran a ser monos, hasta los hijos de la gente horrible aún no han desarrollado las narices de sus padres. Pero tú, si ya eres así de mocoso, no me imagino qué te va a pasar cuando te llegue la pubertad y te salga pelusilla en el bigote. Vas a parecer un extraterrestre, un cactus parlante. Madre de Dios, eres más feo que mi coche por debajo. Si un día decides comprarte una careta solamente te van a vender la goma. En fin, tienes talento, eso sí. Y mucho. Mira, vamos a hacer una cosa. Vamos a grabar la canción con «olé, olé» y, para que no te enfades, haremos otra versión con «la, la, la». Y que sean los jefes de Miami quienes decidan por nosotros.

—El disco «La gracia de ser de Gràcia» salió sin ninguna de las dos versiones del *La, la, la*. En cambio, la canción que daba título al vinilo llegó al número 52 en la lista de ventas. Se generó una corriente de alborozo en todo el vecindario, quien lo tomó como a un pequeño héroe; de hecho, la primera vez que la canción fue emitida en Radio Nacional, fueron a buscarlo a casa y entre un gran estallido de júbilo lo llevaron a hombros por toda la calle Mozart. Luego la histeria colectiva llegó, por desgracia, a un punto álgido en el que todos los vecinos empezaron a arrancarle mechones de pelo a mi padre, como si pretendieran conservar una reliquia de aquel niño, hasta que llegó a casa completamente calvo, pero, créeme, jamás un linchamiento había generado tal dosis de felicidad en la víctima.

»A raíz del éxito papá experimentó una mejoría en sus movimientos psicomotrices. Y también creció. Diez centímetros en un mes.

—Claro. Bendito sea, Fernando.

—El disco tuvo una difusión muy catalana, muchos se sintieron identificados con aquel tema rumbero. La abuela, poco a poco, empezó a salir de la depresión para entrar en los floreados campos del optimismo, mientras que su marido emprendió el camino a la inversa. Aquel tipo llamado Manolo Pencas no le daba buena espina, y aún menos cuando un día se presentó a comer en casa con expresión de cierto malestar fingido. Según sus palabras, había que darle un vuelco a la carrera de papá. Pese a la notable difusión que habían logrado con el primer disco, Pencas expresó abiertamente su descontento. Consideraba aquel disco como un fenómeno «estrictamente local». Conminó al niño a pensar en términos de España como nación indisoluble, uperisada y pasteurizada, que sacara de sus entrañas su vena más patriótica, o, en caso de que el fuero interno del niño careciera de amor por la españolidad, que se inventara tal sentimiento. A Manolo no le interesaban las minorías, de hecho las odiaba. Sentados en la mesa del comedor, aquel hombre aseguró que tenía la **ABSOLUTA** certeza de que papá estaba capacitado para subirse al podio de los niños prodigio nacionales. En aquella época Joselito estaba ya a la baja, diablos, había un hueco, incluso se aventuró a pronosticar que aquella criatura era el Ungido, Manolo Pencas lo vio y no paraba de repetir que en aquella sacrosanta misión pondría todo su empeño. El representante aseguró a la familia que, de seguir a rajatabla sus instrucciones, en un futuro muy cercano los Obs vivirían en el barrio de la Bonanova a cuerpo de rey, criadas y jarrones Ming gigantes. El niño se limitó a preguntar: «¿Y podré hacer la comunión?». Manolo Pencas ni siquiera le miró: «¡Atención! ¡Españoles! Resulta que el chaval quiere hacer la comunión. Pues esas celebraciones son en mayo, chaval. ¡Mes de galas! Lo dudo, sinceramente». Angelina puntualizó: «Bien, en realidad, en esta casa no somos demasiado creyentes, ¿verdad, Joanet?». Manolo sentenció: «Pues muy mal. Hay que serlo, si eres español». Mientras tanto, huelga decir que Manolo rozaba la rodilla de mi abuela por debajo de la mesa. Angelina, de haberse levantado en aquellos precisos instantes, a buen seguro hubiera resbalado. «Le estoy brindando la ocasión al niño y a ustedes de pasar a la historia; es más, su hijo pasará a la historia. Es su irremediable destino». Mi abuelo

Joanet nunca creyó ni una palabra procedente de aquel tipo a quien llamaba en la intimidad «El farfollas», pero tras discutir una sola vez con su amante-hermana o *hermanante*, comprendió que el futuro del niño era la única puerta posible para ilusionarla de nuevo. Ironías de la vida, el devenir de la familia estaba en manos de otro fascista y no de cualquiera, sino de una especie de Goebbels con respecto a su pesadez. Mi abuelo comprendió que aquel tipo seguía la técnica de los mosquitos tigre o los comerciales a puerta fría, quienes no dudan en intentar llevarse el gato al agua, una y otra vez, aunque hayan sido advertidos de perder la vida en el empeño. Un pesado de antología, Manolo Pencas. Viendo su insistencia, mi abuelo decidió dar un paso atrás y dejar de pugnar por el afecto de Angelina. De repente, Joanet se vio a sí mismo como un tipo lúgubre, un simple y honrado hombre rana sin más que ofrecer que un plato de sardinas cada noche, y un oscuro devenir, repleto de vivencias desabridas, un «mam, caqui, non»* como se decía en aquellos tiempos para expresar vidas ordinarias. Hasta aquel momento, y de un modo ciertamente ingenuo, tenía la convicción de que todos los miembros de la familia se conformaban con llegar a fin de mes y ser moderadamente felices, por otro lado lo más común y sensato durante el franquismo. Pero siempre hay personas como Angelina, que no están dispuestas a ver la vida como las ancianas ven pasar el desfile de carnaval, desde sus terrazas. Ella, de la mano de su hijo, acudiría a la rúa, subida en lo alto de una carroza capitaneada por aquel representante. Supongo que eso es, a fin de cuentas, lo que necesitan algunos espíritus soñadores pero a la vez débiles de iniciativa: ir de la mano de alguien que les proyecte hacia un lugar mejor, y no sólo eso, sino que esas visiones se expresen en ideas claras que, a su vez, se conviertan en mejorías tangibles, contantes y sonantes, como por ejemplo gozar de un estilo de vida al uso de los privilegiados de la revista *Hola*, la misma que pintarrajeaba el anormal de su marido, y todo eso debería traducirse en dinero y respetabilidad. Las reuniones siguieron. Manolo siempre se sentaba al lado de mi abuela. El manoseo había pasado a una disimulada masturbación por debajo de la mesa efectuada con el dedo anular hasta el segundo metacarpiano. Angelina decidió acudir al cura de la parro-

*Nota del editor: «Mam, caqui, non», expresión coloquial en catalán que significa «Comer, cagar y dormir». Bueno, en realidad es una expresión que se da únicamente en un pueblo concreto, en una calle concreta y en una casa concreta: la del autor.

quia, de la misma manera que acudían al Papa de su pueblo, Camilo VI, todos los vecinos cuando tenían alguna inquietud. En el confesionario, y pensando ingenuamente que con ese tal Mossèn Jacint podría mantener un vínculo de confianza fraternal, le dijo:

—Voy a hablar sin tapujos. Tengo unas increíbles ganas de que el representante de mi hijo me empotre contra la pared y me meta su polla hasta el fondo. Quiero que me llene de leche. La boca, el coño, donde sea, quiero lamer su pecho peludo, quiero morder la cruz de Caravaca de oro que lleva colgando del cuello, quiero tragarme todo lo que me ofrezca, Mossèn Jacint, quiero estar a solas con él y que haga conmigo lo que quiera, me da igual si me da por detrás y se corre encima de mi espalda como si me monto encima de él y cabalgo como una amazona hasta que sea yo quien se corra un centenar de veces.

—Oiga, voy a ir al lavabo.

—Doctor. No puede imaginarse las blasfemias que llegó a soltar Mossèn Jacint, quien conminó a mi abuela a buscar un exorcista. Pero ella, harta de semejantes insultos, le dijo: «No puede darme clases de moralidad sexual un tipo soltero que va vestido con faldas». Por cierto, el mismo Jesucristo que meses antes había llorado sangre por la nariz tras la canción de mi padre, también había escuchado los anhelos carnales de mi abuela y mostraba una terrible erección. De madera, pero erección.

10. El extraño ataque de unos hombres rana

—Así que una terrible erección. Jesucristo. Claro, claro.

—Cuando mi abuela llegó a casa, puso la radio. Sonaba el *La, la, la*, que no *Olé, olé*. La interpretaba Massiel. Faltaba una semana para el concurso de Eurovisión. Era 1968.

—Claro que sí. Por lo visto, ese tema, según su versión, no pertenece al Dúo Dinámico, quienes lo habían cedido a Serrat, quien a su vez se había negado a participar en el concurso al no dejarlo cantar en catalán. Resulta que es de su padre. Dios mío, no sé hasta dónde llegará su imaginación.

—Todo eso es cierto, doctor. Lo más sospechoso de todo es que, a la semana del triunfo de Massiel, Manolo Pencas llegó al barrio de Gràcia a bordo de un flamante Citröen Tiburón, que, de tan nuevo, brillaba como el puto sol. Con su nuevo traje y una expresión amenazadora, cogió a mi abuela y le dijo: «*La, la, la* era una maricónada, cantada, claro está, por Serrat o por un niño. Pero entonado por una muchacha con minifalda como Massiel hay que reconocer que tiene su miga. Verás. Boltor Music consideró oportuno sacar el *La, la, la* del disco del chaval y vender los derechos a otra discográfica, ese tipo de trapicheos se hacen entre compañías editoriales, pero tú, como eres una recién llegada, no tienes ni pajotera idea de lo que te estoy explicando. De todas maneras, un niño no puede concursar en Eurovisión. Ah, y si te preguntas por el dinero, lo tengo yo a buen recaudo. No te preocupes, cielo, os entregaré vuestra parte cuando considere oportuno, me refiero a ti y al niño. Sin embargo, tu marido, Joanet. No sé. Creo que no es de fiar, en realidad, un hombre rana no tiene cabida en el negocio musical».

»No volvieron a hablar del tema. De hecho, mi abuela y mi padre se limitaron a seguir la voz de la experiencia, aquel supuesto «plan estratégico» que había creado el Pencas. En 1968, «La gracia de ser de Gràcia» fue seguido por «La caña de ser de España». Manolo Pencas quiso encargarse personalmente de las letras, así que mi padre hizo únicamente, y a regañadientes, la música de ese disco, sobre todo la canción *La Cruz del Valle*, cuyo estribillo decía: «Que tu padre trabajara en el Valle de los Caídos no significa que fuera arquitecto, niño rojo». Pero, oiga, Manolo Pencas no iba desencaminado, de hecho empezaron a lloverle galas por todo el Estado, pese a que en el barrio empezaron a mirarle con desdén, ya sabe, sus vecinos pertenecían en su mayoría al bando de los perdedores de la contienda, así que se sintieron poco menos que ultrajados y traicionados con aquel vuelco que había experimentado la carrera del chaval con mirada de pez, el mismo al que hacía cosa de unos meses habían llevado a los altares del aprecio. Papá, por su lado, empezó a mostrar un cierto empeoramiento en el movimiento de sus articulaciones y sus temporadas de lapsus mental habían aumentado en gravedad, especialmente, cada vez que escuchaba el *La, la, la* por la radio.

—Lo puedo imaginar. Algo psicosomático.

—Sin embargo, lo peor no fue el cambio estilístico, doctor, o aquel discurso ideológico tan afín a la dictadura, sino la mentira del Pencas con respecto al niño. Porque, aprovechando que papá entornaba los ojos hacia arriba cada vez que cantaba, se le ocurrió presentarlo en toda España como un portentoso niño cieguito. Un chaval que había perdido progresivamente la vista ante la vida, supuestamente libertina, de su padre. Imagine la reacción de mi abuelo cuando Manolo Pencas tuvo a bien decirle: «Estamos todos en el mismo barco, Juan, digo Choán. A ti te ha tocado ejercer de malo, pero tu parte del pastel llegará en breve. Entre todos, iremos abriendo camino al niño anormal». Y mi abuelo, que era un endeble, achantó.

—¿Cieguito?

—Lo que oye. Para el caso estuvieron ensayando unas cuantas semanas. Incluso le compraron unas gafas enormes. Cuando papá mostró dudas, Manolo le dijo: «Oye, es muy fácil. No mires a los ojos de la gente». Papá me dijo que aquella frase le pareció excelente y que bien merecía una canción.

—Claro, claro. Oiga, hay una cosa que no acabo de entender. ¿Cómo es posible que un ex taxista llegara a ser el hombre de confianza en España de una multinacional norteamericana?

—¿Y cómo es posible que Roldán llegara a ministro del Interior, doctor? Oiga, no hablamos de Alemania. Aquí no se valoran los méritos, sino los favores. Y Manolo Pencas había hecho un gran, grandísimo favor al dueño de la discográfica americana, un tal Gustav Ausdenmeyer. Diez años antes, Manolo era uno de los miembros más activos de los Guerrilleros de Cristo, un ejecutor de palizas de poca monta a sindicalistas. De algún modo, la información llegó a unos misteriosos alemanes afincados en Estados Unidos. Se pusieron en contacto con él y le propusieron llevar, desde el Valle de los Caídos hasta Alemania, una especie de caja congelada. Como vehículo eligieron un camión de **CONGUITOS**. Manolo Pencas iba a ser el conductor. Y tenía órdenes de no parar bajo ningún concepto. Le dieron cocaína. Manolo hizo el trayecto en tres días en los que no durmió. Como premio, le dieron un puesto de trabajo en una de sus empresas, Boltor Music España, y dejó el taxi para convertirse en cazatalentos, eso sí, completamente viciado a esa droga.

—¿Se puede saber qué contenía esa caja congelada?

—Se lo explicaré a su debido tiempo, doctor. Simplemente, grabe ese dato en su cabeza porque en realidad es fundamental. Como le decía, Manolo tenía muy contento a su jefe norteamericano, ese tal Gustav Ausdenmeyer. «La caña de ser de España» vendió 25.000 discos de la época. Tras el éxito, se presentó a comer de improviso en el hogar de los Obs, y a la hora de los postres dijo: «Familia, vamos bien, muy bien, pero necesitamos otra decena de canciones para organizar una gira en condiciones, yo volveré a ayudar al niño con las letras. Ah, y tienes que ver unas cuantas películas protagonizadas por cieguitos, más que nada porque no quisiera que un día *te* pillaran». A principios de 1969 salió el disco «Imperio», pura apología del fascismo, sin tapujos ni medias tintas. «Imperio. Un niño invidente que nunca verá la gloria del Valle de los Caídos ni la faz de la Virgen de los Remedios, pero no por ello es ajeno a la verdad de Dios». 22.000 copias, un pequeño bajón, pero seguíamos hablando de cifras importantes y contaban con todo el apoyo de aquel tal Ausdenmeyer desde Miami. El caso es que Manolo, el niño (a quien habían comprado incluso un bastón) y mi abuela se fueron de gira. Angelina, claro, estaba dispuesta a respaldar a aquel representante. Llevaban ocho años en la urbe y mi abuela sentía que Barcelona le oprimía el pecho. Su espíritu, voraz como pocos, volvía a sentir de nuevo aquella acuciante necesidad por cambiar de aires, zamparse otra porción del pastel, y esta vez iba a ser peninsular. De ningún modo iba a perderse la oportunidad de ver mundo junto a aquel bocazas de Manolo Pencas, así que hizo caso omiso a las malas lenguas, en especial las de la primera novia del representante, quien le avisó de lo veleidoso que resultaba el mánager con respecto a sus representados y también con sus amoríos. La balanza tenía un contrapeso demasiado abultado: el miedo de Angelina a morir sin haber vivido.

—Creo que me temo el siguiente capítulo.

—Manolo le compró un piano eléctrico y con aquel único instrumento papá se enfrentó a su primera gira como solista. No hace falta ser muy perspicaz para saber que desde la primera noche en un hotel de Huesca, Pencas sedujo a mi abuela, o fue al revés, las cosas como son, dicen que ella era puro fuego. Papá, desde su cama supletoria, hacía ver que dormía, pero aquella noche, como las siguientes que vinieron, lo escuchó y lo presenció absolutamente **TODO**. En realidad era imposible conciliar el sueño con aquellos gemidos y el estruendo de los cabezales de aquellas vetustas camas rebotando contra la pared, así que apoyó su inmensa cabeza en la palma de su mano izquierda y se dedicó a observar con todo el descaro. Luego fue entrando en los brazos de Morfeo, aunque no arregló demasiado las cosas, ya que mi padre dormía siempre con los ojos semientornados, casi en blanco, doctor, usted ya sabe la angustia que da tener a una especie de muerto viviente a tu lado. Aquella primera noche Manolo exclamó: «Oh, por Dios, espero ganar mucho dinero en breve, porque tener al lado a este horrible anormal me genera cortocircuitos en mis conexiones cerebro-polla».

»Hasta que el representante decidió tapar la enorme cabeza de mi padre con una manta. Siempre que follaban, Manolo acostumbraba a soltar semejantes exabruptos, pero papá no se ofendía, doctor, estaba acostumbrado a dar grima a casi todo el mundo, y en aquellos momentos andaba inmerso en su nube particular, había heredado la fascinación que tenía su madre por una vida alejada de lo convencional, y aquella noche había firmado autógrafos por segunda vez, una veintena de niñas, todas ellas hijas de altos mandos del ejército. En sus venas había entrado el veneno de la popularidad, y era una sensación sumamente agradable. ¿Qué diablos le importaba que su madre jadeara a su lado? Eso eran cosas de mayores, no veía ningún mal en ello, incluso le parecía un juego divertido aquel mete-saca tan frenético. Lástima que el chiquillo, a la mañana siguiente y mientras desayunaban en el bar del hostal, alzara los brazos como un muñeco, se levantara súbitamente de la silla y empezara a gritar, como hizo aquel día con Aristóteles: «¡Córrete dentro, por Dios, Manu!», exactamente con la misma voz y tono que su madre. Otro tipo de lindezas sucedieron a la primera frase, esta vez con la voz del representante: «Si me dejas que te meta mi "Caudillo" por detrás, me corro cuando quieras».

»Manolo Pencas miró a diestra y siniestra. Al comprobar que toda la cafetería había enmudecido, se levantó, cogió al niño del cuello y lo reprendió de malas maneras, pero papá andaba como poseído retransmitiendo la noche anterior, para deleite de los allí presentes. El representante no tuvo más remedio que amordazarlo con varias servilletas de papel que le iba incrustando en la boca hasta lograr enmudecerlo mientras le decía al oído: «Oye, niño-grabadora, a partir de ahora hasta que tengas dieciocho años abrirás esta boquita de piñón cuando yo te diga, ¿estamos, cabeza buque?». Por cierto, Manolo odiaba el color verde, le producía ceguera transitoria, y de la misma manera aquel maniático no podía soportar que madre e hijo hablaran entre ellos en catalán. Cada vez que lo hacían les conminaba a abandonar el «dialecto» porque, según él, algunos fonemas le producían dentera y no tenía reparo en argumentar que le costaba seguir algunas de sus conversaciones. «¿Te daría la misma rabia si habláramos en inglés?». «No tanto, claro está. Una cosa es hablar en inglés, pero hacerlo en... ¿ca-ta-lán? No, sin duda no es lo mismo». Otras veces, cuando desayunaban, decía: «Me extraña que no pidas tomates para espachurrarlos en el pan, como hacéis los polacos. Es asqueroso». Mamá le contestaba: «Tú has nacido en Barcelona y tienes treinta años, así que también eres *polaco*, ¿no?» y el Pencas se ponía más tenso que un pavo el día de Acción de Gracias, y le respondía: «Sí, pero soy catalán por ac-ci-den-te. Mis padres son de un pueblo de Palencia, donde hacen el mejor pan del mundo, nada que ver con la mierda que coméis en Barcelona». «Ah, sí, el mejor pan del mundo. Y unos cojones. El mejor pan del mundo se hace en mi pueblo, Ulldemolins de Tabernes». Y Manolo replicaba: «Mira, zorrita. Lo que te diga yo es *la verdad*. Lo tuyo no deja de ser una opinión *subjetiva*». «Pues si tan bueno estaba aquel pan, ¿por qué tus padres no se quedaron a vivir en su pueblo, catalán por accidente? ¿La respuesta no será que no veían aquel pan más que detrás de una vitrina?» y Manolo daba un golpe en la mesa que hacía temblar los platos y le soltaba groserías tales como «Mis padres se fueron del pueblo porque les salió de los cojones, exactamente el mismo motivo por el cual tú has abandonado el embutido blando de tu marido-hermano *catalino* para pillar este rabo de toro genuinamente ¡español! que tengo entre las piernas, o ahora no me vas a decir que tu marido, que digo marido, ¡hermano!, calza la misma talla que mi *Caudillo*. Por cierto, paga el desayuno, yo me voy a tomar el aire y a buscar un estanco, que aquí no venden Celtas, joder, me pones de los nervios» y entonces mi abuela le decía: «Tendrías que ser más dialogante», a lo que Manolo respondía: «Oye, Angelina, soy español, así que no soy demócrata. Un español no será jamás demócrata, aunque viviera en una democracia. Métete este dato en la cabeza. Nos gusta que nos den caña, y más a vosotros, los catalanes. Pues menudos sadomasos estáis hechos... Por cierto, déjame cien pesetas, luego te las doy». En aquellos instantes, madre e hijo se quedaban en silencio y se limitaban a ver el tránsito de peatones zamoranos, deambulando sin demasiada prisa por las avenidas con un pastel de domingo bajo el brazo, esperando a que Manolo volviera más relajado. Debo decir que la relación entre ellos siempre fue tempestuosa, tanto en la cama como en las palabras que se dedicaban, momentos que se agravaban cuando Manolo le daba a la cocaína. Sí, doctor. Como ya le he comentado, desde aquel extraño viaje a Alemania conduciendo un camión de Conguitos, el polvo blanco había empezado a hacer estragos en la cabeza de Manolo Pencas. Si en otras cosas era un auténtico retrógrado, en el tema de los barbitúricos ese tipo fue realmente un innovador, ya que se adelantó casi veinte años a la moda nasal. En un principio, Manolo llevaba el vicio escondido, incluso se mostraba en las horas del almuerzo como un abstemio radical, pero un buen día volvió del lavabo sin haberse mirado al espejo, con sus fosas nasales absolutamente blanqueadas. Allí se descubrió el pastel. La abuela, que ya conocía aquel vicio desde las fiestas de Ulldemolins y con el ánimo de buscar otro tipo de complicidades más allá de las sábanas, empezó a tomar con él con asiduidad, generalmente después de los cafés. Según los diarios de papá, era entonces cuando empezaban a fraguar planes de estrellato. Al subir al Citröen Tiburón, el cual, por cierto, tras 5.000 kilómetros ya empezaba a andar un poco destartalado, Manolo soltaba el volante para frotarse las manos y ponía, al igual que el niño, los ojos en blanco, y sonreía, como si ya estuviera presenciando una exitosa escena de sus vidas en común, como por ejemplo, contar billetes y más billetes de cinco mil pesetas en una *suite* del Ritz de Madrid. Alguna vez se la habían pegado.

El representante paladeaba aquellas escenas, la mayoría de veces, en carreteras de mala muerte, como si ya estuvieran sucediendo, costumbres muy aconsejables, por cierto, ya que uno nunca sabe si nuestros sueños llegarán a materializarse. Si en aquellos planes surgían disensiones por parte del niño o la madre, Manolo conseguía tener siempre la última palabra, empleando modos violentos, inesperadas bullas aderezadas con puñetazos en el volante que conseguían en madre e hijo un radical efecto, el mismo que acontece tras ser abofeteado. Fue en una de aquellas extrañas mañanas, alejado de su hogar, cuando mi padre decidió dejar de hablar durante una buena temporada. Simplemente se limitó a **CANTURREAR**, en voz baja. Siempre, y cuando digo siempre, significa, a todas horas, un incesante murmullo, imperceptible, pero irritante y constante, emitido desde el asiento de atrás, hasta que el representante perdía los estribos. Se dirigía a Angelina, sin mirarla, y le decía: «Dile al enano cabezón que se calle, por Dios, me va a reventar la cabeza, es como un zumbido de insecto». Mi abuela respondía: «El niño está creando, y tú vives de su arte, así que te jodes». Entonces Manolo empezaba un concierto de pedos. Una guerra cruenta, créeme.

—Por cierto, ¿qué tipo de condiciones económicas habían pactado?

—Al principio, el precontrato del representante con mi abuela y mi padre era de confianza. Manolo, simplemente, le daba a mi abuela lo que llevaba suelto y argumentaba que de ninguna manera las mujeres podían manejar el parné, que eso pasaba en países como Francia y así de mal les iba. Finalmente, y saliendo de Huelva a cuarenta y dos grados, en una cafetería de camino a Aracena, Manolo mostró a Angelina el borrador del primer contrato, tanto el que se refería a ventas de discos del niño cieguito como el de los ingresos generados por conciertos. Los exiguos porcentajes eran los siguientes: Manolo Pencas Management se llevaba un 99% del pastel de las galas, y con respecto a las regalías generadas por la venta de los discos de mi padre en las tiendas, Boltor Music Spain pactó un 94% para la multinacional, un 5% para Pencas, y otro simbólico 1% para mi padre. En total eran una veintena de hojas que debían firmar mis abuelos como tutores legales de papá. Tras un incómodo silencio por parte de Angelina, el niño, que andaba mirando por la ventana y supuestamente escuchando voces de su walkie-talkie, salió de un ostracismo que había durado la friolera de medio año y sorprendió a la pareja cuando espetó: «Mmmm. No sé. Yo. ¿Eh? Yo soy. Pequeño. Y todo el mundo dice que tengo cara de… gilipollas. Pero. Hay unas voces aquí dentro. Que dicen. Que a papá no le va. A gustar. La parte del pastel. Que nos llevamos. Él siempre dice, la tierra para el que la trabaja. Y cosas así. Y en estos papeles. La cosa funciona. Al revés». Manolo, ansioso por romper los vínculos entre padre e hijo, espetó: «Por eso al señor Choán Obs, el hombre rana comunista, le va tan bien la vida, vaya que no. Escúchame, pequeño gilipollas. Sé razonable y escucha los motivos del 99% de marras, porque a ver si ahora vamos a dejar de ser amigos por unos porcentajes de nada. A ver: conozco a cien niños que valen lo mismo que tú, créeme, no eres el único chaval con talento. Si solamente apuesto por ti, dejo a noventa y nueve en la cuneta. ¿No son justas mis condiciones?». Angelina contestó: «Me habías dicho que lo del niño era especial». Manolo la miró, airado: «A ver, ¿tú no entiendes de frases de motivación o qué?». Papá contestó de nuevo con un «Mmm, no sé yo, ¿eh?». Manolo contraatacó: «Mira, anormal. Cuando uno empieza en esto del espectáculo tiene que poner el culo así, ¿sabes?» y entonces puso sus rodillas en la silla y se quedó un buen rato mirando a La Meca. «Es ley de vida. Hay gente por medio, chaval, intermediarios como yo, que ponen sobre la mesa su profesionalidad y buen hacer para que tú llenes los teatros. Sin nosotros, vosotros, bohemios titiriteros, no seríais nada. Y si no te gusta, Constancito, te fastidias porque estás bajo tutela de tu madre y del hombre rana, aunque él aquí ni pincha ni corta. Yo, al contrario que tu padre, ¡ni picha ni corta!, sino cipote de machote y un par de huevos para ponerte firme, a ti y a tu madre, ¡que falta os hace a los dos! Con un poco de suerte, cuando llegues a ser mayor, siempre que tu extraño organismo te lo permita y no nos la espiches dentro de una semana, y sólo en el esperadísimo caso de que hayas triunfado, entonces, solamente entonces, podrás mirarnos de tú a tú y renegociar estos papeles que ahora te ofrezco amablemente, incluso podrás permitirte el lujo de vengarte de tipos tan malos como yo con una patada en el culo o pasándote a la competencia y olvidando mis años de abnegado servicio hacia ti y tu madre».

»Después de aquella retahíla, y viendo que papá recibiría un sueldo tan enano como él mismo, sacudió su enorme cabeza. Al ver que no lo convencía, le dijo: «Piensa en el mecánico de motos de tu barrio, Constancito. O en el viejo de la droguería. Han visto la vida desde unos prismáticos invertidos. Un día tú volverás allí, con tu flamante descapotable, y verás que todo el mundo sigue en su sitio, igual de miserable, pero más y más viejo, y pensarás que podrías haberte quedado allí con ellos, sin haber visto el mundo, desperdiciando tu enorme talento haciendo, por ejemplo, de camarero, simplemente porque te negaste egoístamente a hacerte el cieguito durante unos discos, porque te negaste a repartir unos céntimos, qué digo céntimos, quincalla, con gente que sí creía en tu valía y te apreciaba. Joder, Angelina, haz que tu hijo entre en razón. Mi abuela miró a mi padre y le dijo: «Pero vamos a ver, ¿no deseas triunfar?». Mi padre miró a mi abuela y respondió: «Yo lo que quiero es que me quieras».

—Oh.

—Tras unos minutos en silencio, Manolo contraatacó: «Reflexiona, cabeza buque. La vida, la mili, la escuela, todo funciona así. Al principio pringas, y al final otros lo hacen por ti. Aparte, con esta pinta que tienes, ¿crees que lo vas a tener fácil? Solamente tienes una salida. Cantar o trabajar como probador de chapelas. Venga, trabaja por mí unos años y luego serás millonario, y lo mejor de todo, libre».

—Esto se está poniendo serio, Fernando.

—En el coche, papá desconectó de nuevo. A todas luces parecía dormido, como si hubiera inhalado cloroformo. Simplemente se había zambullido en su interior, buscando trozos de vida desordenada y emociones dispares, succionadas previamente por su consciente, al que llamaba «La esponja», un ente en continuo estado de filtración hasta que, en el momento más inesperado, surgía de su boca alguna melodía balsámica, confeccionada por su espíritu como un traje a medida, o una burbuja protectora de las continuas agresiones de aquel ser. Ponía los ojos hacia adentro y observaba los páramos vírgenes de su mundo fantástico, pendientes aún de colonizar. Desconexión. Hasta luego y que os den a todos, parecía decir. Una palabra, de repente, afloró desde las profundidades del espíritu de papá: «Libre, libre». Desde luego, la suerte de papá es que su inconsciente era una extensión lo bastante amplia como para perderse en el caso de que en el exterior llovieran chuzos de punta. El walkie-talkie de papá no paraba de soltar ruidos insoportables mezclados con parásitos sónicos. Eso es lo que escuchaban los adultos, si bien mi padre escuchaba, claramente, una voz que le decía: «Mátalo. Mátalo», y luego, de nuevo, aquel «libre, libre, libre».

»Al llegar a Aracena y aparcar cerca de la entrada de las famosas cuevas, papá desapareció. Eran las fiestas mayores y estaba tan enfadado que optó por deambular por las infestadas calles hasta dar con un bar en el que había un tipo tocando el piano. Entre el bullicio de los allí presentes, aquel hombre de nariz como una flecha y flequillo yeyé parecía estar buscando la combinación exacta de notas para una canción. Mi padre se sentó a su lado y empezaron a tocar a cuatro manos. Se llamaba Nino Bravo. Cuando mi abuela y Manolo llegaron al bar, aquella extraña pareja acababa de escribir, mano a mano, un tema llamado *Libre*.

»Aquel tal Nino le dijo: «Bueno, bueno, tienes verdadero talento, chaval». Mi padre le contestó: «Quédatela y cántala. Por mí. Es un. Regalo». Mientras tanto, Manolo y Angelina se habían sentado en una mesa para emborracharse por enésima vez en aquella gira. Manolo dijo: «Sí, quédatela, es una mierda».

—Vaya.

—La urgencia por la firma del contrato empezó a poner nervioso a Manolo. No paraba de recibir llamadas desde Miami, llamadas que Manolo atendía en la recepción del hotel de turno o incluso en una cabina. Y es que los avances del chaval no habían pasado desapercibidos para los norteamericanos gracias a los informes de Manolo, mecanografiados en habitaciones de hotel después, generalmente, de gozar del cuerpo de mi abuela. «En las pruebas de sonido, el niño abre la tapa de un desafinado piano y exterioriza la melodía principal de sus inspiraciones, casi siempre repentinas, mientras que con la mano izquierda las armoniza con complejos acordes. Señores, llevo dos años de gira con él. Puedo ser un hijo de puta, pero tengo olfato, estoy siempre al tanto de lo que hace el chaval. Esta semana el pseudoniño cieguito ha compuesto cuatro canciones merecedoras de un número 1. Parece que le salgan con la misma facilidad que de mi ojete salen truenos. Urge la firma con sus tutores legales. Un saludo español».

—Una buena manera de acabar un informe.

—Imagínese lo prometedora que parecía la carrera de mi padre que a la negociación acudieron ni más ni menos que Gustav Ausdenmeyer, el dueño de Boltor Music, y su director general, Bauhauser, ambos desde Miami.

»Era 1972. No querían que se les escapara el negocio de papá bajo ningún concepto, aunque sabían que colar aquella especie de contrato de esclavitud egipcia iba a ser una ardua tarea. Joanet Obs, el hombre rana superobtuso, iba a ser un engorro de categoría, y tenían razón. Decir que mi abuelo tenía la mosca detrás de la oreja era una aseveración optimista. Mi abuelo tenía tantas moscas en la oreja como los que dan vueltas alrededor de un zurullo de Tiranosaurus Rex.

»Aquella primera gira había suscitado todo tipo de comentarios en el vecindario, y casi todos coincidían con el mismo adjetivo: «Liados». El día de la reunión, mi abuelo, sin duda condicionado por su condición de cornudo y ex prometedor futbolista, dejó su laconismo a un lado y puso el grito en el cielo. Se negó rotundamente a firmar aquellos papeles. Dijo, literalmente, «por encima de mi cadáver. ¿Qué pretendéis? ¿Ilusionar al niño con qué? Constancito pertenece a la clase obrera y no saldrá jamás de allí, eso lo sabemos todos». Angelina, por cierto, ya lo había firmado hacía cosa de dos meses. Manolo Pencas y los ejecutivos norteamericanos empezaron a temerse que tendrían que dirimir el asunto del contrato ante un juzgado. Pero sucedió algo muy extraño.

Tras quedarse un buen rato examinando el busto de Freud, le enseño al doctor un par de fotografías que extraigo del bolsillo de mi parca. Están tan gastadas que sufren ya de las típicas grietas en las esquinas de toda instantánea arrancada de un álbum. En la primera aparece la cabeza de mi abuelo emergiendo del agua con una sonrisa de oreja a oreja y las gafas de buceo aún puestas. Con las manos aguanta un trofeo, ni más ni menos que un paquete enorme de contrabando. En la otra, Joanet Obs yace fuera del agua, tirado en el suelo con el traje de neopreno. La foto se la habían hecho sus compañeros antes de que llegara la ambulancia. El doctor me mira de arriba abajo pidiéndome una explicación.

—La historia aconteció dos días después de la negativa de mi abuelo. Ese día, bajo el mar, unos misteriosos hombres rana forcejearon con él en aquel pequeño abismo, modificaron el émbolo de su bombona de oxígeno y lo mantuvieron por debajo de la superficie durante dieciséis minutos ni más ni menos, incluso el contenido de aire extra que siempre albergaba en sus branquias para casos de emergencia entró en reserva. Cuando mi abuelo ya andaba muy debilitado, los hombres rana se lo llevaron hacia las profundidades. Allí, en el mismísimo suelo, habían instalado ¡un ring de boxeo! El combate, obviamente, fue a cámara lenta y, desde luego, una lucha desigual.

»Al tercer gancho de izquierda, mi abuelo sufrió un KO técnico. Como árbitro de la contienda, ni más ni menos que la Virgen de Montserrat, mientras el niño Jesús anunciaba, con un micrófono acuático, el ganador de la contienda.

»Entonces Joanet Obs sufrió una segunda inmersión, esta vez en los océanos de la inconsciencia pre mortem. Según las memorias de mi padre, el abuelo le dijo que pudo ver claramente la cara de uno de sus agresores, en especial su nariz, presidida por una peca azulada. Mi abuelo subió a la superficie como hace el mar cuando expulsa un muñeco de madera, como algo que rechaza, y allí permaneció, inerte, con su cara mirando a las profundidades hasta que sus compañeros lo dispusieron en tierra firme para reanimarlo. Llevaba pegados al cuerpo unos quince preservativos. Tras hacerle el boca a boca y presionar su tórax a la desesperada, su esófago expelió, como un géiser finlandés, una bonita y colorista fuente de vómitos que incluían una veintena de colillas de todo tipo de marcas. La situación, en general, fue muy, pero que muy desagradable. Fuera como fuere, su cerebro se había quedado sin ventilación durante un tiempo que hubiera aniquilado a otro ser humano, excepto, claro está, a un oriundo de Ulldemolins. Por supuesto, nadie creyó la versión de los misteriosos hombres rana extraídos de un film de James Bond, y atribuyeron aquella imagen a una alucinación propia de un estado de asfixia. Por culpa de semejante agresión, Joanet Obs se quedó demasiado alelado como para poder discutir una sola coma del contrato con el que un día llegaron al hospital un maduro hombre llamado Gustav Ausdenmeyer y un joven pipiolo con mucha ambición llamado Manolo Pencas. Postrado en la cama y en un estado onírico, mi abuelo intentó discutir con ellos. Sin embargo, aquellos tipos lo llevaban todo preparado. Por cierto. Aquí llegamos a un punto de la historia que le atañe directamente a usted, doctor, mejor dicho, a alguien de su familia.

—No le entiendo. Y está empezando a darme miedo.

—Doctor, ahora lo entenderá. Frente a la cama donde yacía mi abuelo, el representante empezó a hablar como un auténtico mafioso: «Mira, Choán. Tenemos dos papeles. El contrato para tu hijo o este informe, firmado por el médico que certifica, vamos a ver, ah, ya lo he encontrado, que hay motivos suficientes como para que, debido a tus recientes lesiones cerebrales, puedas ser inhabilitado como tutor legal de tu hijo, a no ser, claro, que firmes el contrato de Constancito, ya que de hacerlo, automáticamente haré una pelotita con este informe psicológico y me lo tragaré delante de ti. Ya sabes, o un cero coma cinco por ciento del pastel, o quizás acabes en un frenopático, amigo Choán». Mi abuelo, incrédulo, dijo que no le habían hecho ningún examen, a lo que Ausdenmeyer contestó: «¿Estás insinuando que hemos pagado a un médico corrupto? Ay, Choán, que mal te veo. El examen te lo hicimos ayer mismo, lo que pasa es que no te acuerdas ya que tu cerebro se pasó sin oxígeno casi veinte minutos, es como si alguien te hubiera estado estrangulando durante el primer cuarto de hora de un Barça-Madrid, y por eso andamos así, un poco desorientados por la vida. Estás gagá, Choán, gagá».

»Por cierto, doctor. Era un informe elaborado por un tal, a ver, sí, lo tengo precisamente aquí, en mi bolsillo. Pone claramente, Piscis Floyd. Creo que era su padre, ni más ni menos. ¿Le suena que su progenitor acostumbrara a falsear informes psiquiátricos con el objetivo de lucrarse, y de paso, mancillar el buen nombre de la profesión?

—Oiga, no, eso no, por aquí no paso, no. De repente, toda la vida de su padre me parece una surrealista trampa para llegar a este punto tan desagradable.

—Contésteme, alto y claro, señor Sigmund. ¿Había indicios en su vida familiar que indicaran que la conducta de su padre no fuera todo lo intachable que un hijo desearía y, por lo tanto, su padre fuera susceptible de ser sobornado? ¿Su padre tenía deudas con el juego? ¿Era putero?

—No sé qué decir. Oiga, tendríamos que dejarlo por hoy, la verdad, estoy empezando a encontrarme sumamente mal. Debe ser una bajada de tensión. Tengo que averiguar ciertas cosas acerca de la vida de mi padre. Como por ejemplo, si mi madre era neurótica, como corroboró él mismo con un informe de su puño y letra cuando mis hermanos y yo éramos pequeños.

—Supongo que para gestionar las tierras y casas de su familia materna, doctor.

—No anda demasiado equivocado. Oiga, en serio. Quiero dejar esta conversación. Tengo ganas de vomitar.

—Lo lamento, doctor, me queda media hora y la pienso gastar. En todo caso, y mientras se recupera, aquí le dejo aquel informe con el que amenazaron a mi abuelo, supongo que conocerá la firma de su propio padre.

—No doy crédito. Quiero pensar que mi padre hizo las cosas correctamente.

—Olvídelo por un rato, no es su culpa ser hijo de un maldito bastardo. La cuestión es que mi abuelo se avino a firmar aquel contrato. La duración era de veinte años y quince discos en exclusiva para Boltor Music, prorrogables, por si las moscas. Mi abuelo Joanet, tras firmar aquel disparate, se levantó de la cama con su bata azul y el pompis al aire para pasear por los patios modernistas del Hospital de Sant Pau. Allí tuvo dos visiones ciertamente horribles. En primer lugar, un enigmático hombre con expresión de sepulturero y una peca azul en la punta de su nariz aguileña guardando el contrato de marras en una carpeta dorada que entregó al viejo Ausdenmeyer. El de la peca saludó al dueño de la discográfica con un tímido gesto nazi. Por cierto. Aquí tiene otra foto. Es Otto Bauhauser, alias, Das Küller Madarfáckar, quien actualmente sigue ostentando el rango de vicepresidente de la compañía discográfica Valons Music. ¿Observa la peca azulada en su nariz? ¿Ata cabos?

—Maldita sea, Fernando. Si todo esto es una vulgar patraña urdida por usted, hay que reconocer que como mínimo se la ha preparado concienzudamente.

—Sigamos. Tenemos a mi abuelo paterno presenciando como el hombre de la peca azulada entrega el contrato al perverso Ausdenmeyer. En aquellos momentos también descubre que Manolo Pencas besa con lengua de serpiente a la madre de su hijo. La conclusión es que aquello era un auténtico complot en su contra. El abuelo volvió a la cama y deseó morir, pero la muerte sigue escrupulosamente su lista de nominados para cada día, incluso a los suicidas, que parecen espontáneos en la Gran Fiesta, los tiene la muerte perfectamente apuntados, con nombres y apellidos. Cuando le dieron el alta, nadie de su familia fue a recogerlo. Fue a finales de septiembre de 1973. «Imperio» estaba en plena eclosión en las listas de éxitos de Chile, les recuerdo que Augusto Pinochet acababa de llegar al poder. Mi abuela, el niño cieguito y Manolo Pencas andaban en aquellos momentos por el alargado país, invitados por no pocas emisoras de radio, tocando el dedo en la yaga de los derrotados con aquellas canciones que, de tan reaccionarias, podían ser extrapolables a cualquier pueblo que viviera bajo el yugo de una dictadura.

»A la inversa, la junta militar chilena aceptó de buen grado la llegada de aquel niño español con bastoncito, y lo recibieron con todos los fastos y honores imaginables. Aquella gira se prolongó varios meses por todas las repúblicas bananeras de Centroamérica, donde los tres asistían a todo tipo de recepciones gubernamentales repletas de cónsules pelmazos que se tocaban mirando a mi abuela, mientras ella y Manolo se hinchaban a canapés o probaban el aguante de los somieres en infinidad de hoteles del mundo **NO** democrático. Por aquel entonces, mi padre empezó a coleccionar miniuniformes golpistas con los que cada país le obsequiaba a su llegada, junto a un bastoncito bañado en oro cuya empuñadura acostumbraba a ser un águila imperial. Mi padre siempre me contaba que, cuando Manolo llegaba a la recepción de cualquier hotel, decía: «Tengo una reserva a nombre de los señores Pencas y Constancito Obs». Lo decía muy alto, para que el recepcionista no pudiera pensar que aquel engendro de niño era en realidad hijo suyo. Por cierto, mi padre no crecía. Ni un centímetro.

—Era como una metáfora de su carrera. Podría ser algo psicosomático.

—Al final de aquella gira marcial, repleta de *singles* que no eran sino exaltados pronunciamientos fascistas, mi abuela llegó al pisito de Gràcia de la mano del niño cantor para pasar unos meses de *stand by*. Su marido, dejado a la intemperie durante setecientos días, había adelgazado veinte kilos y parecía un enfermo de hepatitis mezclado con otro señor depresivo, contagiado a su vez del tifus y al que una pandilla de gorilas en celo testicular lo hubieran puesto mirando a la Meca. Las bolsas de sus ojos colgaban de tal manera que se unían con unos carrillos avejentados, los cuales se columpiaban, como aplastados por una gravedad marciana, hasta fundirse con una papada de pelícano.

»Tenía menos de treinta años y ya pasaba sus horas en un bar llamado Wembley, hasta arriba de Tranquimachín, tocando los botones de una máquina de frutas con la mirada en Pernambuco, sin recoger el dinero, eso cuando el azar lo agraciaba con algunas monedistas, suceso que casi nunca acontecía. La futura convivencia entre la pareja Obs pasó, a partir de entonces, a ser una sinfonía de silencio. No hubo ningún reproche por parte del abuelo, estaba el tema de la dichosa consanguinidad que vetaba la posibilidad de airear sus sentimientos, pero, como a raíz del accidente andaba un tanto alelado, se vengaba de aquella situación con ideas un tanto absurdas. Por ejemplo, se negó a bajar la basura para siempre, afrenta que fue seguida por las expeditivas palabras de mi abuela: «Si tú no bajas la basura, yo tampoco, ni pienso limpiar este infecto cuchitril ni cocinar para ti porque, sinceramente, viviendo todo este tiempo en *suites* de hoteles acordes a mi verdadera categoría, ya he perdido la costumbre. Ah, por cierto, yo y el niño estamos aquí de paso, así que no te acostumbres a nuestra compañía porque en breve me voy a vivir con Manolo, y me llevo al niño».

Joanet contestaba: «Por cierto. Personalmente no he visto un puto duro del contrato ese, ¡después de dos años! Y me atrevería a decir que tú tampoco. Esa mierda que firmamos es papel mojado, así pues, si te vas, llévate al nene, total, para lo que sirve». Entonces, y mientras el pisito se iba llenando de insectos, sucedió otro momento clave en la vida de nuestra familia. Una mañana de finales de octubre de 1973, estaba el abuelo en el bar de siempre cuando leyó en el *Mundo Deportivo* que el presidente del Fútbol Club Barcelona había invitado a un americano millonario llamado Gustav Ausdenmeyer y a su representante en España al palco del estadio. Según el artículo, el presidente azul grana había aprovechado la anunciada estancia relámpago en la ciudad del millonario alemán para que Boltor Music ayudara al club en la ardua tarea de fichar a un morenito brasileño que por aquel entonces militaba en el Arsenal. A Joan Obs le sobrevino una turbulencia psíquica de tal calibre que provocó una erección de su papada y una perversa sonrisa de conspirador. Se iban a enterar.

—¿Qué sucedió?
—Se lo comento otro día. Me he cansado de hablar por hoy.
—Oiga. Esto no me lo puede hacer.
—Claro que sí. Observe.
Alehop.

11. Todos los Santos
Consulta del doctor Floyd

—Ahora, doctor, permítame que me remonte al uno de noviembre de aquel mismo año, día de Todos los Santos, concretamente en el cementerio de Santa Coloma, cuando Manolo Pencas vio que algún enajenado había puesto **SU MALDITA FOTO** en el nicho de sus padres. Había incluso una nota: «Manolo Pencas. 25 de enero de 1939 - 7 de noviembre de 1973». Faltaba una semana para su cantada muerte. A Manolo se le cayeron las flores que llevaba a la arpía bigotuda de su madre y al borracho de su padre, mientras dejaba que un fétido gas le bajara por la pernera. Oiga, doctor. No me diga que ver tu foto ¡en un nicho! no es para pillar una angina de pecho.

—Lo puedo imaginar.

—Pues ahí estaba él, Manolo, justo al lado del nicho de su abuelo y de su padre.

»Manolo se pasó el resto de la semana sentado en la taza del lavabo. Anuló todas las reuniones menos el partido en el campo del Barça. El gran jefe Ausdenmeyer era una cita ineludible, como las que uno concierta con el diablo.

—¿Y?

—Y llegó el 7 de noviembre. El representante salió de su casa rodeado de un par de ex presidiarios del barrio de Singuerlín, a quienes creyó oportuno contratar para intimidar a aquel bromista hijo de hiena o, en el peor de los casos, asesino en ciernes. Era el día del partido del Barça. El representante tenía que recoger a su jefe en el aeropuerto de El Prat. Como tenía el Citröen Tiburón en el taller, Manolo había alquilado un Mercedes, tal y como pidió, «con cenicero y radiocassette». El viaje con aquellos quinquis era solamente de ida ya que, una vez Gustav Ausdenmeyer y aquella especie de esclavo, Das Küller, salieran por la puerta de llegadas del aeropuerto, la voluminosa presencia de aquel par de arios convertiría su cutre escolta de garrulos en algo poco menos que irrelevante. Uno de los quinquis se tiró todo el viaje medio cataléptico, mientras que el otro, enchufadísimo de farlopa, no paró de decirle al representante: «Joder, pavo, déjanos una rula con el buga, ná, cuatro trompos y tal». A la llegada al aeropuerto les pagó diez mil pesetas a cada uno y les conminó a que volvieran en bus, aunque probablemente aquel par de tipos hicieran una parada cerca del cementerio de Montjuïc para pillar jaco y seguir perdiendo dientes. Uno de ellos hacía coña con su Mellismo Ilustrado.* «Es que me estoy dejando las encías largas».

—Ya...

—Manolo y aquel par de ejecutivos norteamericanos se dirigieron al Camp Nou y entraron por el parking destinado a miembros de la directiva. Como era merengue hasta morir, Manolo se santiguó y escupió al suelo por la ventanilla. «Manda cojones que la palme en el Campo del Barça, siendo como es la puerta del infierno». Aquellas típicas frases que piensa un tipo que lleva una semana mosca desde que ha visto su foto en un nicho.

—Prosiga.

—Por su parte, mi abuelo Joanet esperaba en la tribuna del Camp Nou, a unos treinta metros del palco para autoridades, completamente ciego de Cali-

---

*Nota del editor: «Mellismo Ilustrado». Neologismo empleado por el autor, obsesionado por crear un lenguaje personal. Si hablara de un proxeneta, a buen seguro hubiera inventado el concepto «Desputismo Ilustrado».

say. Un hierático Gustav Ausdenmeyer y un pálido Manolo Pencas ocuparon sus asientos cinco minutos antes del inicio del partido. Y entonces sucedió. Sería el minuto veinticuatro cuando, aprovechando que todo el campo se había puesto de pie para celebrar un gol del extremo Luisinho Pestinho, mi abuelo desenfundó un arpón ballenero de última generación y disparó hacia Manolo Pencas. Pero erró en el tiro. Un fortuito cambio en la dirección del viento, el azar o los dioses griegos hicieron que la punta de aquella lanza abriera el costado del mismísimo Gustav Ausdenmeyer como si fuera una cremallera. La reacción de los socios sentados al lado del abuelo fue pensar que aquel tipo en realidad quería liquidar al presidente del club al haberse vendido por cuatro perras a Luís Puga al Real Madrid, así que algunos aplaudieron, mientras que otros se abalanzaron hacia él clamando *vendetta*. Uno de ellos intentó estrangularlo con sus propias manos. Mi abuelo, acostumbrado ya a la asfixia y la consecuente falta de irrigación en el cerebro, esbozó una sonrisa de niño vaciando su vientre en el pañal. Con su mirada parecía decirle: «No he podido cazar a Moby Dick, ahora nada importa. Elimíname, simpático ciudadano».

»Hubo un tumulto bestial hasta que llegó la policía. Al abuelo le cayeron dos meses de cárcel por intento de asesinato e inventaron una burda trama en la que Joanet Obs, padre y culpable del estado de El Niño Cieguito, aparecía ahora como un futbolista fracasado que había intentado vengarse del hombre que, cuando jugaba en el Europa, le vetó el paso hacia la profesionalidad. De hecho, la prensa recurrió a las hemerotecas y recuperó la instantánea del pelotazo. Mi abuelo nunca negó dichos argumentos; de hecho, la opinión pública se la traía al pairo. Manolo Pencas tuvo un ataque de hipo que le duró una semana entera mientras que el millonario Ausdenmeyer, haciendo gala de una frialdad militar, decidió curarse de aquel arponazo sin ponerse en evidencia, aunque a partir de entonces el entorno de mi padre pasó a ser mirado con lupa. Por cierto, el disco «Imperio» subió en las listas de ventas tras aquel fallido atentado, ya sabe cómo funcionan los extraños mecanismos del morbo y el consumo. Ah, y una última cosa. Para curarse en salud, la directiva culé decretó que mi abuelo no pudiera acercarse a menos de quinientos metros de las inmediaciones del Camp Nou y a kilómetro y medio del presidente. Durante ochenta años.

—Espere, hay algo que no me cuadra. No ha mencionado la cárcel. Era un intento de homicidio.

—Caprichos del destino, mi abuelo se salvó de probar los colchones de La Modelo gracias a la rápida intervención de Gisbert de Perearnau desde su fábrica textil, quien a su vez se puso en contacto con el presidente del club y el jefe de la policía, ambos amigos de la infancia de las Escuelas Pías, para apañarle una salida honrosa.

Por tu inmensa paciencia conmigo durante mis años oscuros, consideré justo intervenir por ti en este trance de tu vida, que atribuyo a otro desliz de tu santa esposa. Cuídate, amigo, y lleva los cuernos como lo hacías en esa época. Con dignidad.

PD: Tampoco te negaré, querido Joan, que me produce cierto placer siniestro poder salvarte el culo. Creo que no hay nada más deprimente que deberle un favor al tipo que se ha chingado a tu mujer. ¿No crees?

—Mi abuelo se tragó la carta.

—Normal.

—El trío de ases decidió ampliar fronteras. La nueva idea del representante era infiltrarse en la televisión. Víctima de sus delirios cocainómanos, Manolo ideó un personaje televisivo, y tenía claro a quién venderlo, ni más ni menos que a un programa infantil de Televisión Española llamado *Los Chiripitifláuticos*. Era una serie muy lisérgica, visto con la perspectiva de los años. He visto vídeos por Internet y he consultado la Wikipedia para profundizar en el tema. Como personajes tenía a Valentina, dulce y fina como una mandarina, o Locotomoro, conductor de todo menos del codo, Filetto Capocómico, interpretado por Roberto Mosca, con su león de peluche, que respondía al rimbombante nombre de Leocadius Augustus Tremebundus. Manolo tenía aquel as en la manga desde hacía tiempo, justamente desde el día en el que viendo la televisión se encontró de bruces con El Niño Barullo, «querido por todo el mundo», incomprensiblemente interpretado por ¡un niño negro!, imagine, un niño de color en España, como si aquello fuera lo más habitual a principios de los setenta, así que Manolo quería darle el contrapunto nacional a la serie y propuso a mi padre como nuevo personaje, Cieguito el Salvaguarda.

»Manolo Pencas había incluido una primera escena realmente atroz. Cieguito el Salvaguarda, vestido de marinero y con un racimo de globos de colores atado a su bastoncito, llegaba a medio metro del Niño Barullo y lo tocaba con la mano. De repente, el chaval mulato empezaba a chillar: «Me he vuelto inteligenteee». Entonces papá le daba un bastonazo en el cráneo. Con el niño barullo agonizando en el suelo, mi papá le cantaba *Angelitos Negros*.

—Oiga. Venga. No me fastidie. Ese guión es, simplemente, infame.

—Precisamente es lo que dijo el director. Manolo estalló. «Por lo visto en este país un negro vale más que un ciego blanco, el imperio se hunde». Entonces, mi abuela, de repente, dijo: «Tendrías que hacerme una prueba. Canto bien, muy bien, como mi hijo». Y Manolo le contestó: «Mira, Angelina. Ya te he oído cantar. Podría decirte que cantas peor que un grillo mojado, pero te mentiría. Es verdad que tienes algo de talento, no tanto como el que tiene tu hijo, pero el verdadero problema es que tu estilo ya lo ocupa en estos momentos gente como Ana Belén. No hay espacio para ti. Eso sí, bailas como los ángeles. Es una lástima que tu hijo no haya heredado tu don. A veces pienso que sois piezas de un mismo puzzle, roto, eso sí». Era evidente que Manolo le estaba mintiendo. Mi abuela hubiera sido una estrella. Lo tenía todo, doctor, menos un mánager que no tuviera miedo a perderla. Si mi abuela Angelina se hubiera dedicado al mundo de la música, hubiera conocido a gente con más categoría humana y tarde o temprano hubiera abandonado al Pencas. Pero mi abuela andaba tan obnubilada que llegó a creerse que cantaba peor que el pato Donald comiendo polvorones. Justo después de hundirla en la miseria, el representante se metió por la nariz dos gramos de coca y, envuelto por delirios fascistas, escribió un buen puñado de letras, auténtica bazofia, créame, que mi padre tuvo que musicar, ni más ni menos que en formato pasodoble o copla.

—Muy innovador

—Poco después, y con el clarividente nombre de «Donde nunca se pone el sol», mi padre volvió a salir de gira desempeñando el papel de siempre, de nuevo como invidente engominado y con un cancionero de incendiario contenido. El disco se situó en el número 94 de la lista de ventas. Quince mil copias. Otro descenso. Manolo, bastante alterado con la cocaína, estaba empezando a perder el contacto con la realidad. De hecho, nadie podía discutirle que canciones como *Duque de Cádiz, a sus pies*, no harían ningún bien a la carrera de papá, ni a corto ni a medio a plazo.

—Perdone. ¿Ha dicho *Duque de Cádiz, a sus pies*?

—Ahá. Menuda gilipollez de tema.

—Y menuda cagada. Sí. Ahá.

—Ya sabe, cosas de aquel facha loco. Lo cierto es que desde algunos sectores se especulaba con que el duque sería finalmente el heredero de la corona, rumores que Manolo, aquel fascista de barrio, se hizo suyos. El tema de marras era una alegoría en favor de la monarquía, pero tal y como debía ser, según Pencas. «Continuando por la senda, de un caudillo ganador, seguiremos caminando por los campos de esta España, Don Alfonso como rey, sin rojillos con martillos, y su primo Juan Carlillos, Juan Pardillos, Juan Pardillos perdedooor. Chimpúm».

»Aquel disparate era tan malo que provocó las críticas de un periodista del *ABC*. «El tema de Constancito Obs se sitúa en las antípodas de lo que una persona con un mínimo de sensibilidad considera como una obra de interés artístico y arenga a la separación de España entre Alfonsistas y Juancarlistas. Este debate hoy en día no nos interesa, así como la música del mencionado chaval. Lamentablemente, **NO TODOS LOS CIEGOS SON STEVIE WONDER**». De hecho, algunos sectores juancarlistas acordaron estampar una camiseta con la frase: «No todos los ciegos son Stevie Wonder». Incluso un par de camisetas, una de ellas de talla pequeña, fue enviada al pequeño despacho de Pencas por un anónimo, a portes pagados. Para contrarrestar aquella reacción negativa, envió una copia del disco al Generalísimo, con la ilusión de ser invitado al Palacio de El Pardo y, como decía aquel fanático, para «achantar bocas». Obviamente, nunca hubo respuesta oficial, ni invitaciones, ni nada por el estilo, ni siquiera un triste jamón. Lo único que recibieron a cambio es que papá empezó a ser conocido como «El niño cieguito fascista» o «El puto niño ciego facha». Un invidente que no crecía. Bien mirado, papá era una metáfora andante de los sectores más conservadores de este país.

—Así pues, podemos considerar a su padre como el Niño Prodigio de la derecha más reaccionaria.

—Sí, pero no olvide que ha habido innumerables casos de bandas adultas, igual de manipuladas, a favor de ideologías de distinto calibre y banderas de muchísimos colores.

—Pero su padre, ¿jamás se quejaba del contenido de esas letras?

—Ya le he dicho que Papá no tenía ni idea del sentido político de aquellos estribillos, únicamente se limitaba a poner melodía y voz a las paranoias de su representante, aunque por aquellos tiempos ya intuía que la cosa no iba bien, era un niño y quería hablar de cosas de niños, de hecho las voces del walkie-talkie no paraban de decírselo: «¡Te estás equivocando, tienes que decir lo que piensas!». Pero aquello significaba ponerse en conflicto directo con Angelina, completamente cegada por aquel tigre sexual, y le recuerdo que un niño quiere agradar a su madre, así que hará lo que haga falta para llevarse el gato al agua. Oiga, creo recordar que «Donde nunca se pone el sol» se representó casi en su totalidad en teatros castrenses, piscinas castrenses, salas de estar castrenses, como pequeños espectáculos para curas castrenses y los hijos castrenses de los oficiales del ejército y señoras emperifolladas, y castrenses. A papá no le gustaba aquel ambiente, sobre todo cuando en un concierto privado celebrado en un cuartel de la Guardia Civil, concretamente en Badajoz, papá, haciéndose el cieguito, resbaló en el escenario. Manolo tuvo un acceso de inspiración y le dijo al niño desde bambalinas que animara al público a agacharse, ya sabe, como si todo obedeciera a una coreografía. Entonces papá cogió el micrófono y le dijo a los guardias civiles: «Todos al suelo». Y le hicieron caso. Luego, cuando vino el estribillo, papá conminó a todos a levantarse. Fue divertido, de hecho, los de la benemérita habían invitado a un cura castrense que se lo estaba pasando pipa. Había empezado a dar palmas desde primera fila, diablos, aunque seas un niño, también eres cantante, ver a un cura castrense dando palmas flipándolo contigo debe ser una imagen del todo desconcertante, por no decir **ANTILUJURIA**, especialmente cuando ves que al cura le está dando un arranque de euforia y de repente sube al escenario y te coge el micrófono y empieza a gritarles a todos con cara de poseído: «Ejpaña. Ejpaña. Ejpaññññ ñññ ñññññññññññññññña».

—Diablos.

—Pero papá ponía algo así como el Constancito Automático, y por tal motivo no hizo demasiado caso cuando, una vez acabado el concierto, un guardia civil de alto rango lo abrazó en la capilla del cuartel, habilitada como camerino. Ni más ni menos que un tal Antonio Tejero Molina, por aquel entonces comandante, quien le dijo: «Hay algo en eso de *todos al suelo* que me ha conmovido profundamente, hijo. Llegará un día en que lograré que unos que yo me sé hagan esa misma coreografía». Ya sabe lo que pasó, años más tarde, doctor.*

—Lo sé perfectamente.

—Papá detestaba el ambiente de tensión que se respiraba en las plateas, en realidad siempre salía de aquellos cuarteles con severos ataques de asma. Para que se haga una idea, papá tenía prohibido escuchar incluso las noticias. Manolo Pencas lo quería puro, políticamente virginal, psíquicamente moldeable.

—Me resulta difícil que Manolo Pencas, el adulto de semejante asociación, leyera tan mal la jugada de los tiempos. Vientos de reforma empezaban a soplar en aquella España. ¿No se daba cuenta?

—Sí, pero él no tenía ninguna duda de que todo seguiría igual, que el bastión de la cristiandad nunca se derrumbaría. Si alguien le hacía ver lo contrario, simplemente, no escuchaba. Manolo Pencas mostraba siempre una absoluta renuncia a aceptar opiniones contrarias, era de aquellos tipos que se tomaba el diálogo como una confrontación, y una observación contraria como una declaración de guerra. Entonces vino aquella iluminación, a finales de ese mismo año. Ya que Franco no daba señales de vida, decidió que el niño necesitaba un gesto, ya sabe, el poder de la fotografía, ser inmortalizado al lado de alguien importante y supuestamente inmortal. Y esa persona era, según Manolo, el futuro del país a corto plazo.

—Espere. No me diga que…

—Exacto. Carrero Blanco. Estuvo semanas preparando aquella jodida foto de mi padre con el Almirante, tenían que darse la mano a cualquier precio. Y lo logró, en Burgos, en diciembre de 1973. Manolo había preparado un sinfín de fotógrafos de la prensa para que se hicieran eco de la noticia. «Carrero Blanco dando la bendición a su niño prodigio favorito». El Almirante no tenía ni la más remota idea de quién era aquel chaval, simplemente se limitó a estrecharle la mano como a un niño más, a lo que papá le devolvió el saludo palpándole la cara, como hacen los invidentes, tocando durante un buen rato la bola de su nariz y sus cejas. Luego el niño le dijo: «Usted llegará muy arriba, Almirante. Me lo han dicho unos amigos». *El Alcázar* se hizo eco del asunto.

*Nota del editor: Desde la editorial queremos aclarar que nos ha sido imposible ponernos en contacto con Antonio Tejero para averiguar la veracidad de esta historia. Lo demás es todo cierto, jajajaja. No. En serio. Odio al autor.

«Amor mutuo, devoción recíproca» rezaba un titular. «Usted llegará muy arriba, Almirante», dijo el *ABC*. Aquello había salido a pedir de boca, pensó Manolo. Una semana más tarde aquel «amigo del alma» salió volando por los aires junto a su coche oficial. Llegó realmente muy arriba, tres pisos, ni más ni menos. Un diez por mi padre.

—¿Cuál fue la reacción del señor Pencas?

—Bueno. Imagíneselo. Había diseñado un plan de futuro, tenía medio disco acabado con letras dedicadas al heredero del movimiento. Estaban en un bar de Boadilla del Monte cuando el Pencas, del todo contrariado, sufrió un ataque de histeria. «Señoras y señores, mi futuro acaba de hacer ¡bum! *Jía, jía*». Luego reventó a llorar como un niño: «Todos mis sueños han volado en pedazos, tanto en sentido figurado como literal». Incluso empezó a cogerle manía a mi padre. «Este niño es gafe» le decía a mi abuela, y entonces lo miraba y le decía: «¿No estarías por Dallas cuando a Kennedy le volaron la cabezota? Ah, no, claro, que aún eras un bebé deforme». Por cierto. Mi abuelo Joanet, el comunista, estaba en el bar cuando la televisión dio cuenta del atentado, vestido de hombre rana, porque, pese a que estaba de baja por larga enfermedad, el tipo le había cogido cariño al traje. Primero empezó a mostrarse inapropiadamente alegre. Segundos después empezó a reírse como un condenado y no pudo contener sus carcajadas durante media hora.

»Deleitarse en la muerte del almirante de un modo tan pueril provocó que, a la salida del bar, un grupúsculo de fascistas le diera tal somanta de hostias que mi abuelo pasó medio año con una faja aguantándole las costillas y mes y medio para que le bajara un huevo. Ni siquiera sintió dolor. A mi abuelo le daba igual todo. Joanet Obs había capitulado con su mujer, con su hijo y, cual general derrotado, había entregado las llaves de su vida a la desidia. No es de extrañar que se alegrara por cada plan desbaratado de aquel representante.

—Claro. Conocido vulgarmente como derecho a pataleo.

—Para que se de cuenta de cómo era ese hombre, le contaré otra anécdota, doctor. Estaban en Ojén, Málaga. Manolo había instalado un megáfono desde donde anunciaba el concierto de papá. «Esta noche, concierto del nuevo niño prodigioooo, el heredero de Joselitoooo. Tenemos entradas aún, señoras y señoreees». Papá lo pasaba fatal. Era ridículo. A veces, Manolo obligaba a mi abuela a soltar aquel rollo mientras él efectuaba alguna maniobra. Frente a la plaza del Ayuntamiento se encontró con un coche de gitanos, también con megáfono. «Tenemos pipinos, milones, malacatones y arquichofas. Señoraaa». Manolo salió del coche y se dirigió a los gitanos. Parecía que negociaba con ellos, y eso era precisamente lo que estaba haciendo. Al cabo de cinco minutos, el coche estaba lleno de fruta. «Le acabo de hacer una **OPA HOSTIL** al gitano», le dijo a mi abuela. Acto seguido, volvió a coger el megáfono y empezó a gritar: «Tenemos entradas para el niño prodigio, señoras y señoreees. Y por cada dos entradas, le regalamos, a elegir, un milón, un kilo de malacatones, o dos kilos de pipinos». Fue muy vergonzoso.

—Muy vergonzoso. Estoy de acuerdo.

—Pero el señor Pencas tuvo otro contratiempo, provocado por papá. En uno de los últimos conciertos de la gira «Donde nunca se pone el sol», en 1974, al niño cantor le salió un gallo con la voz. En un principio, Pencas lo consideró como gajes del oficio. Sin embargo, días después, en Calatayud, se encontraba el cieguito niño cabezón con ojos de pez y boca de «o» firmando autógrafos cuando acudió al camerino una niña rubita de unos doce años, hija del concejal de cultura. Iba ataviada con uniforme de colegio privado, ya saben, con esos calcetines y faldas de cuadros que ponen a la mayoría de los chavales…

—Y a no pocos adultos…

—… Como auténticas cabras. La chica, de nombre Eva, se hizo una foto con el niño monstruo y luego lo abrazó como si la vida le fuera en ello. Manolo observó la escena desde cinco metros. Constancito, el niño cieguito que no crecía, observaba aquel precioso culito apoyado en el hombro de la chica, con las babas cayendo a mares.

»La olía como un perro. Inocente, doctor, precisamente inocente, no era su perfume, nada de lavanda, no. Olía como solamente huelen las jóvenes putillas. Para mejorar las cosas, mi padre notaba en sus costillas la suave amortiguación de sus incipientes senos. Aquella tipa le hablaba a dos milímetros de su lóbulo derecho. Su aliento olía a chicle de fresa. Muy, muy lentamente, como saben hablar ese tipo de zorritas, le dijo: «Tengo un hermano invidente como tú. Le estás ayudando taaaanto con tu ejemplo. Ojalá pudieras ayudarme a mí también. Aquí abajo tengo un gato que me hace *uy uy uy*».

—Diablos. Su primera *groupie* pervertida.

—Los pantalones de franela de mi padre mostraron una erección de campeonato. Incluso la chiquilla lo notó. «Uy, serás cieguito pero tu polla debe tener ojos». Fue entonces cuando Manolo supo que tenía un grave, gravísimo problema. Pese a que el chaval parecía que tuviera ocho años, estaba claro que algo estaba pasando. El inicio de la pubertad. Conclusión: la voz de angelito del cieguito peligraba un poquito. Bastantito. Muchito. Un buen día Manolito Penquitas llegó a casa de los Obs con un medicamentito llamado

Nomaspús Forte. Era un inhibidor de hormonas masculinas encubierto bajo una marca de pastillas para prevenir el acnecito, las espinillitas y los granitos de pusito purulentito. ¿Con qué objetivo?, se preguntará, doctor. Muy sencillo: conseguir que papá mantuviera una voz de Farinelli hasta sus restos. Era una fórmula secreta que poseía Boltor Music Europe para cantantes con problemas de afonía, aunque aquella fue la primera vez que lo aplicaron como terapia preventiva y continuada. Dicho medicamento, actualmente retirado del mercado, era capaz de convertir al mismísimo Sylvester Stallone en un fan de Lady Gaga aficionado a los *fist fucking* pasivos. Por aquellos días del final del franquismo, aquella pócima era una de las preferidas por los travestis que deseaban acelerar su transformación. Sin embargo, tomado en dosis modestas, atemperaba el deseo carnal. Manolo llevaba unos cuantos días leyendo libros freudianos, de aquellos que aseguraban que, cuanto mayor fuera la descarga sexual directa, menor sería la capacidad creativa.

—O dicho de otro modo, cuanta menos capacidad creativa tenga un artista, menos dinero para sus intermediarios. Oiga. Estaba pensando que jamás he conocido la existencia de ese medicamento, Fernando. Con todos los respetos, me gustaría tener un filtro para averiguar si hay algo de verdad, nada, una migaja, en todo lo que me cuenta, quizás la firma de mi padre es una mera falsificación. Porque, a decir verdad, con todo lo que he escuchado hasta el momento, creo que a usted ni un cóctel de medicamentos para tumbar a un elefante le haría ver la realidad. Lo que no entiendo es por qué no ha decidido escribir el libro usted mismo, porque de imaginación anda sobrado.

—Prefiero que usted y otros amigos me ayuden a escribir el final.

—Eso suena muy inquietante. Sobre todo que usted y yo seamos amigos.

12. Absolute wahrheit
Aro Sacro - Actualidad

Siempre que vuelvo del psiquiatra, quedo con mi nuevo amigo Barry Lete y le hago partícipe de mi sesión. Hoy se ha presentado con el tupé teñido de un color amarillo-grisáceo, según él ideal para disimular las continuas defecaciones de palomas que caen sobre su cuero cabelludo. Barry me confiesa algo. La primera vez que tuvo una erección fue rozándose con una chica de uniforme en el metro y, desde entonces, procura pasearse por los andenes siempre en hora punta, buscando ese tipo de chavalitas. Le felicito, pero Barry añade que le han caído no pocas bofetadas tras enfocar la punta de su enhiesto nabo entre las nalgas de aquellas faldas de cuadros, sobre todo cuando en un viaje a Londres, en la estación de Leicester Square, se confundió y empezó a rozar su polla contra el culo peludo de un gaitero escocés que le giró la cara del revés y varias veces. Tras hacer ver que reflexionaba, me suelta:

—Yo también he pedido a Cristo que me cure de lo mío, ya sabe, de mis neuras. Pero nada. Dios ha muerto, pero Nietzsche también y el mundo está invadido por una raza andrógina, flequillosa y de elevada estatura que pronto será mayoría y entonces, cuando suceda, nos invadirán. Ya sabe, los no-peludos. Yo creo que nos estamos feminizando por culpa de los yogures.

Entonces mi amigo me ruega que continúe con la historia de mi padre. Le cuento a Barry que, por aquella época, Constancito tuvo uno de los momentos más felices de su extraña infancia. Ni más ni menos que Heidi Ausdenmeyer, una hermosa niña de doce años e hija única del mismísimo dueño de Boltor Music, le escribió una escueta carta en castellano. En breves líneas* aquella niña le mostraba una admiración absoluta: «Querido Constansito. No entiendo tus palabras, yo saber poco de spanish, pero your beautiful voice me tranquilisa. Ojalá algún día podamos conocerdos».

*Nota del editor: En la ilustración aparece la misma carta, pero corregida por el insigne profesor de castellano Jurgen Gonsáles. La nueva versión llegó a manos de Constancito un mes más tarde y pensó que la niña había entrado en bucle.

—*Conocerdos* —dice Barry—. Qué bonito. ¿Y se conocieron?

—Efectivamente. Dio la casualidad de que coincidieron con la familia Ausdenmeyer en Buenos Aires, donde el gran gerifalte de la compañía acudía cada seis meses, por lo visto para conocer el estado de salud de algunos exiliados alemanes, ya sabe, «héroes de guerra». Tras la actuación de papá a la que asistieron, la niña se quedó prendada de los torpes movimientos de mi padre, agravados por el medicamento que ingería diariamente. Se saludaron en el camerino e incluso se abrazaron durante un lapso de tiempo tan largo que pareció un baile a cámara lenta.

«Oh, mi cieguito español», le dijo Heidi mientras el gran jefe Ausdenmeyer observaba la escena con cierto asco. Horas después, mi padre le dijo a Manolo: «Aunque ya no noto ningún tipo de sensibilidad en mi pilila, creo que Heidi es el amor de mi vida». «Pues olvídate, porque es la hija ni más ni menos que de tu jefe máximo. Cuando seas mayor aprenderás que donde tengas la olla, no metas la polla, chaval». Horas después, la familia Ausdenmeyer volvía a Miami y mi padre volvió a la soledad de su habitación de hotel, donde compuso una canción llamada *¿Por qué te vas?*

»Se la enseñó a Manolo a la mañana siguiente: «Coño, Constancito, cada día eres más hortera, pero hay que reconocer que la canción tiene su qué». Así pues, le conminó a que grabara una primera versión en un estudio de la ciudad porteña. La grabación es de una calidad bastante pésima, como hecha con prisas, y lo cierto es que andaban algo apurados de tiempo ya que tenían audiencia con el mismísimo General Perón. Al estrecharle la mano, mi papá le dijo: «Usted es todo corazón, me lo han dicho mis amigos del walkie-talkie». Días después, Perón moría de un infarto. *Kaputt*.

—¿Y se puede saber qué ocurrió con *¿Por qué te vas?*

—Manolo creía en el potencial del tema. Tanto, que antes de volver a España, mi abuela, Manolo y mi padre viajaron a Miami para reunirse con Ausdenmeyer. El gran jefe tenía que escuchar *¿Por qué te vas?* y en la mayor brevedad posible. Solamente pudo entrar el representante. Mientras la madre y el niño aguardaban en el pasillo del piso 25 de la Ausdenmeyer Tower, Manolo Pencas tomaba un vaso de ginebra con el presidente de la compañía. Al finalizar su audición, dijo:

—En primer lugar, y le hablaré sin rodeos, llevo tiempo preocupado por el descenso de ventas del artista. Usted sabrá cómo dirige la carrera de ese niño, aunque huelga decir que no me quita el sueño. No es más que un cantante de segunda en un país de segunda, en realidad el niño ¡supuestamente ciego! está en el último peldaño de mi escala de prioridades, o mejor dicho, preocupaciones. Pero no se equivoque, señor Pencas. Nos interesa ese chaval, es evidente que tiene un talento fuera de lo normal, lo demuestra esta canción. Oiga. Lamento decírselo. Acabo de decidir que esta canción irá a parar a otro artista, sí o sí. Reconózcalo. Usted sabe, igual que yo lo sé, que ese niño jamás triunfará como cantante. *Never in the fucking life*. Cierre los ojos, visualice la cara de ese chaval y examínela con detenimiento. Creo que el único fan que tiene es mi hija, *jaur, jaur, jaur, oink, oink,* que tiene alma de enfermera. Con toda franqueza, Constancito Obs es nocivo para la imagen de nuestra compañía y si lo aguantamos, señor Pencas, es por su valía como autor ¡en la sombra! Seamos realistas. Esos ojos separados, esa invidencia de pacotilla, esos movimientos cercanos a la parálisis cerebral… Mire, señor Pencas. Yo soy un alemán afincado en Estados Unidos, pero nací cuando nací, entre nosotros, podría decirse que… ¡nací nazi!, así que nadie va a cambiar mi modo de ver las cosas. En 1939, bajo el mandato del Führer, hubiéramos usado al niño para hacer pastillas de jabón, no lo dude. No nos interesan sus discos, desde la central nos meamos en su carrera como solista y en usted, señor Pencas, en realidad desde esta multinacional nos meamos en la cara de todo el planeta. ¿Ha probado a echar una meada desde lo alto de un rascacielos, señor Pencas? Yo lo hice, pero me mojé de pipí, pero era mi pipí, y era mi puto rascacielos, *oink, oink*. Ah, me siento tan solo a veces, señor Pencas. Un genio y un retrasado pueden tener los mismos problemas de adaptación, de la misma manera que un indigente y un millonario son, curiosamente, dos *outsiders*. En fin, que me pierdo en mi propio ego. Tenga muy claro que no vamos a invertir más que lo justo, *grossen quincalla*, la suficiente como para que el niño no se queje y siga componiendo, esperando su oportunidad. Pero no olvide lo siguiente: una buena canción duplica su efecto si va acompañada por la imagen de un cantante a quien una cámara de televisión ame. Las cámaras no quieren a ese niño, ni lo harán jamás, joder, estoy seguro de que las cámaras se ponen bizcas cuando lo enfocan. ¿Lo imagina en el festival de la OTI representando a España? ¿Considera a esa especie de palomo un buen estandarte de la juventud del régimen? ¿No cree, pues, señor Pencas, que ese muñeco de carne nos servirá mejor en la sombra? Cada uno para lo que vale, señor Pencas, dele lo justo para vivir y punto. Quien ama la música de verdad, como sin duda la ama ese chaval, no aspira a nada más que a tener el dinero suficiente como para tener tiempo, señor, tiempo para seguir creando, porque ese es el oxígeno que les mantiene vivos, claro está, junto a unos cuantos aplausos. A veces me río cuando pienso que, mientras ellos, o usted mismo, se patean los cuatro puntos cardinales de la geografía terráquea durmiendo en pensiones baratas, bregando con representantes locales mafiosos, en definitiva, trabajando como perros, yo gano dinero, y lo hago durmiendo. Dele al niño lo que necesita, que salga por el país cantando discos mediocres, algo de dinero, distráigalo con unos cuantos fans que mantengan su ego en un punto medio, pero sin dispararlo hacia la estratosfera, que chupe calle, que pase algún tipo de necesidades, y de esta manera tendremos una torre de petróleo para toda la vida en forma de sufrimiento traducido en arte. Créame, no hay nada tan nocivo para la creatividad como convertirse en millonario.* A usted

*Nota del editor: Pues vaya...

le resultará fácil mantenerlo en ese extraño limbo donde viven los que esperan un golpe de suerte, sí, ese estado de perpetua esperanza es un estado bonito de vivir, maldita sea, dígaselo a los asnos cuando les ponen una zanahoria delante de sus ojos, en realidad son idiotas esos músicos, firman los contratos a ciegas, harían cualquier cosa por dedicarse en cuerpo y alma a lo que aman, su profesión es su maná, su pasión, evasión, su manera de entender y traducir la vida, la música les viene de dentro y de fuera, experimentan epifanías en el momento creativo, de tal nivel, señor Pencas, que ni usted ni yo llegamos a comprender su intensidad. La música es parte de sí mismos. Es otro órgano vital, como lo es el hígado para un alcohólico o el dinero para gente como usted y como yo. Pero, atienda, ya se lo dije el día que me mostró aquel tema llamado *La, la, la*. Boltor Music, como dueño de las voluntades de ese niño, tiene el sacrosanto derecho de acompañar bonitas melodías con intérpretes que las popularicen de manera incontestable, definitiva. Llámelos ídolos, iconos de imagen, hablo de personas que ponen de moda una minifalda o un peinado estrambótico, los verdaderos pastores del redil, mientras nosotros somos los dueños del ganado, y también del pastor, así como lo somos de los futuros compradores de la carne.

Nein. Por mucho que se empeñe, el niño no cantará *¿Por qué te vas?* Maldita sea, señor Pencas. ¿Quién quiere sentirse identificado con un tullido grimoso? Yo se lo diré: ni siquiera los tullidos grimosos. La televisión no es una ventana, señor Pencas. Es un espejo mágico. Nos miramos, y vemos a gente como Elvis, y durante un momento pensamos que somos Elvis. Nosotros, Boltor Music, somos la maquinaria, perfecta e implacable, nosotros encontramos la canción perfecta, nosotros la hacemos copular con el intérprete adecuado y nosotros ganamos el dinero. Aquí, en la central de Boltor Music, sabemos que jamás se puede fabricar un mito con la materia prima de un mediocre. Su representado tiene talento, pero es mediocre a fin de cuentas. ¿Sabe por qué? Yo se lo diré. El niño lo tiene todo pero le falta **LO ESENCIAL**, que no es otra cosa que **CARISMA**. Por esos motivos, cuando ya no nos interesan, aniquilamos a los fracasados sin carisma como Constancito Obs de manera mediática, justo en el momento en que su número de copias vendidas desciende a niveles críticos, porque ¿sabe, señor Pencas? Boltor Music tiene que aparentar fortaleza artística, tiene que enseñar músculo a la competencia, y, sobre todo, mostrar solvencia en los mercados bursátiles. La relación entre artista y sello tiene que enviar un mensaje prístino al público, a sus clientes, incluso a la propia plantilla. Los productos de Boltor Music funcionan, se venden, y los demás, como en la ley de la naturaleza, se pudren abandonados en el desierto, señor Pencas, todo es cuestión de economizar los almacenes, dejar un mínimo *stock* en su memoria, no teman, señores clientes, nosotros les pondremos a otros por delante. Y si alguien pregunta por el fiambre, nosotros insistiremos: «Olvídelo porque nunca existió». En esta empresa, se lo aseguro, cualquier pieza es sustituible si se empieza a oxidar o a resultar molesta. Desde un compositor en mala racha a un directivo o, sin ir más lejos, un delegado nacional, pongamos, en España, con ínfulas de visionario. No sé si entiende la profundidad del mensaje.

—Claro que lo entiendo —dijo el representante—. Pero si vamos cediendo sus mejores temas a otros artistas, es evidente que el chaval nunca saldrá del limbo donde usted lo está situando.

—*Nein*. Ya le he dicho que ese niño me da mal *farien*. Es fruta corrompida. Nunca triunfará, de hecho, es difícil que me equivoque, ya que soy yo quien maneja las riendas de su carrera, *jur, jur*. El chaval no tiene madera para estar delante de un micrófono. Por otra parte, ya le he dicho, y más de una vez, que lo que yo digo es la **ABSOLUTE WAHRHEIT**. La opinión de los demás seres humanos, es, simplemente, una **SUBJEKTIVE WAHRNEHMUNG**.*

—Pues, ya que jugamos a esas cartas, permítame decirle que no estoy dispuesto a perder dinero entregándole los mejores temas de mi chaval a cambio de nada. Porque, si no le recuerdo mal, por el *La, la, la* usted me dio cinco mil míseras pesetas. Oiga, yo me esfuerzo en complacerle, pero, *ejems*, ha de saber que yo ayudo al chaval, tanto en las melodías como en la letra. Yo también he experimentado esas «epi-manías».

—Ya entiendo, señor Pencas. Usted me agrada en la misma manera que me asquea. Tiene sentimientos de lástima, me atrevería a decir que siente un cierto cariño por su representado, cosa fatal para el negocio musical, y orgullo, *ahhh*, el orgullo, es usted tan ibérico. De la misma manera, es tal su afán por salir del pozo de *scheiße* que le da igual sacar la nariz, aunque sea subiéndose a un montón de cadáveres. Intente conservar el equilibrio entre sus intereses y los de la compañía para la que trabaja, se lo recomiendo. No vaya de listo conmigo, no pretenda hacer malabarismos con varias pelotitas. Usted es demasiado torpe, señor Pencas, demasiado fanático. Gente como usted acaba mal. Hay una desproporción entre su codicia y su inteligencia. Quisiera reeducarlo, pero para eso tendría que empezar por cortarle los huevos.

—No sé a qué se refiere.

—Oiga. Tengo ojos en la cara. Mire, yo soy más bien de rubias arias, pero tengo que reconocer que la madre del niño grimoso es un bellezón mediterráneo. Y se la está beneficiando desde hace años, señor Pencas. Cuidado con eso. Por culpa de pensar con la punta del *cipoten*, ustedes, los españoles, nunca desarrollaron un imperio en condiciones; de hecho, diría que desembarcaron, se quitaron la armadura, vieron a las indias en taparrabos corriendo por la

---

*Nota del editor: «Verdad absoluta» y «Percepción subjetiva». Así, ambas ideas suenan mucho más contundentes. Como todo en alemán. Sin ir más lejos, «la poesía» es DIE DICHTKUNST. Y «*scheiße*», como sabe la mayoría, significa «Mierda». Curiosamente, en alemán suena mejor, más DICHTERISCH, es decir, poético.

playa y se mezclaron con los indígenas sin ningún tipo de planificación. Ustedes, los españoles, siempre carecen de un plan, improvisan, sobre la marcha. Ahora observe, señor, la diferencia entre los Estados Unidos del norte y los que invadieron ustedes o los portugueses. Para más cachondeo, son ustedes los que pasan por genocidas, claro está, porque en Estados Unidos no queda apenas nadie, excepto cuatro indios alcoholizados, que no están en situación de denunciar a nadie. A eso yo lo llamo «hacer las cosas bien. Es bien». Eso sí. A follar no les gana nadie. Por cierto, esa mujer, la madre del niño. Tengo entendido que canta bien.

—Le han informado mal.

—Ya. Claro. ¿No será que tiene miedo de que esa tal Angelina llegue al estrellato y lo abandone? Es mucho mejor marear la perdiz con el hijo, ¿verdad? A fin de cuentas usted no deja de ser un muerto de hambre.

—Hablemos de dinero, por favor.

—En fin. Como quiera. ¿Considera diez mil pesetas por los derechos de autor de *¿Por qué te vas?* una cantidad justa?

—La considero un insulto.

—¿Cincuenta mil? No me diga que no estoy siendo generoso. Eso sí. El dinero lo tendrá que repartir con el chaval, o su familia. Yo me lavo las manos. A cambio, claro está, ninguno de ustedes podrá reclamar absolutamente nada de los derechos económicos ni morales que esta canción genere en un futuro. *¿De acuerden?*

—Claro. Cincuenta mil pesetas es otro cantar.

—Otra cosa. Estaba pensando que tendría que forzar al chaval a que compusiera más. Lo vi en Buenos Aires y, de repente, me asaltó una inquietud. Ya sabe. Si su salud empeora, nos quedamos sin éxitos. Así pues, nos complacería tener una considerable cantidad de repertorio grabado, ya sea para cederlo a otros cantantes o fabricar un par de discos póstumos. Usted no sabe lo que llegan a vender esos malditos discos. La muerte, sobre todo la precoz, te erige en un pedestal. Que se lo digan al mariquita de James Dean o a Jim Morrison.

A la salida del despacho, Manolo ya estaba contando los billetes de dólar. Se guardó la mayoría en su bolsillo derecho. La calderilla, para el niño y mi abuela. De repente se detuvo y volvió para hacerle una pregunta a Ausdenmeyer.

—Oiga, antes de irme. Hace quince años, ya sabe. Ese camión de Conguitos. ¿Se puede saber qué diablos trasladaba en su interior?

—No piense, señor Pencas, no se pregunte. Simplemente, ejecute. Algún día lo sabrá, no se preocupe, ¡vaya si lo sabrá, *oink, oink*! Digamos que aquel camión de Conguitos es un experimento a largo plazo al que le quedan unos cuantos años de madurez entre bambalinas. Muy buenas tardes y salude al niño grimoso de mi parte, pero sin tocarle. *Oink, oink.*

13. Life is life. Opus
Consulta del doctor Floyd

En mi segunda sesión con el doctor Floyd, retomo la historia no sin antes pagarle el dinero por adelantado. Dos mil euros, ni más ni menos. El doctor sonríe como el mismísimo gato de Cheshire y añade, con semblante serio:

—Sigo investigando lo de mi padre. Ya sabe. Estoy indagando en sus archivos, pero es extraño, no encuentro los ficheros de la década de los setenta por ninguna parte. No obstante, nos habíamos quedado en la conversación del representante con el señor Ausdenmeyer, en Miami, y por lo que tengo entendido, Barry Lete también. Ayer mismo lo tuve en mi consulta y me comentó que lo sabe todo. Su roto raciocinio me ha hecho sospechar que se siente en competencia conmigo. Y eso le pone cachondo, Fernando. No son suposiciones, créame. Me lo dijo literalmente: «Me pone cachondo saber tantas cosas como usted».

—Oiga, no se ofenda, pero ese gordinflón es el único ser al que le puedo hablar de mi padre sin tener la sensación de que me toman por loco. Ahora continuaré. *¿Por qué te vas?* no era una canción más, sino una declaración de amor hacia aquella niña. Papá se puso hecho una furia. «¿Por qué no la pude cantar yo?». Manolo estaba de los nervios. Iban de viaje a Colombia, en un vuelo de la Panam, clase turista. Era a principios de enero de 1975. Finalmente, Manolo sacó quinientas pesetas de su bolsillo y se las dio: «Para que luego digas que no pienso en tu futuro. Coge el dinero y olvídate de esa cursilada. Ya tendrás tiempo de hacer otras canciones de amor dedicadas a chicas que no sean de la casta de ese hijo de puta de Ausdenmeyer, créeme». Papá contraatacó: «Pero esa canción era muy especial para mí». Manolo se hartó. «Oye, no admito que nadie se meta en la manera como he de llevar TU vida. No admito injerencias externas. ¿Estamos?». Luego aterrizaron, y como era de costumbre cada vez que visitaban un país del cono sur, fueron recibidos por altas instancias del gobierno, ni más ni menos que el dictador Gustavo Rojas Pinilla. Mi padre le dio la mano. Al día siguiente murió, por lo visto, debido a un fallo cardíaco.

—Joder. Menudo mal fario.

—Ya en Barcelona, y supongo que víctima de una especie de complejo de culpabilidad provocado por la venta del tema que estaba popularizando Jeanette, el representante se refugió en Dios. En concreto, cayó en las zarpas del Opus Dei. Le recuerdo, doctor, que la única ambición que tenía el señor Pencas era ascender en el escalafón social y que el clero era el único estamento que aún no había sido mancillado por sus peludas manos. Sin embargo, tras comprar unos cuantos libros del beato y meterse dos gramos de cocaína diarios gracias al dinero entregado por la canción de marras, quedó tan imbuido en su divino mensaje que empezó a ver vírgenes por la noche, y fueron tan intensos sus delirios paranoides que, en los hoteles presididos por un crucifijo, empezó a ver la cabeza de Jesucristo moviéndose de un lado a otro, incluso soltar lágrimas de sangre, cada vez que se corría en la cara de mi abuela, hasta que llegó a ver su propio esperma como un líquido bermellón, y allí la liamos. Cambio radical. En cuestión de quince días el representante dejó de ser el típico hombre español que se jactaba de acudir a las bodas esperando que finalizara la ceremonia en las escaleras de la iglesia con sus chapiris de maqueo, esto es verdad, doctor. Un día me encontré a un Yony en una boda y cuando le dije: «¿Qué tal?» y el tipo me contestó: «Ya ves, nen, aquí, con los chapiris de maqueo» y me señalaba sus zapatos hasta que ligué cabos. ¿Por dónde iba? Ah, sí, le contaba lo del típico español a las puertas de la Iglesia mientras fuma Celtas, pues ese había sido Manolo durante toda su vida, y ahora, de repente, como un San Pablo con camisa de cuello puntiagudo y pelo en pecho, había empezado a desayunar en las cafeterías sin hacer caso a sus acompañantes, completamente abducido por los pensamientos de su nuevo mentor. Su conversión mística llegó hasta tal punto que empezó a mover hilos para ser aceptado en la Orden como numerario. Pero, por desgracia, el Opus no mostró el mismo entusiasmo por Manolo.

»El representante carecía de estudios (su diploma como Cabo Primero Chusquero firmado por el Brigada Montes ni le servía para nada ni era un papel homologado) y su posterior fama como notable Casanova, degenerado y barriobajero, no le ayudó precisamente a conseguir los contactos necesarios. Intentó, de todos modos, lavar su pasado más inmediato, y eso significaba dejar en punto muerto su pecaminosa relación con mi abuela. Para justificar aquel súbito voto de castidad, empezó a soltarle sermones a la pobre Angelina, citando de manera literal algunos de los pensamientos del beato. Sin ir más lejos, una noche, al abrir la puerta de la habitación en un hotel de Bilbao, mi abuela se agachó delante de su cremallera, Manolo la apartó de malas maneras y le dijo, sin venir a cuento: «Vosotras, las mujeres, no hace falta que seáis sabias, basta que seáis discretas. Las mujeres tenéis que ser espirituales, muy unidas al Señor por la oración. Habéis de llevar un manto invisible que cubra todos y cada uno de vuestros sentidos y potencias. Orar, orar, y orar. Expiar, expiar, y expiar». Y mi abuela, que era poco leída, le decía: «¿Pero expiar a quién, Manolo? Oye, que yo no soy James Bond».* Entonces mi padre entraba en la habitación de su nuevo «padrastro» y de mi abuela, y les preguntaba, con aquella voz de anormal que tenía cuando no cantaba, por qué motivo no follaban como era de costumbre, y entonces Manolo le decía cosas así: «Eres curioso y preguntón, oliscón y ventanero. ¿No te da vergüenza ser, hasta en los defectos, tan poco masculino?». Y entonces el niño se largaba con aquellos pasos de monstruo y sus zapatos de bota a su habitación. Cuando se quedaban solos, la abuela empezaba con el tema de siempre. Desde hacía cosa de un año, quería un hijo de Manolo Pencas, un retoño que, al contrario que mi padre, no fuera producto de aquel ignominioso pecado llamado incesto, un niño expiatorio que la redimiera ante los ojos de Dios. Sin embargo, el representante no estaba por la labor, así que levantaba a la abuela con expresión de sumo asco y le decía, citando de nuevo al beato aragonés: «Traer hijos, sólo para continuar la especie, también lo saben hacer —no te me enfades— los animalitos».

—En cierta medida, Escrivá tenía razón.

---

*Nota del editor: James Bond ha salido unas cuantas veces en este libro. Detectamos cierta obsesión infantiloide.

—La sublimación de todo aquello llegó en marzo de 1975, cuando salió al mercado el siguiente disco, «Héroes del Cilicio», un guiño descarado a la Orden y de paso, un alegoría al misticismo español, desde el primer sencillo, *Si la obediencia no te da paz es por ser soberbio*, una adaptación de Teresa de Jesús, *Vivo sin vivir en mí* o la erótico-espiritual *Aparición Mariana en las ingles* hasta una descarada alegoría a la mortificación mediante la violencia física infringida hacia uno mismo con el ánimo de expiar tus pecados. Se llamaba *Bendito sea el dolor*. La letra de la estrofa era fusilada de palabras textuales de Escrivá: «Tanto avanzarás cuanto te hagas violencia contra ti mismo. Si sabes que tu cuerpo es tu enemigo, y enemigo de la gloria de Dios, al serlo de tu santificación ¿por qué lo tratas con tanta blandura? Contigo, Jesús, ¡qué placentero es el dolor y qué luminosa la oscuridad! Bendito sea el dolor. Amado sea el dolor. Santificado sea el dolor. ¡Glorificado sea el dolor!». Luego, el representante añadió de su cosecha: «Que te pegues, que te pegues, niño, date fuerte un par de piños, por algún motivo los merecerás». Para aquel disco se olvidaron de pasodobles y coplas. Papá cantaba por encima de arpegios de guitarra, en plan cantautor protesta, pero con letras antagónicas. Cuando escucho *Viva el dolor sumo* siempre pienso que bandas como Parálisis Permanente deberían haber escuchado aquel disco en su casa, de niños.

—Me estaba preguntando cuál fue la reacción de los niños.

—Los niños, ah. Pueden parecer crueles, en especial cuando operan en manada, pero incluso los tontos de capirote mantienen la intuición del avispado espermatozoide que un día fueron. Los infantes empezaron a odiar a papá, precisamente, doctor, aquí tengo una parte de sus diarios en la que habla de aquella época.

—Oiga, parece su letra.

—Normal. Es mi padre.

—En fin, confío en usted —Procedo a leer en voz alta:

Diarios de mi supuesta infancia

...No podía soportar aquel odio hacia mi persona, emitido desde los ojos de los niños de mi edad. Me detestaban de manera intensa, y es que ni siquiera los cachorros del Opus aceptaron aquella alegoría musical a la sumisión. ¿Cómo podían aguantar lecciones de otro infante sin tenerme como a un repelente prosistema? Podríamos concluir que mi carrera como niño prodigio inició su declive definitivo con ese disco. «Héroes del cilicio» fue un fiasco en ventas. Cinco mil míseras copias, nivel crítico, como, por lo visto, le había dicho desde Miami el gran jefe Ausdenmeyer a mi representante. Con aquel disco divino nos habíamos encaminado, paradójicamente, hacia los infiernos. Otro dato preocupante: todas las copias habían sido adquiridas por padres de familia de la Orden, justo al contrario de lo que tiene que suceder con los discos infantiles. Pero el cerco a Escrivá de Balaguer cada día era más estrecho; lo cierto es que algunas de las familias más radicales habían empezado a presionar para que el famoso clérigo me recibiera. «Torres más altas han caído», decía Manolo. Un buen día, mientras esperábamos aquella audiencia en Roma, fuimos invitados a tocar en el convento de monjas de clausura de Madrid: «Amigas de los clavos de los pies de Cristo», quienes, a su vez, habían invitado al concierto a otra congregación, «Lamedoras de la caspa de San Pedro caída de su cabeza cuando fue crucificado al revés». Todo iba bien hasta que empecé a cantar Viva el dolor sumo. *Las monjas entraron en una especie de éxtasis colectivo. Algunas empezaron a desabrocharse los botones de sus hábitos y a enseñarme sus pechos, pero yo, como invidente, tenía que simular absoluta frialdad. Las más viejas empezaron con una especie de pogo. Luego llegaron las collejas,*

iniciadas por las monjas lamedoras de la caspa de San Pedro. Acto seguido, una cuarentena de monjas empezaron a darse de hostias, algunas de ellas empleando saltos de auténticas karatekas. Las más jóvenes retorcían los pezones de sus compañeras con la misma expresión que podría gastar una zorra de Satanás. Ah, y por supuesto, no faltaba el cura castrense de Badajoz que se había convertido en una especie de fan obsesivo de mi persona, mi único fan talibán, ese cura que me seguía por toda la geografía del estado dándolo todo en primera fila mientras se cogía del alzacuellos y gritaba «Dios, y Ejpañññña». Luego pasó aquello. Una monja había subido a la terraza con una soga y un cartel. Se ahorcó mientras yo me encontraba cantando el tercer estribillo de Viva el dolor sumo. Lo juro. En el cartel que llevaba pegado a su hábito con cinta aislante ponía «TEMAZO», y de hecho, creo que es la primera vez que se empleó semejante término para expresar satisfacción en un concierto pop.

De aquel barullo violento salimos pies para qué os quiero, de hecho, creo que Manolo ni siquiera tuvo valor de cobrar aquella siniestra gala, aunque nunca lo sabré, ya que apenas recibí un duro de él durante toda nuestra relación profesional. En un bar de la Plaza Luna, y tras meterse entre pecho y espalda un par de gramos, Manolo pensó que era el momento de dar el campanazo. Ese niño, que era yo, haría un concierto en el Valle de los Caídos, mirando a la Cruz, al amanecer y a capela, buscando un milagro. Los preparativos fueron sencillos: convocar a toda la prensa. Con el titular «El niño cieguito pedirá a José Antonio Primo de Rivera recuperar la vista. Fecha: Martes, 20 de marzo de 1975. Hora: cinco y media de la mañana. Luego firmará autógrafos y venderá discos». Pese a que el concierto, modestia aparte, fue impecable, no acudió ni el Tato, bueno, corrijo, en realidad unas cuantas señoras devotas, una cincuentena de viejas aburridas quienes deberían pensar que sería morbosamente interesante acudir a un hipotético milagro. «Ya vendrán, los de la prensa, ya vendrán», me decía Manolo enfundado en un pasamontañas. Y allí estaba yo, catorce años y de calzón corto, arrodillado, con bastón y gafas y un carámbano en la punta de mi nariz, obviamente siguiendo aquella liturgia ensayada en el hotel que consistía en pasarme todo el tiempo que se estipulara necesario con los brazos alzados hasta que Manolo me diera la señal y empezara a gritar, justo a la hora sexta, «Me he curado, gracias, José Antonio», y así estuve quince minutos, como un gilipollas, frente a aquellos curiosos y algunos dependientes de las tiendas de merchandising *fascista que a esas horas se encontraban abriendo sus chiringuitos entre una rasca siberiana. Entonces sucedió otro fenómeno paranormal.*

—Vaya. «Fenómeno paranormal». Padre e hijo utilizan las mismas expresiones y tienen la misma letra. Es realmente curioso. En fin, sigo leyendo. Estoy preparado para la siguiente parida.

Una nube plomiza vino desde el horizonte, a toda velocidad. Después de una especie de trueno, un platillo espacial de tamaño mediano bajó justo delante del templo. Se abrió la puerta principal del ovni. Una rampa metálica descendió. Bajaron unos cuantos marcianos, charlando entre ellos. Rápidamente me percaté de que su configuración craneal y sus ojos eran idénticos a los míos. Y entonces, empezaron a rodar una película pornográfica. Lo recuerdo como si fuera hoy.

Los marcianos hacían el amor a una velocidad vertiginosa mientras las ancianas beatas no podían dejar de santiguarse, eso sí, tampoco dejaban de mirar las muy viejas verdes. Cuando el actor eyaculó, el director dijo en su particular idioma: «Corten». Llevaban prisa. Ya estaban subiendo por la rampa cuando el director alienígena reparó en mi persona. Inspiró aire un buen rato y pidió al resto que le esperaran. Antes de acercarse, disparó a las viejas beatas con un rayo paralizante. Manolo, mi madre y los vendedores de banderitas sufrieron el impacto de un segundo rayo. En menos de medio minuto aquel extraño ente había empezado a mantener una conversación telepática conmigo. El alienígena me dijo:

—*Hey, en serio, podría haberme escaqueado pero no lo he considerado ético. Tú eres Constancito y quiero que sepas que soy algo así como familia tuya. No voy a decir «Soy tu Padre», no te confundas, de hecho, eres humano en un 90% de tus genes. El resto lo puse yo a través de un azulado láser que entró por la parte trasera de tu progenitor y que llevaba parte de mi información genética.*

Emocionado, le dije: «¿Eres un diez por ciento mi papá?». El alienígena me contestó: «Claro. Sois una raza menos evolucionada. Científicamente hablando, no podía serlo en más proporción. De poder cruzarse las especies habría muchísi-

212

mas ovejas en tu planeta con bigote, hijo. En definitiva. Tienes tres padres, como más de uno que yo me sé. Oye. Supongo que te habrás dado cuenta de que no eres un humano normal. De que tienes una extrema facilidad para según qué tareas. De que psicosomatizas tus estados de ánimo. De tus lapsus mentales. Lo siento, hijo, en eso te pareces a los de mi planeta. Eres algo así como un mutante, y he de decirte que seguirás cambiando. De veras que me sabe mal, en realidad no estoy de acuerdo con interferir de manera directa en la evolución de otra especie, pero somos así de metomentodos los de Noos. De hecho, yo fui un mandado. Entiéndeme. Tenía deudas. Mis películas no acababan de funcionar, el Banco de Noos me había embargado la nave. Los noosianos son muy suyos con los directores porno que intentan ofrecer algo más que folleteo, en realidad el guión se las trae al pairo, créeme, hijo, hace unos años yo andaba desesperado y el gobierno me dio un dinero considerable por ser donante de haz de luz… "noos" pagaban bien, ehé. ¿Sabes? Ahora llevo unos años apostando por rodar mis películas en otro tipo de exteriores. Son producciones caras, pero resulta excitante grabar en otro planeta».

Lo miré, como lo hace alguien que lo empieza a entender todo.

—Así que soy un mutante.

—Sí, pero no todo va a ser malo. Dentro de unos años te convertirás en algo así como una leyenda viva de… algo, ya lo verás. Menudo cambiazo vas a pegar.

—¿Cuándo sucederá?

—¿Y yo qué coño sé, niño? Un donante de haz de luz no pregunta tantas cosas. Por cierto, ya veo que te dedicas a las *performances*.

—No exactamente. Soy cantante.

—Ah. Me lo temía. Como mi padre. Entre tú y yo. ¿Alguien se comunica contigo?

—Sí. Unas voces. Mediante este walkie-talkie.

—Joder, menuda tableta tan rudimentaria. En fin, sea como sea, si se comunican contigo es que «ellos» te han encomendado algunas misiones. ¿Has llegado a altas instancias del poder?

—Algunas veces.

—Ya veo. Menudos hijos de puta intervencionistas que son los de mi planeta. En fin. Un consejo: no pienses. La felicidad se basa en no pensar, te lo dice un alienígena. Actúa por instinto, y desea. Desea mucho. Ah, y ni se te ocurra hacer las cosas para que te quieran más, eso es un grave error, te lo digo yo, que llevo tres divorcios.

—Lo intentaré.

—Ya. Pues no te veo demasiado convencido.

—Es que, con lo poco que me quiere la gente, sólo me falta que vaya de James Dean por la vida… Oye. Llévame contigo si eres mi otro padre. No soy muy feliz aquí.

—Yo te llevaría, de veras, pero ahora mismo no me va bien. Aunque quiero que sepas que cuando las cosas me furulen te llevo por el espacio exterior de garbeo. ¿Te gusta el porno?

—Creo que ahora mismo está prohibido, al menos en este país.

—Ya. Oye, mira, me quedaría más rato hablando contigo pero la nave es de alquiler, y hay una franquicia, y encima la tenemos que dejar en la base de Júpiter en menos de media hora. Por cierto, si tienes contacto con el gobierno de mi planeta, diles que estoy dispuesto a volver a ser donante de luz, por si tienen previsto fecundar a unas cuantas humanas más. En serio, voy bastante tirado y dejar preñada a una humana lo puede hacer hasta un alienígena fracasado como yo. Ah, y con respecto a tu mánager. Hazle un caso relativo. Un día perderá la cabeza. Oye, me largo. Lo dicho, ¿vale?

Y subió a la nave. Al instante los presentes salieron de su parálisis. Las ancianas no paraban de gritar: «Blasfemia, blasfemia», mientras que otras decían: «Qué coño blasfemia, es un milagro, una señal, un mensaje desde otros planetas. Dios, España ¡y sexo!». Manolo me preguntó qué me había dicho ese extraño ser y yo, como no tenía demasiadas ganas de hablar, me limité a decirle lo primero que se me pasó por la cabeza: «Me ha dicho que en breve el universo será engullido por el ojete de Elton John». Mientras algunas ancianas daban paraguazos a Manolo, consideré oportuno preguntarle a mi mánager:

—*¿Pero entonces me he curado?*

—*Anda, levántate y vámonos, cara cartón, sí, te has curao. Total, ¿a quién le importa lo que tú hagas?*

—*¿A quién le importa lo que tú digas?*

14. Escrivá, transición y otras pésimas alianzas
Aro Sacro - Actualidad

—Quiero saber el nombre de su camello, Fernando. Estoy seguro de que esa es su caligrafía. Fingir que es de su padre me parece demasiado.

—Obviaré ese comentario y continuaré. Escrivá, debido a las presiones de unas cuantas ancianas que fueron testimonio de aquella especie de «milagro», accedió a recibir en audiencia a mi padre, Manolo y mi abuela. Fue a mediados de junio del 75, concretamente en Roma. La abuela Angelina acudió con mantilla, y Manolo, con un traje alquilado y el pelo engominado. Estaba irreconocible. De hecho, parecía Aznar.

—¿Cómo fue el encuentro?

—Mal, como era de esperar. Mi padre andaba muy enojado con aquella carrera musical. Decía «el otro día aprendí el significado de la palabra *cutre*. Y en mi vida solamente veo cutrez. Y también leí el mito de la Caverna de Platón. Y sé que, en el exterior de esta cueva donde vivimos, están sucediendo cosas. Y me las estoy perdiendo, como por ejemplo ir en tejanos y zapatillas deportivas. Quiero ser un niño normal que cante cosas normales. Y dejar de ser cutre». Manolo le respondió: «Cállate la boca, que tú eres todo menos normal. Y mientras lo cutre nos dé de comer, por mí como si te tragas caramelos de naftalina».

»Escrivá, mientras le estrechaba la mano a mi padre, le dijo: «Así que tú eres el niño que provocó aquellos extraños incidentes en un convento de Madrid y luego en el Valle de los Caídos y que te curaron de tu ceguera onanista unos extraterrestres. No, chaval, muy mal. Aquí, en este planeta, el monopolio de los milagritos lo ostenta la Corporacion Eclesiástica. Por cierto, me han dicho que cantas». Papá le respondió: «Sí, pero este señor se queda el dinero». Escrivá replicó: «Normal, porque ese señor debe de ser tu padre, y son los padres quienes administran los bienes de los menores. ¿Quieres un secreto para ser feliz, niño? Date y sirve a los demás, sin esperar que te lo agradezcan. Cuando percibas los aplausos del triunfo, que suenen también en tus oídos las risas que provocaste con tus fracasos». El dedo índice de Escrivá iba a todo trapo, aleccionando. «Todo esto está muy bien, monseñor», le dijo papá, «pero este que tengo al lado es simplemente el hombre que se va a la cama con mi madre. Mi papá está en Barcelona, y es hombre rana».

»En aquellos momentos, Manolo, aturdido y entra la espada y la pared, tuvo el acto reflejo de arrodillarse mientras maldecía a mi padre por lo bajo. «Lo sé, monseñor, lo sé. Estoy pecando, y de hecho ¡me odio tanto a mí mismo!». Escrivá le dijo, apuntándole con el índice: «Me gusta que te odies. Agradece, como un favor muy especial, ese santo aborrecimiento que sientes de ti mismo. Y tú, hembra, escucha. La atención de la mujer casada debe centrarse en el marido y en los hijos. Como la del marido debe centrarse en su mujer y en sus hijos». Angelina intentó rebatir sus palabras: «¿No puede haber excepciones, Padre? Es que mi marido en realidad, tiene mucha tela…». Monseñor Escrivá la interrumpió: «No, hija. En determinados aspectos morales, la intransigencia no es intransigencia a secas. ¡Es la Santa Intransigencia!». Angelina añadió: «Bueno, como mínimo reconocemos nuestras faltas, monseñor. Como decía Boccaccio, que por decir la verdad, ni en la confesión ni en otro caso nunca se ha pecado».

»Escrivá estaba un tanto tenso, y su estado empeoró cuando papá dijo: «Y un tal Anatole dijo que el cristianismo ha hecho mucho por el amor, convirtiéndolo en pecado. Y Spinoza añadía que el pecado no puede ser concebido en un estado natural, sino sólo en un estado civil, donde se decreta por común consentimiento qué es bueno o malo. Y Oscar Wilde llegó a decir que cualquier preocupación sobre qué está bien y qué está mal demuestra un estancamiento en el desarrollo intelectual». Escrivá por aquel entonces ya tenía las bolas hinchadas: «¿Tienes algo más que decir, niño demoníaco?».

»Papá entró en posesión. Fue muy inoportuno. Puso los ojos en blanco y empezó a hablar con la misma voz que su mánager. De hecho, el aliento del niño empezó a oler a Celtas. «Angelina, en cuanto tu marido se despiste te voy a rellenar como a los pavos, por detrás, maldita zorra. Voy a decirte tantas guarradas que vas a tener que quitarte las bragas como si fueran el papel de una magdalena. Te comía la regla a cucharadas, me cago en la Virgen. Vamos, nena, que tengo más rabo que el mismísimo Lucifer, Dios, me la pones más dura que el cuello de un cantaor».

»Allí acabó la audiencia, más que nada porque Escrivá de Balaguer se desmayó. Veinticuatro horas después, concretamente el 26 de junio de 1975, Escrivá moría de otro paro cardíaco.

—Lo de su padre era como una *tournée* de la muerte.

—El representante entró en una espiral depresiva. Estuvo realmente inaguantable durante aquella época. Mejor dicho. Irritable. Mejor dicho. Desquiciado. Unos meses más tarde, cuando volvían de un concierto en Bilbao donde no había acudido ni el tato, un par de policías nacionales los esperaban en Barajas. «Acompáñenme». Pronto Manolo se dio cuenta de que se dirigían al palacio de El Pardo.

—No me fastidie.

—Franco en persona les esperaba. La conversación no tuvo desperdicio.

—A ver. Creo que ya estoy curado de espantos.

—Franco le dijo al representante, con su aflautada voz nasal: «Oiga, señor Pencas, tenemos serias sospechas de que todo ese rollo de representante de artistas de poca chicha es una tapadera, inocente, eso sí, para ocultar sus labores de contraespionaje. Porque creemos que trabaja para los malditos comunistas del bloque del Este. Maldita sea, vamos a ver, allí donde usted viaja con ese enano amorfo, un amigo mío la espicha, por no mencionar las **FRASES LAPIDARIAS** que usted sin duda encarga al monstruo para que le diga al futuro fiambre, de parte de sus amigotes, con ese sarcasmo tan típico de los humoristas judíos. "Me han dicho mis amigos que usted va a volar muy alto", ¡le dijo al difunto Carrero Blanco!». Manolo temblaba de manera unánime: «No es un enano, mi General, es un niño. Mi General, mi amantísimo General. No son indirectas, sino frases que se le ocurren a ese niño infernal, a veces parece que tenga visiones, todas ellas malísimas, por cierto…».

»El Caudillo empezó a enfurismarse: «¡Pues el enanito infernal podría encontrarse alguna vez con gentuza como Santiago Carrillo, o Picasso, o si me apura, Brézhnev, porque es mucha casualidad que le dé siempre por uno de los nuestros. Oiga, usted es catalán, ¿no?». Manolo negó su catalanidad tres veces como San Pedro. «Mi General, no, no, no. ¡Soy palentino!». Entonces Franco puso de nuevo aquella voz nasal y le dijo: «Oiga, si yo a usted le digo que es catalán, es que lo es. Lo que yo piense es verdad. Lo que piensa el resto del mundo, meras opiniones subjetivas. En fin, da igual, ser palentino no es sinónimo de fidelidad al régimen ni a mi persona, como si las alimañas rojas no crecieran en cualquier esquina. En fin, ya que usted no colabora, quiero ver al enano ciego. ¡Ahora mismo!».

—Entonces...

—Entonces dejaron entrar a mi padre. Y le dio la mano a Franco educadamente, mientras que Manolo gritaba: «¡No le dé la mano, mi General, que trae mal fario!». Franco observó al chaval. «Así que este engendro, anteriormente cieguito, es algo así como un miniespañol conspirador. Maldita sea con el espía, debe ser cosa de eso que llaman nanotecnología. Así que Constancito, ¿eh? Y dime, ¿eres un niño, un enano o un mal parto?». Papá, como seguía enojado con su carrera, le dijo: «Soy un enano». Manolo gritó: «¡Miente! ¡Miente más que habla!». Franco interrogaba con sus pequeños ojos a mi padre: «Y dime, enano, ¿este señor te canta *La internacional* a menudo?». «Y tanto que lo hace». Y entonces, papá, quien sabía el himno comunista gracias a su padre Joanet, empezó a entonar los primeros versos. «Arriiiiba, parias de la tieeerraaaa».

»Manolo mostró una mancha de pipí en sus pantalones color crema. Franco miró a Manolo de arriba abajo: «¿Acaso necesito más pruebas?». Entonces el niño, como jugando con el destino de su mánager, optó por dar una de cal y otra de arena: «Pero mi General, Manolo le admira. De hecho, llama a su pilila **EL CAUDILLO**». El representante ya se había postrado en el suelo, de la misma manera que había hecho con el fundador del Opus. «No le haga caso, es muy fantasioso». «¡Estoy hablando con el enanito! La próxima vez que me interrumpa le juro que llamo al verdugo para que le haga un nudo de corbata con el garrote vil, y no en el gaznate, ¡sino en los huevos! Así que le llama a sus vergüenzas El Caudillo. ¿Y cómo diablos sabes eso, enano?». «Porque obliga a mi mamá a que se lo meta en la boca mientras él dice: "Cómete al Caudillo, entero, trágatelo, no dejes ni una pizca de él". Entonces mamá lo hace y Manolo pone cara de besugo, hasta que pega un grito, se duerme y empieza a roncar».

»Franco aplaudió: «Fantástico. Este hombre es un desecho de virtudes. ¿Es cierto que se está beneficiando a la madre del enano, maldito libertino masón? ¿Y el padre del enano qué opina al respecto?». Obviamente, mi padre remató el tema: «Mis padres son hermanos, señor». A Franco le bajó la tensión a la altura de los infiernos. «Siempre pasa lo mismo con los sospechosos. Al rato, te das cuenta de que han cometido peores actos que por los que habían sido imputados previamente. Uno empieza a tirar del hilo y resulta que el hilo cada vez está más manchado de traición y malas costumbres. Y luego dicen algunos que la España que heredé de la República no era Sodoma y Gomorra». Manolo añadió: «Lo sé, mi General, y de veras que ando buscando la redención, por eso confié mi vida en conseguir una audiencia con monseñor Escrivá de Balaguer». Franco contestó: «Claro, y supongo que, tras la confesión de sus atrocidades morales, José María le soltó una buena reprimenda y, ni corto ni perezoso, se lo cargó con el mismo modus operandi de siempre. Vamos a ver, señor Pencas. ¿O mejor lo llamo **CAMARADA PENKOV**, como lo deben conocer sus amigotes?». Un comandante añadió: «Mi General. El señor Pencas acaba de aterrizar de Bilbao». «Claro, entonces quizás resulta que su nombre de guerra es **MANOLOAK PENKAETXEA**».

»Manolo estaba llorando como un niño: «Mi General. Le repito que soy franquista a morir, anticomunista a rabiar y, por encima de todo, orgulloso hasta el tuétano de ser español». Franco dijo: «Claro, claro, eso también lo decía José Antonio, o, sin ir más lejos, aquel ventrílocuo catalán que hace unos cuantos años robó todas las joyas de mi esposa Carmen y que le provocaron serios problemas de autoestima, y sino, que se lo pregunten a todas las joyerías del país. Oiga, creo que será mejor que pase a las dependencias subterráneas de El Pardo, para que mis comisarios le hagan entrar en razón y confiese, porque esto de la guerra fría nos lleva muchos dolores de cabeza. Mucho me temo que, de seguir con sus maléficos planes, como ciudadano español que es, nos va a meter en serios conflictos diplomáticos. Y, por favor, no use a este precario enano hijo del pecado para colarse en todos los gobiernos de bien como una cucaracha y dejar el germen de la democracia a según qué pueblos. Usted es asqueroso». «Soy asqueroso, mi General. Pero un asqueroso inocente». «Ya, ya. Eso ya lo averiguarán en el subterráneo. Que usted lo pase bien con mis perros de caza, señor Asqueroso. Ah, y lleven al enano y a su madre a tomar un café por Gran Vía, que esta noche el señor Asqueroso tiene otro trabajo que hacer con su lengua». Aquella noche Manolo Pencas probó el sabor de un buen par de centenares de hostias perpetradas por aquel régimen que tanto admiraba. De hecho, cuando un mes después el Caudillo falleció, chocó la mano con mi padre: «Hayas tenido algo que ver, o no, te felicito, hijo». Mi padre no daba crédito.

—Ahá.

—Obviamente, salió de allí algo cambiado. Lo que tenían que hacer era borrar por completo la imagen de papá como niño fascista y adaptarse a los tiempos. «Hay que eliminar tu pasado, niño. Si Santiago Carrillo baja del avión, quizás tendremos que ser nosotros quienes tengamos que subir en él, para no volver jamás». Días después, se afilió a UCD.

—Como muchos hicieron. Bien, Fernando. Prosiga. Estoy deseoso por saber lo que se inventa ahora. Quiero decir, lo que le sucedió a continuación.

—Franco murió, momento en el que Manolo le dijo al niño: «Nunca, pero nunca, me des la mano». Y vino la transición. Así pues, lo primero que Pencas hizo fue olvidarse de aquel espartano código de conducta que sugería la Orden del Opus y recuperar la relación que tenía con mi abuela. Luego, en 1977, al señor Pencas le dio por conseguir la fotografía del niño, primero con Suárez y acto seguido con Tarradellas. «Transición, reconversión» decía en aquellos restaurantes de carretera del todo puesto de cocaína. Pero tanto los asesores del líder de la UCD como del President de la recién instaurada Generalitat advirtieron el peligro en ciernes. «Constancito Obs quiere una foto con usted, vaya con cuidado» y entonces ambos presidentes preguntaban: «¿Quién demonios es Constancito Obs?» y el asesor respondía: «No tiene ningún éxito que yo recuerde, pero es conocido en algunos sectores como el niño cieguito fascista. En el caso de que entrara en su círculo, presidente, la nueva prensa se encarnizaría con usted. Digamos que es un enano no-conciliador». A efectos de evitar polémicas innecesarias, tanto Suárez como Tarradellas dejaron a mi padre con la mano en el aire, igual que hicieron Ana Belén y Víctor Manuel, el Cordobés, Felipe González y Santiago Carrillo. Nadie sabe a ciencia cierta si no vieron al niño o si le negaron el saludo con toda la mala saña del mundo. Los dos lados de la contienda estaban dándole la espalda.

—En aquella época, y como mi padre gastaba aquella voz de eunuco pese a tener ya quince años, grabó un disco con meros objetivos alimenticios, es decir, mi padre tenía que darle de comer al Pencas, aunque su nombre no sale en los créditos finales a petición del propio representante, quien se limitó a pedirles a aquella discográfica diez mil pesetas y que bajo ningún concepto se enterara Boltor Music.

—¿Nombre?

—«El padre Abraham y los pitufos».

—Sin comentarios.

—Era momento de cambiar de estilo o acaso largarse de nuevo a América Latina y soltar el trolo de que papá era una estrella rutilante en la Península.

—¿Qué opción eligieron?

—Shag.

—No entiendo.

—Un perro cantador ni más ni menos, ni siquiera tenía pedigrí, era un auténtico mil leches. Manolo Pencas lo conoció gracias a un feriante víctima de cirrosis, en Albacete, quien se lo dio a cambio de que lo cuidara hasta el día de su muerte. El perro de marras cantaba mejor que la mayoría de seres humanos que haya conocido jamás. A Pencas rápidamente le vino a la cabeza la idea que llevaría a mi padre al número 6 de 1977. No sé si recordará el *single Cuando veo a esa niña morena digo guau*.

—No demasiado. Oiga, si quiere que le sea sincero, me da la impresión de estar escuchando la historia de una España paralela.

—Aprovechando la coyuntura, cambiaron el nombre artístico de papá. El larga duración se llamaba «Cuchi Cuchi y el perro Shag». Mi padre fue el autor de la música mientras que Manolo hizo las letras, por primera vez, desentendiéndose de política o catolicismos caducos, siempre desde el punto de vista de un cantante pop. En realidad, papá, a quien Manolo tiñó de rubio, cantaba la mayoría de los temas, excepto los *guaus*. «Cuando veo aquella morena me digo…» y entonces Shag ladraba «¡Guau!». «Cuando veo los goles de mi equipo de fútbol, me digo… ¡Guau! Cuando veo las suecas paseando por Vallecas, me digo… ¡Guau!». La gracia radicaba en que Shag ladraba en el tono de cada canción, créame, aquel maldito perro era el Pavarotti de los canes, no había trampa ni cartón en su afinación, le recuerdo que no estábamos aún en nuestra tramposa era digital, donde puede editarse y modularse incluso la voz de un cerdo fumando Ducados.

—Ya. Ahora que lo dice, siempre me he preguntado por qué los cerdos capones no gritan *oink oink* en un tono más agudo. ¿No cree?

—Doctor. ¿Ha pensado visitar a un psicólogo?

—Varias veces, pero no los soporto.

—Déjeme continuar. Boltor Music eligió como segundo sencillo un tema llamado *Cuando un perro toca el piano*. Aquello convirtió al dúo en algo verdaderamente importante. La gira duró varios meses. Shag era el ídolo de las perras en celo, se lo aseguro. Aquel can mil leches era incluso capaz de chapurrear con el piano. Sacaba melodías fáciles pero efectivas, de aquellas que se te quedan en la cabeza durante horas, muy al estilo de Elton John. El perro componía esas pequeñas sinfonías y la compañía les ponía un título, dependiendo de lo que les inspirase. *Cuando te encontré en el parque, chihuahua guapa* era una de aquellas pequeñas obras de arte caninas, acaso la más lacrimógena. Durante aquellos tiempos Manolo se cambió por fin de piso, del barrio de les Corts, punto intermedio de su evolución social, a una casa con piscina en Pedralbes, gracias al dinero ganado tras expoliar a mi padre y luego a aquel perro. Manolo empezó a hacer acopio de todo tipo de jarrones Ming, siempre gigantes, que depositaba en un salón destinado a tal efecto. Volviendo a aquel disco animal, en los conciertos el perro Shag tenía un set en el que se quedaba solo mientras un cañón de luz lo seguía hasta montarse en el piano e interpretar la dichosa balada de la chihuahua guapa. Eran tales las ovaciones que recibía Shag que mi padre, en los camerinos, arrancaba a llorar desconsoladamente, y no de emoción precisamente, sino al pensar que tenía que volver al escenario. Y es que los aplausos que recibía, siendo benévolos con él, los definiría como correctos, carentes de afecto. Todo el mundo consideraba a papá como el consorte de aquel mil leches, y los que lo conocían de sus antiguos discos, se ensañaron con él. A veces se escuchaba desde el gallinero «Arriba Shag, fuera el niño fascista», o lindezas tales como «Shag, amigo proletario, planta cara a Cuchi Cuchi, el enano de Carrero Blanco te está oprimiendo, méate en sus pies». Papá, pese a las escandalosas ventas del disco y lo bien que funcionaba la gira, se rebeló en contra de la opinión de su madre. Si a los daños morales de tantas ofensas le añadimos el agravio comparativo con el perro, tuvo los arrestos suficientes como para manifestar que consideraba humillante la manera como estaba concebido aquel espectáculo y pidió como contrapartida un 5% de *royalties*. La cosa se salió de madre en otoño de 1977, precisamente en un concierto celebrado en el barrio de Gràcia. Después de la absoluta quietud que precede al humillante abucheo, sus antiguos vecinos volvieron a entrar en un delirio colectivo. Se formó un clamoroso tumulto en platea. Invadieron el escenario. Empezaron a forcejear con Manolo y un grupo de guardias de seguridad contratados por el representante, entre ellos, aquel par de yonquis del Singuerlín.

»Tras unos cuantos empujones y zarandeos, los vecinos consiguieron acercarse al chaval-enano lo suficiente como para volverle a arrancar, uno a uno, el cuero cabelludo con la misma furia que unos años antes. Alejado del tumulto, simplemente observando desde una esquina, estaba su padre, Joan Obs. Y lloraba.

—Buf.

—Manolo, viendo que la vida de su artista, incluso su propio pellejo, corrían peligro y que la democracia era un proceso imparable, destruyó las copias de los primeros discos de El niño cieguito, pero el bullicio en contra de mi padre siguió, imparable, por todas las ciudades del país, prueba palpable de que «**EL PRODUCTO**» había pasado de la indiferencia al odio visceral. El follón del linchamiento llegó al mismísimo Ausdenmeyer. El alemán, al tenerlo en ojeriza, instó a que se dejaran de duetos. El siguiente disco tenía que ser en solitario.

—Lo entiendo. Un disco sin aquel perro.

—No me ha entendido. Un disco en solitario… del perro Shag.

—Maldita sea.

—Manolo sabía que estaba en la cuerda floja. Por un momento se vio de gira acompañado únicamente por un perro patanero que se cagaba continuamente en el asiento de su nuevo Seat Supermirafiori. Por tales motivos, contraatacó. Antes que aquella sandez del disco perruno, tenían que hacer una última intentona a la desesperada. Cuchi Cuchi tenía que componer algo rompedor, una canción que significara un cambio hacia lo canallesco. Pero papá era un zagal, aunque midiera un metro cuarenta. Debido a la medicación que seguía tomando, su voz era espantosamente ridícula. Y, lo que era peor, no tenía experiencia con mujeres. ¿Cómo podía hablar del mundo adulto sino suponiendo? Por esos motivos, fue papá quien le pidió, encarecidamente, que escribiera una letra que hablara de su filosofía de vida. Él haría la música. Grabaron un par de temas en un estudio de Pamplona, *Soy un truhán, soy un señor* y otra llamada *Nunca te rías de un vacilón* y las enviaron a Miami. Ambos *singles* eran la auténtica biografía de Manolo Pencas convertida en melodía. Un año después, volviendo de un concierto con aquel chucho cagón, según los diarios de papá, en el maldito ecuador de Los Monegros, el Supermirafiori de Manolo se calentó.

»Esperando que fuera cosa del radiador, el representante optó por esperar un rato en el arcén de la autopista y puso la radio. Allí sonó *Soy un truhán, soy un señor*, cantada ni más ni menos que por Julio Iglesias. Manolo entró en barrena. «Esta vez sí que me la han metido doblada». Salió del coche, se desnudó por completo y empezó a correr campo a través mientras mi abuela, mi padre y el perro Shag lo miraban desde una ventanilla.

»Manolo gritaba como un poseso. Cuando llegó a un montículo, se tiró al suelo y puso sus brazos y piernas en aspa. Una decena de buitres sobrevolaban aquel páramo tan infértil, aquella especie de tiramisú gigante llamado Monegros. Manolo miró a aquellas aves carroñeras y empezó a chillar «Venid a mí, buitres del mundo de la música. Acabad conmigo. Aquí me tenéis. Devoradme, hijos de puta». Cuando volvió al coche había olvidado vestirse. Por suerte, el Supermirafiori arrancó y pudieron llegar a una gasolinera. Hacía tanto calor que el perro se hizo popó varias veces y todos empezaron a vomitar como si no hubiera un mañana. «Y es que yo, amo la vida y amo el amor. Soy un truhán, soy un señooor, algo bohemio y soñadooor, oh, oh».

»Dejando a un lado aquel enésimo robo, Boltor Music decidió sacar un disco únicamente con el perro Shag como pianista. En la primavera de 1978, el disco de aquel Richard Clayderman perruno pulverizó las cifras conseguidas al lado de mi padre. Llegó a las 55.000 copias y se encaramó inmediatamente al número 3 de ventas nacionales, supongo que si sus fans caninas hubieran tenido poder adquisitivo aquello hubiera sido el disco más vendido de la historia del pop nacional. Así pues, a raíz del exitazo con el perro, Ausdenmeyer le comunicó a Manolo Pencas que la carrera del niño barcelonés pasaba a ser considerada **EXPEDIENTE PERDIDO**, es decir, pasaba de ser un objetivo **NO PRIORITARIO** a convertirse en un **NO OBJETIVO**. Para que aquella curiosa pareja callara la boca, desde Boltor enviaron un cheque de cien mil pesetas. Manolo se quedó con noventa y cinco mil. Papá recibió un triste billete. También le comunicaron que seguían contando con él como compositor de Boltor Music, pero, en caso de querer seguir grabando discos destinados a su propia carrera, tendría que sufragárselos él mismo. Manolo Pencas, del todo compungido, comentó la situación a mi abuela en el restaurante Cinco Jotas de Alburquerque, aderezando su monólogo con gestos melodramáticos. Según su versión, Boltor Music quería prescindir de los servicios de papá, pero, gracias a su intervención, los de Miami estudiarían si darle otra oportunidad, eso sí, a medio plazo. Estaban en una delicada situación, ya que, ¡pobrecito Pencas!, el señor Ausdenmeyer le había encomendado las funciones de representante de Shag en toda Europa. También lo había ascendido a Presidente de Boltor Music Spain, así que, entre las clases de inglés y los viajecitos, apenas tendría tiempo para encauzar la carrera del chavalín. «Tendrás que volver a casa, con tu marido».

»Mi abuela se puso hecha una furia. Manolo llegó a soltarle que continuar dándose de cazos contra la pared del éxito entrañaría un perjuicio moral para todos. También tuvo los arrestos de decirle a mi abuela que ya le había dado demasiadas oportunidades a mi padre, que resultaba difícil encontrar un ápice de carisma en aquel crío tan amorfo e inexpresivo, e insistió en que el proyecto de Cuchi Cuchi, como decían los creativos publicitarios, debía ser puesto en la nevera por un tiempo indefinido. «El estado de las cosas es este, Angelina. Continuar nuestra relación laboral entrañaría que nos acomodáramos en el fracaso, y a mí el fracaso no me resulta cómodo, y, por cierto, los fakires son unos gilipollas».

»Angelina le imploró que le buscara algún trabajo a su hijo, aunque fuera de corista de las Aquario o Los Chunguitos, un pretexto, a fin de cuentas, para no volver a casa. Manolo, tras hacer ver que necesitaba pensar una solución, le dijo a mi abuela: «No os mováis». Y volvió. Al cabo de dos meses. Mi abuela y mi padre estuvieron quietecitos en aquel mesón donde pudieron hospedarse a cambio de que mi abuela trabajara como camarera y mi padre cantara por las noches vestido de Pitufo. Manolo volvió como si viniera de comprar Celtas en el estanco y exclamó: «Agradezco vuestra invencible actitud, así ganamos la guerra. Mira, como no quiero dejaros tirados en la cuneta, y porque sólo pensar que vuelvas con tu marido me crispa los pelos de los huevos, he encontrado un trabajo para los dos, y no ha sido fácil. Verás. Tú y el niño me esperaréis trabajando en el circo de mi familia. Se llama Hermanos Pencas. Mi hermano, al que todos llaman Klaus, os recibirá con los brazos abiertos. Recientemente han creado un espectáculo donde se necesitan niños como Constancito, no te voy a engañar, no es el trabajo de su vida, en realidad es una descarada copia de Parchís llamada Los Parches. Creo que tú harás de taquillera en el tren de la bruja, mientras que el niño, cuando no tenga función, echará una mano en la churrería, que buena falta les hace, y así el nene aprende una profesión de futuro. No te voy a engañar, el mundo de las carpas es duro, y yo voy a llevarme una comisión de ambos sueldos, pero os curtirá a ambos. Y no me llores. Vendré a visitarte en los descansos de la gira del chucho, nos iremos a un hotel y todo seguirá como siempre. Luego, cuando la fiebre del perro de los cojones baje en intensidad, os saco de allí echando hostias. Te lo juro por esta cruz de Caravaca, que ya sabes que le tengo mucho respeto». Y entonces la besó y se santiguó. Luego, y como le había dado un tembleque de la hostia a mi abuela, añadió: «Pasado mañana me voy a Dublín con el perrete cagón. Tenemos una noche por delante para despedirnos como Dios manda. No malgastemos estas horas que nos quedan».

»Mi abuela empezó a llorar. Manolo la agarró por los mofletes y le soltó: «Una última cosa. Quiero que te tatúes el número ocho en el hombro derecho. Es el día de junio en que tú y yo hicimos el amor por primera vez. Así no olvidarás jamás a quién perteneces».

»Angelina dijo: «No me hace falta tatuarme un día del mes para recordar que soy tuya, cariño, pero lo haré. Aunque no fuera el ocho de junio, como tú dices, sino el quince de abril. Da igual. Te quiero a rabiar. Y suéltame los mofletes, por favor».

»Y se pasaron follando toda la noche al lado de aquel chaval que no crecía, con los ojos en blanco, hasta que Manolo lo cubrió con una manta en la cabeza.

Al día siguiente madre e hijo cogieron un autobús de línea regular que los llevó de Barcelona a Vigo. La abuela llorando, y el niño canturreando como un abejorro cojonero.

»Su madre le dijo: «¿Quieres parar hostia? ¿Qué coño cantas ahora?». Y papá le dijo: «Lo que me chivan unos señores al otro lado del walkie-talkie». Y su madre le dijo algo así como: «Definitivamente, eres tonto del culo». «Los señores del walkie-talkie me dicen que tú también, mamá».

LIBRO III

UN CIRCO

15. Gordos con patillas surfeando el espacio
Aro Sacro - Actualidad

Tras poner al día a mi amigo gordinflón, accedo a echarle una ojeada al nuevo disco de su banda. La maqueta tiene como título global: «Gordos con patillas surfeando el espacio», pero no entiendo el plural del título, ya que en la portada, de penosa calidad y peor edición, solamente aparece ÉL. Barry me comenta que eliminó al resto de la banda con Photoshop. Obviando su megalomanía, pido al camarero del bar Wembley que me deje escuchar cómo se desenvuelven, y a los treinta segundos estoy a punto de infartar. Casualidades de la vida, resulta que andaba como un loco buscando a los autores de

235

semejantes *hits*. Hace cosa de un año me llegó la mencionada maqueta a mi discográfica, pero recuerdo que la portada era diferente, de hecho, aparecía un soldado escuálido, le sangraba la nariz, estaba agazapado al otro lado de la trinchera, llorando desconsoladamente. Se lo explico a Barry y me aclara el asunto. «Bueno, es que cambiamos el título del disco. "Salvar al soldado raya" nos ponía en peligro, ya sabe, abogados de Hollywood. También incluía una canción llamada *28 años y virgen. ¿Qué cómo estoy? Mal, obviamente*. Pero ahora las cosas han cambiado ya que tengo 29. El actor de la portada era un tipo que andaba muy mal de los nervios. El día siguiente de la fotografía, iba andando por la calle y se le cayó la nariz. Ahora lleva una de poliuretano, se ha dejado barba y parece Don Pimpón.

»Para fastidiar aún más las cosas, en los créditos escribió nuestra dirección electrónica con errores tipográficos, así que nadie pudo ponerse en contacto con nosotros.

Me digo a mí mismo «aleluya»; de hecho, estoy enganchado a uno de sus *singles*, un auténtico himno cuyo título es *Se parece a ti pero en guapa*, sin olvidar *El Armaggedon de los feos*. Tengo el absoluto convencimiento de que voy a pedir otro crédito a Cofidis para publicar el disco de este cuarteto disparatado. La verdad es que su música me parece endiabladamente original, honesta, hipnótica, oscura y con letras plagadas de resignación onanista. La primera vez que lo escuché, me dije: «Este tío es el nuevo Morrissey» y ahora que lo he conocido, lo corroboro, de hecho es su versión en miniatura. Por dentro estoy pletórico. Barry es la constatación de que estoy en racha. Tras una temporada continuada de fracasos ha empezado una nueva que será, sin duda, una concatenación de éxitos, por fin un cambio de ciclo continuado que será culminado por la última parte de mi plan. Miro a Mauricio Invictus, el camarero del bar Wembley, y le digo:

—Sírvele una copa a este chaval, porque quiero que sepáis todos los presentes que en su cabezota está el futuro de la música pop de este país —Todo el bar aplaude, yo sacudo a Barry y me sonríe, bajito él, dudando sobre si en realidad me estoy burlando de su estampa, hasta que lo agarro del gaznate y le canto una estrofa de su disco—. «¿Que cómo es mi amada, amiga? ¿Que cómo es? Ella es, amiga, ella es, oh, cómo te lo diría, amiga, cómo te lo diría. Creo que ya lo tengo. Se parece a ti pero en guapa. Se parece a ti pero en guapa. Oh ho ho ho».

A Barry se le dilatan las pupilas. Pronuncia:

—Síií, en realidad le gusta mi música, su pasión es sincera, es cierto, hijo de perra, ya lo dicen mis hermanos que soy el poeta del pueblo. Que a usted le agrade mi música es la primera cosa *cool* que me ha pasado en mi jodida existencia, joder, por fin un punto de luz —Y empieza a gimotear.

Le contesto que probablemente los fiche para mi escudería.

—¿Probablemente? —Barry me grita—. ¿Eso quiere decir que no está seguro, pelo marica?

—Pues no. No. Aún no —Barry parece a punto de llorar—.

—Oiga ¿qué tengo que hacer para que edite mi puñetero disco, cagonlavirgen?

Vuelvo a repasar la portada de su maqueta. Necesito saber por qué Barry borró al resto de componentes de la portada. Una cosa es serególatra, la otra es pensar que la Tierra gira alrededor tuyo. El rollizo cantante me aclara:

—Somos cuatrillizos, para desgracia de mamá. «¡Jesús, te pedí una maldita niña!», dijo tras conocer los resultados de la inseminación, así que siempre se lamentaba a solas en la habitación de matrimonio, incluso le enseñaba el dedo índice al crucifijo del comedor, ¡asqueroso puto! Pues a cambio de sus rezos mi madre recibió cuatro tipos iguales, algo *rockers*, un poco mods, muy siniestros y tristemente peludos, cuyos calcetines sudados expelían un terrible hedor cuando alcanzamos la pubertad. ¡Culo! ¡Cipote!

—Pero en la primera maqueta que me enseñaste, aquellos tipos no parecían iguales que tú.

—Les obligué a operarse. **El HERMANO ORIGINAL ¡SOY YO!** Ellos son, cómo se lo diría, meras falsificaciones que uno puede encontrar en un bazar chino.

—Así que cuatrillizos mods. Dile a vuestra madre que peor sería su existencia si hubiera traído al mundo a cuatro perroflautas. Porque eso significaría tener cuatro chuchos, cuatro flautas y cuatro diábolos, ladrando, sonando y ardiendo a la vez en la sala de estar. Así que tú eres el líder de la «manada».

Barry se limpia las gafas. La mayoría de personas pierden parcialmente su personalidad cuando se quitan las lentes delante de la gente, tenemos un dibujo mental del personaje con dicho artilugio, así que cuando los gafudos desnudan su cara no podemos sino experimentar un cierto rubor, y lo que es peor, necesitamos un breve espacio de tiempo para identificarlos de nuevo y recomponerlos. Dicho sea de paso, los que previamente ya nos parecían sin personalidad con las gafas puestas, cuando se las quitan, joder, nos parecen más tarados, peligrosos, seres a punto de abrirnos las tripas con un arma sacada de *Hellraiser*. La gafa se incrusta en la cara del gafudo como una cicatriz. La gafa es indisoluble del gafudo, es el pico del tucán, el cuerno del toro, el pene de John Holmes. Y no todos los gafudos lo son por leer. No, desde luego que no.

Barry vuelve a hablarme de sus hermanos-fotocopia.

—De los cuatro, yo soy el que tiene más dotes de liderazgo, pero a buen seguro que esta repetición de caracteres y físicos no nos ayuda a ninguno,

¡diablos putos!, un día llegué con un vinilo de Gene Vincent y cuando entré en casa me di cuenta de que los otros tres también se lo habían comprado, el mismo día, tío mierdas, en diferentes tiendas. Cuando tengo ganas de hacerme una paja debo darme prisa por llegar a la puerta del lavabo antes que ellos, porque en eso también estamos sincronizados. Vamos, no hay manera de ser auténtico. Eso nos lo dice nuestra madre siempre. Puto. ¡Cagabandurrias!

Le comento que, desde hace un buen rato, me ha parecido escuchar de sus labios una serie de expresiones faltonas con respecto a mi persona. Barry me cuenta el rollo del síndrome de Tourette, variante coprolalia, y que por lo visto había intentado dominar tal pulsión al inicio de conocernos, hasta que su autocontrol ha cedido. Le contesto que muchos grandes artistas han padecido Tourette, desde Mozart a Samuel Johnson, pasando por Napoleón, Molière o grandes escritores de nuestra tierra, pero… ¿Coprolalia? Que un tipo simule que padece esta enfermedad solamente para divertirse a mi costa me parece, cuanto menos, ruin. Mis temores empeoran cuando le pregunto si el resto de cuatrillizos padece los mismos síntomas y Barry se ha quedado demasiado rato cavilando, hasta que me ha contestado con un sospechoso «Pse. Algunos». De repente, imagino a Barry contestando entrevistas mientras el resto de hermanos gritan *¡Cagondiós. Fuck. Fuck. Fuck!* Todos a la vez, como la quinta planta de un minimanicomio. Puede ser muy divertido.

—Entonces ¿quiere hacer el puto favor de escuchar mi puta música?

—Negativo, por ahora. Otro día seguiré con la historia de mi padre, si no te importa, esa será tu particular penitencia, Barry.

—En fin, cabrón. Abusaenanos. Mierda. Hijo de puta.

—Ya vale, Barry. Cálmate.

—Baboso. Capullo. Gonorreo. Tontolapolla. Mameluco. Rebañaesfínteres.

16. Desguace humano
Consulta del doctor Floyd

—Fernando, antes de continuar con la vida de su padre, tengo que preguntarle algo. Concierne a Barry Lete. Me corroe la curiosidad de saber si en sus últimas citas, en ese bar donde supongo que se drogan, ha simulado padecer de coprolalia con usted.

—Efectivamente, doctor. Me llama «pelo marica» y otras lindezas.

—A mí ha empezado a llamarme «Asqueroso chivo cuatro pelos». En fin, ya se le pasará. Sin ir más lejos, hace cosa de un mes, le dio por decirme que era megainteligente, y que recién había entrado a formar parte de Mensa, un club de superdotados. Intentó hacer el cubo de Rubik en mi consulta en 20 segundos, como lo hace un ordenador. Cuando le hice ver su fracaso, me soltó: «Ahá. Ha caído, como Poncio Pilatos. No tengo que demostrarle nada. Mi reino no es de este mundo». En aquellos momentos andaba muy obsesionado con el Nuevo Testamento.

—¿Diagnóstico?

—Es un cantamañanas influenciable, se inventa síntomas para ser el centro de atención aunque reconozco que tiene mucho talento, de hecho, tendría que escuchar su último disco. Créeme. Es brutal. Ah, y otra cosa, espero que no le venga con ese rollo de que quiere denunciar a sus hermanos mellizos por supuesto «plagio». ¿Sabe que les obligó a operarse? En fin. Sigamos con su *verídica* historia.

—Como quiera. Sitúese en un circo. ¿Recuerda lo que Manolo le comentó a mi abuela con respecto a una banda de versiones de Parchís? Pues el elenco de Los Parches estaba formado íntegramente por niños de diversas edades cuyo denominador común era el siguiente: todos habían tenido como representante a Manolo Pencas y todos vivían en aquel circo acompañados de sus madres. Siete niños, siete madres. Y lo que era peor. Todas llevaban un número diferente tatuado en su hombro.

»La abuela, a partir de entonces, fue conocida como «Número 8», aunque a los pocos días todo el mundo la conocía bajo el diminutivo de «Ocho». Doctor, la mayoría de ellas estaban atacadas de los nervios pero se podían distinguir ciertos rasgos de belleza, antes, claro, de que Manolo Pencas les hubiera destrozado la vida. Según los diarios de mi padre, cada una tenía un notable parecido con actrices del momento. Salvando las distancias, una parecía la doble demacrada de Jessica Lange en *King Kong*, otra Brigitte Bardot, Bárbara Rey en los tiempos en que era portada de *Interviú*, Marisol, Ursula Andress, Jane Fonda, incluso una de ellas se parecía a la reina Sofía. En el mismo momento que vio la realidad de su situación, Ocho habló en voz alta, como queriendo ordenar sus pensamientos. «Aceptémoslo. Te ha tomado el pelo. Manolo es como muchos tíos, le encanta catar mujeres, como quien se lleva a la boca todas las tapas en un convite. Lo único que le sucede a Manolo es que luego no sabe qué coño hacer con los palillos. Le da un no sé qué dejarlos a la vista de todos. Haciendo el cochino, se los guarda en el bolsillo de su chaqueta, porque resulta que mi amor es una miserable rata de cloaca que siempre piensa que quizás podrá sacarle un rendimiento a los palillos en tiempos de carestía. A las mujeres nos pone en una cuenta a largo plazo, para que le demos interés. A todas. Nos ha tomado el pelo y de qué manera. Y ahora estoy aquí, con estas otras madres fulanas, en su particular habitación de los juguetes, el circo de su familia. Pues no es largo el cabrón. Debe cobrar un porcentaje del sueldo de todas, y también de cada crío. Y encima aún se las debe follar, una por una. Ahora entiendo algunos fines de semana en los que desaparecía para encargarse de asuntos familiares. Hijo de perra, hijo de hiena, mil veces hijo de la recontraputa madre que te parió, Dios mío, sácame de aquí. Aún te amo, joder».

—Ya se te pasará —dijo Dolores, Número 7, pelirroja, plana de pecho, culo de mulata, y para más señas madre de Estereohuevo, un chico liliputiense que tocaba la guitarra a la velocidad del demonio quien, por cierto, llegó al circo justo una semana después de que mi padre iniciara su primera gira—. Cuando una ve los tatuajes se da cuenta del percal, pero ya no hay marcha atrás. Fíjate. Todas tenemos diferentes siluetas o color de pelo.

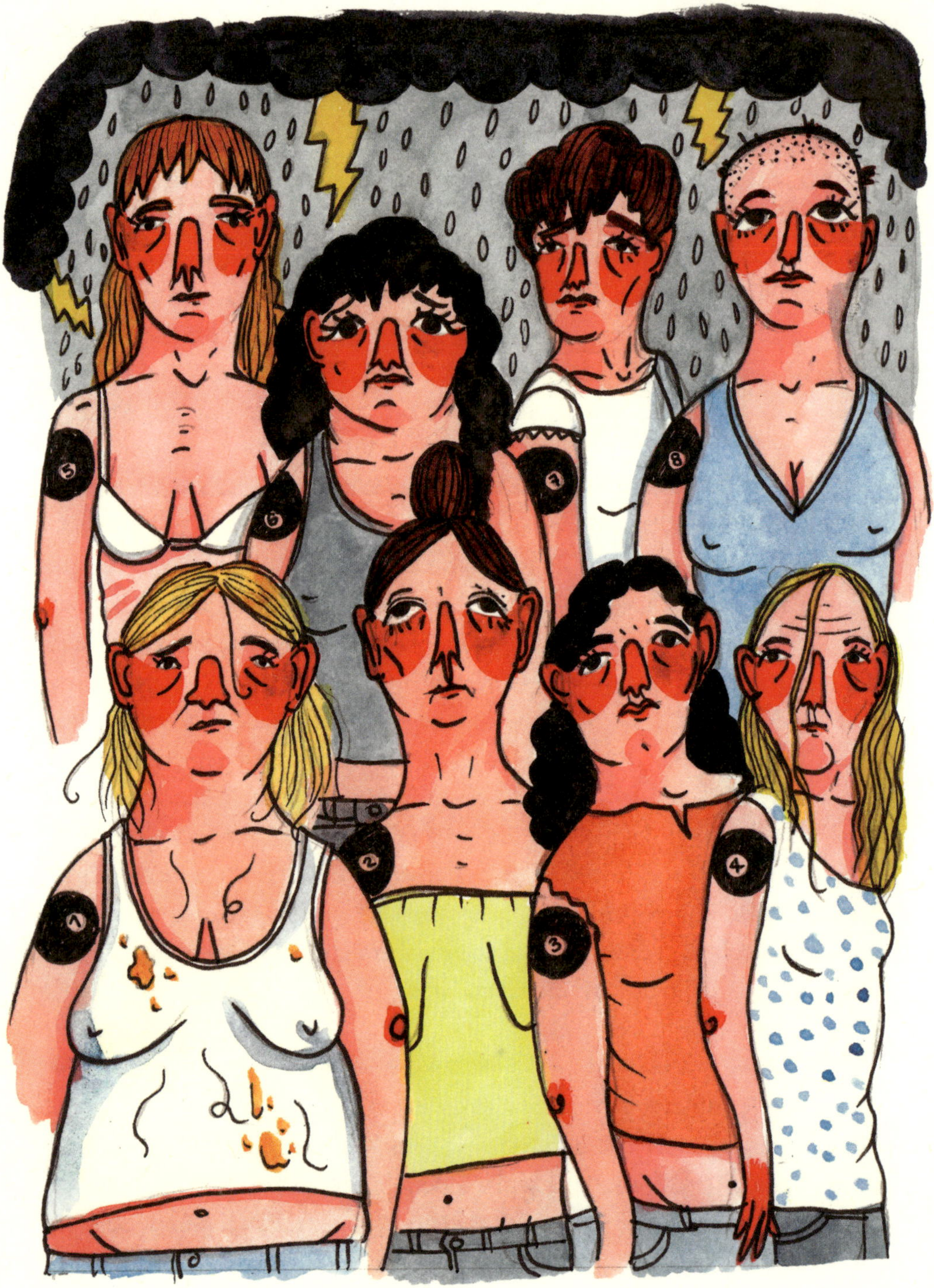

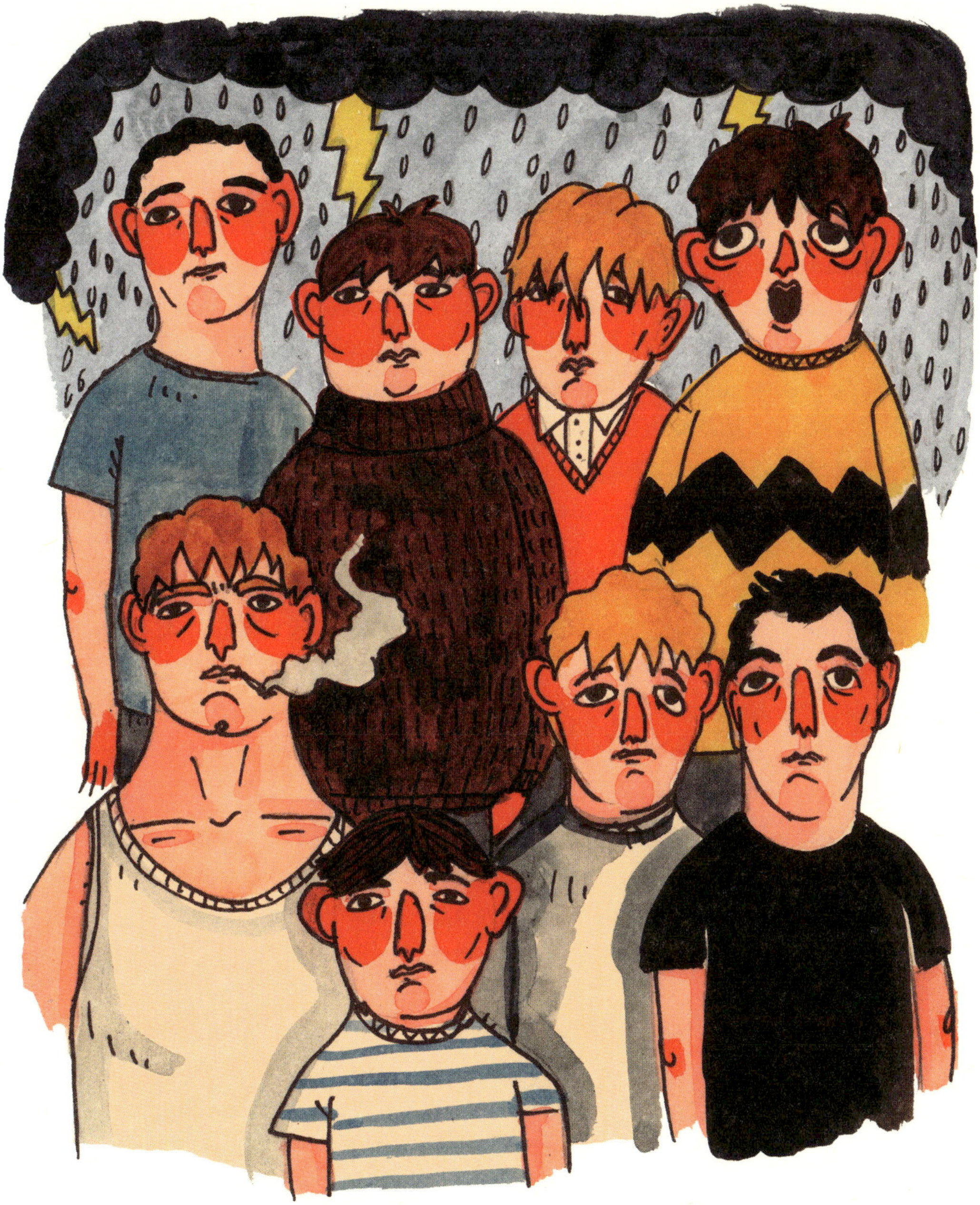

»Tú, sin ir más lejos, tienes pinta de mujer de los años cincuenta. Yo soy más de los años veinte. Manolo nos colecciona, yo creo que tiene vocación de historiador, si es que es tan listo, ¿verdad? Perdóname, estoy mal de los nervios. Bueno, te doy la bienvenida, entre comillas, de parte de todas. Ah, y lamento avisarte de dos cosas. Una, el disgusto no matará el amor que sientes por él, te lo digo porque las siete del circo seguimos tan enamoradas de Manolo como el día en el que nos repetía que nuestro hijo triunfaría y que ocuparía el lugar de Joselito. La segunda advertencia es que todas lo seguimos esperando, y que mataríamos por eliminar al resto de candidatas. Somos rivales que comparten espacio, así que espérate cualquier cosa de nuestra parte, ¡Ocho! Deja que el elefante pruebe tu bebida antes que tú. Duerme con un ojo abierto, porque en un momento dado podrías despertar con la cara rajada, que Uno, es decir, la Prudencia, cuarenta y dos años, está muy perjudicada. Su relación duró siete meses y la muy pringada lleva una espera de siete años. Mira a su hijo, Indalecio Ganchito. Tenía que ser el gran trompetista asmático, un chico quien, a fuerza de voluntad, lograra superar sus problemas respiratorios. No era asmático el Indalecio, ya sabes, cuentos de Manolo para dar lástima a los medios, pero ahora que Indalecio Ganchito ha cumplido dieciocho años, de tanto fumar Celtas con Manolo y petardos desde que está en el circo, apenas puede subir las escaleras y ni se acuerda de que un día tocaba la trompeta como un querubín. Y ahora deja tus maletas en la caravana número 8, qué casualidad ¿no te parece? Es la que tiene un caballo pintado encima de la puertecita que parece un asno. Por cierto, Ocho. Te vamos a rapar. Es lo que acostumbramos a hacer con la nueva. Así, cuando venga Manolo, le vas a dar asco durante una buena temporada. Ya sabes que piensa que el pelo corto es cosa de lesbianas.

Y la raparon, como las lesbianas que aparecen en la primera fila de las manifestaciones de lesbianas y van diciéndole al mundo «Somos lesbianas y vamos a dar el *fuá*».

—No entiendo.
—O la dulce Mari Fe, madre de un niño pianista que fue canoso desde los cuatro años llamado Freddy, cuya anormalidad se basaba irónicamente en su exceso de guapura, o Locky, el pequeño niño gordo boxeador al que Manolo, junto a su madre, intentó reconvertir en luchador de sumo alevín y

por tal motivo se pasaron todo el puto año 1964 en Tokio, así hasta ocho, sin respetar si quiera los días de la semana, como los mormones polígamos.

—La verdad, ese tipo era odiosamente admirable.

—Mi abuela empezó a trabajar como taquillera en el tren de la bruja y papá se puso el delantal de churrero. Años después, cuando salía al escenario entre una nube de humo, le venía siempre el olor a fritanga. Al mando del circo-feria estaba Klaus Pencas, hermano mayor de Manolo y *clown* **NO VOCACIONAL**. Era un tipo muy alto, enjuto en palabras, que miraba de reojo a todo Dios en plan «Ehhh, ehhh, cuidado porque como me digas una gilipollez voy a reventarte el tímpano de una hostia. Ehhh». Klaus había impuesto un par de tabúes. Nadie podía hablar de lo que le hacía por las noches a un tal Oruga Mulato, un cubano sin extremidades y pareja forzada del *clown*, y digo forzada porque el malvado Klaus, cuando el Oruga Mulato libraba en los talleres del circo (donde lo usaban para mirar por debajo de los camiones con la ayuda de un carrito), lo agarraba y se lo llevaba en un brazo, como quien carga un paquete, directo a su caravana, mientras el Oruga Mulato chillaba pidiendo ayuda. Klaus juraba que jamás había abusado de él, simplemente lo abrazaba como a un muñeco de peluche o lo sacaba a pasear en un carrito, o miraba la televisión a su lado mientras con una mano fumaba Ducados y con la otra le acariciaba el tarro. Pues no estaba tarado el Klaus ni nada, por lo visto estaba obsesionado con el pelo de los negros, sobre todo el pelo corto y rizado del Oruga Mulato, le encantaba tocarlo, aunque todos sospechábamos que el malvado Klaus más de una vez había abusado de él, a tener en cuenta los chillidos que emitía cuando se lo llevaba, pero, claro, piénsenlo, qué diablos va a hacer un tipo como el Oruga Mulato, sin extremidades y sin nadie que lo pudiera ayudar en su huida, porque el malvado Klaus tenía a todo Dios acojonado, diablos, si papá me contó que una vez que el Oruga se quejó de algo y Klaus le respondió: «Maldito desagradecido, estoy pensando en dejarte en medio de una carretera de doble sentido y ponerte en vertical, como un bolo, a ver cuánto tiempo duras, gilipollas».

»Dicen que Klaus Pencas tenía una especie de filia sexual, de audiencia muy minoritaria: los amputados, independientemente de su sexo, le ponían a cien. El Oruga Mulato, quien antes de ser aquel hombre minimalista trabajaba como domador de elefantes en el circo, andaba perdidamente enamorado de Klaus. Cuando se enteró de su afición a los amputados, tuvo la brillante idea de atar cada una de sus extremidades a una cuerda que iba a parar al cuello de cuatro elefantes. Citó a Klaus a las diez de la noche en un descampado cercano al circo. Cuando el *clown* llegó, le dijo: «Atiende porque esto lo voy a hacer solamente una vez. Y lo hago por ti». Acto seguido dio la orden a los paquidermos para que empezaran a correr en todas las direcciones. Cuando el tronco de aquel mulato cayó al suelo, Klaus se limitó a decir: «Interesante». Luego se encendió un Ducados y lo dejó allí tirado un buen rato, desangrándose, hasta que decidió llamar a la ambulancia.

—Venga ya.

—El segundo tabú era mencionar el parentesco de Klaus y Manolo con Teresa y Goya Pencas, las siamesas. Resulta que los abuelos Pencas también habían sido hermanos.

—De ahí le venía a Manolo su pasión por los *freaks*. ¿Y cómo era la vida en el circo?

—Según el diario de mi padre, las mujeres de Manolo y los cien mil hijos de San Luís cenaban siempre en el descampado, entre carteles desvencijados y baterías eléctricas, en varios tablones de madera junto a las caravanas. Todos a la misma hora, con sus hijitos tarados, desde el ex niño Indalecio Ganchito a mi papá, el benjamín de aquella especie de harén. Era la segunda noche cuando se le acercó a una tal Esperanza (número 4 tatuado en el hombro), madre de un chaval con una pierna de madera que bailaba claqué y zapateados, junto a Angustias, madre de un niño torero, para más señas albino, quien, con el nombre de «Copito de Cádiz» iba a ser supuestamente el chaval que en 1961 lograría cambiar el horario de los toros, de las cinco de la tarde a las doce de la noche, por temas estrictamente epidérmicos. Fue Esperanza la que habló en boca de todas: «Mira, guapa, cuando venga Manolo tendrás que respetar la tanda, como en las carnicerías. Y tú serás la octava, eso, claro está, si no decide pasar tu turno, que algunas veces lo ha hecho, porque con los pelos que te hemos dejado te aseguro que Manolo ni te va a mirar a la cara. Aparte, contigo ha durado demasiado tiempo, Ocho. El mismo que te vas a pasar sin catarlo. Te lo juro. Por estas». Y juró en plan gitano. Supongo, doctor, que en aquel preciso instante, y mientras aquella pandilla de hienas se peleaba por repartirse aquel pedazo de carne palentina, el ejecutivo discográfico estaría por Turín junto a aquel perro, inmerso en su momento álgido como drogodependiente y ampliando el campo de acción de sus fechorías sexuales por toda Europa, buscando, supongo, a la número nueve.

—Dios.

—Papá y mi abuela pasaron algo más de medio año de gira por la península montados en una caravana destartalada, antigua residencia de un caballo llamado Bustamante, compartiendo rancho, lavandería, recuerdos y penas con otras madres despechadas, mientras correteaban por descampados de extrarradio todo tipo de ex niños amorfos con extrañas aptitudes. Manolo Pencas iba y venía, casi siempre a principios de mes para cobrar de su hermano Klaus Pencas su inmensa parte del pastel, noches en las que aprovechaba para renovar el visado de pasión con una de las mujeres, siguiendo un riguroso orden de antigüedad. Las visitas, previamente anunciadas, alteraban la convivencia de aquella manada de hembras despechadas y suscitaban envidias en la mayoría y júbilo desmedido en una única aspirante, obviamente la que abandonaría por unas horas las oxidadas instalaciones del circo para compartir habitación de hotel con aquel Macho Alfa Español.

—Ese tío es mi ídolo. Ya está, ya lo he dicho. Prosiga.

—La vez que supuestamente le tocaba a la Número Uno, Manolo se la saltó. Aquel día lo pillaron con una gitana viuda de sesenta años con unas perolas del tamaño de melones transgénicos, creo recordar que en los diarios de papá se especifica que aquella mujerona se encargaba de cobrar en las camas elásticas. Se armó la de Dios, aquella tipa era algo así como «una bola extra», de hecho hubo tanto jaleo entre todas las hembras que tuvieron que desalojar el circo y pedir ayuda a la benemérita, porque la gitana, presa de un ataque de pánico, había cogido a Manolo con una mano y había estampado su cara contra sus enormes pechos. La cabeza del representante no podía distinguirse entre aquellas tetas, doctor, eso sí, Manolo llevaba los pantalones y calzoncillos bajados y hacía gestos con la mano a los demás. Se estaba asfixiando. Si uno se fijaba, en aquella posición tan ridícula podía ver sus testículos asomar entre sus glúteos, como badajos de una campana. La gitana estaba atemorizada: «Sócia. Yo también quería probar su pipino y su malacatone. Eh, eh, no sus aserquéi u me lo cargo, se muera mi pápa ahora». Cuando Pencas salió de aquellos senos, cayó desplomado, inconsciente.

—Lo puedo imaginar.

—Meses después, le tocó el turno a mi abuela. Manolo la señaló mientras el circo instalaba sus lonas en un páramo de Sant Joan Despí, y huelga decir que sintió puñales de envidia cada vez que daba la espalda a una de sus contrincantes. Mi abuela había sido muy cuca. Se había comprado una peluca que imitaba a la perfección aquella antigua melena de italiana que le llegaba hasta la cintura. «Así te mueras, zorra», escuchó de los labios de la madre del torero albino cuando subió al taxi enviado por Manolo.

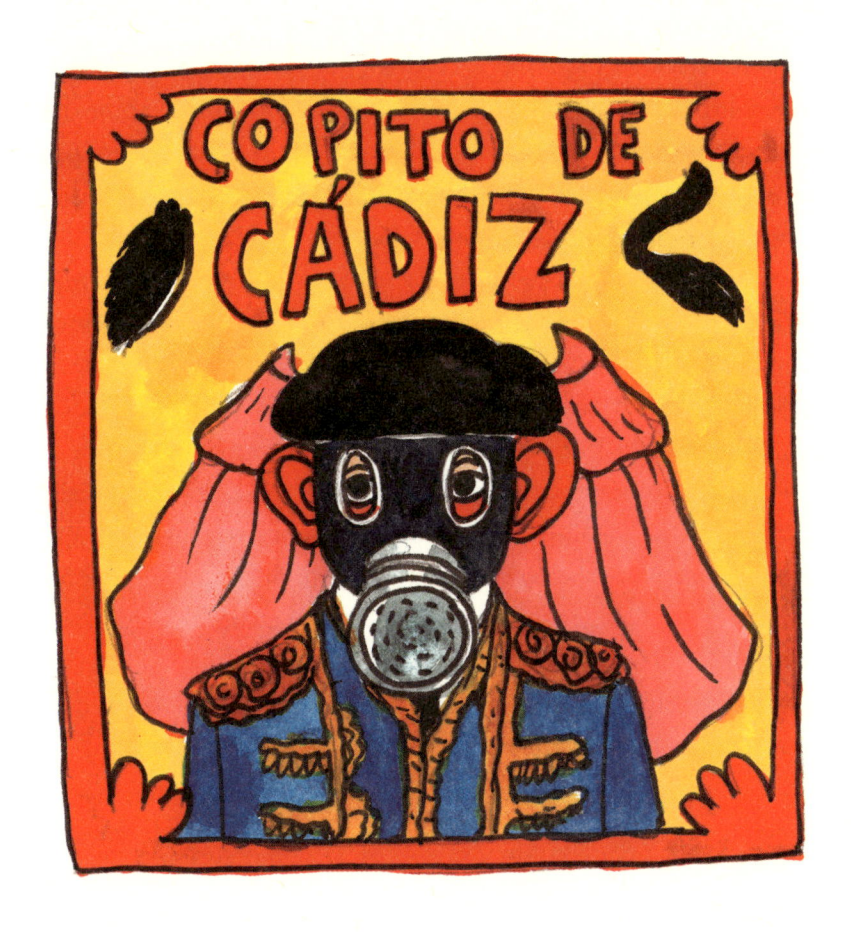

»Aquella noche, mi padre se quedó a recaudo de las otras mujeres, pero como se aburría soberanamente escuchando historias centradas en el prodigioso miembro del palentino, decidió dar un paseo por las instalaciones del circo hasta que se dio de bruces con la pandilla de Pippo, el payaso tonto, que en realidad estaba loco, natural de Nápoles. Estaban sentados en las escaleras de una de las caravanas, fumando Celtas sin filtro, cuando Pippo le preguntó a papá: «Oye, tú eres di qui, dove sono le puttane?» y mi padre hizo que no entendía, y entonces cuatro funambulistas rusos, enanos y mellados le dijeron: «Sí, sí, puttane, vogliamo puttane», sonriendo como si posaran para un cuadro costumbrista de Velázquez, y papá levantó sus bracitos rígidos, pidiendo entender de lo que le estaban diciendo, y entonces, el misterioso *clown* de blanquecino cutis, labios color carbón y una especie de cucurucho en la cabeza que respondía, sólo a veces, al nombre de Klaus Pencas, levantó su culo de la escalera donde descansaba, apagó su cigarrillo Ducados y le gritó: «¡Que dónde hay putas, pasmao!». Papá salió corriendo mientras los enanos reían como hienas,* y entonces Pippo lo persiguió hasta darle alcance en la carpa, ya sin luces, desde donde se escuchaba el rumor de la feria circundante donde su madre trabajaba, a doscientos metros de las jaulas de salvajes bestias drogadas. Allí, doctor, en ese escenario mudo, Pippo empezó a hablarle a mi padre como un jubilado pesado y le dijo que llevaba siete años en el circo, justo los mismos que su amigo el trompetista asmático y su madre, y le habló también de la vida, y de las putas melladas que efectuaban felaciones sin parangón, y del extraño placer de unas enormes tetas abofeteándote la cara, en definitiva, de lo bonito que era estar «enamorado», y de qué guapa era la madre del trompetista asmático y qué poco la valoraba Manolo Pencas, y de nuevo con el dichoso sexo, y papá haciéndose el interesado de una manera tan poco convincente que Pippo acabó preguntándole si era una florecilla del valle, cuando en realidad papá era un eunuco psíquico.

»Tras las preguntas del payaso pervertido, papá se dio cuenta de que algo en su organismo no funcionaba. Tenía diecisiete años y aún carecía de vello púbico, su deseo sexual era más bien cercano al que tienen las amebas del Atlántico Norte y su voz seguía siendo tan aguda como la de un infante con pañales, pero por aquel entonces seguía atribuyendo a las características de su organismo aquella constitución tan poco ortodoxa, y pensó que el tema del deseo sexual, de mirar a las chicas con lascivia, llegaría a su cuerpo como la caída de las frutas maduras. Pippo se puso serio y le contestó que muy probablemente la culpa de su retraso la tuviera aquel medicamento llamado Nomaspús Forte. Incluso le cambió la cara y el acento: «Oye, hazme caso, enano. No te tomes más eso. Es puro veneno. De hecho, quien te lo haya dado, tendría que morir. Tienes que gozar del amor, Constancio». Entonces llegaron las siamesas Pencas y añadieron: «Pippo tiene razón».

—Oiga. Eso me suena a un anuncio de hace tiempo.

—Es una casualidad. Lo importante es que las siamesas, en concreto Goya, le dijo: «Un día conocerás el amor. En realidad, aunque seas cojo y

---

*Nota del editor: El autor jura y perjura que esta escena también le sucedió a él, concretamente en un circo que se había instalado en la antigua plaza de toros de Las Arenas, en Barcelona.

enano tienes un punto sexy». «¿En serio?». Las siamesas le dijeron, en estéreo: «Espera un momento». Y volvieron con un espejo cóncavo de la sala de las maravillas oculares, y en aquel reflejo mi padre vio su rostro armónico por primera vez en su vida. Sus ojos estaban más cerca de su nariz que en la realidad, y su boca ya no era una simple abertura, sino que sus labios eran más carnosos que nunca. Como si se tratara de un milagro, su frente también había disminuido. Y entonces, créame, doctor, por pura casualidad empezó a sonar el tema de Rod Stewart *Do ya think I´m sexy?* Y se encendieron las luces y bailaron los cuatro, en medio de la carpa. El payaso Pippo, las siamesas y aquel chaval tan ortopédico llamado Constancio Obs. Papá se lo pasó como nunca.

—La escena es bonita.

—Era una noche de luna llena. Al volver a la caravana donde dormía con mi abuela, se encontró con el payaso Ruppers, el cual, completamente borracho, se había untado el culo con sangre de vaca y se encontraba en aquellos precisos instantes delante de la jaula de los leones, provocándoles. Ruppers le dijo a papá: «Tómate esto, te va a gustar». Era LSD. Durante un buen rato no sucedió nada. Pero media hora después, y mientras Ruppers se partía solo la caja incrustando sus blancos glúteos dentro de la reja y sacándolos de nuevo justo antes de ser mordido, papá empezó a notar cambios en sus percepciones. El suelo era blando como un chicle y los colores y sonidos habían cambiado de intensidad. Preso de la euforia, se abrió ante aquel desconocido como las alas de una mariposa en primavera. Le dijo que sentía un inexplicable anhelo por componer canciones maravillosas, y que se sentía desdichado, ya que su particular mundo repleto de melodías multicolor se ensuciaban cuando aquel iracundo señor les ponía versos de índole político, y que si *La, la, la* era suya, y que recientemente había descubierto a Neruda, y que los ojos le habían hecho chirigotas ante tal belleza lírica y, lo más importante, que le tenía pánico a su representante. Entonces Ruppers se subió los pantalones y le dijo:

—Todo eso está very well, seriously. Perou ¿has dichou la palabra «anhelou»? Listen tu mí, boy, esa palabra solamente puede leerse, jamás la debes pronunciar, y mucho menos si hablas con una chica. ¿O acaso le dirías a una mujer: «Sientou anhelos de foullarte?». Nou, isn´t it?

—Si usted lo dice.

—Hazme caso, man. Anhelo es una palabra ma-ri-cou-na, como, por ejemplo, frenesí. No seas tan remilgadou, Constansito. Tus insoportables arranques de cursilería provocan la risa en este old clown. Hay un par de cosas en your personalidad que no encajan. La primera es que la sensibility de la que tanto alardeas no hace juego con tu absurdo caretou. Y la segunda… I´m sorry. Mírate, boy. Eres horrendou y tu madre es una zorra fracasada, como el resto, y todos vivimos en este desguace humano. Esta es tu verdad, mi verdad, the fuckin truth, y este sitio es tu presente y el mío. Acéptalo, because I see you very empanadou.

—De acuerdo. Yo he fracasado y quizás merezco estar aquí —le dijo papá—. Pero ¿tú? ¿Precisamente tú?

Ruppers notó los músculos de su cuello tensándose como las poleas de un ascensor.

—*What do you mean?* Yo también fracasé.

Papá movió su inmensa cabeza.

—No. Tú huiste.

—¿Quién te ha dichou estou?

—Puede que el resto sean unos incultos, pero yo no. Ambos sabemos quién eres.

—*I don´t know what are you talking about. Maybe you are under the LSD effects...*

—A mí no me la das. Sé quién hay detrás de estas pinturas de torero bombero. Elvis Presley. Lo sé porque Manolo tenía varios cassettes tuyos en el coche, junto a los de Tom Jones y su colección de los Chunguitos. Tus facciones son inconfundibles. Y el tono de voz te ha delatado.

En aquellos instantes el doctor Floyd se levantó de su silla.

—Bravo, Fernando. Es impresionante la manera que tiene de empeorar, progresivamente, esta historia. Ahora prosiga.

—Como le iba diciendo, el torero bombero exhaló el humo de su cigarrillo. Volvió a mirar a los leones, con tristeza. Las luces de las atracciones retumbaban a los pies de ambos. Luego lo agarró del cuello y lo levantó por los aires, aunque papá siempre me dijo que lo hizo de manera cariñosa. «Mira, payaso de feria. Hay veces que pierdes la fuerza para continuar. Sin darnos cuenta, la gente que te rodea te convierte en una especie de león drogado, una bestia inofensiva y poco más. Entonces solamente queda una sombra, una especie de caricatura de lo que un día fuiste. Pero eso a ellos no les importa, siempre que les des dinero, porque las caricaturas son tanto o más rentables que el personaje original. Al final ocurre lo de siempre. La gente, cuando piensa en ti, acaba recordando cuatro o cinco rasgos de tu carácter, a lo sumo. La fama es eso, supongo. Pero hay una idea perversa en todo esto. Como bien lo sabía Goebbels, forjar una idea simplista en el pueblo es el triunfo de un departamento de propaganda, aunque en Estados Unidos lo están empezando a llamar marketing. Créeme, nada de complejidades. Todo esto lo tienen muy estudiado esa pandilla de vampiros psíquicos que han infestado todas las cotas de poder, chaval, y te advierto que esos malditos licántropos siempre están sedientos de sangre fresca, como el público. ¡Maldita sea, *son of a fucking bitch*! Eres un chicou listo. Espero guardes mi secreto».

»Papá dijo que se lo llevaría a la tumba.

—Aunque luego lo escribió en su diario.

—Muy perspicaz, doctor. Déjeme continuar. Acto seguido, sonaron unas guitarras. Elvis Payaso lo seguía agarrando del gaznate. Con cara de enajenado, le cantó: «*Are you lonesome tonight? Do you miss me tonight? Are you sorry we drifted apart? Does your memory stray to a brighter sunny day when I kissed you and called you sweetheart?*». Se la cantó entera, el cabrón, incluso la parte hablada. Y allí estaba papá, con cara de besugo, mirando a aquel Dios de la canción, con sus piececitos colgando y la feria allí abajo, mientras los niños de su edad se metían de cazos en los autos de choque intentando chocar contra las niñas. Cuando Elvis Payaso finalizó su momento musical, dejó a papá de nuevo en el suelo. «Mira, boy. Hay que reinventarse. Yo ya probé el éxitou. Y me harté. De ser una star, de ser american, de ser un mito, de ser una hamburguesa viviente aderezada con anfetaminas. Quería tener amigos de verdad, y se me ocurrió probar en un circus, and you know, Spain is pain. No creo en la reencarnación. Toda vida que quieras experimentar la tienes que vivir en esta. No hay segundas partes. Ah, por cierto. También me he cansado de ser un payaso desgraciadou. Creo que en medio añou seré una mujer, bibliotecaria y escocesa. Como hizo James Dean, hasta hace poco conocido como Silvana Doménico, una supuesta milanesa que trabaja como puericultora en Sudáfrica. Y tú también lo tendrías que hacer, tú más que nadie. Probar otras personalidades porque el primero te ha salido del culo. ¡Suicida a tu personaje y crea a otro! Mírate, ahora mismo eres el reverso de la moneda, mi doble astral. Nadie va a quererte, ni mucho menos acoustarse contigo. Déjate de Nerudas y conviértete, no sé, for example, en un perverse violator, por decirte una opción de futurou. Y ahora, como decís en este curiosou país, dejémonous de monsergas». Elvis se quitó la camisa. En el mismo momento, empezaron a sonar unas maracas. Los pezones de La Voz se convirtieron en ojos, y su ombligo en una boca. Su torso se había convertido en una especie de cara triste e hinchada. Y el ombligo de Elvis empezó a cantar «*It's now or never? Come hold me tight, Kiss me my darling, Be mine tonight…*».

—Lo que pasa todos los días en los que uno cena LSD.

—Mi padre se largó corriendo y dejó a Elvis jugando de nuevo con los leones. Constancito, con su nueva mirada de Syd Barrett y sus labios perpetuamente sorprendidos, volvió a recaudo de las mujeres, que en aquellos momentos estaban hablando precisamente de su ausente madre, y no sabía por qué, pero no podía parar de reírse, y eso que cuando hablaban de Angelina la llamaban cosas así como «puta».

17. Si tienes un hijo con unas siamesas, es difícil saber quién es la madre. Punto final a una infancia (demasiado larga, por cierto)

—Doctor. Hay datos positivos referentes a la estancia de mi padre en el circo Pencas. En primer lugar, todos los niños amorfos tuvieron la oportunidad de perfeccionar sus dotes musicales al lado de algún miembro tarado de la orquestina. Llevaba cuatro meses en aquella pocilga humana y papá empezaba a sentirse a gusto, integrado, sobre todo tras haber montado una banda con unos cuantos niños del elenco igual de *freaks* que él y con los que empezó a drogarse. Ensayaban en sus ratos libres. Se autodenominaban **UHÚ. LOS HIJOS PUTATIVOS DE MANOLO**. Compusieron una docena de canciones, curiosamente muy cercanas a la sonoridad de los Sex Pistols. La canción más pegadiza se llamaba *La rana naná y el cisne nené fueron a buscar al cerdo dodó,* y puede considerarse como la primera canción punk que papá compuso completamente fumado de grifa. Rápidamente la manada de niños lo tomó como a su líder, comprensible, si se tiene en cuenta su excepcional talento. También fue en aquella época cuando papá, de espaldas a mi abuela, dejó de autoadministrarse aquel maldito medicamento, y lo hizo no sin sufrir un cierto complejo de culpabilidad, tal era el Síndrome de Copenhague que tenía con respecto a Manolo Pencas.

—Estocolmo.

—Perdón.

—No tiene importancia. Lo cierto es que me cuesta entender cómo pudo estar tanto tiempo engañado.

CONSTANCITO · ADOLESCENTE

—Sencillamente, hasta aquel entonces, papá no había podido comparar su masculinidad con ningún otro chaval de su generación, había crecido solo. Lo que sucedió es que, al ver que aquellos zagales de su edad se masturbaban como monos, algunas veces entre ellos, recordó determinadas frases de Manolo, otras del payaso Ruppers, y ató cabos. Y empezó la pubertad, de repente. A los diecisiete años. Creció 31 centímetros en un mes, doctor. Metro setenta y uno.

—Ya.

—Usted sabe que un ser humano, en la pubertad, es un mutante. Por dentro, te das la vuelta. Papá no fue ajeno a aquellos cambios, aunque al anormal de mi viejo, como sucedió en su gestación, le acontecieron en **UNA**

SOLA SEMANA. Al cabo de cuatro días de interrumpir las dosis químicas de castrante, de la cara de papá empezó a asomar un poco de vello, y quince minutos después de aquel afloramiento, su pubis y axilas siguieron el mismo camino, sin olvidar la expansión de sus testículos, que en cuestión de un par de días adquirieron el volumen de los huevos de avestruz, rellenos de amor y melancolía hasta los topes. Su antigua y molesta cojera, provocada por el desequilibrio entre sus piernas, se curó por obra del Espíritu Santo, así que tuvo que comprarse ropa nueva y por fin pudo tirar a la basura su zapato ortopédico. Ocho días después de interrumpir el tratamiento, mi padre empezó a mirar a las chicas con la salvaje lascivia de una pantera en celo. A los nueve días, la mano derecha le fue sola a sus partes. Aconteció a las doce y media del mediodía en la Avenida del Puerto, en Valencia. Lo detuvieron durante cuarenta y ocho horas.

—¿Se masturbó en público?

—Ya sabe que papá entraba en momentos de trance severo. Y usted ya sabe que la primera gallola siempre es importante en la biografía de uno. El primer orgasmo es una epifanía. Básica, primaria, o como la quieran llamar. Pero una epifanía. Probablemente, la única que han experimentado, en su vida, la mayoría del personal que anda por las calles del planeta. A partir de su primera experiencia onanista compartida con medio millar de valencianos, papá llegó a comprender a su madre, o los motivos por los cuales todas aquellas señoras habían sacrificado una vida estable para obtener, siquiera, una pequeña dosis de aquel electroshock llamado orgasmo. Mi padre, doctor, también escribió en su diario que, si él fuera el Presidente del Gobierno, obligaría a la gente que sufre la edad del pavo a dejar de estudiar y limitarse a gozar del sexo hasta la extenuación, para luego reinsertarse más calmados y poder hacer frente a su futuro académico.* Por otro lado, empezó a viciarse con los porros junto a su amigo El Trompetista Asmático. A veces papá, cosa del tercer canuto de chocolate prensado por el esfínter de un marroquí, se sentaba en la taza del váter y se miraba los pelos de los testículos del todo flipado, llegando a conclusiones de fumeta, por ejemplo, que en los testículos hay algo que siempre se mueve, doctor, vaya al lavabo y fíjese en sus huevos, ya verá que no paran quietos, parece que allí dentro siempre se cuece algo, una especie de revolución, no, si en general, para qué nos vamos a engañar, la mayoría de ideas de los hombres se gestan en aquellos dos hemisferios ovoides, y luego los racionalizamos y les damos un sentido falsamente trascendente por mediación del cerebro superior. Pero eso son conjeturas mías.

—Ya.

—A raíz de aquellos descubrimientos, sexo y drogas, papá empezó a tirarse días enteros completamente erecto y terriblemente fumado. El tema de las drogas se convirtió en imprescindible para poder pasar de los aplausos en la carpa (en su papel como el pelirrojo de Los Parches) a los ensayos con Uhú. Su voz, doctor, se había convertido en un arma impredecible. Papá empezó a sufrir indeseables variaciones en su modulación, un horror. De repente emitía notas graves tipo Barry White, o pasaba a sonidos únicamente perceptibles

---

*Nota del editor: Pues no anda falto de razón. ¿Acaso no es absurdo tener que decidir qué carrera universitaria vas a elegir si en lo único que pensamos es en aplacar nuestra ira hormonal? Le damos un 10 a Constancito.

por los murciélagos, los cuales invadían las instalaciones del circo y hacían severos estragos en el material. Papá andaba muy preocupado por el tema, no sabía si aquello se había convertido en un problema crónico. Estereohuevo, el guitarrista liliputiense, empezó a decirle: «Mira, quizás tu camino pasa por seguir teniendo esta voz de ruiseñor porque, la verdad, ahora pareces una cinta de cassette recuperada de un naufragio. Además, ahora se han puesto de moda este tipo de voces. Bee Gees, los Pecos…». Así que mi padre tuvo que seguir tomándose el medicamento durante los ensayos, para agradar a sus compañeros, y luego salir **DISPARADO** hacia la churrería, donde lo esperaba un mohoso delantal y un gorrito del tamaño de un buque.

»Segundos antes de que la clientela saliera del circo y empezara a pasear por el callejón de los chiringos, papá ya se encontraba con su Enterprise Churrera funcionando a todo gas, incluso había conseguido fumarse dos cacharros a cara perro. Cuando los niños llegaban, hambrientos, el humo de fritanga convivía con el suave aroma de la marihuana que le vendía Ruppers y en la que se gastaba casi la totalidad de su mísera paga semanal. A veces pensaba que el humo de aquella cocina era en realidad el de un escenario, y que, en el momento de deshacerse, un público ávido de escuchar sus canciones rompería a aplaudir a rabiar.

»Otras veces, fumado hasta la médula y cada vez más sofocado por la visión de chicas de su edad comiendo salchichas de frankfurt, o mirando aquellos labios repletos de mayonesa de algunas madres aún en edad de llevarse un buen pollazo,* desatendía la fritura de las patatas y, de espaldas, atenuaba manualmente aquel ímpetu de carne dándole al manubrio a la velocidad de la luz. A veces pensaba que era una lástima no ser bisexual, o estereosexual, por eso de que la humanidad fuera, al cien por cien, follable. Pero no. Pese a que el vicio se había estrellado en su mente con la fuerza de una piedra lanzada por un tirachinas que hubiera estado tensado hasta el máximo y durante demasiado tiempo por un niño maníaco, el sexo masculino no le llamaba la atención, excepto la envidia que le producían ciertos cuerpos armónicos que veía pasar delante de su churrería, con sus cabezas perfectamente proporcionadas, o sus espaldas y brazos envidiosamente viriles. No, no le gustaban los pavos, y eso que papá era un mutante al cuadrado, doctor, porque era un *freak* en plena pubertad, y en esa tesitura, doctor, uno no tiene precisamente un abanico de posibilidades que digamos, ¡pues como para ponerse quisquilloso con los pocos *partenaires* que te ofrece la vida!, pero él no, papá fue un tipo íntegro, ay, papá, pobrecito papá, tan quemado él. En su caso no haremos comparaciones con el palo de un churrero porque serían de muy mal gusto. La testosterona, recién despierta de aquel coma inducido, dirigía sus miradas libidinosas como una metralleta disparando a discreción.

---

*Nota del editor: Con el paso de los años, este tipo de madres han sido denominadas bajo el acrónimo de MILF (*Mother I would like to fuck*), como por ejemplo mi vecina Isabel, a la que aprovecho para decirle lo siguiente: Isabel, si has comprado este libro, que sepas que el otro día vi a tu marido saliendo de un prostíbulo, bastante *low cost*, por cierto.

»Según sus memorias, la mayoría de gallolas se las dedicaba a Esperanza, la madre del niño de la pierna de madera, y la imaginaba con un Bratswurt metido por el culo, algo así como por la mitad. Luego pensaba en Ana, la trapecista, con **EL MISMO** Bratswurt, pero un poco más hacia adentro. En Isabel, la vendedora de palomitas, a un tercio de profundidad. En la asistenta del mago, Ángeles, expulsando y recibiendo. Asun, la gitana taquillera de las camas elásticas. Cinco Bratswurts y un par de malagueñas.

—Curioso.

—Diablos, doctor. Según sus diarios, las deseaba a todas, pero, en la cúspide de sus preferencias, reinaba una, la más bella: Goya Pencas, la hermosa mitad de las morbosas siamesas. Papá intuía que andaba algo enamoradete de ella, porque era la única a la que le resultaba imposible imaginar con ningún Bratswurt metido en el culo, y es que eso **NO SE LE HACE A LA PRINCESA DE TU VIDA**. Daba igual. Mi padre era un mutante. No es de extrañar que, por encima de las demás, soñara con intimar con las siamesas.

Y para poder realizar su plan consistente en llevárselas al catre, tenía que acercarse a ellas. Un colegueo, en principio, sano e ingenuo. Lo que hacemos los traidores y malas personas.

—Hable por usted, por favor.

—Ya. En fin. Fue precisamente con las siamesas Pencas en 1979 cuando mi padre se atrevió a bailar agarrado por primera vez en su vida. Lo tuvo que hacer a escondidas de Klaus, el hermano mayor, quien jamás le dedicó una palabra amable al chaval excepto: «No sé qué tienes, pero me crispas de los nervios. Ni se te ocurra acercarte a mis hermanas». Como provocar al *clown* era una temeridad, papá y las siamesas se citaban en horas furtivas para bailar, un día se atrevían con un foxtrot, otra noche les daba por el swing, también hubo tiempo para la bossa nova, aunque papá siempre me decía lo difícil que resultaba bailar un tango con una chica-chicas, quien (o quienes) formaban un solo ser de cintura para abajo, pero en la sección norte se bifurcaban. Ambas con su buen par de senos, Goya a la izquierda, Teresa a la derecha, formaban un curioso ente, lisérgico y extrañamente simétrico. Cuando bailaban agarrados, papá tenía que reflexionar sus movimientos. En el caso de que agarrara el brazo que correspondía a Goya, Teresa quedaba inerte, como una especie de mochila o una loca envidiosa que perseguía a una pareja de baile. Para que no hubiera malas vibraciones, papá optaba por pillar el brazo derecho, que pertenecía a Goya, y el izquierdo de Teresa, mientras que su cara quedaba justo en medio de las dos cabezas. Era tal el lío de troncos que más de una vez acabaron por los suelos. Mientras Goya, la siamesa pelandrusca, se mostraba siempre comprensiva y dulce a más no poder, Teresa se empeñaba en vivir la vida malhumorada. Luego papá averiguó el porqué.

—Ahora dígamelo a mí. Sería un detalle.

—Como ya le he adelantado, doctor, las siamesas compartían los órganos sexuales. Cada una aportaba una trompa de Falopio y una de las piernas, y, atención, Goya, que era muy coqueta, se depilaba cada semana la pierna derecha, mientras que Teresa, bueno, según los diarios de papá eso era para verlo, era un poco marimacho, lucía pantorrilla al estilo de un Ewok Perroflauta. Papá soñaba con casarse con Goya, pero luego intentaba poner razón a sus sentimientos. Coger a una siamesa por esposa implicaba soportar a tu cuñada **A TODAS HORAS**.

—Pero, visto de otra manera, al compartir el mismo orificio, te estás tirando a tu mujer a la vez que a tu cuñada. Es un casi-trío, bastante morboso, por cierto. Eres fiel e infiel a la vez. Algo inaudito.

—Cierto. Como bien es cierto que usted es bastante pervertido, doctor.

—Oiga, es que es complicado el tema. Si haces el amor con una siamesa, ¿cómo diablos sabes quién se está entregando, a quién dirigir tus apasionadas palabras? ¿Se puede asegurar que ambas están haciendo el amor contigo? Son dos cerebros, supongo que recibiendo los mismos estímulos, pero a la vez con distintos gustos. Y, en el caso de hacerles un bombo, ¿a quién has dejado embarazada?

—Doctor, no he profundizado tanto en el tema. Lo único que sé es que Goya era la única que recibía placer vaginal, mientras que la otra no sentía más que una intensa repugnancia. Teresa, que soñaba con llegar virgen al cementerio, no pudo cumplir su deseo de castidad por culpa de la despendolada de su hermana. Como la cosa del sexo se convirtió en habitual a partir de los dieciséis, la frígida de Teresa le dijo a Goya que boicotearía cualquier ligue de su hermana, a no ser que ella recibiera una compensación en metálico, paradojas de la vida, ya que, a partir de entonces, la santa se convirtió, oficialmente, en puta. En cualquier caso, verlas follar era un auténtico delirio. Por lo visto, mientras una de las siamesas se entregaba a la causa jadeando como una actriz porno, la otra, desde el mismo momento en el que introducían un elemento extraño en aquella vagina «comunitaria», empezaba a emitir gruñidos seguidos de amagos de arcada, hasta soltar la primera papilla. Los clientes, viendo aquel par de cabezas actuando de maneras tan opuestas, no sabían cómo reaccionar. Muchos de ellos pagaban, callados, después de un sonoro gatillazo, y es que aquello era demasiada información para un tipo llamado Faustino.

—Normal.

—Klaus Pencas supo pronto de los desmanes rameriles de sus hermanas. Únicamente les pidió que no entregaran su cuerpo **A NADIE** del elenco, y aprovechó la coyuntura para exigir un diez por ciento de comisión. Cuando Manolo se enteró, exigió un cinco. A fin de cuentas, Manolo era el hermano mayor.

—Vaya. Manolo Pencas, mánager, y su hermano, proxeneta. Las dos caras de la misma moneda.

—Bueno, oiga, no se pase. Convengamos en que hay mánagers buenos, honrados, gente que cree en el artista tanto o más que el propio artista. Haberlos, haylos, por ejemplo, yo, sin ir más lejos. En cualquier caso, las tipas esas cobraban por echar un polvo. «2x1», se anunciaban siempre. Déjeme continuar. Un día que el circo se había instalado al lado de la playa de Cunit, Constancito encontró el anuncio de las siamesas en el periódico. Tras cerrar las páginas, empezó a andar hacia su caravana pero se encontró con el Oruga Mulato a pleno sol, encima del capó de un Seat 127, propiedad del circo. Tenía apoyada su cabeza en el parabrisas y llevaba unas gafas de sol muy vacilonas. Su cabeza salía del interior de una bolsa de pan a rayas blancas y azules, seguramente de Klaus. Mi padre le preguntó, de buenas a primeras, si alguna vez, aunque fuera una noche, antes, claro está, de aquella especie de suicidio parcial que había cometido, había estado en la cama con el binomio Teresa-Goya. Los ojos del Oruga empezaron a enrojecerse mientras los apretaba y poco a poco iba poniendo cara de pavor. Con acento cubano le respondió: «Etoy castigáo. Kláu no me pelmite que hable con nadie, y mucho méno contigo. ¡Niño amolfo!».

—Rediós. Supongo que, bajo la percepción del Oruga Mulato, sus carencias eran voluntarias. «Aún hay clases», debería pensar. Pero, bien mirado, un tipo en semejante situación de inferioridad física no debería ir insultando por ahí, vamos.

—En sus diarios, papá lo justifica diciendo que el Oruga Mulato debería llevar muchas horas al sol. Para más inri, nadie se había atrevido a tocarlo. Papá insistió: «¿Dónde naciste?» y el Oruga Mulato tuvo a bien contestarle: «En Santiago de Cuba». Papá le dijo: «Conozco muy poco de Cuba. Allí nunca fui a tocar». El Oruga Mulato tomó aire: «Éh un lugá como óto cualquiela», a lo que papá replicó: «Lo sé». Y entonces hizo el amago de largarse. El Oruga Mulato reaccionó: «Oye, tú que no tiéne ná que peldel polque Kláu te odia de una manéa másima. ¿Podía haselme un favol? Es que siemple que llegamo a un pueblo de costa me vienen tentaciones de vel el mal. No me refiero al mal como contlaposición al bien, sino el oséano. Ya sábe». Así pues, mi padre lo llevo al «mal».

»Según sus diarios, estuvieron un buen rato en silencio. Finalmente el Oruga dijo: «Salí del Malecón de la Habana pala sel lible. Llegué a este paí y, voluntaliamente, hise lo que hise. Y tú pensalás: éte hombe éh un talao, y no "talao" polque no tengo blasos ni pielnas, sino talao como contlaposición a estal cueldo. Pué, chaval, no se hasen loculas pol amol, no vas a vé cosa extlañas en la vida. Mila a tu popia madle. Ella sí que éh una pingá. Esa tiene extlemidade y no é capás de andal pol sí sola, como le pasa a mucho sere humano. Juás». Mi padre le contestó: «¿Pero tú crees que Klaus te quiere?». El oruga tomó aire: «Kláu me tlata mal. Y no "mal" como oséano, sino como contlaposición al bien. Así que he desidío que un día d'éto, me lalgo del silco, me pillo un avión, y a tomal viento con el Kláu y a la mielda el cuculucho que lleva en la cabesa. Yo me vuelvo a Cuba, vaya que no. Cuando me vea mi madle se va a pegal un haltón de llolá, ya te digo Lodligo. Vaya si lo va a hasel.

Hase dó año que no hablo con ella, má que nada polque Kláu no quiele llamal pol mí, y é que Kláu dise que me pongo múhtio y Kláu siemple tiene lasón. Mi máma me dijo que pol mi tono de vó, palesía que hubiela adelgasao. Jodel si lo he hecho. Le contesté, mamá, algo ligelito sí que voy, si me vielas lo ibas a flipal. En fin. Se ha hecho talde. Volvámo al silco. Me hubiela gustao vel el mal con Kláu y no contigo, niño amolfo, pero ante de ilno, déjame echal una buena meá en la playa». Mi padre le bajó los minipantalones y el tipo empezó a orinar encima de la arena de Cunit, un buen chorro, por lo visto el mulato calzaba de lo lindo. En aquel preciso instante, un dóberman megaloco que andaba suelto por la playa empezó a correr desde la lejanía, directo hacia ellos, mostrando sus colmillos, así que papá, con el Oruga aún meando, tuvo que girarse y empezar a huir en dirección contraria al viento, mientras el Oruga chillaba «Yuhu, éto é lo má emosionante que me ha pasáo en mucho año». Cuando llegaron al circo, mi padre estaba empapado de pis. Puso al oruga encima del Seat 127, exactamente en la misma posición donde lo había encontrado. Habían pasado dos horas y Klaus aún no había ido a buscarlo. Ese era el talante de aquel *clown*. Lo recogió pasadas las once de la noche, como quien pilla un fardo de trigo. Klaus le dijo: «Espero que hayas aprendido la lección. La próxima vez que te encuentre encima del sofá chafando mi cucurucho, cumplo mi promesa de dejarte como un bolo en medio de la Nacional. Doble sentido, recuerda». El oruga no podía decir nada. Klaus lo llevaba cabeza abajo. Cuando pasó por delante de la caravana de papá, le dijo «Glasias».

18. Pepino Bambino y la metamorfosis rosa

—Durante aquel tiempo circense en el que papá pasó de ser un niño adoctrinado a chico vicioso, Pencas seguía ganando dinero a espuertas por toda Europa, en una gira inacabable al lado del chucho pianista. Mi abuela lo llevaba como podía, resignándose al hecho de ser una más, hasta que se enteró de que desde Miami habían encargado a Manolo la explotación de otro niño prodigio, esta vez por toda Europa. La nueva estrella se llamaba Pepino Bambino, un rubiales muy repelente que llegó al mundo de la música de la mano del perro Shag, mejor dicho, de su pezuña. En cuestión de quince días, aquel desconocido chaval de once años se convirtió en el objetivo prioritario del departamento infantil de Boltor Music Europe, y en menos de tres meses ya se había convertido en su estrella infantil más rutilante. Al imaginar que aquel niño tenía una madre, mi abuela, sencillamente, estalló, y lo hizo de manera literal. Primero tuvo una crisis nerviosa en la que empezó a sollozar, luego un acceso de histeria donde pasó del gruñido a los alaridos de posesa, emitidos con tanta intensidad que pequeñas arterias en sus tobillos empezaron a inflamarse en una especie de traca que siguió por los muslos, pecho, cuello, esternocleidomastoideo, hasta llegar a su lindo careto, el cual se convirtió, de repente, en un nido de pequeñas telarañas rojas. Todo el circo recuerda los alaridos de enajenada que soltaba cada segundo que descubría en el espejo otra pequeña arteria reventada, o aquel día en que se dio cuenta de que la piel de su precioso pecho había pasado del color rosado a una especie de mutación fluorescente del parduzco (exactamente, dentro del Pantone, el tono que tienen los ahogados al cabo de cinco días de hacer la sepia por las profundidades). Durante las semanas siguientes, a base de atenuar sus temores mediante la ingesta de tranquilizantes, mi abuela se aferró a la posibilidad de que aquel niño rubito fracasara, días en los que notaba una apremiante necesidad de salir de aquel circo y largarse en busca de Manolo, adonde fuera, pero le faltaba un pretexto, y entonces pensaba en su hijo, y se acercaba a la churrería con voz trémula, y le pedía rayos de inspiración musical para ofrecerle a su Dios como prebenda, pero la tregua psíquica duró más bien poco.

»Pepino Bambino había llegado ni más ni menos que al número 1 en Francia al lado del perrito cagón, mientras que en Italia, bien, había pulverizado récords. A mi abuela le dio tal pico de tensión que la emprendió a patadas con todo el mobiliario de la caravana, luego la emprendió a golpes con un pobre domador y segundos después de hacerlo, cayó en un abismo de depresión en el que no recogió nada de lo que había tirado, ni siquiera al domador, mientras gritaba «Seguro que ese niño tiene una madre, seguro que es la número 9, y tú, deja de hacerte pajas». Acto seguido, todas las mujeres del Pencas, las resentidas madres de aquellos niños devaluados, empezaron a gimotear como plañideras en un entierro árabe. Ah, Pepino Bambino. Una mañana de sábado de 1979 el chaval salió en el programa *Gente joven* junto a aquel perro. Recuerdo que el presentador, Jesús Villarino, le preguntó: «¿La fama te ha cambiado?». El niño, sin mostrar apenas emoción, soltó: «El éxito no me ha cambiado en absoluto. **SIEMPRE HE SIDO UN PUTO CABRÓN**».

—La frase tiene su qué.

—Supongo, doctor, que habrá escuchado cosas de ese impresentable.

—Pues no, oiga.

—Mire. Creo que ha llegado el momento de explicarle la historia de aquel camión de Conguitos que condujo Manolo Pencas desde el Valle de los Caídos hasta Berlín por orden de Gustav Ausdenmeyer.

—¿La de la caja congelada?

—Efectivamente. El contenido de aquella caja, cosa que Manolo ignoraba en todo momento, era ni más ni menos que cincuenta centímetros cúbicos de semen, ya sabe, un chupito. Semen congelado. Millones de renacuajos en hibernación. Ni más ni menos que esperma de Reinhard Heydrich.

—Me suena ese nombre, y no precisamente para bien.

—Ya sabe, Heydrich, líder de la Gestapo y uno de los artífices del exterminio de los judíos en Europa. Conocido por sus propios soldados como «La bestia rubia». Si se pregunta cómo llegó el semen de Heydrich al Valle de los Caídos, me remitiré a la charla que tuvo Franco con Adolf Hitler en Hendaya. Allí pasaron cosas, doctor, que nadie ha contado. Hitler le había pedido a Franco la custodia del semen congelado de varios miembros del Tercer Reich, por si las *moskens*. Se la confiaron a Franco, por ser considerado, ya sabe, un colegote de fiar. No se sabe dónde se guardaron el resto de cajas, ni tampoco si han sido usadas. El caso es que Manolo entregó la caja a una dirección, cerca de la puerta de Brandeburgo. Era la sede de algo así como la «Sociedad hispano-germana de cooperación». Ya ve. Allí esperaba una madre de alquiler, seleccionada entre unas cuantas candidatas que cumplieran el prototipo de belleza aria. Una vez nació el niño, al que pusieron como nombre Adolf, se llevaron al bebé a los Estados Unidos de América. En concreto, a Miami. Si quiere que puntualice más, le diré que a la mansión de Gustav Ausdenmeyer. A estas alturas de la vida ya se habrá dado cuenta de que los millonarios son proclives a coleccionar objetos, pues lo mismo hizo el jefe de Boltor Music, pero esta vez con un bebé.

—Así pues, el señor Ausdenmeyer tenía como hijo adoptivo a un tal Adolf Heydrich. Ya me había advertido de su carácter, pero de ahí a criar al hijo de un nazi tan odioso…

—Tan odioso para usted, pero para aquel hombre de negocios, ese bebé era una especie de niño Jesús. Era el hijo de uno de sus ídolos, doctor. Piense que Gustav Ausdenmeyer había sido aviador en la II Guerra Mundial, pero por lo visto eludió todo tipo de responsabilidades, incluso el proceso de Núremberg gracias a dos factores. El primero, su apodo como el misterioso aviador anónimo, Der Jäger, y el segundo, un histórico ardid que cometió cuando vio la guerra perdida. Ausdenmeyer y su lugarteniente, Otto Bauhauser, conocido por todo el mundo como Das Küller Madarfáckar, acribillaron a balazos a unos cuantos aliados en el desembarco de Normandía, luego los descuartizaron y tras comerse sus entrañas (menos las de un marine negro cuya carne supusieron que se les repetiría), se pusieron sus uniformes y llegaron a emigrar a los Estados Unidos por la jeta en un portaviones de la US Navy. De esta infame manera, de esa asquerosísima manera, el abuelo se instaló en Estados Unidos, libre de toda sospecha; de hecho, no tuvo ningún reparo en usar su nombre real desde el primer minuto. Lo que cambió fue su manera de ver a los negros. Y es que, tras hacer una pequeña fortuna vendiendo perritos calientes que no eran otra cosa que carne de perro abandonado, se desplazó a Miami donde fundó Boltor Music, especializándose al principio en música de negros zumbones, quién sabe si en su interior deseaba meterlos a todos en un rancho de concentración de Arkansas, eso es información irrelevante. Volviendo a la historia del camión de los Conguitos, añadiré otro dato. Como la organización secreta a la que pertenecía había acordado ignorar voluntariamente si otro tipo de afiliados habían usado el resto de cajas de esperma nazi, aquel bebé llamado Adolf Heydrich era, para Ausdenmeyer, el elegido para instaurar el Cuarto Reich. Y lo educaron para tal cometido.

—Un cuarto Reich que se instauraría paralelamente en Europa y Estados Unidos. Una jugada perfecta.

—Efectivamente.

—Pero de ser la esperanza de los neonazis a convertirse en un cantante melódico hay un trecho tan distante que no puedo comprender. Bueno. En realidad, llevo perdido desde la primera vez que entró a la consulta.

—Como si se tratara de un vástago más de Gustav Ausdenmeyer, Adolf Heydrich recibió la misma educación que sus hijos biológicos, la bella Heidi y el bueno de Hans. En su fuero interno, Ausdenmeyer soñaba con que Heidi, pese a ser cinco años mayor, fuera la futura esposa de aquel niño, así que, para que no se vieran como hermanos, ambos bebés fueron educados por separado, exceptuando cuando se iban de vacaciones a Berlín. Gustav Ausdenmeyer bebía los vientos por aquel hijo adoptivo. La fecundación había sido una auténtica obra de ingeniería nazi, créame. Pero, como usted bien sabrá, cualquier movimiento que efectúa un hombre de negocios tiene dos intenciones, y en el caso de aquella adopción demoníaca, tres. Dejando aparte su futuro como nuevo Führer, la «adquisición» de aquel hijo adoptivo tenía el sórdido objetivo de situar en el tablero familiar a un posible candidato para que en el caso de que su primogénito Hans le saliera rana, sustituirlo sin piedad. Ausdenmeyer veía a su hijo biológico como un alma cándida y pacifista, demasiado débil, mentalmente hablando, como para hacerse cargo de una fortuna tan demencial. Así se lo dijo a Hans: «La vida es **COMPETENCIA**, hijo, así que te he comprado un hermano postizo para que te pelees por él por el control Boltor Music. Considéralo como el tipo que hace de liebre en las Olimpiadas. Pero cuidado. Si no espabilas, las tornas podrían girarse. El bebé que ahora mismo ves delante de tus narices tiene una misión mucho más importante, y si se parece a su padre, será un puto cabrón». Como tercer motivo, Ausdenmeyer podría contemplar a aquel Ninfo cuando le apeteciera, como quien adquiere un cuadro de Botticelli. Y es que, a medida que fue creciendo, Adolf se convirtió en una especie de efebo, un mozalbete presuntuoso, antojadizo y, sobre todo, carente de buenos sentimientos.

—¿El dueño de Boltor Music era pedófilo?

—Para nada. Simplemente era un romántico de la perfección estética, y aquel chaval era la representación ideal de los cánones de la belleza aria.

—Sigo sin entender cómo se convirtió en cantante.

—La culpa la tuvo mi padre. No sé si recordará que la bella Heidi Ausdenmeyer se había encaprichado con aquel niño amorfo barcelonés, y viceversa, recuerde el tema *¿Por qué te vas?* Pasaban los años, pero Heidi no olvidaba a su amorfo amor platónico. Cuando el niño Adolf se enteró, decidió hacer todo lo posible para que Constancito fracasara, y, una vez apartado del negocio con la inestimable ayuda de Gustav Ausdenmeyer, batir a mi padre, es decir, a su rival, en su propio campo. Para cumplir con éxito su cometido, Adolf Heydrich elaboró una estrategia a largo plazo. El chaval, reconvertido en Pepino Bambino, tuvo la oportunidad de aprender con los mejores profesores de canto de Estados Unidos mientras Ausdenmeyer se dedicaba a boicotear la carrera de mi padre, al que le hicieron la pinza, doctor. Durante años. Hasta que Pepino Bambino se sintió preparado para salir a la luz.

—Lo lamento. Empiezo a entender según qué movimientos.

—Ciertamente. Luego, cuando el niño rubio quiso saltar a la palestra, se desplazó a Europa. La comitiva que lo acompañaba era una especie de ejército. Dicen que Manolo era su representante. Bien, en realidad era su representante, chófer, hombre de paja, saco al que meter de hostias… Vamos, que Manolo servía para todo.

—Un pringado.

—Huelga decir que a Gustav Ausdenmeyer no le gustó la idea de que aquel futuro líder de masas hubiera decidido dedicarse al mundo de la canción bajo el nombre de Pepino Bambino. Aunque fuera solamente por unos años, y pese a que el objetivo de aquel capricho musical era ganarse el corazón de su hija Heidi, veía todo aquello como sumamente ridículo, pero se convenció cuando alguien de la organización secreta NN, es decir, «Nací Nazi», le argumentó que en un escenario el niño podría desarrollar sus dotes de comunicador. Un año después, Ausdenmeyer, a quien todo le salía a pedir de boca, se dio cuenta de que los beneficios generados por sus discos estaban empezando a compensar el enorme dispendio económico que había dedicado a aquel chaval, aquella exquisita educación en los mejores colegios privados, incluidas sus clases particulares de tortura suma a razas inferiores, realizadas en el sótano. Así pues, a efectos contables, responsabilizarse de Pepino Bambino, el futuro líder del Cuarto Reich, le había resultado una verdadera ganga.

—Usted no tiene fondo.

—Ah, por cierto, en aquella época, Manolo Pencas se casó con una hija de burgueses catalanes de toda la vida. Ni más ni menos que con la sobrina de Gisbert de Perearnau, el inquilino comunista. Al contrario que hizo con mi abuela, dedicó todo su empeño en dejar embarazada a aquella mojigata burguesa. Lo llamó O.B.M., es decir, «Operación Braguetazo Máximo». En un principio, la familia de aquella chica desconfió abiertamente de aquel buscavidas de extrarradio, ya en la cuarentena, y más cuando Manolo insistió en que la celebración de la boda fuera privada, como si fuera él, y no aquella insigne familia, el que se avergonzara de los esponsales. ¡Pues cómo no iba a querer ocultarlo, teniendo a ocho mujeres esperándole en un circo y vigilando los movimientos de su paquete con los machetes en alto!».

—No deberían verse muy a menudo él y su esposa.

—Claro que no. Tenga en cuenta que el disco que sacó con el perro Shag fue grabado en varios idiomas. Manolo ganó bastante dinero, aunque, con el rubio nazi, los porcentajes que se llevaba distaban mucho de ser los mismos que con los otros niños a los que explotó. La cosa iba viento en popa hasta que en la asociación Pepino-Shag aparecieron muestras de agotamiento. El perro presentó por primera vez un flanco débil en su comportamiento.

—¿La comida?

—El sexo. Pongámonos en antecedentes porque el asunto ya venía de antes del niño nazi. Imagine a un Manolo Pencas organizando una fiesta para celebrar que el primer trabajo en solitario de Shag había llegado a disco de platino. Cuando uno lleva esperando mucho tiempo el éxito, las tentativas pomposas no tardan en aflorar. Manolo había montado unos auténticos fastos romanos que se celebraron en La Riviera de Castelldefels. Las prostitutas ejercían de azafatas y los cristales de lavabo se despegaron de las paredes para convertirse en bandejas gigantes de polvo blanco. Entonces, en el momento más álgido de la noche, un rejuvenecido y altanero Manolo Pencas empezó a descorchar botellas de cava mientras soltaba a sus subalternos de Boltor Music perlas tales como: «¿Sabéis? Acertar en este negocio es un margen tan estrecho como el borde de esta tarjeta Visa con la que os estoy haciendo estas pequeñas rayitas tentempié, amigos, la proporción es un acierto artístico por nueve fracasos, pero cuando hacemos diana, ah, disco de oro, de platino, de uranio, y los nueve fracasos quedan cegados por el resplandor del triunfador». Entonces, una de las prostitutas, mientras sonaba *What a Wonderful World* de Louis Armstrong, sacó al perro Shag de una puerta enfocado por un cañón de luz de color azul mientras otra «azafata», en este caso un travesti brasileño, apareció agarrando a una pastora alemana con un collar de diamantes. El instinto de Shag le indujo a pensar —lo poco que puede pensar un perro— que se le estaba brindando la posibilidad de desvirgarse, así que tardó dos segundos en mostrar una notable erección y otros cinco segundos en montarla delante de cincuenta invitados que, tras unos instantes iniciales de desconcierto, empezaron a aplaudir a rabiar la idea hasta que acabaron animando al perro con unos ilustrativos «dale, dale, dale», acompañados de palmas.

—¿Me está diciendo que Manolo Pencas organizó una cópula en público de un par de perros mientras sonaba *What a Wonderful World*?

—Peores sacrilegios hizo en su vida, créame. Manolo Pencas les dijo a sus amigos «es lo mínimo que puedo hacer por esta bestia, con la de dinero que me ha dado».

—Prosiga.

—Bien. Tenemos la grotesca escena de un perro en medio de un corrillo de humanos, descubriendo el placer de la vida por primera vez. Shag no entendía un pijo de aquellas palabras, pero veía a las personas carcajeándose y dando vueltas a su alrededor, cogidos de la mano, algunos con la nariz sangrando y con horripilantes sombreros de guateque. El caso es que Shag empezó a eyacular, lengua afuera, escuchando la voz de un señor negro. De una manera supongo que intuitiva, Shag se dio cuenta de que no era un perro normal, sino una verdadera estrella del pop, y que probablemente ninguna hembra canina pondría resistencia a sus encantos. Fue un gran error por parte de Manolo. Tres meses después, en Italia, en la gira de presentación de una versión algo bizarra de *Edelweiss*, Shag aprovechó un momento de distracción de Manolo Pencas y salió disparado de la limusina. En una callejuela de Milán, muy cerca del teatro de la Scala donde actuaba junto a Pepino Bambino, se encontró con una pastora alemana. Nadie sabe si ella reconoció al chucho soprano, pero lo cierto es que aquella especie de *groupie* en versión canina se lo llevó al interior de una oscura portería, imagínese, qué morboso y qué furtivo todo el asunto, ella, supuestamente abandonada y en celo, y él, Shag, con la polla más dura que el acero.

—¿Y?

—Pues ya sabe que con los perros apenas hay margen de error. Aquella perra *groupie* se quedó embarazada. Por si fuera poca la desgracia, resulta que tenía dueño, un florista milanés llamado Paolo Fiumicino, un listo de la vida que exigió al tutor legal de Shag, en este caso, el señor Pencas, que se hiciera cargo de la manutención de los cinco cachorros que venían en camino. Para amedrentarlo, Pencas alquiló un canódromo y organizó una carrera a puerta cerrada.

—¿A puerta cerrada?

—Solamente para que la presenciara Shag. Una carrera de galgos ardiendo. Los roció de gasolina y les prendió fuego al inicio de la carrera. Fue una idea de Pepino Bambino, quien en esa época ya mostraba claros indicios de psicopatía. Manolo quedó horrorizado.

—A eso se le llama «una abominación».

—No. A eso se le llama «una carrera de galgos ardiendo». El caso es que Shag, en las gradas, junto a Pencas, en aquel fantasmagórico ambiente, no se dio ni mucho menos por aludido. Las demandas por paternidad canina continuaron a lo largo de toda Europa, entre ellas, la familia real noruega y su perrita Inge. Tras el indecoroso *affaire* real, un iracundo Ausdenmeyer decidió tomar cartas en el asunto. Finiquitar al perro obseso, no sin antes grabar un último *single* al que ya había bautizado premonitoriamente como In Canis Memoriam. Cinco minutos después de emitir su último ladrido ante el micrófono, Manolo Pencas se llevó a Shag a las afueras de aquel estudio de Roma, y, con no pocas lágrimas en los ojos, ejecutó las órdenes de Miami. Sacrificó a Shag con un par de disparos, el primero en los testículos y el segundo en la sien. Manolo se limitó a decir: «Le dije al cirrótico que lo cuidaría hasta su muerte, y así ha sido. Te hago un favor llevándote al otro barrio, chucho cagón, porque este Pepino Bambino da un mal rollo que pa qué». Todo esto ocurría mientras papá hacía de churrero en el circo.

—Bien mirado, Manolo estaba pasando un verdadero calvario.

—Atienda, doctor. Para celebrar el deceso del chucho, Pepino Bambino decidió viajar con toda su comitiva a Italia solamente para cenar en un restaurante secreto. Por lo visto, a Pepino Bambino se le había antojado probar oso panda con chimichurri. Lechal.

—No me fastidie. Menudo hijo de puta.

—Digamos que a Pepino Bambino no le gustaban las minorías.

—Prosiga.

—Manolo, ya sabe cómo era, hizo entonces la gran pifiada de su vida. ¿A que no adivina cuál?

—Lo ignoro. Tengo entendido que Pepino no tenía madre.

—No tiene nada que ver con las madres. Manolo recibió una llamada de Gustav Ausdenmeyer: «Un día me preguntó qué llevaba en aquel camión de Conguitos, señor Pencas. Pues aquí lo tiene, es su artista. Cuídemelo. Está en el mundo de la canción por un par de años. Es un capricho del hijo biológico del grandísimo Reinhard Heydrich. Si lo cuida bien, cuando volvamos al poder usted se salvará del exterminio final, aunque, claro está, lo esterilizaremos». Cuando Manolo Pencas colgó el teléfono, comprendió que sus devaneos con el fascismo eran meras chiquilladas. Estos alemanes, como siempre, se tomaban sus ideales en serio; de hecho, siempre lo llevaban todo hasta las últimas consecuencias. Ahora viene el momento de su gran cagada, doctor, esto le va a encantar. Como Pepino-Adolf estaba a punto de cumplir doce años, su voz estaba derivando hacia timbres muy masculinos, de la misma manera que su maldad iba adquiriendo niveles extremos, sobre todo desde que se sentía libre en Europa, así que Manolo pensó que sería bueno atemperar su organismo. La mente atolondrada de Manolo y el gen que obliga a todos los españoles de bien a automedicarse, que también sirve para medicar a los demás, hicieron que le recetara al niño alemán Nomaspús Forte y **DOBLÓ LA DOSIS**. Pepino Bambino tomaba cuatro veces al día aquellas pastillas. ¡Cuatro veces! ¿Recuerda lo que le dije de los travestis y Sylvester Stallone? Pues eso mismo sucedió. En cuestión de tres meses el chaval había olvidado por completo su amor por Heidi. De hecho, el mero hecho de pensar en vaginas le provocaba arcadas. Luego vino aquella frase que puso a Manolo sobre alerta: «No sé qué me pasa. Cuando me meto un dedo en el culo me invade la melancolía». A partir de entonces, Pepino Bambino empezó a contornearse delante de todo su séquito, y soñaba con encontrarse con figuras arias del balón, tipo Karl-Heinz Rummenigge, o en estar a solas con negros. Le pirraban los negros. Torturarlos primero, tirárselos después, o viceversa. Digamos que se había convertido en algo así como…

—… un nazi gayón folla negros. Su historia está llena de enfermos.

—Manolo se dio cuenta del cambio un día en el que, tras el lanzamiento de su primer disco en solitario «Berlin, Merlin, Ich liebe dich, mit, mach, mich, mich», le dio por intentar abusar de un corista guineano de culito respingón y dientes nacarinos llamado Augusto Babu. Al ser rechazado por el Babu, Pepino Bambino pilló un enfado tan monumental que obligó a unos cuantos de su séquito, entre ellos Manolo, a viajar a la puta Antártida, allí donde no van ni siquiera los esquimales, para matar foquitas a bastonazos. Eso, según aquel monstruo, era lo único que podía aliviar su rabia. Y allí tenemos a Manolo, enfundado en un abrigo de esquimal, simulando que golpeaba a las pobres foquitas indefensas, llorando aguanieve, mientras Pepino, a cuarenta y cinco grados bajo cero, le decía con gestos terriblemente amanerados: «Ahora que ya sabes mi verdadera identidad, *grossen scheiße*, comprenderás que no me gusta andarme con chiquitas, y nunca mejor dicho. Soy un tipo difícil de complacer. ¡Y atiza más fuerte, maldito, o cuando llegue al poder, te exterminaré!».

—Qué escena más deplorable.

—De haberlo sabido, Manolo hubiera pagado lo que hiciera falta con tal de que aquel corista llamado Augusto Babu hubiera puesto el culo en pompa. Todo el mundo tiene un precio.

—¿Usted cree?

—Pues claro. Pero eso no es importante. Lo macanudo de la historia es imaginarse a Manolo pensando en la ira de toda una sociedad secreta nazi cuando se enteraran de que aquel chaval en quien habían puesto todas sus esperanzas de futuro solamente pensaba en términos de lamer traseros y martirizar a bichos en peligro de extinción.

—Él sí que se había convertido en un bicho en peligro de extinción.

—Exacto. Manolo temía que, al cabo de cinco minutos de que aquel enfermo de Pepino Bambino regresara a Estados Unidos, una legión de Küller Madarfáckars saldría en busca de Manolo con bombarderos de última generación para vengar **LA METAMORFOSIS ROSA** de aquel chaval. Por tales motivos, cuando Manolo Pencas llegó a Barcelona, envió su carta de dimisión a Miami alegando motivos personales, que no eran otros que los siguientes: se había hecho caca en el avión de regreso. Por lo visto, sucedió mientras decía «Ay, ay, la que he liado. Soy hombre muerto, ¡lo he amariconado!». Cuando llegó a Barcelona, las hermanas siamesas lo llamaron por teléfono. Habían acudido al cementerio y en el nicho de sus padres volvía a estar su foto. No había ninguna fecha esta vez, detalle mucho más aterrador. Al enterarse de aquella velada amenaza, Manolo Pencas se escondió en un chalet abandonado que tenían sus suegros en el barrio de Pedralbes y permaneció allí durante tres meses. Dormía en la despensa. Se comió todos los botes, muchos de ellos de legumbres con propiedades flatulentas. Con una pistola en el bolsillo. Tres meses con el mismo traje. Decir que olía a tigre era un insulto para los tigres. Manolo era una mofeta que olía a tigre. Pese a que estaba escondido, a veces tenía que abrir la puerta de la despensa por culpa de los pedos que se tiraba. Cuando los olía pensaba que aquello era como suicidarse con una cámara de gas metano.

—No quiero ponerme en su piel.

—Ni yo en su nariz.

19. Apoteosis

—Sería el mes de mayo de 1979 cuando Manolo decidió salir al mundo exterior por primera vez, y lo hizo porque, debido al embarazo de su esposa y a tantos meses encerrado entre botes de legumbres, tenía los huevos rellenos de amor. El circo andaba por Vigo. El representante llegó sin avisar con su flamante BMW, regalo de bodas de sus suegros, al que había difuminado los números de la matrícula. Aquella noche se llevó a la madre del Trompetista Asmático, ni más ni menos que a Uno, a un destartalado hotel. La mujer andaba ya algo ajada, a decir verdad, sobre todo por culpa de los nervios, pero aún estaba de buen ver. También se llevó a la gitana perolera y a mi abuela. Dio igual. Aquella noche, Manolo Pencas, por primera vez en su vida, sufrió un gatillazo. Su exilio no había servido para nada. Tenía metido en la cabeza un regimiento de nazis construyendo algún tipo de extraña maquinaria para infligirle dolor sumo en los cojones. Los gatillazos no entienden de tríos. Ni de cuartetos.

—No me hable de gatillazos, por favor. Es lo que más escucho en esta consulta.

—Por la mañana, Manolo volvió al circo bastante encocado. Cuando apagó la radio de su coche sonaba *Soy un truhán, soy un señor*, pero aquel plagio era un juego de niños comparado con el marrón actual. Tras hacer cuentas con su hermano Klaus y recaudar la pasta de su, como la llamaba, «gran y desavenida familia», apareció por la zona oeste del descampado, donde, al lado de unos gitanillos y un improvisado vertedero de basura, mi padre y sus nuevos amigos ensayaban. Se encontraban cantando *Asco al amor*. Papá, de estranquis, había aprendido a mejorar sus técnicas vocales mediante la inestimable ayuda de Elvis Payaso, eso cuando el Elvis Payaso se mantenía de pie, momento en el que, solos en la carpa y con las luces apagadas, iniciaba a su acólito en el mundo del canto adulto ayudándose de temas de su repertorio inmortal, aunque Elvis Payaso siempre le decía a mi padre que en verdad le hubiera gustado tener la voz de James Brown. Ya saben lo obsesionado que andaba Elvis con los negros.

—¿Como Pepino Bambino?

—Bueno. Elvis les admiraba y punto, no me joda ahora. La cuestión es que aquella canción era lo más bizarro que jamás hubiera creado un ser humano. Cuando finalizó el tema, parecía que los amplificadores hubieran implosionado a partir de sus válvulas. Manolo, estupefacto, en posición fetal y con las manos en los oídos como si hubiera escuchado el sonido del papel higiénico de Satanás refregándose en su ojete ardiendo, les insultó a todos, en general, especialmente al guitarrista liliputiense, a quien cogió de la oreja y le dijo: «Maldito seas, mira que te dije que practicaras con Albéniz. Le estáis dando todos a las drogas cosa mala, ¿no, desgraciados?». Entonces Estereohuevo, quien por lo visto se había tirado junto a Manolo y su madre cuatro años por la Península antes de dejarle en el desguace y empezar con la carrera de mi padre, le dijo: «¡Pero papá!», cosa que enervó mucho a Manolo.

«Oye, esto, liliputiense imbécil, ¿ves algún tipo de semblanza entre tú y yo? ¿Acaso tengo las piernas arqueadas?». Freddy, el teclista prematuramente canoso y horriblemente guapo, dijo: «Tenemos otra canción. Se llama *Human Glaçé*». Y papá empezó a cantar: «Dicen las malas lenguas que existen viscosos y toscos marcianos que cuidan de granjas repletas de humanos los ceban con pienso y los ponen gorditos mujeres, banqueros, enanos o ancianos no importa el tamaño ni si eran muy ricos lo cierto es que todos, malditos cerditos, habían sido mega abducidos, por un gran torbellino de rayos neutrinos, dicen que cuando los tienen del todo atontados y muy deprimidos van y los fríen en sartenes y se los comen como kikooos. Human glacé, human glacééé».

—Maldita sea. Menuda basura de letra.

—Manolo no dejó que la canción continuara. Se fue hacia mi padre y le dijo, mientas le daba collejas: «¡Españoles! ¿Qué mierda de letra es esa? ¿Has estado fumando con estos? ¿Y esa voz? ¿Y esos pelillos de mosca que asoman en tus pantorrillas? ¿Por qué has crecido tanto, eh? ¿Ya te tomas el Nomaspús Forte?». También les dijo a los demás, en general, que con aquellas deplorables canciones nadie invertía en su futuro. «No vais a salir de aquí en la vida, parece que os guste vivir en las catacumbas del éxito». Y sí, probablemente era cierto. Hay dos tipos de personas en el mundo: la gente ilusionada y la erosionada. Ellos pertenecían al segundo grupo.

—Yo también, dicho sea de paso.

—Acto seguido cogió a todos los chavales, uno por uno, y les soltó el típico discurso, sin reparar siquiera en que todos se lo sabían de memoria: «Oye, Indalecio, eres la hostia, en breve te saco de aquí, a ti y a tu madre, cuídate el asma, ya sabes que estás de paso con esos perdedores, vuestra banda no va a funcionar, tendríais que inspiraros más en Georgie Dann». Sin ir más lejos, el Trompetista Asmático llevaba siete años escuchando la misma cantinela, y escuchaba a su antiguo representante mientras quemaba costo recostado en una pared y le decía «que sí, que sí, cof, cof, lo que quieras, Georgie Dann». Cuando llegó el turno de mi padre, se lo llevó a un promontorio y le preguntó si había estado componiendo: «Oye, ya sabes que estás con estos perdedores de paso, yo del circo te saco en cuanto pueda, pero si vengo de vez en cuando por aquí es para recordarte que tienes mucho talento, eres mi pan, nunca lo olvides. Necesito que estés inspirado, tú y yo somos un tándem de la hostia, Constancito, como Elton John y Bernie Taupin, pero a lo castizo».

—Buena comparación.

—Pues no era repetitivo el Pencas. También se refirió a su antiguo representado, y en un arranque de sinceridad le contó la herencia genética de Pepino Bambino, y en tono desdeñoso añadió: «Trabajar para ese pequeño hijo de puta no realiza a nadie. Lo tiene todo en la cabeza, y no deja que me integre en su proyecto. Ese niñato tiene una extrañísima fuerza mental, parece como si lo hubiera aleccionado el mismísimo demonio. No admite injerencias, controla incluso las facturas, ya sabes que a mí me gusta cagar en el váter mientras leo cómics, eso no lo va a cambiar ni Dios, pues va el cabronazo de mierda y me dice, a mí, Constancito, a mí: "Oye, tú, mánager de bigotes feos. Te pago cinco mil pesetas al día por ocho horas de trabajo. Si de ocho horas te pasas una entera giñando en el lavabo de los camerinos, resulta que esta defecación es rentable para ti, pero no para mí, de hecho, me da la impresión de que las tornas están cambiando y de repente estoy pagándole 625 pesetas a un tipo para que haga cacotas. ¡La gente no cobra por hacer *grossen kaken*!". Al día siguiente me puso a dieta de arroz el muy cabrón. Suerte que he dimitido, si lo vieras, Constancio, ese chaval es un puto fascista de mierda, hace honor a su padre, pero no un fachilla de peluche como yo, sino el auténtico núcleo del mal, por no hablar de sus putos antojos. Y lo que es peor. Con once añitos ya me había pactado con Miami unos porcentajes terribles para mis intereses, Constancito. Se quedaba con un cincuenta por ciento, y yo con la otra mitad. ¿Te imaginas si todos los cantantes empezaran a reivindicar un aumento así de descabellado? Luego pienso en ti, cabezón, tan solícito, tan callado, tan sensible, lo bien que interpretabas tu papel de cieguito. Espero que tú andes mejor integrado en el circo que tu madre, la verdad, porque no la veo muy fina últimamente. A ti te veo mejor, con tus nuevos amigos, aparte, no me digas tú que no estás sacándote un Máster de Churrero de primera. Ya sé que no es una profesión a la altura de tu talento, pero en la senda de la vida siempre tienes que poder coger un caminito de emergencia, chico, por si se cae un árbol y te corta el paso, como he hecho yo. Me he largado de Boltor Music y me lo he montado por mi propia cuenta. En breve empiezo a sacar discos de todos vosotros, en cuanto acabe unos rollitos referentes a vuestros contratos.

Veinte años firmaste con Boltor Music, Constancito, menuda putada te hicieron. Oye, ¿aún hablas con ese walkie-talkie?». Papá le dijo a su mánager que el artefacto cada vez le hablaba menos, casualmente desde que no convivía con él. Manolo Pencas hizo ver que no entendía la indirecta: «En fin, esperemos que Tito Manolo os solucione a todos la papeleta de esos malditos contratos. Joder, estoy sangrando por la nariz. Anda, Constancito, hazme un frankfurt, coño, vamos a ver cómo te desenvuelves con el tema».

—Prosiga. No pare, por favor.

—Completamente doblado de hashís, papá se largó hacia el chiringuito de frituras. Cuando volvió al promontorio, le entregó a su representante un frankfurt repleto de su propia lefa, y un poco de ketchup y mayonesa para disimular. Manolo le pegó un bocado de chaval.

»Mientras hablaba, de los labios del representante afloraba una textura viscosa y anaranjada que se le pegaba a los pelos de su bigote. «Oye, está riquísimo. Le pones tanta personalidad a todo lo que haces, cabezón, yo lo llamaría amor, ¡hay tanto de ti en este frankfurt!». La verdad es que sales airoso en todo lo que haces, y mira que tienes cara de pasmado. Joder, joder, qué injusto es el mundo del espectáculo. Con la de gente que se lo ha currado desde abajo, como tú. *Tap, tap.*

—Más. Más.

—Entonces, del bolsillo de su americana, salió rodando un anillo. Papá carraspeó. Luego dijo: «Agüita. Estooo, oye, Manolo, de hombre a hombre. ¿Te has casado?». La expresión de Manolo mutó por completo: «No soy yo quien tiene que responder, sino tú. ¿Qué coño de banda has montado junto a esos desgraciados?». Papá, que se había convertido en una especie de quinqui, le puso una navaja en el cuello. La punta empezó a hurgar encima de su yugular. «Sé que has estado castrándome, cacho cabrón, en todos los sentidos. Has minado mi autoestima y la de esos chavales. Ahora contesta a mi pregunta».

—¡Así me gusta! Si esto fuera una película es el momento donde todo el público se habría levantado a aplaudir a rabiar.

—Manolo se quedó contrariado: «Diablos, Constancito, quién te ha visto y quién te ve, me tienes impresionado. Me he casado, sí, pero no con una guiri como piensas. Es una chica de Barcelona, muy formal, ya sabes, buena familia *catalina*, ramo textil, De Perearnau se apellida la muy jodida, tiene un tío fugado a Venezuela por fraude fiscal, pero ella tiene acciones. Estamos esperando un crío y me he afiliado, como el resto de su familia, a Convergència i Unió. *Ara sóc català*, Constancito, tócate los cojones. Entiéndeme, coño, y deja de mirarme así. A la hora de casarse, un tipo como yo necesita, ya sabes, primera mano, una tipa con buenos genes, que encaje perfectamente conmigo, como un traje hecho a medida. Cuando seas mayor ya te darás cuenta, ya. Una cosa son las mujeres que te llevas al altar, y otra muy diferente las guarrillas, como tu madre.

—Esta sí que es buena.
—Se hizo el silencio. Papá apretó aún más el cuchillo. Manolo reaccionó: «No me entiendes o no me he expresado bien. Yo quiero a tu madre más que al

difunto Caudillo, joder, dónde vas a parar, para mí es la número uno, créeme, las otras no son más que unas perdedoras con las que me acuesto, de tanto en cuanto, por pura lástima. Cálmate, Constancito, tengo un plan y es el siguiente: dentro de un par de años voy a pegarle el palo a la familia de mi esposa, dicen que en breve será posible divorciarse en España, mira tú, no todo van a ser desventajas con los sociatas. Entonces tu madre, tú y yo, viviremos como una familia, como antes, y sin necesidad de escondernos de la mirada de los demás. ¿Qué me dices a eso, eh? Pero tú no le digas nada de la boda a la doña, ¿eh? Que podría considerarlo como un, no sé, lo llaman agravio, ya sabes, tu madre, joder, ahora no me viene a la cabeza su nombre, ya sabes, la número ocho, tiene fogonazos premenstruales, pequeños momentos de violencia desatada… *Cuacks*. Se entera y me corta el cuello, pues no es vengativa, parece siciliana la jodía».

—La número ocho. Menudo crack, insisto.

—Papá dejó de amenazar a su representante con el cuchillo y se encendió un Marlboro. Le dijo: «Quiero que rompas mi contrato y que dejes a mi madre a cambio de mi silencio». Manolo dijo: «Negociemos. Te doy cinco mil pesetillas y te olvidas del tema». Papá se puso duro: «Cinco mil pollas. Por menos de cincuenta mil, saco el altavoz. ¿Lo has entendido o te lo digo cantando? Si largo el tema de tu boda vas a tener el linchamiento de unas cuantas. Es probable que no salgas vivo de este circo». El representante seguía mostrándose reacio. «Maldito seas, hijo de Satán. Cincuenta mil pesetas, ni más ni menos. ¡Españoles! Eso es la recaudación semanal». Papá reaccionó: «Entonces que sean doscientas cincuenta mil». Con mala cara, Manolo procedió a darle cincuenta billetes arrugados de cinco mil que sacó de sus bolsillos interiores. Después de contarlos, mi padre le dijo: «Trato hecho. Cuenta con mi silencio» y dio media vuelta, en dirección al circo. «¿A dónde vas?». «A gastármelos». «Es mucho dinero para un criajo». «Lo sé. Pero, entre tú y yo, con cinco mil me bastaba para lo que voy a hacer».

—Soy todo oídos. ¿Qué hizo con esa pasta?

—Se folló a las hermanas Pencas. Ya ve. La vuelta a Barcelona de papá y mi abuela se fraguó aquella misma noche. Los del circo estaban cenando en varias mesas instaladas en medio de las caravanas. Klaus y su hermano, en una mesa aparte, discutían la renovación de los chavales, mientras que Pippo bebía, hablando y riendo solo, como si estuviera urdiendo un plan. Entonces el chico de la pierna de madera que bailaba claqué, a instancias de su perversa madre, abrió de par en par la caravana de las siamesas Pencas. Y allí estaba papá, con los pantalones a la altura de los tobillos, desvirgándose, por fin, gracias al dinero que el representante le había dado. Goya estaba gozando lo suyo mientras que Teresa echaba la cena. Las siamesas, por un par de billetes, se habían dejado poner un Bratswurt, una Weisswurst y la mitad de una Wienerwurst.

—Interesante.

—Teresa apretaba los testículos de papá, supongo que para que acabara lo antes posible. El brazo perteneciente a Goya lo abrazaba como si no lo quisiera dejar escapar. Aquella cópula era un lío de brazos y troncos, igual que cuando bailaban. A papá le dio la impresión de estar haciendo el amor con una especie de diosa hindú de carácter bipolar. Goya no paraba de decir: «Pues no lo haces nada mal, monstruo, como mínimo le pones voluntad». Sin embargo, Teresa, la siamesa frígida, miraba a mi padre con odio y no paraba de repetirle: «Que Dios te perdone».

—¿Me está diciendo que la primera frase que escuchó su padre mientras se desvirgaba fue «Que Dios te perdone»? Oiga, no creo que pueda existir mejor manera de traumatizar a alguien. Eso causa un gatillazo máximo incluso a actores porno experimentados.

—Bueno, doctor, a lo que iba. Ninguno de los tres había reparado en que su cópula se había convertido en una jornada de puertas abiertas para el resto del personal del circo. Pero papá lo sabía. De hecho, disfrutaba con la idea de ser sorprendido. Para poner más dramatismo a la escena, papá follaba con las hermanas de su representante a la vez que retransmitía una especie de violación empleando el mismo tono de voz que ponía aquel *clown* que respondía al nombre de Klaus Pencas cuando abusaba del Oruga Mulato. Debería haber unas cincuenta personas presenciando el coito desde fuera de la caravana, todas en estado de shock. Klaus Pencas sacó de su pantalón plateado un cuchillo enorme y empezó a amenazar a mi padre, exigiendo que sacara su sucio miembro del interior de sus hermanas, pero papá le contestó: «¿Sacarla? ¡Y una mierda! Por una vez que la endiño lo llevas claro!». Klaus quería clavarle el cuchillo a mi padre, pero no se atrevía a entrar en la caravana para rematar, tal era el lío de carne. Entonces a papá le vinieron los primeros espasmos y llegó al clímax, delante de todos los presentes. La cosa hubiera sido normal si la eyaculación de aquel mutante no hubiera durado **DOCE MALDITOS MINUTOS, SETECIENTOS VEINTE SEGUNDOS CORRIÉNDOSE SIN PARAR.** Las siamesas pasaron de la alucinación al horror. Completamente empapadas por dentro y por fuera, le suplicaron que parara aquel riego. Papá andaba por aquel entonces con expresión epiléptica, como en estado de trance, lanzando rayos de esperma de singular potencia los cuales salían disparados hacia todos los lados de la caravana, televisión, techo, armarios. Cada vez que Klaus Pencas intentaba acercarse para matarlo, daba un paso hacia atrás. «Joder con el subnormal, está sacando el cerebro por el rabo». Un cuarto de hora después, aquella casa con ruedas se había convertido en una especie de capullo gigante.

—No me lo diga. Algo así como un nido alienígena.

—Sí, doctor, pero sin furgonas del FBI ni ningún teniente gordinflón acordonando la zona. Klaus conminó a mi abuela y a papá a abandonar el circo en dos segundos tres décimas. «Tenéis que saber que Manolo se ha casado!» dijo papá desde el interior de su nido. La respuesta fue unánime. «¿Y qué? Sabemos perfectamente a lo que jugamos». Lo dijeron las ocho mujeres a la vez.

—Era de esperar.

—Fuera de la caravana, aguardaban unas cuantas madres, las más violentas. Querían linchar a ese hijo de la número Ocho, aquel chaval amorfo que había conseguido romper el tenso equilibrio circense. Pero mi abuela y mi padre tuvieron un golpe de suerte. Una voz surgió de la jaula de los leones. «¡Ruppers ha muerto!». Allí estaba Elvis. Por lo visto, practicando su juego favorito, una de sus lorzas se había encallado en la jaula de los leones. Lo habían devorado dorsalmente.

—También es un final muy mítico para el rey del rock. Bastante mejor que su muerte real, por cierto.

—Gracias a su oportunísimo deceso, papá y mi abuela pudieron salir del circo sin demasiadas complicaciones. Volvieron a Barcelona, desde Vigo, de la misma manera en que llegaron. Con nada. Bueno, corrijo. Antes de entrar en un autobús de línea de olor infame, las siamesas entregaron a papá aquel espejo cóncavo donde una vez les dijo que se veía hermoso. Durante catorce horas de viaje el único dialogo que madre e hijo mantuvieron fue una serie de lamentos emitidos por una enloquecida Angelina cada medio minuto que surgían del fondo de sus entrañas. Papá canturreaba, agarrado a su walkie-talkie, de nuevo inmerso en una crisis de inseguridad. A medio camino, a la altura de Huesca, la abuela le dijo a mi padre: «Fíjate. Hace unos años salí de Barcelona en coche al lado del que iba a ser el amor de mi vida y de un niño prodigioso. Ahora vuelvo en un gallinero con ruedas, con el corazón roto y al lado de un anormal».

—Rediós, qué duro.

—Al llegar al pisito del barrio de Gràcia, junto a su hermano y ex pareja, ya sabe, doctor, aquel hombre rana que vivía de una baja por enfermedad de larga duración, mi abuela se hundió en una depresión brutal. Comprendió que tenía que dejar de pensar en términos de mansiones, olvidar las *suites* de los hoteles, aquella *road movie* en la que estaba inmersa desde hacía años, en definitiva, dejó de soñar, así que se compró un sofá nuevo y se estiró como la Maja Vestida de Goya donde decidió pasar el resto de su vida con un chándal. Por su parte, papá se encerró en su habitación y se desnudó frente a aquel espejo cóncavo donde se veía guapo.

—Y sucedió un fenómeno paranormal. Era verano de 1979 cuando entró un rayo azulado desde el ventanuco de su habitación que impactó de lleno en la parte trasera de aquel espejo. De repente, recordó las palabras de su padre alienígena: «Desea, desea». Y soñó convertirse en aquella imagen que veía reflejada. Fue entonces cuando una especie de cordón umbilical surgió del espejo cóncavo, incrustándose en su vientre, apuñalándole justo por encima de su ombligo. Tras un intenso dolor, vino la calma. Y papá empezó a flotar, en posición fetal, dentro de aquella habitación. El día de Reyes, papá salió de aquella segunda gestación. Su apariencia era justamente la que aquel espejo cóncavo había reflejado. Algo así como Robert Downey Júnior. Era un adulto cañón con dos ombligos.

—Pero ¿su padre se parecía en realidad al Downey?

—Era un milagro, doctor. Su cara había dejado los desagradables extremos de la pubertad y había adquirido la virilidad propia de la juventud. Sus rasgos eran más angulosos, y sus expresiones, antaño inexistentes, irradiaban ahora simpatía a raudales. Cosas de la sugestión en un mutante, doctor. «Desea, desea», le dijo el alienígena, y tenía razón. A partir de entonces papá dejó de verse como aquel monstruo y empezó a afrontar la vida como si fuera el hombre más atractivo del mundo. Como decía la letra de Adam and the Ants, creo recordar que *Prince Charming*: «No se te ocurra dejar de mostrarle al mundo lo guapo que eres». Adquiere un mínimo de seguridad en ti mismo y podrás generar una reacción nuclear en simpatía. Eso es lo que había sucedido con el espejo.

—¿Y qué hizo entonces?

—Tras unos cuantos pellizcos que corroboraron la realidad de aquel cambio, abrió la puerta de su habitación. Su padre se encontraba en esos momentos en el bar Wembley, dándole a la máquina tragaperras, mientras que su madre seguía instalada en el sofá, aunque ahora llevaba un chándal de Afrodita, la novia de Mazinger Z, y había engordado unos veinte kilos. Su madre ni siquiera lo miró. Le dijo: «Manolo murió hace unos meses. Estaba muy contento tras el nacimiento de su hijo con una puta burguesa. Por lo visto llegó al circo, se acostó a la vez con la madre del torero albino y con Uno, ya sabes, la madre de tu amigo el trompetista. Al día siguiente decidió pasar un rato por la feria. Subió a todas las atracciones, ya sabes lo apasionado que era, pues imagínate, iba dobladísimo de coca. También subió al tren de la bruja. Tras la quinta vuelta en la que no paraba de hacer el gilipollas como un crío, levantando los brazos, Manolo salió decapitado.

»El culpable, no lo dirías jamás. Nada de nazis, Constancito. Fue Pippo. Por lo visto, bajo aquella cara de payaso maquillada y su acento italiano, se escondía Pedro Gonzálvez, ni más ni menos que el marido de Uno, es decir, el padre del trompetista. Luego cayeron en la cuenta de que Pippo había llegado al circo un mes después que Uno. Y lo hizo para estar cerca de ella y de su hijo. No me digas que eso no es amor, Constancito». En aquellos momentos papá volvió años atrás, al Valle de los Caídos, y recordó el supuesto comentario inocente de aquel alienígena, ya sabe, doctor, todo aquello de que su mánager iba a perder la cabeza, y le sonó al típico sarcasmo de un tipo que ha conocido el futuro y luego vuelve al presente para vacilarle a un pobre niño.* Su madre continuó. «La policía no tuvo que investigar nada, de hecho, estaban sus huellas dactilares en la foto de Manolo que habían puesto en el nicho. Pippo se entregó al cabo de unas horas. Nunca pudieron quitarle el maquillaje. Era un tatuaje. Eso sí, jamás confesó qué demonios había hecho con la puta cabeza

---

*Nota del editor: Estaba pensando que un vidente no es otra cosa que un tipo que revela *spoilers* de tu vida.

de Manolo. Porque nadie la ha encontrado hasta la fecha. Lo tuvimos que enterrar sin su puta cabeza. Bueno, de todas maneras, se pasó toda la vida sin saber que allí arriba tenía un cerebro, así que no es de extrañar que en el momento en que lo decapitaron aquella pelota se desintegrase. El entierro fue un drama, te lo puedo asegurar. Aparecieron más mujeres. Las tenía instaladas en taquillas de salas porno. Hubieron bastantes ataques de histeria, parecía un concurso de viudas. La esposa se desmayó, casi se le cae el bebé al suelo. Y yo sigo viva, pero es solamente un espejismo, Constancito, y es que quien ha conocido íntimamente a Manolo no desea yacer con otro hombre en su vida, porque las comparaciones resultarían humillantes. Ah, por cierto, todos los niños salieron en estampida, menos el gordo luchador de sumo y el niño con pierna de madera, quien se rompió la sana al tropezar en la huida». Mi padre la miró de arriba abajo y le dijo: «He cambiado. Mírame. Ahora seguro que te gusto». Mi abuela le contestó: «No te odio por lo que eres, hijo, sino por lo que significas para mí. Y eso no va a cambiar. Te deseo mucha suerte».

»Y papá se largó, para zamparse el mundo.

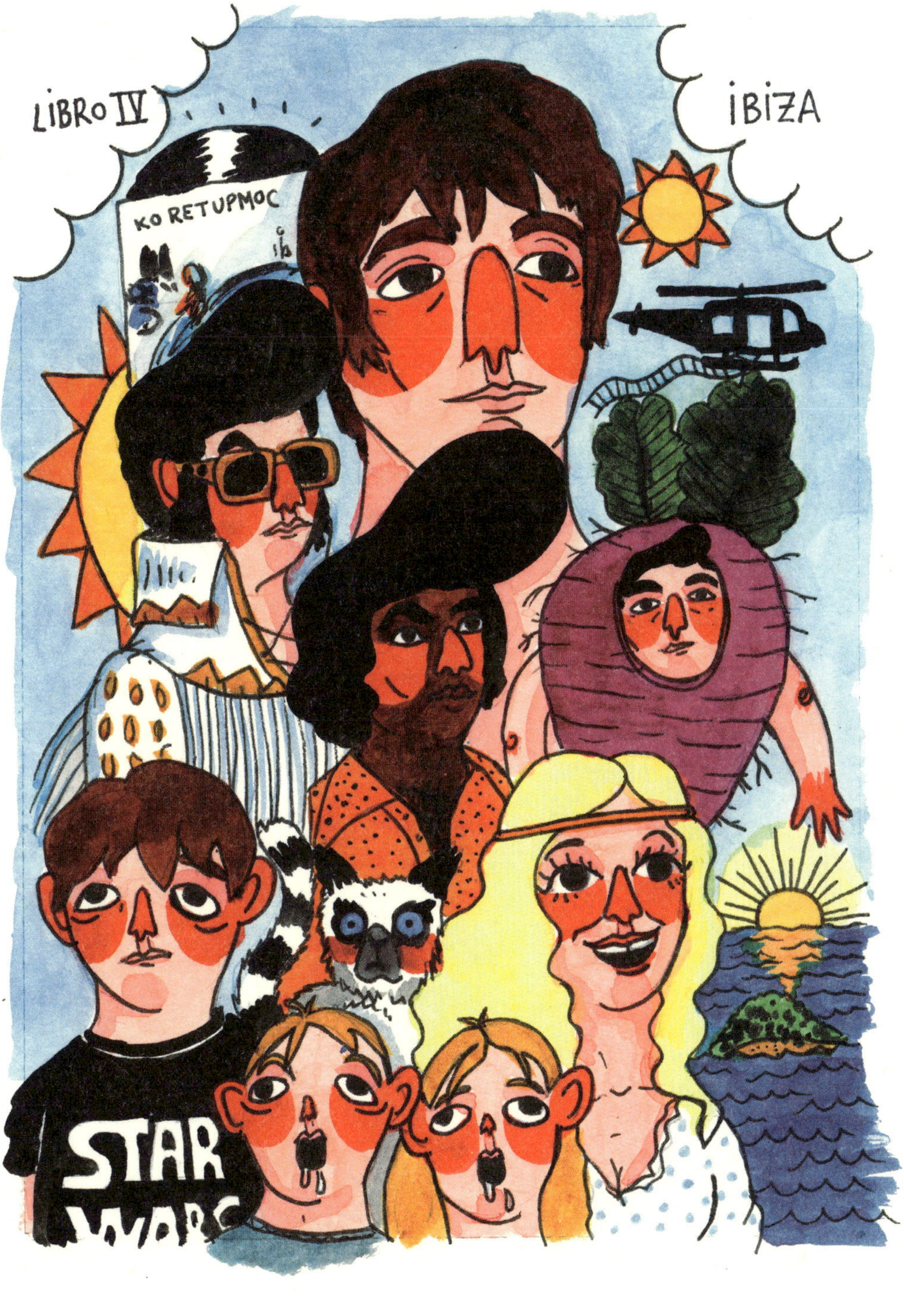
LIBRO IV
IBIZA
KO RETUPMOC
STAR

20. Aluminosis psíquica
Aro Sacro - Actualidad

Tras haber escuchado mis últimas palabras, Barry se ha quedado estupefacto, mirando a su derecha, concretamente a una botella de bourbon agarrada por el espectro de Jim Morrison. En cuestión de diez segundos su pálida piel se ha incendiado con las brasas de la cólera. Una ráfaga de lágrimas ha sido disparada por sus glándulas, y con la voz de un cochino en el momento del degüelle, ha empezado a balbucear.

—¡Mi madreeee! ¡Mi madree! ¡Mi… madreeee!

Todo el Aro Sacro ha enmudecido. Está claro que Barry, mi nuevo amigo IP, mantiene algo ponzoñoso en su interior, podría ser una deuda existencial no saldada, o un drama que no quiere salir porque está cómodo allí dentro, espachurrado en el sofá de su personalidad, corroyendo a su anfitrión. Yo lo llamo «aluminosis psíquica».

—¿Qué demonios sucede con tu madre, Barry?

—¡Mi madreee!

—Diablos, esto va a ser duro. Desatasca tus cañerías emocionales, coño. Exorciza a tus demonios.

—Mi madre ¡nunca! ¡Pero nunca! ¡Acertó con mi nombre! Siempre. Me. Confundía. ¡Con los otros! «Sebastián», me decía. Y yo: «Que no». Y entonces, ¡pelo marica!, contestaba: «Ah, claro, eres Pedro». Y yo: «Eres un monstruo, mamá puta, soy Juan» y ella: «Ah, claro, entonces eres **EL OTRO, EL CHALADO QUE SIEMPRE INSULTA**». ¿Usted cree que lo hacía por joder? ¿Me odiaba porque fue su suegra la que eligió mi nombre? Porque, vamos, en veintinueve años no ha acertado ni una maldita vez cómo me llamo, y eso que obligué al resto de mis hermanos a operarse ¡puto! digo yo que… ¡Bueeehhhh! Lo cierto es que, si yo pudiera, Fernando-berzotas… ¡Mataría a mis hermanos con mis propias manos o los denunciaría por plagio! Pero ahora es demasiado tarde, chupanabos, supongo que el médico inseminador tendría que haber tirado los otros tres embriones a la basura, maldita sea, mi destino está *escroto*.

El camarero, mi apreciado Invictus, me observa confundido. Asegura que siempre que acudo a su bar se inicia algún extraño espectáculo. Dice que soy un imán para la gente rara. Miro a Barry.

—Así que tienes un trauma infantil. Prometedor. Porque todos los grandes lo han tenido, amigo. Desde Jim Morrison a Lou Reed, pasando por Lennon o Bowie. Complicaciones con padres despóticos, madres desconocidas, hermanos esquizofrénicos, cantantes con síndrome de Asperger o familias desestructuradas como la mía, qué diablos desestructurada, mi familia es como la cocina de diseño, ya sabes, deconstrucción pero de seres humanos. Si te soy sincero, no creería tanto en su música si su infancia hubiera transcurrido entre algodones. Tú vas a ser grande, chaval, grande entre los grandes. Porque has sufrido, Barry, ¡has sufrido un montón! —Le doy un pellizco en la mejilla y le digo—: Si es que se te ve en la cara. Vaya si se te ve…

—¿En serio? Si ya lo decía yo, joder, he sufrido una barbaridad…

No tengo otra opción que abrazarlo mientras sigo deleitándome con los temas de su banda, ahora suena *Anarco-fascismo*. Me la sé de memoria desde hace seis meses, os puedo asegurar que todo el disco es un auténtico cañonazo de lirismo. Bailamos aquella especie de ska esquizofrénico, aprendiz y maestro. «He fundado el anarco-fascismooo, mi ideología es bipolaaar, quiero ser, vuestra alternativaaa, pero no, no me vayas a votaaaar».

Con esa curiosa banda sonora, lloramos los dos, por todas las malas familias del mundo. Luego le pido que deje de gimotear. Tengo que continuar explicándole la historia de papá.

—¿Es necesario?

—Absolutamente.

—Diablos putos.

—Buen nombre para una banda de tex-mex, Barry. Pero ahora atiende.

—Escucharé las horas que hagan falta con tal de que me fiche, amantísimo señor hijo de la gran puta. Basura. Puerco. Tragalefas. Zootrapo. ¡Fan de Celine Dion!

—Por eso último no paso, Barry. Ahora atiende.

21. Vacaciones en el bar
Consulta del doctor Floyd

—Antes de que papá saliera de casa, llamaron a la puerta. Abrió mi abuela. Era un hombre con apariencia germánica que dijo: «Vengo en representación de Boltor Music. Tengo que hacerle una pregunta de parte de Gustav Ausdenmeyer. Antes de que su hijo entrara en estado catatónico, ¿sabe usted si estuvo componiendo? Y en caso afirmativo, ¿dónde guarda las cintas?». Mi abuela le cerró la puerta en los morros con un diplomático: «Váyase a cagar, que está amarillo». El hombre añadió, desde el rellano: «Estaremos vigilando, Angelina». Papá salió unas horas después. Pasó delante del enviado de Boltor Music, pero no relacionaron aquel apuesto chaval con el antiguo niño amorfo. Papá pasó unos días viviendo en la misma pensión donde mis abuelos se alojaron a su llegada a Barcelona. Tuvo, sin embargo, la suerte de encontrar trabajo como churrero en la Avenida Marina, una calle que ahora mismo es céntrica, pero que a principios de los ochenta tenía una apariencia más bien cutre. Pero papá solamente duró dos semanas. Aquel fue el tiempo que tardó Indalecio Ganchito en localizarlo. En un principio, al Trompetista Asmático le costó reconocerlo, tal era el cambio de papá, pero su voz le delató. Tras los lógicos abrazos, Indalecio le explicó que había fundado una banda junto al resto de niños fugados del circo, pero necesitaban un cantante y un nombre urgentemente, ya que el trompetista asmático había conseguido un contrato de un año de duración para ser los músicos oficiales de un crucero llamado Belice.

—Y su padre se enroló.

—No lo dudó ni un instante. Piense que aún era artista de aquella multinacional. Había abandonado el colegio a temprana edad. Le quedaba, pues, la opción del fritanga o largarse a un crucero a cantar en búsqueda de guiris con *free-tanga*. ¿Lo pilla, doctor? *Free Tanga*.

—Un chiste malísimo.

—Pero es tan malo que da la vuelta, doctor.

—Como su historia.

—Como usted diga. Sitúese a principios de 1980. Mi padre tenía aún dieciocho años. Para que Boltor Music lo dejara en paz, había cambiado su nombre por el de Indalecio Priu.* La banda que fundaron se llamaba U1, que en inglés puede entenderse también como *You want*. Pensaron que era un nombre audaz.

—Oiga, no me fastidie. Bono siempre ha comentado que les hacía gracia el nombre de U2 porque podía traducirse como *You too*. Demasiadas casualidades.

*Nota del editor: Que un tipo pase de llamarse Constancio Obs a Indalecio Priu es aprovechar mal la oportunidad de ponerte un nombre más sexy, no sé, como por ejemplo… Santi Balmes. ¿No creen? *Ejems, ejems. Cof, cof.*

—En su defensa, he de decir que la banda irlandesa estaba por aquel entonces en pañales, aunque aquellos tipos de circo estaban tan subidos de vueltas que, en el caso de haber conocido su existencia, hubieran adoptado como lema «U1. Siempre por delante de U2». La banda estaba formada por… Oiga, vamos a hacerlo de una manera divertida. Yo digo el nombre y usted aplaude, como en un concierto.

—Vamos allá.

—A la guitarra, ¡Estereohuevo, el niño enano con un par!

—Ué.

—A la sección de vientos, ¡el Trompetista Asmático!

—¡Bien!

—A la batería, un chaval de color mortecino al que llamaban ¡El Niño Poseído!

—¡Bravo!

—Como teclista y bajista, ¡Freddy, el chaval insoportablemente bello!

—¡Ahí estamos!

—A las copas, ¡Copito de Cádiz, el torero albino, reconvertido en camarero oficial de la banda y conocido a partir de entonces como Copito de Whisky!

—Muy hábil.

—Y papá.

—Ya.

—Usted no sabe lo que llegaron a follar, doctor. Incluso el liliputiense. Bueno, de hecho, Estereohuevo follaba más que Freddy, el chico insoportablemente guapo, que de tan perfecto que era, a las mujeres les daba una cierta grimilla porque tenía un rostro más femenino que ellas. Y mi padre, imagíneselo, doctor, hecho un Robert Downey Júnior, un granuja sin piedad.

»En líneas generales, los miembros de U1 se acostaron con tías de todo tipo de países y credos. Se tiraron a mujeres adineradas mientras sus esposos cagaban en el camarote, a tipas de la realeza europea, a las mujeres de la limpieza y a las cocineras del Belice, a divorciadas con ganas de recuperar el tiempo perdido, a sobrinas sordomudas, pero mudas solamente de los labios superiores, a las hijas de altos cargos políticos con ganas de ser como sus padres, es decir, corruptas, se tiraron a mujeres de mediana edad, de buen ver y altamente generosas. Se tiraron a la mujer del Capitán, aunque él nunca lo supo. Se tiraron a ejecutivas, a japonesas que se autofotografiaban con las mejores cámaras Nikon mientras les lamían los cojones. Se tiraron a mujeres de jeques, sin saber qué se encontrarían tras aquellos velos, cosa que más de un susto les trajo. Se tiraron a una clase entera de un colegio femenino privadísimo. Si en un futuro alguien lee este libro, doctor, y sabe que su madre viajó en el Belice en 1980, es muy probable que alguno de aquellos músicos se la hubiera beneficiado. Se tiraron a una ciega, doctor. Todos. Mediante un complejo sistema de doblaje. Se fueron turnando. ¡Una ciega!

—Sin piedad. Me encanta esta nueva época de su padre.

—Sus fechorías sucedieron en Sidney, Barbados, Islas Tortuga, Canarias, Baleares, las Islas Griegas, la Costa de Florida, El Caribe, doctor, ¡el Caribe!, Hawai, Cuba, República Dominicana… puedo continuar hasta mañana. Fueron unos meses maravillosos en los que papá se hizo mayor de repente, y, justo al contrario que lo hacían los jóvenes españoles de su generación, conocieron la pureza en las drogas y la suciedad en las hembras. La misma noche del segundo polvo de su vida, de la mano de una hermosa chica danesa, papá descubrió que la profecía de aquel alienígena había acertado de nuevo, esta vez la que hacía referencia a su potencia sexual. Y es que tenía un poder, doctor, el poder del anillo. Había heredado de su abuela Eliana y de su padre alienígena el don de hacer el amor a cámara rápida y durar a cámara lenta. No pocas mujeres se enamoraron perdidamente de él. Allí conoció a mamá.

—¿Su nombre?

—Heidi Ausdenmeyer.

—Perdone. ¿Ha dicho Heidi Ausdenmeyer? ¿La hija del dueño de Boltor?

—Exacto.

—Luego, si no lo he entendido mal, usted es nieto de Gustav Ausdenmeyer.

—Y también soy nieto de mi abuela materna, Christine Jansens, Miss Arkansas 1961, y una WASP de la cabeza a los pies.
—Oiga. Enséñeme el DNI.
—Claro.
—Virgen Santísima. Es verdad. Fernando Obs Ausdenmeyer.
—¿Puedo continuar?
—Déjeme contar hasta diez. Adelante.

—Mi madre, la bella y natural Heidi, era una estudiante brillante de filología castellana hasta que conoció el mundo del *rock and roll* y las drogas en el Campus de Harvard. Se parecía a Ornella Muti, doctor, ni más ni menos.

—Eso lo dirá usted.

—Mi futuro abuelo Ausdenmeyer andaba muy preocupado con su familia, ya que su hijo varón, Hans, agotado por la presión que ejercía su hermanastro Pepino Bambino, se había convertido en budista y se había instalado en el Tíbet anunciando su renuncia definitiva al imperio Boltor. Aquel cambio del tío Hans supuso el disgusto más grande en la vida de mi abuelo. Hasta meses después, claro.

—Así que Heidi, su madre, era la heredera del asunto.

—Sí, pero mi abuelo conocía los desmanes de mamá en la universidad con el tema de las drogas. En realidad, y como era algo misógino, aspiraba a casarla con el heredero de algún que otro imperio. Y teniendo en cuenta que Pepino Bambino era más homosexual que Bambi,* no le importaba que Heidi se casara con el heredero de una compañía tabaquera o con el hijo del dueño de los misiles Tomahawq. Pero su bella hija Heidi era demasiado anárquica, y por aquellos tiempos estaba cien por cien imbuida por la corriente antibelicista procedente de los sectores más radicales de los demócratas. Heidi no estaba por la labor de involucrarse en la junta directiva al lado de mi abuelo para seguir aumentando el buche insaciable de Boltor, un imperio que detestaba, sobre todo desde que se enteró de que su padre efectuaba extraños rituales de reminiscencias místicas junto a su hermanastro Adolf-Pepino, con el consentimiento de su madre arkansana, demasiado ocupada en los concursos de belleza de sus caniches. Eran las vacaciones de verano cuando el abuelo Ausdenmeyer, su descerebrada mujer y su hija subieron a bordo del Belice para dirigirse a Europa. El objetivo de Ausenmeyer era triple, como siempre. Por un lado, olvidarse del disgusto provocado por Adolf Heydrich y su metamorfosis rosa. En segundo lugar, elaborar un plan para invadir el Tíbet y encontrar a su hijo Hans, con la única intención de darle una somanta de hostias que lo hicieran hombre de una vez, que ya tocaba, ya. Y en tercer lugar, llegar a

---

*Nota del editor: Está bien ser un iconoclasta, un blasfemo, un irreverente, pero con Bambi el autor ha caído muy, muy bajo. Está claro que hay una crisis de valores. Le damos una puntuación de un 3,5. Necesita mejorar.

Europa como turistas y en el puerto de Ibiza, entregar a otro miembro de la organización NN…

—Nací Nazi.

—Exacto, la cantidad de seis millones de dólares, procedentes de los beneficios de Boltor Music, para continuar invirtiendo en el proyecto del Cuarto Reich. Heidi Ausdenmeyer, es decir, mi madre, conocía la cantidad de dinero que llevaba su padre en aquel maletín, pero no su destino. En cualquier caso, era una cantidad de molla considerable, cosa que le daba mucha rabia a mamá, porque cuando le pedía un dólar a su padre para tomarse una cerveza al lado de la piscina, el viejo Ausdenmeyer le respondía con un: «*Verpisst dich, Schlampe*» algo así como «Vete a tomar por culo, perra».

—No se llevaban muy bien.

—Desde luego que no. Por lo visto mamá…

—Diga.

—Le había dicho a su padre que en Harvard había mantenido relaciones sexuales con un judío. Ortodoxo.

—Esta sí que es buena.

—Era mentira, pero lo hizo para fastidiarle. Incluso le envió fotos, desde Harvard, con un amigo suyo disfrazado de aprendiz de rabino, brindando en un *pub* o dándose lengüetazos. A mi abuelo materno le dio una angina de pecho, doctor. Cuando mi madre le confesó el bulo en la UCI del German Hospital de Miami, Gustav Ausdenmeyer respiró aliviado, pero no pudo evitar seguir soñando durante las siguientes noches con su hija pariendo a una prole de pequeños sionistas, niños barbudos que visitaban a su abuelo recitando la Torá como poseídos. Es lo que pasa cuando te cuentan un trolo extremo o te gastan una broma de mal gusto. Que algo de dolor queda allí dentro, para siempre. Un grito interior que hace eco.

—Eso es lo único cierto que ha dicho en todas nuestras sesiones, Fernando.

—Por aquellos tiempos mamá andaba algo viciada con las drogas, ya sabe, cosas tipo LSD. Mi abuelo también pensó que aquel crucero serviría para desintoxicarla. Un padre lo hace todo por sus hijas, incluso acompañarlas el día que se ponen el diafragma.

—No tengo hijos pero supongo que haces lo que sea para que su mente esté distraída de las drogas. Me vienen a la cabeza algunas madres de Justin Bieber acompañando a sus hijas para conseguir entradas. Eso es abnegación.

—Volviendo a la historia, aquella primera noche, los miembros de la familia Ausdenmeyer se sentaron plácidamente en uno de los sofás de la discoteca del Belice. Habían cenado bien, se sentían relajados. Una copichuela y al camarote, pensaba mi abuelo. Pero allí estaba aquella banda. U1. Y mi padre. Heidi, literalmente, se quedó obnubilada con papá al instante, sobre todo cuando se cercioró de las medidas que afloraban en aquel paquete, un disparate y una total falacia, doctor, porque papá se ponía calcetines de tenis en sus partes para simular hombría. Con aquella voz y aquellos movimientos a cámara rápida, lo clasificó en voz alta como una especie de Robert Plant del mundo hispano.

»Mi abuelo Ausdenmeyer odiaba la música moderna, así que se levantó. Acto seguido, su mujer hizo lo mismo, como una geisha rubia. Antes de dejar a mi madre sola, mi abuelo le dijo: «Nosotros nos vamos. Te quedas sola. Te dejo otro dólar, ni uno más. No hagas el gilipollas. No te drogues. No te tires a nadie. Y, por encima de todo, no te tires a nadie para poder drogarte. So zorra».

—De acuerdo. Su padre estaba irreconocible. Pero a su abuelo Ausdenmeyer, ¿no le resultaba familiar aquella voz?

—Ni de broma. Yo creo que mi abuelo jamás escuchó los discos de aquel niño cieguito. Pero mi madre sí. De hecho, a la primera estrofa que cantó, Heidi tuvo un pálpito y sufrió de aquellas escenas en plan *flashback* que la llevaron directamente a cuando era una enana enamorada de un enanito cantante, aquel extraño ser del otro lado del charco llamado Constancito. Obviamente, al final del concierto, Heidi se presentó a papá. Como diría Mecano, «el flechazo fue instantáneo». Constancito y Heidi sufrieron de manera súbita de un intenso M.S.A.* Lo recuerdo muy bien, porque tengo memoria espermatozoidal, doctor.

—Claro.

—Por cierto, mi madre medía metro setenta y tres, mientras que mi padre, metro setenta y seis.

—Nos ha jodido mayo con sus flores. No entiendo qué importancia tiene el tema de la estatura. ¿Acaso sabe alguien cuánto coño medían los amantes de Teruel?

—No lo sé, doctor. ¿Usted qué cree? Esa historia transcurre en la Edad Media, así que deberían ser bastante taponcillos.

—Por favor, Fernando, hasta ahora íbamos bien, la historia tenía cierto ritmo.

—Doctor. Si le he mencionado la estatura es porque cobrará importancia dentro de unas páginas, le pido un poco de paciencia. Con respecto al flechazo, decía mamá que después de saludarse con dos tímidos besos llegó a escuchar en su cabeza el redoble de tambores de una tribu zulú en una puesta

---

*Nota del editor: M.S.A. (*Mutual Sexual Affinity*). Una nueva palabreja acuñada por el imaginario del autor, en inglés, para epatar a la comunidad de psicólogos. Por lo visto, dicha sensación es del todo antagónica a la S.H.S.R. (*Super Hostile Sexual Rejection*), es decir, rechazo sumo al cardo borriquero. Definitivamente, el autor no tiene rigor científico alguno.

de sol, hasta que se dio cuenta de que eran los redobles de su corazón y que la puesta de sol era ni más ni menos que su corazón dilatándose. Mis padres se dieron la mano y un electroshock de color azulado erizó todos los poros de su piel, incluso a mi padre le surgió un tupé, al estilo de Elvis, como si su cuero cabelludo hubiera tenido una notable erección. En el camerino, y frente a Heidi, papá y el resto de la orquesta empezaron con los rituales aprendidos en un viaje a Colombia, confeccionando una cantidad impensable de rayas de cocaína cuya anchura le recordaron a mamá el caudal del Misisipi. Se le pusieron los ojos como platos. Aquel tipo de facciones a lo Robert Downey Júnior le recordaba extrañamente a ese niño amorfo del que se enamoró de niña. Cuanto más observaba a aquel veinteañero de baile otees esperpénticos y voz prodigiosa, más pensaba que era de los suyos, un auténtico vicioso antisistema. Le recuerdo que aquel acto de rebeldía era impensable en una multinacional tan políticamente correcta como Boltor, tan sureña a fin de cuentas, y aquel comportamiento esgrimido por la banda de papá coincidía más con las actitudes de bandas pertenecientes a escuderías antagónicas de la multinacional de mi padre, como A.M., o R.C.A. Mamá pensó que aquel tipo viajaba con sus amigos por todo el mundo, sin control alguno de sus padres, en definitiva, vio que papá tenía actitud. Salió de aquel camerino con la cabeza girada al revés, sobre todo cuando recordaba aquel disparatado paquete. Al día siguiente, le pidió a mi abuelo si podía regresar a ver el concierto de aquella banda residente llamada U1. Cuando mi padre salió al escenario, seguía con aquel tupé excitado, doctor. Para homenajearla, le cantó *¿Por qué te vas?* No lo había hecho nunca desde que se la plagiaron, doctor, fíjese usted. Dos horas después, ciegos de cannabis, en la proa del Belice, mamá le dijo que era aquella niña que había conocido en Argentina, y papá estuvo a punto de desmayarse de la emoción. Bueno, en realidad era una bajada de tensión después de haber fumado costo, y, tras comerse una tarta de chocolate sisada de la cocina, papá le explicó el resto de su vida, desde su pasado como niño fascista manipulado a los días de circo, hasta llegar a su proceso de emancipación, esta vez, poniendo mar de por medio, y fue entonces cuando cayó absolutamente rendida ante la capacidad que tenía aquel muchacho de reinventarse. Mamá, quien por cierto, le repito que era como una especie de Ornella Muti rubia y con cinta hippie en la cabeza, andaba neuróticamente obsesionada por transformar los *inputs* de su conservadora educación hasta redimir los pecados racistas de mi abuelo viviendo a la contra, y pensó que había encontrado a su media naranja. Cuando acabaron de hablar, sobre las dos de la mañana y con una luna llena que convertía el itinerario del Belice en una senda plateada, mi madre sintió la imperiosa necesidad de practicarle un francés a papá, en aquella proa, como la escena de *Titanic*, doctor, y sucedió de la misma manera, pero mi padre, al contrario que Leonardo DiCaprio, alzaba sus brazos porque estaba a punto de correrse en la boca de aquella chica.

—Usted es un mentiroso. Y un sacrílego. Está hablando de sus padres.

—Antes de que aquello sucediera, papá empezó a pegarse puñetazos en la sien, como un boxeador dándose ánimos, hasta que la excitación bajó un poco, momento en el que aprovechó para voltear a mamá y hacerle el amor como los canes, cuidado, doctor, no hablamos de joder, sino de hacer el amor mirando al mar, y le aseguro que jamás una mujer había experimentado semejante dosis de placer, y mucho menos gracias a unos movimientos pélvicos efectuados a la velocidad de la luz que duraron la friolera de dos horas. Papá empezó a mover sus glúteos a cámara rápida como si apretáramos la tecla FW de nuestro reproductor de vídeo, no me haga esa cara, doctor, le hablo de sexo, es una cosa natural entre los que no somos intelectuales. Mi madre contó treinta y dos orgasmos antes de perder la cuenta. El caso es que, después de pasar tanto tiempo dándole que te pego a la luz de la luna, se bebieron entre los dos tres botellas enteras de Dom Perignon, por eso de celebrar su licenciatura en placer con Cum Laude. Cuando mamá salió de allí, con las braguitas en el bolso, entró en el camarote dando tumbos y despertó a su padre para decirle: «He follado, he bebido y me he drogado como nunca, pero no en este orden. Y aquí tienes el dólar». Su padre abrió un ojo y luego la boca: «¿Qué diablos estás diciendo, perra demócrata?». «Que me he enamorado de ese chico. El cantante. Perdidamente». Al darse cuenta de la intensidad que súbitamente había adquirido aquella relación, Ausdenmeyer pilló a mi padre cenando, y, delante del capitán, le soltó: «*Leave my daughter alone or I'll have to cut your cock with my own teeth*». Freddy, el teclista insoportablemente bello, le dijo: «Cada vez que embarcamos, hay una decena de turistas *groupies* que desearían tirarse al cantante de U1, no te emperres con esa chavala que te va a arruinar la vida». El viejo Ausdenmeyer no paraba de azuzar a mi padre delante de todo el mundo. Mi abuelo añadió algo así como: «No dudes que voy a joder tu mierda de carrera si sigues jodiendo con Heidi». Así pues, a la siguiente parada que hizo el Belice, mis padres se fugaron. Lo dejaron todo, papá a su banda, y mamá, bien, dejó su vida disoluta de millonaria descarriada.

—¿No avisó a sus amigos?

—Les dijo que se pondría en contacto con ellos cuando las aguas se calmaran. Papá se llevó únicamente su documentación, un bañador y su querido walkie-talkie. Mi madre cogió a Tato, su muñeco de la infancia, y algo de calderilla para ir tirando, ni más ni menos que los seis millones de dólares que mi abuelo llevaba en el maletín. Desembarcaron en las Islas Bermudas disfrazados de Simon and Garfunkel.

—Mal sitio para escapar de la ira de un multimillonario.

—Pero allí estaba la balandra de John Lennon y Yoko Ono. Por lo visto a John le cayeron bien mis padres. En sus diarios papá cuenta que John Lennon iba tan flipado al lado de la japonesa hechizada que ambos pensaron que eran los Simon and Garfunkel reales, así que les dejaron subir a bordo. Por cierto. Papá alucinaba con la guitarra Rickenbaker 325 del ex Beatle. Según su diario, mientras navegaban por aquellos mares, papá echó una mano a John con el disco «Double Fantasy». Se despidieron en Nueva York. Lennon le dijo a mi padre, creyendo que era Paul Simon: «No sabía que tú y Art… ya sabes, os he visto en cubierta más de una vez. ¡Quién me iba a decir que al creador de *The Boxer* le ponían los tipos con pelo crispado, menuda sorpresa. Bueno. En cuestión de gustos no soy el más indicado para hablar. Mucha suerte». Sin confesarle su verdadera identidad, papá estrechó la mano de John Lennon. El resto ya es historia. David Chapman, ya sabe.

—Virgen santísima lo loco que está, Fernando.

—Mis padres cogieron un avión desde el aeropuerto JFK hasta Barcelona. Y de Barcelona a Ibiza en barco.

—¿Y qué sucedió?

—Mi abuelo se enteró del verdadero nombre de papá por culpa de un antiguo DNI que había caído del bolsillo de papá en su fuga. «Así que Constancito Obs es, de nuevo, el prófugo. Pues ese hijo de perra, artísticamente, está muerto, *kaputt*», dijo Ausdenmeyer a todos sus empleados. Y a partir de entonces, en Boltor, todo músico fracasado que trajera problemas pasaba a ser considerado como «Artista Expedientado». Mi padre fue el caso A-001.

—Por curiosidad. ¿Cuántos discos le quedaban a su padre para finalizar contrato con Boltor?

—Doce, señor. Doce discos. Doce malditos discos.

22. Ibiza

—Mientras los abandonados U1 decidieron convertirse en una banda instrumental de ambientes estilo Mike Oldfield y seguir enrolados en el Belice, mis padres, ya en Ibiza, adquirieron una casita de payés en medio de la isla, alejada del bullicio, por doscientos cincuenta mil dólares que entregaron al payés en efectivo y sin regatear, como hacen los herederos a los que no les ha costado ganar esa cantidad. En aquella casita el cielo estrellado era un verdadero espectáculo sensorial, casi místico, donde mis hermanos y yo crecimos. Nuestro hogar estaba sito en medio de un campo, entre higos que parían frutas abandonadas por los payeses porque las subvenciones no daban ni siquiera para tomarse la molestia de recoger lo que la naturaleza regalaba con esa dosis de generosidad extrema.

»Había higos por todas partes. También recuerdo a las damas de noche, cuando aún no se habían despejado de su sueño solar. Aquellas flores llevaban incrustadas legañas de cemento en sus pequeños ojos de pétalo, más que nada porque eran las cinco de la tarde, como en esa poesía de García Loca.

—Lorca. Con erre de Ridículo. Federico García Lorrrrca.

—Dios, lo siento. Estoy adelantándole acontecimientos. Porque por ahora, yo aún no he nacido. Perdóneme. Mamá empezó a vivir bajo el nombre falso de Dolores Kauffmann. Papá se construyó un estudio de grabación en el subterráneo, sin reparar gastos, o quizás lo timaron. Setecientos cincuenta mil dólares. Mamá fue la instigadora. Le dijo: «Tienes mucho talento, tocas todo tipo de instrumentos, pero tu música tiene un punto ridículo. Tienes que redefinir tu estilo, pero antes de empezar, deberías ampliar tu base cultural». Mamá le compró a papá centenares de vinilos para que escuchara, desde Jefferson Airplane a Led Zeppelin, pasando por Hendrix, Pink Floyd, Yes, Genesis, Van Morrison, Bob Dylan, James Brown, Saga, Rush, Jethro Tull, Kraftwerk, Johnny Cash, Beatles y Rolling, obviamente, hasta las novedades más recientes de finales de los setenta como los primeros The Cure o incluso fenómenos locales como la Movida o la nova cançó. Luego le compró todo tipo de instrumentos musicales. Digamos que en aquella casa papá hizo un cursillo acelerado de *rock and roll* en una temporada inolvidable. En aquellos momentos nació de nuevo. Su vida se basó en escuchar música puesto de LSD, cenar en restaurantes caros y hacer el amor en las mejores calas de la isla junto a una chica con la misma cara y cuerpo que Ornella Muti. Ah, con cinco millones de dólares en un maletín. Convendrá, doctor, en que no era un mal plan.

—Si existe la inmortalidad, que sea eso. Por cierto, ¿qué hizo su madre durante aquellos dos años que su padre pasó escuchando discos?

—Conocer gente, tomar el sol y sacarse espinillas de la cara. Mi madre era una gran amante de la vida social. Pronto conoció a muchos hijos de millonarios que, como ella, creían en una manera diferente de vivir, es decir, cogiendo el dinero de sus padres y reventándolo en tiempo récord. De hecho, tuvieron apoyo desde Barcelona. Papá recibió una carta de mi abuelo paterno. Le decía simplemente «Olé». Joanet Obs estaba realmente sorprendido de que su hijo hubiera atacado al explotador Ausdenmeyer donde más le dolía, fugándose con su propia hija tras haberle robado aquella fortuna, la cual, en toda justicia, pertenecía a su hijo tras tantos años de explotación y no pocos plagios. Entonces vino el día H. La segunda reconversión mental de mis padres.

—Sorpréndame.

—Muy sencillo. Mamá decidió montar una fiesta, al estilo del festival de Woodstock. La organizó en el inmenso jardín silvestre de aquella casa. Para conseguir un buen ambiente, quince días antes de la fiesta, los dos cogieron el coche y fueron hasta Santa Eulària, donde mamá había conocido a un hippy traficante de tripis. Leroy Merlín, le llamaban. Un brujo de las drogas. Compraron dos láminas de cartón, cada una de ellas llevaba cincuenta dosis recortables que tenían previsto repartir entre todos los invitados. De vuelta a casa, mamá advirtió el peligro de ser descubiertos por la policía, así que propuso esconder el par de láminas debajo de sus camisas. Hacía mucho calor, empezaron a sudar y, sin saberlo, sus organismos absorbieron una cantidad disparatada de ácido. Mamá recuerda que cruzaron un puente y al llegar al otro extremo, ya no eran los mismos; sus expresiones y sus percepciones habían mutado. Aquel símil del puente lo recordaba mamá de manera muy poética, era como una especie de metáfora de su transición entre persona potencialmente espiritual a persona totalmente...

—¿Chalada?

—Bueno, ella decía «kármicamente pura», pero la verdad es que quedó muy tocada por el accidente químico. La cuestión es que durante aquel trayecto mamá se puso terriblemente caliente y empezó a soltar a los cuatro vientos que su coño era una «puerta interestelar». Luego, no se le ocurrió otra cosa que montar encima de papá mientras conducía. «Mi coño es una puerta interestelar, entra en él, Constance».

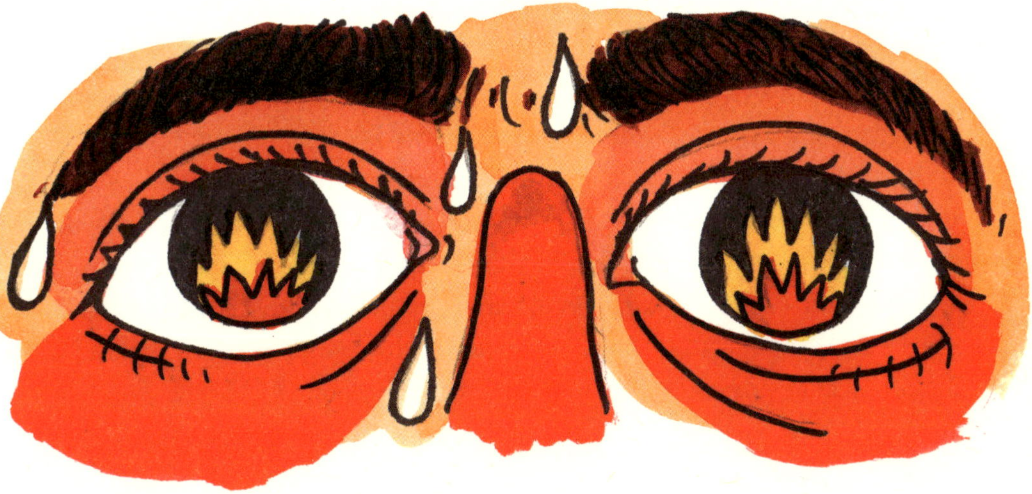

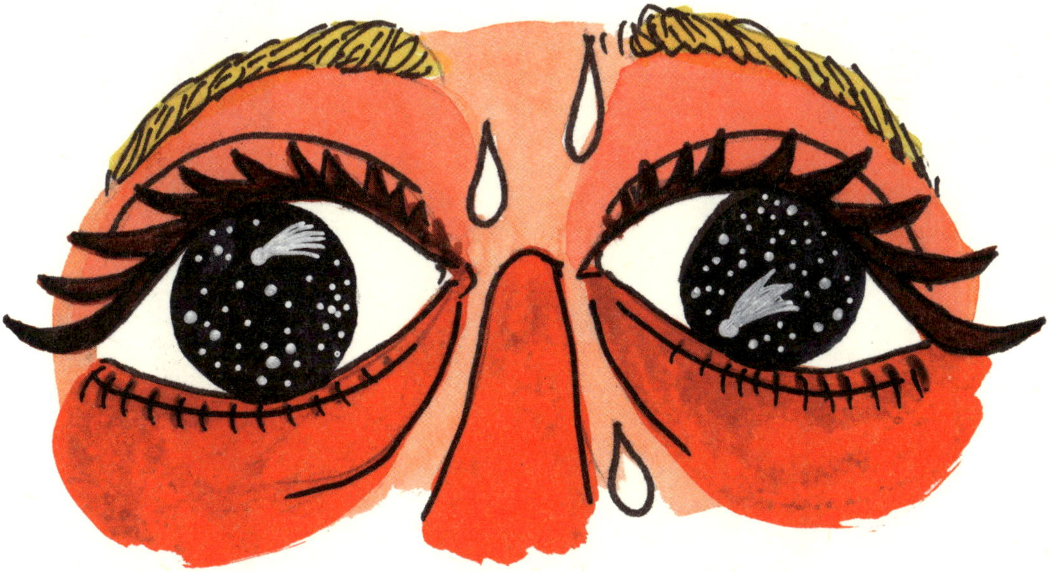

»Se podían haber matado, pero en aquellos momentos carecían de cualquier tipo de temor. En medio de aquel polvo entraron en un túnel imaginario y a mamá le pareció que las luces de su interior eran chispitas multicolor, y entonces, mientras hacían el amor, a papá le invadió un ejército de melodías. En aquel trayecto, con orgasmo incluido, papá compuso un disco con la mente, así que al llegar a casa se encerró en el estudio de grabación con la única compañía de un ingeniero de sonido llamado Sidney Lemans, un yanqui residente en la isla. Mientras tanto, mamá luchaba contra monstruos imaginarios, desnuda por el campo, y no contenta con eso, empezó a paranoiarse con el tema del dinero, así que lo escondió. Cinco millones de dólares, doctor. Papá salió al cabo de una semana, cadavérico, exhausto, pero contento. Mamá estaba en el sofá, mirando una pared en blanco. «He compuesto algo realmente diferente, le he puesto el nombre de "KO Retupmoc"».

»Mamá dijo: «Voy a escucharlo, aunque tengo un par de noticias que darte. Creo que nunca jamás vamos a ser los mismos. Tenemos tanto ácido en la sangre como glóbulos rojos, por mucho menos hay gente en el manicomio, por cierto, dile a ese enano azul que deje de mirarme. La otra cuestión es que no recuerdo dónde escondí la pasta. Nos quedan cincuenta mil dólares que tenía en el cajón de los cubiertos. El resto se me ha borrado de la cabeza. Ah, y creo que estoy embarazada». Papá la abrazó y le dijo: «Maldita sea, y dicen que los niños vienen con un pan bajo el brazo» y se la llevó de la mano escaleras abajo, directos al estudio de grabación. Cuando escuchó aquel disco, mamá no dio crédito. «No sé qué decirte. Creo que es la bomba, como mínimo es diferente». Al iniciarse el piano de la sexta canción, dijo: «Es una jodida obra de arte». Tan emocionada estaba, que le hizo un francés.

—¿Era una obra de arte?

—Lo era. Quince días después mamá envió el disco al Belice, concretamente a la atención de Estereohuevo, el guitarrista de la orquesta U1, para que a su vez hiciera de intermediario y lo enviara desde el barco al viejo Ausdenmeyer. Un mes después hubo respuesta de Miami. «No sé dónde estáis, pero os encontraré. Y el disco me parece **BASURA**, así que no pienso editarlo. Una última cosa. Recuérdale a ese energúmeno que ha secuestrado a mi hija que, de persistir en su conducta, jamás volverá a sacar un disco ni con mi compañía ni con ninguna otra». Estereohuevo aprovechó aquella carta para confesarle que tampoco le había gustado el disco. «No lo he entendido, tío, y te lo digo yo, que tengo mucho gusto en esto de la música». A papá la opinión de Estereohuevo le afectó mucho, pese a que mamá le dijera: «Picasso aseguraba que el principal enemigo de la creatividad es el buen gusto». Pero papá daba más importancia a las palabras de su amigo que a las de un genio. Cosas que pasan cuando tienes amigos.

—Vaya. Supongo que su abuelo no sería muy imparcial en aquellos momentos.

—Papá se deprimió. Estaba muy convencido de lo que había acabado de hacer, tanto que había encargado mil copias en vinilo de aquel nuevo trabajo que tenía como título «KO Retupmoc». Un día, preso de la rabia, quemó la mayoría de ellas en un descampado. Le quedaron únicamente dos. Una se la quedó y la otra, completamente borracho, se la regaló a un chaval inglés que estaba en la playa cuya cara le impresionó ya que tenía un ojo más abierto que el otro.

»En casa, colocado en posición fetal, mi padre empezó a ver monstruos con la cara de su suegro…

—A mucha gente le pasa.

—Pero también lo veía en la expresión de los gatos silvestres, en las arañas de jardín, incluso en las nubes y copas de los árboles. Por otro lado, venía una criatura y no encontraban el puto dinero. Papá se pasó un mes entero cavando en el jardín. No encontró aquel maletín. Eran «millo-pobres».

—¿La criatura que estaban esperando era usted?

—Exacto.

—Así que sus padres lo fabricaron en un viaje lisérgico. Ahora empiezo a entenderlo todo.

—Pues yo ahora tendría que hablarle de mi infancia.

—Vaya. Es la primera vez que el propio cliente pide hablarme de su niñez de una manera abierta. Pues soy todo oídos.

—Nací en 1984. A diferencia de mi padre, mi embarazo duró el tiempo estipulado por la biología. Mi madre decidió ponerme Fernando por la canción de Abba, por lo visto le encantó la sonoridad, fíjese usted. Mis padres seguían sin encontrar el resto del dinero enterrado y el que les quedaba se esfumó, así que papá empezó a trabajar de camarero. Su capacidad de hacer el amor a cámara rápida derivó en otros menesteres. Digamos que papá pasó una época realmente alterada. Estaba tan nervioso con el tema de la paternidad que se pasó unos meses temblando como las alas de un colibrí. De hecho, en la mayoría de fotos de esa época mi padre aparece movido, y le aseguro que no es un problema del revelado. Papá empezó a ir a cámara rápida siempre. Dicha particularidad, por cierto, agradó mucho al dueño del chiringuito de Cala Benirràs donde trabajaba, porque mi padre era capaz de servir tapas a cámara rápida, coger la propina y enviarla directamente al pote haciendo canasta a once metros de la barra, o dividir mentalmente el montante de una mesa de ocho clientes de Barcelona que decidían pagar a escote. Papá era capaz de decir «oidococinaunadecalamaresydosbocadillosdeatúndoscortadosunocortodecaféyotrodescafeinadodemáquina» en dos segundos tres décimas, como le gustaba alardear cronómetro en mano.

»Entre plato y plato amenizaba a los comensales vestido de rábano y con una guitarra colgada, único momento en el que adquiría una velocidad normal. Como en catalán rábano se escribe *rave*, papá empezó a colgar carteles en toda la isla. «Ibiza Rave».

—Claro. Así pues, el movimiento *rave* lo inició su padre, de esa estúpida manera, ni más ni menos que disfrazado de rábano. ¿Es lo que intenta decirme?

—Bueno, en realidad lo hacía para mantener a la familia, comprarme pañales, cosas así. Por aquel entonces mamá se enteró de lo que había hecho con «KO Retupmoc». No podía creerlo. Mi padre iba vestido de rábano cuando mamá le dijo: «¿Quemaste la mayoría de discos? Maldita sea tu estampa, Constance, tienes un talento fuera de lo normal y lo desperdicias haciendo caso a los imbéciles, tienes tan poca fe en ti mismo, te rindes tan fácilmente… Pero ¿se puede saber a qué aspiras?».

»Papá la miró de arriba abajo y le dijo: «A que me quieras. A que este niño me quiera. A poder manteneros como una persona normal, como hacía mi padre. No necesito gran cosa en realidad». Lo más curioso es que papá se había convertido en una curiosa réplica en versión comprimida de él mismo, porque con todo esto del susto de la fuga y el fracaso de su disco «KO Retupmoc», había menguado siete centímetros, así que tuvo que dejarse crecer un tupé exagerado para disimularlo. En resumidas cuentas: cuando papá cantaba, vestía como una hortaliza. Y cuando iba de civil, se paseaba por Ibiza vestido de Elvis. Todo para disimular su progresivo enanismo.

—Aguarde. ¿Su padre menguó?

—Ya le dije anteriormente que el tema de la estatura cobraría importancia tarde o temprano. Papá, de escondidas a mamá, viajó a Barcelona para consultar a un especialista en huesos. El médico lo derivó a un psiquiatra, quien le diagnosticó «Mengüismo Mediático».*

—Explíquemelo mejor.

—El «Mengüismo Mediático» es una enfermedad psicosomática. Consiste en la continua pérdida de estatura que padece un individuo conforme va perdiendo popularidad o fe en sí mismo. Es decir, mi padre iba a menguar a partir de entonces sin poder remediarlo, a no ser que volviera a la fama, o ganara en autoestima.

—Esa enfermedad no existe.

—Eso lo dirá usted. Bueno, en realidad, mi padre fue el primer enfermo de tan curiosa afección.

—Y el último. Porque, según veo, no ha sido una epidemia.

—El psiquiatra también le diagnosticó otra enfermedad, o mejor dicho, peculiaridad. Era un «savant».

—Oiga. Los savants son personas con un talento excepcional para algo, generalmente pintura, escultura o música, pero en su mayoría son autistas o han sufrido algún tipo de lesión cerebral, aunque bien es cierto que en casos excepcionales…

—Le recuerdo que mi padre es hijo de hermanos. Eso de por sí ya configura algún tipo de excepcionalidad, ¿no cree?

—Así que el extremado talento por la música, o leer con ambos ojos, estaban motivados por ser un savant. Pues actualmente hay catalogados menos de cincuenta en todo el mundo, claro está, sin contar con los misteriosos descendientes de Ulldemolins de Tabernes.

—Ninguna de las dos enfermedades tenía solución a corto plazo, así que papá volvió a la isla y no dijo nada. Cuando no encontraba trabajo como Ibiza Rave Man, trabajaba en chiringuitos, sólo si no le obligaban a cortarse el tupé que presidía la proa de su cabeza, perfectamente engominada y abrillantada

---

*Nota del editor: «Mengüismo Mediático». Lo que nos faltaba. Sinceramente, estamos empezando a cansarnos de esta especie de catálogo de pseudociencia. Ya está. Ya lo hemos dicho. Ahora prosigan, si quieren…

en forma de ola indómita que batía las arenas entre un salvaje huracán de las Pitiusas.

—Fernando. En Ibiza nunca sopla el viento como, por ejemplo, en Menorca. Eso del «salvaje huracán de las Pitiusas» es una licencia memorística suya, pero en fin, prosiga.

—Exceptuando su «Mengüismo Mediático» y su extrema velocidad, exteriormente papá estaba disfrutando, por primera vez en la vida, de un segundo tipo de libertad, aquel que solamente encuentras cuando el amor se instala en tu día a día y, por primera vez, dejas de tener ganas de escapar. Aquella *joie de vivre* al lado de Heidi y de su primer hijo, que era yo, compensaba su anonimato y su sensación de fracaso profesional. Pero mamá, que lo quería tanto, no podía soportar verlo arrastrándose por bares de mala muerte, cantando versiones bajo un seudónimo y vestido de hortaliza; primero, por miedo a que la red de chivatos que había tejido su padre por toda Europa los descubrieran, y segundo, quizás lo más importante, porque aquel disfraz era humillante para una antigua *groupie* de bandas norteamericanas. Le recuerdo que Flaming Lips aún no eran populares.

—Ya.

—Algunas veces mamá tenía dudas sobre si habían hecho bien, incluso había pensado en regresar a la mansión de Miami. Tenía mucho miedo del viejo Ausdenmeyer, en realidad tenía pánico a que los localizara. Mamá también tenía problemas de conciencia. Su padre había retirado todos los discos de Cuchi Cuchi, incluso de sus propios almacenes. Destruyó las copias, lo borró del catálogo, y dedicó todas sus energías a auspiciar el ascenso de Pepino Bambino, aunque aquel alemán pronto se cansó de dedicarse a la canción melódica. Como ni Heidi ni ninguna otra mujer le interesaba más que para tenerla como criada, el pequeño nazi no vio ningún motivo importante para continuar, así que se plantó en el despacho de Ausdenmeyer y le exigió la vicepresidencia de Boltor Music. Así, por las buenas. Mi abuelo, sin tener un heredero en condiciones, aceptó. Todo por el Cuarto Reich.

—Prosiga con su padre.

—Papá siempre recordaba aquel día cuando, según él, tocó fondo. Lo contrataron para cantar en un campo de golf para archimillonarios, un viernes especial en el que se organizó una fiesta de bienvenida a los futuros clientes.

»Como público, según nos contó, tuvo a centenares de golfistas vestidos de tirolés y *caddies* afroamericanos de raza pigmea. Nadie hizo caso al particular show de aquel rábano. Papá cantaba *La rana naná y el cisne nené* mientras los golfistas bailaban agarrados a sus pequeños *caddies* pigmeos, quienes a su vez apoyaban sus pequeñas cabecitas de efebos negros en el hombro de sus respectivos dueños de piel rosada y que olían a crema *aftersun*. Los millonarios eran todos americanos y alemanes.

—Gracias por el detalle de la nacionalidad de los golfistas.

—Ese dato tiene importancia, doctor. Porque, entre ellos estaba, ni más ni menos, que Pepino Bambino, vestido de golfista por Gianni Versace, bailando, como diría aquel, pegado, pero obscenamente pegado, con uno de aquellos caddies en miniatura. Luego, en medio de la pista, y después de que mi padre cantara *Lili Marleen*, papá arrancó con *Angelitos Negros*, a petición ni más ni menos que de Pepino Bambino, quien por suerte no lo reconoció. Al acabar el primer estribillo, Pepino hizo una señal inequívoca a los demás y, como siguiendo el ritual de una extraña secta perfectamente sincronizada, todos lanzaron los sombreros de tirolés hacia el techo y gritaron «Hurrah». Los millonarios, entre los que había jóvenes delgados y gordos cerveceros, desnudaron a los caddies pigmeos y los fueron dirigiendo a la piscina del club mediante golpes que efectuaban con palos de golf del número siete, usados como atizadores de potrillos. Cuando todos los pigmeos fueron cayendo al agua, los pervertidos adinerados se desnudaron en veinte segundos. Cada uno de ellos se vistió con un oscuro bañador de los años veinte, gorro de piscina y gafas de nadador. Luego, al sonar un silbato de los labios de Pepino, se zambulleron en busca de sus respectivas parejas de baile. Mientras papá cantaba «Pintooor» con voz trémula, aquellos hijos de puta empezaron a abusar de los pobres pigmeos mientras realizaban movimientos de natación sincronizada. Mi padre me contó que aquellos pequeños putos no lloraban. Tan sólo emitían gemidos.*

—Terrible experiencia.

—En medio de aquel espectáculo de violación sincronizada, mi padre decidió hacerse el sueco, así que finalizó su espectáculo y se deslizó entre bambalinas sin ser descubierto por aquel malvado. Pero entonces la cosa empeoró. Exactamente en 1986.

—¿Me ha dicho que «empeoró»? Oiga, eso me ha hecho gracia. ¿Cayó un meteorito o algo así?

—Mi madre se quedó embarazada de mellizos. Era una desmemoriada con la píldora, así que vinieron al mundo mis hermanos Austin y Hellen, y de esta manera transcurrieron unos cuantos años de relativa paz. Recuerdo esas agradables tardes de junio en nuestra casa rodeada de olivos y que olía a marihuana por todos los rincones, los tres hermanos, dándonos de cazos, sin control alguno. Debía ser 1991. Papá había menguado de nuevo. Metro cincuenta y cinco.

*Nota del editor: Definitivamente, el autor está enfermo, y el ilustrador... también.

—Diablos.

—A veces mamá le recordaba a papá aquel disco que había grabado. Insistía en ello. «Vamos, Constance, todo esto de hacer el rábano tiene un punto gracioso, pero tendrías que haber insistido más en el tema del disco que grabaste hace años, maldita sea, lo volví a escuchar la semana pasada y sigue siendo jodidamente innovador. Si quieres nos vamos a Londres y lo mueves por discográficas, estás desperdiciando tu talento haciendo, perdona si te lo digo con estos términos, el *grossen* subnormal. Pero por el amor de Dios, Constance. A veces me da la impresión de que grabaste ese disco para contentarme. Vinimos a Ibiza para que pudieras concentrarte en hacer música, y fue iniciativa mía; en realidad, todo lo que concierne a la parte seria de nuestras vidas ha sido decisión mía. ¿Pero es que aquel mánager te incapacitó para pensar por ti mismo? Algún día me gustaría saber si te tomas tu carrera musical en serio. **NO ERES UN MUÑECO, CONSTANCE, PERO SI NO EXPRESAS TU VERDADERA VOLUNTAD, EL MUNDO ACABARÁ TOMÁNDOTE COMO TAL**». Pero papá únicamente pensaba en hacer el amor con Heidi y cuidar de los niños, de la misma forma que su madre Angelina se entregó a Pencas. A veces, papá pensaba que dedicarse a la música no había sido una decisión voluntaria, sino que lo habían condicionado desde pequeño, cuando sus allegados notaron su talento. Pero tener facilidad en algo **NO SIGNIFICA** que quieras dedicarle todos tus esfuerzos, porque la vida es algo más que buscar el triunfo a toda costa. A papá le gustaba la música, claro que sí, de hecho era su manera de concebir el mundo, pero cada vez que escuchaba la palabra «éxito» le daban arranques de tirar la toalla. Una parte de papá quería ser el niño que nunca pudo ser, y experimentar como no pudo hacerlo cuando debía. Por tales motivos, mamá decidió centrarse en nuestra educación y dejar que papá se autoregulara. Se negó a matricularnos en ninguna escuela. No quería que nos instruyera alguien que no se supiera de memoria la letra de *Imagine*. Y porque en el colegio, según ella, se aprendían cosas del todo inútiles, siendo su máximo objetivo nutrir a pequeños cerditos de ideologías fascistas y capitalistas. Mamá quería que estuviéramos en contacto con la naturaleza. Siempre iba descalza, de hecho, tengo la imagen de las plantas de sus pies de color negro grisáceo. Recuerdo que nos compró un vídeo y centenares de películas documentales sobre recónditos páramos y animales dementes y terriblemente crueles, mientras nos decía: «Vuestro abuelo es como ellos. Un mal bicho». Quería que, mediante los libros y discos que nos proporcionaba, nos autoesculpiéramos y llegáramos a sacar nuestras propias conclusiones acerca de la maldad y la bondad del ser humano. Para el caso, nos compró toda la saga de *La guerra de las galaxias*, dejándonos en el sofá mientras ella entraba en contacto con las fuerzas panteístas que regulaban todos los átomos y moléculas de nuestro alrededor. Así que Hellen, Austin y yo nos pasábamos todo el día viendo películas en esa casa de payés.

»En esa época, y mientras Hellen jugaba con Kens tirándose a Barbies, Austin y servidor veíamos nubes que dibujaban la cara de Ioda. Habíamos visto *Star Wars* ciento treinta y dos veces. Nos sabemos todos los diálogos de memoria. Como la antena llevaba un año sin funcionar, habíamos perdido todo contacto con la realidad y nuestro único nexo con el exterior era, curiosamente, la ficción, exceptuando cuando montaban fiestas y tenían a bien invitar a toda la fauna más extraña de la isla, recibidos, cómo no, con un cartel destartalado que glosaba «Graceland», en honor al payaso Ruppers, apuntalado por mi padre a doscientos golpes por segundo. Los invitados de mamá sí que eran un verdadero documental zoológico, pero prefiero olvidar lo que vi desde la rendija de la puerta. Los peores días eran los intermedios de su periodo menstrual, cuando únicamente dormía y nos pedía no ser molestada. La casa olía a cannabis, incluso nuestra ropa. Cuando salía de su habitación, tras su encierro, lo hacía como las crisálidas cuando revientan, y el hogar se convertía en un jubiloso aleteo de nuevas ideas. Estaba tan ida que muchas veces llegó a curarnos las heridas de la rodilla con LSD, para que así todos los miembros de la familia estuviéramos en sintonía. Hellen, Austin y servidor también conocemos los efectos del hash desde pequeños, primero inhalado, luego fumado y también ingerido en forma de tortilla de espinacas por culpa de los despistes de mamá.

»Creo que ahí mi hermano y yo empezamos a tener problemas de percepción. Austin, hasta los tres años, parecía normal. Luego simplemente tenía aire de retrasado mental, como la pequeña y sucia Hellen, aunque el mellizo varón lo empeoraba todo con episodios violentos, momentos en los que mamá acostumbraba a ponerle escenas de Ioda aleccionando a Luke Skywalker. «Controla tu ira, Luke». No sé, supongo que mi madre no estaba preparada para ejercer como tal. Muchos libros, eso sí. Cortázar, Borges, Benedetti, Samuel Beckett, Bernard Shaw, Pirandello, Woody Allen, Nabokov y una infinidad de discos. Tuvimos una infancia repleta de estímulos, sensaciones muy vívidas, doctor, mucho más que las que hubiéramos tenido en un colegio normal. De la misma manera que Aristóteles Juánchez hacía con mi padre, mamá nos obligaba a leer y escuchar música para tenernos distraídos mientras follaban. En eso continuaban como el primer día. Y es que mover la pelvis en el lecho durante noventa minutos a la misma velocidad de un correcaminos gigoló, oh, debería ser una experiencia totalmente aconsejable para una dama, no sé si me entiende… hora y media a todo tren, no le hablo de un acelerón de eyaculador precoz sino de un auténtico festival, un arcoíris sensitivo.

—¿Y usted cómo sabe lo que hacían sus padres?

—Recuerdo que una vez Austin y servidor presenciamos uno de esos shows sexuales. Papá, «Rave» o la hortaliza enana, manchaba a doscientos por hora, y mamá, literalmente, sacaba la lengua hasta el esternón mientras le acariciaba los testículos, desde abajo hasta arriba.

»Entonces papá recordó que tenía que apagar el fuego de la olla donde estaba cocinando espaguetis para todos, pidió perdón a su *partenaire*, dio media vuelta, salió de la habitación desnudo y a todo trapo, apagó el fuego y aprovechó para lavar y enjuagar sendos vasos que yacían en el fregadero. A todo esto tengo que decirle que mamá ni siquiera se enteró de su ausencia. Su correcaminos sexual le había dejado sus labios exteriores aleteando, ¡aún se movían, doctor! cuando papá se reincorporó a su tarea coital. ¡Ella apenas notó la diferencia! Aquel era el truco. Papá dejaba el sexo de mamá como una puerta golpeada por el viento feroz de las Pitiusas.

—Y dale con el viento.

—Cuando finalizaban, mamá tenía que untarse el sexo con una especie de crema, una mezcla de hidratante y diazepán triturado. Sólo de esta manera su bajo vientre volvía a su posición normal de descanso. Nunca he visto a alguien hacer el amor con la precisión, ritmo y velocidad que ese hombre llamado papá.

—Continúe. Usted es un pozo de fantasía.

—Durante aquel 1991 las pastillas de todo tipo corrían por doquier, papá echaba una nube de humo cuando se levantaba de la silla para desplazarse hacia cualquier sitio. A ratos le cogía la bulla y pensaba que corriendo por los campos de Ibiza a doscientos por hora llegaría a alguna conclusión filosófica acerca de su futuro como artista, o recordaría dónde diablos habían escondido aquellos cinco millones de dólares.

»Cuando le daba por «corre-filosofar» nos sentábamos en el porche y admirábamos la nube de polvo que lo seguía, como la cola de un cometa. Luego llegaba a casa exhausto, y entonces cogía a toda la familia y nos obligaba a otear el cielo. Las nubes dibujaban figurillas que mutaban a cada segundo, y cada uno decía en voz alta lo que le inspiraban aquellas formas mientras las campanillas budistas colgadas en el techo se columpiaban al ritmo elegante de la brisa y hacían *tilín, tilón*. La verdad es que, pese a las dificultades económicas y a no pisar el colegio, éramos felices, muy felices, hasta el día de la tormenta.

23. Jael y el tercer rayo

—Corría la primavera de 1991, aunque no recuerdo el día exacto del fenómeno. Todos nos dimos cuenta de que se acercaba una ventisca terrible por levante y que estaba oscureciendo por momentos. Los *tilín tilón* de las campanillas que presidían cada habitación, por eso de bendecir con buenas vibraciones las entradas y salidas, eran más agudos que nunca. Fue como una especie de mal presagio, porque los *tilín tilón* eran acampanados por la presencia invisible de un viento profético que hacía *burrum burrum*. Solamente oía el viento, avisándome de que algo estaba a punto de ocurrir y...
—Perdone... ¿cómo ha dicho que hacía el viento?
—*Burrum burrum*... ya se lo he dicho, un viento muy feo, como un ángel anunciador invisible. Recuerdo que mi padre, ajeno a la curiosa conjunción de elementos premonitorios, subió a la azotea, con esa cebolla que entonces tenía por cabeza, rellenita de una sesión doble de anfetaminas rojas y verdes a la vez, para arreglar la antena de la tele. Papá nos gritó: «*Hey boys, hey girls*, ahí arriba hay dos nubes que parecen dos caras. Y el caso es que me suenan». Salimos al jardín para ver semejante fenómeno. Era cierto. Todos lo vimos, hay que reconocer que todos íbamos hasta arriba de sustancias, pero invalidar mi relato mediante el pretexto de la falsa percepción de las drogas sería lo mismo que decir que Edgar Allan Poe era un genio porque era alcohólico, porque que yo sepa, la mayoría de feligreses de los cientos de bares que hay en España no son precisamente Edgar Allan Poe, ni Baudelaire, y sí son alcohólicos, así que, doctor Floyd, le ruego que me deje seguir contándole la historia del fenómeno y que no me interrumpa. Recuerdo que la tormenta avanzaba hacia nuestra casa a unos doscientos mil kilómetros por hora, a cámara rápida, teniéndonos a nosotros como claro objetivo al que bombardear. Estaba claro. Se acercaba

una tromba de agua, o quizás un ciclón. Eso, para una familia que tenía a bien dialogar con la naturaleza, era del todo obvio. Los pájaros volaban bajo, observó papá desde el tejado. Nos señaló una nube blanca. Dibujaba claramente el busto de Elvis Presley, incluso la mitad superior del cumulonimbo delineaba visiblemente un tupé. Mientras tanto, otra nuble plomiza y siniestra, un nimbostrato terrible, se convirtió frente a nuestros ojos de niño en el perfil del mismísimo James Brown, labios y patillas incluidos. Entonces las nubes se unieron, como en un coito atmosférico que explosionó en una colisión terrible. Y empezó a relampaguear. Sonó un trueno y luego otro relámpago y otro trueno. Luego, entre aquel estruendo, se escuchó una ventosidad grave de mi padre que, por cierto, no coincidió con ningún ruido celestial, así que hizo bastante el ridículo. Empezó a llover a cántaros. Mamá miraba a papá desde el porche, intentando que el papel con el que se estaba liando un cacharro en forma de ele no se mojara con las gotas que rebotaban en el suelo como pelotitas de goma transparentes. Austin, Hellen y servidor observábamos la escena desde campo abierto, con una especie de lluvia viscosa empapándonos el pelo. Recuerdo que Austin estaba en esos momentos retorciéndome la oreja con el único pretexto de hacerme llorar. Papá, desde el tejado, imploraba: «Oh, señales del cielo, enviadme una visión».

—¿Tuvo la visión?

—Afirmativo. Vio la luz en todos los aspectos en el momento en que **OTRO** rayo azulado impactó en él. Acto seguido, el rayo bajó por el hilo telefónico y dejó al resto de la familia en estado catatónico durante unos segundos. Mi madre voló tres metros, pero no dejó de agarrar el canuto como si se tratara del Santo Grial. Cuando me levanté y me di cuenta de que aún estaba vivo, miré hacia el tejado. Allí arriba no estaba papá, sino un negro. Llevaba la cara chamuscada, y los pelos se le habían erizado al más puro estilo de un Bronx Nigger. No dejaba de agarrar la antena, incluso creo recordar que por unos momentos salió de su boca una retransmisión de un partido del Algeciras contra el Terrassa radiado por una emisora local de Andalucía. Luego se convirtió en una especie de médium radiofónico, narrando en inglés la última resolución de la cumbre trimestral de la ONU, después habló unos segundos en árabe, y acabó recuperando la emisora que retransmitía el partido entre el Algeciras y el Terrassa, el cual, por cierto, resultaba terriblemente emocionante.

—Usted, sencillamente, es adorable.

—Papá, una vez hubo dejado la antena, empezó a soltar alaridos desde el tejado, con una cara de ido que jamás olvidaré: «Mi destino es ser él», y nosotros le preguntábamos: «¿Quién?», y él nos decía: «El jodido hijo, que soy yo, de un matrimonio homosexual e interracial, de dos mitos de la música contemporánea. Universo, fuerzas vivas de la naturaleza o alienígenas, gracias por la señal que me enviáis desde las nubes». Mi madre asentía, con expresión de no entender nada. Papá añadió: «Universo, os vais a enterar. Porque a partir de hoy, yo seré la reencarnación viva de los dos más grandes, YO, por orden divina, soy el polvo definitivo, el Mesías de Las Vegas, blanco y WASP por una parte, y provisto de caderas de negro, culo de negro, pelo de negro y voz desgarradora procedente de un auténtico nieto de esclavos negros. Las dos Américas juntas, sí señor, norte y sur, confederados y yanquis, la melodía y la pasión ancestral… Porque yo seré a partir de ahora… «¿Quién?», gritamos. «¡Jael!» respondió papá. «¿Quién?», repetimos entre aquel salvaje viento.

—¿Quién? Ahora se lo digo yo. ¿Quién? ¿Quién? Y no se me vaya.

—Ya se lo he dicho. Jael.

—Eso no es de recibo. Jael significa algo.

—Está claro. **¡JAMES-ELVIS! ¡BROWN-PRESLEY!** Como Bowie, que llegó a creerse Ziggy Stardust, él se creyó ese híbrido.

—No me joda.

—La iluminación que había tenido era la siguiente: los temas de James Brown serían cantados por la voz de Elvis, y viceversa. A mamá, que andaba bajo los efectos del LSD, le pareció una idea genial.

—Pero su padre, ¿era negro o estaba chamuscado?

—Mi padre era negro, doctor. Estaba claro que había sufrido otra mutación cuyos efectos secundarios se notaron también en su manera de hablar. Empezó a dirigirse a nosotros en verso.

—Ahá. Oiga, no es por nada, pero quiero hacerle una observación. Cada imagen fantástica que me cuenta, cada enfermedad psicosomática de su padre, la relaciono con una expresión coloquial. El «Mengüismo Mediático» no es más que un hombre sintiéndose pequeño tras cada fracaso profesional. Y ahora está intentando decirme que su padre, quizás porque andaba falto de dinero, quizás porque la paternidad le agobiaba, se veía negro para sobrevivir.

—No diré nada al respecto, créase lo que quiera. Déjeme continuar, se lo ruego. Con respecto a Jael, papá se pasó por el forro la exitosa primera época de Elvis, cuando movía masas de nenas babeando, y se lanzó, como un gordo en un trampolín a punto de entrar en el agua con un sonoro planchazo, hacia el mundo *hardcore* de las lentejuelas. Papá empezó a montar un espectáculo revenido, centrado en la prodigiosa década de los setenta. Obstinado por convertirse en el perfecto imitador de Elvis Presley y de James Brown, obviando, claro está, la estatura y su voz aflautada, soñó con la fusión total, obsesión que derivó en adaptar el método Stanislavski, aplicado en su caso a la imitación de leyendas del rock. Así, de esta manera tan estúpida, empezó a aficionarse al uso de estupefacientes, especialmente a las anfetaminas. Ya en casa, continuaba su dieta kamikaze aderezando las comidas con ketchup y manteniendo un estricto régimen de anabolizantes. Se obsesionó porque le saliera papada, fíjese, él quería simular ser una mezcla del Elvis terminal, el que arrastraba sus flácidas carnes de ansioso-depresivo como una vieja gloria, divorciado ya de Priscilla, y del James Brown detenido por agresión sexual, e igualmente rollizo. Papá logró engordar nada más ni nada menos que diez kilos en un mes, a base de hamburguesas, longanizas, chips refritos y cortezas de cerdo, eso como desayuno, almuerzo y cena. También tomaba euforizantes mediante recetas falsas, detalle que siempre me ha dado a pensar que, dejándonos de métodos Stanislavski, papá había cogido el pretexto de los dos cantantes para profundizar en materia de drogas, ¿me entiende? Había que verlo en esa época, perdido en la vorágine de la taquicardia, cuando a aquel negro le daba por ejecutar sus pasos de baile por encima de la mesa de casa, a doscientos por hora, mientras mamá hacía cigarrillos de colores que olían a perfume denso. Recuerdo que en dichos ratos de felicidad familiar, mientras papá bailaba y entonaba *Jailhouse Rock* a cámara rápida con la voz de James Brown, mamá reía y reía hasta tener pérdidas de orina, momento en el que cambiaban las tornas, su expresión mutaba y se largaba al porche para llorar desconsoladamente sin saber muy bien los motivos. Nuestra madre, por cierto, había empezado a vender bisutería en el mercado hippie de Las Dalias. Diseños propios con los que apenas sacaba para la gasolina. En aquellos momentos mamá empezó a tener dudas acerca de si resistirían el invierno.

—¿Y cómo le fue como Jael?

—No muy bien, aunque le ponía voluntad, no se crea, sobre todo en el hecho de fingir seguridad. Papá quería hacernos entender que andaba convencido de su camino, aunque por dentro se veía a sí mismo como un náufrago. ¿Sabe? Cuando un artista ha tenido representante desde que tiene uso de razón, trabajar por cuenta propia genera sentimientos de orfandad, es una sensación semejante al Síndrome de Copenhague.

—Y dale. Estocolmo.

—Perdón de nuevo. Cuando empezó a coger confianza en sus dotes como imitador de aquel par de ases, decidió anunciarse por algunas discotecas de Ibiza con un cartel que rezaba debajo de su foto: «Jael». De hecho, grabó un disco bajo aquel nombre que vendía en los restaurantes y hoteles donde trabajaba, precisamente el disco que usted encontró en un mercado de segunda mano.

—Lo recuerdo. Ahora lo entiendo todo.

—La gente de los pueblos del interior aún lo recuerda, colgando él mismo sus propios carteles, siempre al lado del típico póster de mulata de pelo electrizado que anunciaba las fiestas de Pachá con dos cerezas en la boca. Pero no acudía nadie, acaso algún abuelo despistado o algún americano fan del Elvis más trasnochado y decadente o del James Brown más *funk*. Pese a que mi padre llegó a calcar las coreografías de ambos, el escaso público que presenciaba sus espectáculos estallaba a carcajadas oyendo *Love Me Tender* con voz de ronco castrado. De alguna forma, mi padre intuía que, si quería volver a ser una estrella, algo fallaba, y ese *algo* no era otra cosa que la originalidad, ya sabe, repertorio propio, una paradoja teniendo en cuenta la cantidad de éxitos que había compuesto y que le fueron robados por una multinacional sin escrúpulos. Un día, mis padres discutieron agriamente. Mamá insinuó que su marido estaba perdiendo el norte. Y el dinero, pese a que habían intentado administrar aquellos 50.000 dólares, se había esfumado. A base de saraos. Papá culpó a mamá de no haberse adaptado a esos tiempos de carestía económica. Que no se había dado cuenta de que la fiesta se había acabado. Fue la primera vez que no durmieron juntos. Mamá dijo que uno de los dos se estaba equivocando. O quizás los dos, que era lo más probable.

—Madre de Dios.

—En ese mar de dudas estaba mi madre, a la mañana siguiente de la discusión, jugando al tenis con una *freund* de la alta burguesía de Múnich, quien tenía por costumbre depilarse las piernas una vez al año. La pelota se desplazó hacia el fondo de la pista. Allí estaba mi padre, quien en esos momentos llegaba de trabajar como camarero en la Cala Benirràs. Estaba fatigado, pero aún tuvo fuerzas para asir aquella pelota, y cuando mamá se la pidió de vuelta, le dijo algo así, desde sus bajuras y en verso: «*Diosa de los campings, musa de las sangrías, no te vayas de mi lado jamás en la vida*». Lo dijo cantando, con sus ojos castaños enfundados en unas oscuras gafas de sol reflectantes que recordaban la extraplana cárcel galáctica de los tres malvados de *Superman*. Luego, tras soltarle ese estribillo, sonrió mientras los cristales de sus lentes reflejaban el sol de poniente. Acto seguido reventó la pelotita con sus dientes. Después la masticó, la engulló y la eructó, por ese orden. Ya ve. Ese tipo de cosas descolocaban a mi madre. Lo cierto es que todo acto, perverso o soez, puede parecernos mágico si lo hacemos con **UNA BRILLANTE SONRISA**. Mi padre, al contrario de aquel niño cabezón y robotizado que había sido en su triste niñez, tenía esa expresión de joven emigrante provinciano y negroide que descubría el mundo por primera vez y no podía evitar hacer alguna trastada, y con ese tipo de gestos de resalado le aseguro que lograba desarmar al oponente más hostil. Mamá, por su parte, siguió con el tema de las drogas, oficialmente era una inmadura presta por probar nuevas sensaciones. Debido a tal estado psíquico, era capaz de ignorar durante un buen rato nuestra situación económica, o el drama inherente a aquella continua merma de estatura de su pareja. De hecho, no podía parar de reírse a carcajadas cuando su chico, opositor a enanito y que en cuestión de medio año apenas le llegaba al esternón, se ponía de puntillas para darle un beso. Le entraba la risa tonta. Mi mamá veía muy graciosa aquella nueva diferencia de equilibrios. «Juraría que cada día eres más bajito» le decía, y era verdad, porque el empequeñecimiento de mi padre era casi visible en tiempo real. Entonces, papá le contestaba: «*No importa que esté menguando mientras esté a tu lado paseando*» y entonces caminaban por la playa a medianoche, él con los zapatos de ante azul provistos de alzadores hundiéndose en la arena, cosa que anulaba la posibilidad de equilibrar estaturas, y entonces mi madre se carcajeaba, porque sabía que aquellos años, fugada con aquel neo-negrito, eran los más divertidos de su vida por todo lo que tenía aquel amor de estrafalario. Aunque luego, automáticamente, empezaba a llorar a escondidas.

—Zapatos de ante azul con alzadores. ¿Me está diciendo que su padre iba disfrazado de Jael a pleno día, en Ibiza?

—A cuarenta y dos grados centígrados. Sudando la gota gorda, pero dándose a conocer. Peores cosas se han visto en esa isla, no se crea.

—¿Dónde conseguía los trajes?

—Nunca me he planteado dicha cuestión. La verdad es que en Ibiza no había demasiadas tiendas especializadas en trajes de lentejuelas. Por no decir ni una. ¡Diablos!

—Ahora no se obsesione con el dato. No tiene importancia.

—Pero. Es que no lo entiendo.

—Le he dicho que no se obsesione, Fernando.

—Ya, pero…

—Joder, siga con su historia, por el amor de Dios.

—Mi papá, convertido en un mulato de metro y medio, no había perdido velocidad en sus asuntos maritales, bien al contrario, su ahora pequeño miembro se había convertido en algo así como una especie de túrmix eléctrico del mismo tamaño que un dedo masturbador, por lo que nuestros padres ya se estaban especializando en la creación de orgasmos-centella, los cuales, dicho sea de paso, dejaron la casa sin luz como mínimo veinte veces en un solo mes, cosa que a mamá no le importaba lo más mínimo, teniendo en cuenta su posición canina, lengua afuera, balbuceando entre la saliva que le caía por las sábanas, *«Get up, stay on the scene, like a sex machine»* con los labios de su bajo vientre moviéndose como un radiador de un Fórmula Uno. No había piedad, mi padre era una fiera. ¿Había un cortocircuito y la casa se quedaba a oscuras? Pues papá encendía por vigésimo quinta vez unas velas gastadas que olían a velas gastadas y volvía al cuento del amor. Entonces, una noche, pasó. A mis padres les había dado la paranoia de que el dinero estaba debajo de uno de los olivos, enterrado. Se encontraban cavando y fumando petardos en medio de un justiciero sol de julio de 1991 mientras nosotros veíamos la televisión. Papá tenía sed, en aquel jardín sin límites el calor se había convertido en algo realmente asfixiante y pegajoso. Miró a las alturas y dijo: *«Dioses del cielo, ¿dónde está el dinero? Enviadme otra visión, o si no puede ser, un limoncello»*. Fue en aquel momento cuando un negro cayó del cielo, doctor. Un negro que reventó el tejado.*

*Nota del editor: Por fin entendemos el primer capítulo. Trescientas y pico páginas después, el autor tiene el «detalle» de aclarar que el infame sodomita era Pepino Bambino. ¡Vamos avanzando!

«*¿De dónde cojones ha caído? ¿Quién ha sido el malnacido?*», preguntó papá. Se hizo un humo espantoso. Mamá dijo: «*Fuck, this is a premonition*». Luego supimos que mamá interpretó aquel incidente como que el personaje de papá, aquel negro que cantaba canciones de Elvis, sencillamente, iba a ser un fracaso. Y decidió actuar en consecuencia.

24. La visita

—Papá se lo encontró un buen día, sentado en el comedor. ¡Al viejo Ausdenmeyer! Ni más ni menos que su odiado suegro. Papá miró de arriba abajo a Heidi, pidiéndole una explicación. «No podíamos aguantar más esta situación, Constance». Mi padre le contestó: «*Te refieres a que tú no podías aguantar más esta situación, porque te falta resignación. Sigues siendo una maldita niña rica, mimada, consentida y cobardica*». Mi madre arrancó a llorar. «¡No puedes mantenernos!». Papá le rebatió: «*No metas en esto a los niños o te cierro los piños. Dirás que no puedo mantenerte, cerebro inerte. Cuando te miras al espejo ¿aún ves a esa hippie? ¿O ya no puedes reconocerte?*». Mi abuelo Ausdenmeyer se levantó, más que nada para evidenciar la diferencia de estatura con su odiado yerno poeta. «El vestuario de hippie de Heidi era una especie de traje de fiesta. Y la fiesta se ha acabado. De alguna manera, el gen pragmático de los Ausdenmeyer tenía que aflorar tarde o temprano en mi hija, negro. Lástima que haya sido tarde, una vez ha parido esta prole de anormales que veo en estas fotos que tenéis en el comedor. Porque supongo que estos tres niños son hijos vuestros, digo yo que no los habéis recortado de un anuncio. A no ser que sea una revista de moda infantil para niños molestamente feos. Revista que yo ya sé que no existe, porque hice un estudio de mercado al respecto. Porque yo he hecho estudios de mercado de todo. ¿Me escuchas, Kunta Kinte o te lo cuento con tambores? ¡De todo! Lárgate de mi vida, asqueroso. ¡Tam Tam Go!».

—Buf. Menudo buen karma con el nazi.

—Nos había llamado anormales, doctor. A sus tres nietos. Y feos. Austin y yo, pase, pero mi hermana Hellen… Era una niña, joder. Siempre iba hecha una cochina, incluso en esa foto salía con la cara sucia, ya sabe, esa mugre gris que cae como lágrimas de guarrería en los mofletes de un crío, pero era una niña, joder. Y encima una niña con orejas. Mi hermana escuchó las palabras de su abuelo desde la habitación contigua y arrancó a llorar.

—¿Habían oído hablar de él alguna vez?

—Mire, nosotros sabíamos del abuelo por un artículo de *Time*. En los últimos años había absorbido otra compañía discográfica y la fusión de ambas se bautizó con el nombre de Valons Music, momento en el que pasó de ser inmensamente rico a inmoralmente millonario. El núcleo de su escudería era por aquellos tiempos una pandilla de gilis con pelo de escarola y hombreras, cantantes sacados de una especie de horno donde fabricaban a intérpretes que movían sus pompis exactamente igual, como recién salidos de la academia del gorgorito flameado con una licenciatura de Corrección para todos los públicos. A instancias de su nuevo vicepresidente, Adolf Heydrich, el abuelo había comprado una treintena de canales de televisión, incluso uno muy estúpido que emitía una llama de chimenea sin parar. Lo cierto, doctor, es que uno se podía quedar turulato mirando la pantalla más de cinco minutos, incluso acababas entrando en calor, lo reconozco, por algo será que el canal de marras sigue teniendo audiencia, y es que el mundo, por desgracia, está a rebosar de amantes romántico-horteras que hacen el amor con esa llama *kitsch* saliendo de la televisión, creo que el canal aún se llama Digital Comfort, a cuyo director de contenidos aprovecho para felicitar muy efusivamente. Mi abuelo también era el principal accionista de una veintena de diarios en varios países, todos de órbita liberal, siendo una de sus frases preferidas «*Liberales über alles*», menos en los países donde había llegado tarde y se había encontrado con un periódico más antiguo que el suyo e igual de liberal, momento en el que optaba por una línea socialdemócrata o incluso comunista, daba igual, como siempre decía, «El capital no tiene ideal». Me llamó la atención el atuendo de ese circunspecto señor. Un traje hecho a medida que le daba un engañoso parecido a Walt Disney. Por el contrario, mi padre llevaba pelos de Bronx Nigger peinados como podía en forma de tupé. Como ya le he advertido, doctor, en cuestión de un año había sufrido una metamorfosis bestial, desde el carne más bien pálido hasta el negro azabache, y eso al patriarca Ausdenmeyer no le gustó. Tampoco su estatura, la cual, por cierto, no había mejorado un ápice, sino más bien al contrario. Un metro cuarenta y nueve. Mamá puso en el tocadiscos el último trabajo de mi padre como Jael. Era una versión de *Sex Machine* pero interpretada con la voz de Elvis. Oiga, en serio, aquello era un bombazo, estoy seguro de que en la radio la hubieran pinchado cada veinte minutos. Primero mi abuelo hizo ver que seguía el ritmo con sus pies, aunque luego mi hermano Austin se percató de que estaba desintegrando a una cucaracha el muy cabrón.

—Ahá. Esta sí que es buena. Dice mucho de su sensibilidad. Y de la higiene en su casa.

—Mamá le dijo: «Antes, como Cuchi Cuchi, era un monstruo entrañable, pero ahora es mucho más original. ¿A que tiene talento?». Mi abuelo observó la decoración de aquel comedor de paredes blancas donde mis padres habían colgado fotos enormes de Bob Dylan, Leonard Cohen y Jimmy Hendrix junto al símbolo de la marihuana en tres dimensiones que se convertían en **VEINTISÉIS** cuando mis padres iban ciegos de LSD. Ausdenmeyer dijo: «Hijos de puta. Tan sólo con ver la decoración de vuestra casa me dan ganas de daros una buena hostia a cada uno de vosotros, un bofetón con mi mano extendida como una raqueta de tenis hacia vuestras putas mandíbulas que sonara a *facka*». Entonces miró a mi madre y le dijo: «Pero bueno, perra, ¿es que a ti sólo te gustan los judíos y los negros que fuman grifa?», y mamá le contestó: «No empecemos a discutir como siempre». Recuerdo que acabaron aquel dialogo con un terrible «*Ohhh, fuck you!*», y yo, pese a que era un niño, entendí la profundidad del mensaje. Algo chapurreaba de inglés porque mi madre lo usaba ocasionalmente para dirigirse a nosotros, y precisamente esa expresión era la que se le escapaba cada vez que alguno de mis hermanos pequeños se cagaba encima. «*Ohhh, fuck you!*». Era de esperar que saliera el tema del dinero sisado por mis padres: «Bien, ahora que habéis acudido a mí, creo que tengo el derecho de haceros la siguiente pregunta: ¿Dónde están los seis millones de dólares, hijos de la *grossen* puta?». Mamá le dijo: «Uops. Compramos esta casa y el resto… nos lo robaron unos gitanos zombies. Merodean por los campos». El abuelo se mordió el labio. «Vengo en son de paz, olvidando viejas rencillas. He decidido pasarle a tu marido una manutención de tres mil dólares mensuales para que se encargue de los niños, con la condición de que *tú* vuelvas conmigo. Heidi, aún puedes rehacer tu vida con alguien de tu clase y raza, después, claro está, de un lavado en profundidad de tus órganos reproductivos».

—Allí estamos.

—Mamá se negó airadamente. «No pienso irme de aquí, y mucho menos sin los niños, son tus nietos, lo quieras aceptar o no, y por cierto, el disco que hace unos años te envió mi marido era sencillamente genial». El abuelo no se quedó corto. «Escúchame, gran perra del infierno. Si decides quedarte con el enano negro, os ingresaré únicamente dos mil, más que nada para que este hombre no vuelva a hacer música en su vida y tú no tengas que avergonzarme haciendo de prostituta por los arcenes de esta isla». Entonces entré en la habitación. Como siempre que hablaba de su suegro papá aseguraba que era un tipo cruel que, tarde o temprano, te la metía doblada, y como yo era un niño que no pillaba expresiones de adulto, tomé la frase en sentido literal, así que lo primero que le dije fue: «No me folles, por favor, abuelo. No me folles». El viejo Ausdenmeyer me miró con expresión de mariscal de la primera guerra mundial.

»Tras este inoportuno comentario rebajó la asignación a mil quinientos. Luego entró en el comedor mi hermano Austin, con expresión de loco, recuerdo que se había cagado, la verdad es que llevaba en semejante tesitura un par de días, así que al olisquearlo el abuelo le dijo a mis padres: «¡No os reproduzcáis más!» mientras se tapaba la nariz con las manos. Austin cagado, y de rodillas, espetó: «A mí tampoco me folles, abuelito», y mi abuelo dijo: «¡Mil dólares!». Luego entró la pequeña Hellen, con aquella cara de *borderliner* que gastaba y su penosa dicción, a grito pelado: «Do me follez, auelito» y exclamó: «¡Quinientos!».

»Mamá se puso muy nerviosa y se fue al jardín a liarse un porro. Mi padre se ausentó de la escena con Austin, a quien decidió lavarle el culete por primera vez aquella semana. Mientras tanto, servidor miraba a ese personaje mítico del que tanto me habían hablado y que se suponía que era mi abuelo. Como mi madre lloraba en el jardín, a Hellen le dio por darle una patada en los huevos. Mi abuelo le dijo: «¡Malditos salvajes híbridos de la isla del doctor Moureau!». El abuelo Ausdenmeyer se largó al jardín en busca su hija y le dijo: «¿Estás contenta con tu mierda de vida, Heidi?». Mamá dio una calada a su porro y, con las manos temblorosas, sentenció: «Estoy sumamente orgullosa de mi estilo de vida alternativo, mi actitud planetaria ecológica y nirvánicamente libre de culpa, papá». El abuelo exclamó: «Ah, Heidi, *entonses* que te den por el *grossen arsh*». Por la tarde las cosas siguieron empeorando. Ausdenmeyer se percató de que no estábamos escolarizados y que sólo hablábamos de las tortugas de la Isla de Pascua, de R2D2 y el resto de los héroes de la saga, y que si Cortázar y Neruda. Con respecto a la trilogía de George Lucas, mi abuelo nos gritaba: «¿Pero no veis que el ejército Imperial es un subterfugio americano empleado para criticar las glorias del Tercer Reich?». Nosotros no sabíamos qué era el tercer *raich* pero teníamos entendido que el abuelo vivía ahora en Estados Unidos y que era el dueño absoluto de una compañía relacionada con el mundo de la música, y no entendíamos nada, ya que dicho sello estaba especializado por aquella época en promocionar precisamente a negros zumbones, como mi padre. Pues mira qué bien. Por otro lado, pretendía hacernos saber que Spiderman era un ser de ficción.

—Lo es.

—Oiga, no empiece.

—Es que lo es.

—Oiga. Para mí, Spiderman, Obi Wan Kenobi o Ioda son mucho más reales que mi vecino, al que ni siquiera conozco. Y ni ganas...

—Visto así...

—Mi abuelo no soportaba la anarquía pedagógica que nos había infligido mamá. Él hubiera preferido que nosotros hubiéramos tenido la formación suficiente como para señalar Hamburgo en su justa posición en el mapa, y no situarlo en Río de Janeiro, como hizo el retrasado mental de mi hermano, cosa que puso a mi abuelo muy de mal humor, los tres frente a esa pelota de Nivea.

—Ah, claro, una pelota de Nivea simulando el mundo.

—Mamá decía que no hacía falta conocer geografía, y que imagináramos que no había fronteras, ni religiones. Nos dijo que «imagináramos» todo lo que quisiéramos, y que la percepción de la realidad era algo del todo subjetivo. Así que Austin pensó que si él imaginaba que Hamburgo estaba en Río de Janeiro, es que algún día podríamos conseguir que, de algún modo, fuera cierto. Como a Austin no le gustaba demasiado que le llevaran la contraria, no tuvo reparos en insultarle: «Abuelo, eres un hijo de puta». La mellada de Hellen añadió: «Zí. El abuelo é un hijopúda» mientras que yo, inocentemente, exclamé: «Pero tiene pasta. Mucha pasta». Creo que aquella fue la única vez que mi abuelo y yo conectamos. Mamá dijo: «Veo que llegáis a conclusiones por vosotros mismos». Al anochecer el abuelo se largó, como el humo de un cigarrillo. Papá se puso triste de repente. Mientras el Mercedes del abuelo dejaba una humareda de polvo, papá se acercó a mi madre. Llevaba el walkie-talkie en la mano. Hacía años que no recurría a él. Con expresión sumamente triste, miró a mi madre, y le dijo, en verso: «*He visto el destino escrito en un invisible papel. Unas voces me han dicho que algún día te marcharás con él*».

—¿Qué le dijo su madre?

—Simplemente se agachó y le dio un beso.

—Hay silencios muy ilustrativos.

—A partir de entonces empezaron a caer cheques. El remitente: «Fundación Ausdenmeyer para Anormales». Ochenta mil pesetas al mes.

—Su abuelo era todo amor hacia ustedes.

—Luego, cuando yo andaba a punto de cumplir siete años y los mellizos Austin y Hellen, seis, mamá nos reunió y nos dijo: «El abuelo vuelve. Recordad que nos mantiene, así que por dos días que viene espero que intentéis caerle un poco bien, algo mejor que la primera vez». Mamá nos había dicho que, manque nos pesara, había que honrar al abuelo, aunque fuera un poco, porque estaba pagándonos la manutención *hasta que papá no triunfara de nuevo*. A lo que nosotros le respondimos: «Juás, hasta que papá triunfe. Juás». Nos reímos con ganas el resto de días de la semana, hasta que mamá empezó a hablar sola, cuando papá no estaba, diciéndose a sí misma: «Oh, Jael, mi amado Jael. Si supieras que ni siquiera tus hijos creen en ti…». Mientras tanto, mis hermanos y yo nos estuvimos riendo tres días, setenta y dos horas, sin parar. Tengo arrugas en los ojos de ese día.

»Mamá era, definitivamente, una ingenua, porque papá seguía como camarero y su personaje de Jael no conseguía un solo concierto a lo largo y ancho de la isla. Cuando el abuelo volvió hicimos gala de una extrema y precoz comprensión de nuestros problemas económicos. Lo recibimos disfrazados, por eso de caerle mejor. Austin iba de Franco, yo con un bigote al estilo del Führer pintado a rotulador. Le gritamos «Heil, Hitler». El abuelo me miró y gritó: «No mancilléis el nombre del Führer, españoles neutrales y traidores». Mamá le dijo en inglés: «*Don't start again with the World War II era*». Y él replicó: «*It's the fucking truth*». Y ella hizo un ademán de desdén con las manos mientras gritaba «*Ohhh, fuck you!*». Y el abuelo se volvió a largar.

—Vaya.

—En el mes de julio de ese mismo año, el abuelo se compró un caserío enorme en Ibiza, situado en una urbanización privada para alemanes. Lo sé porque un día lo visitamos para que nos aumentara la asignación a cien mil pesetas. Recuerdo que los perros del jardín de mi abuelo ladraron cuando nos oyeron llamar al timbre de la puerta de atrás. Fuimos acompañados de varios amigos de mis padres, en total unos treinta y cinco hippies con tambores. Nos quedamos hasta la noche, encendimos velas delante de esa mansión, cantamos *Imagine* y otros temas de Joan Báez.

»El abuelo, desde la atalaya, empezó a insultarnos con un megáfono. «*Raus!*». Nosotros contestábamos con «*Give peace a chance*». La voz de mi abuelo surgió por unos altavoces de su jardín: «Heidi, Heidi, maldita traidora. Tú, que has fornicado con especies inferiores y que has dado a luz a engendros infrahumanos en un parto casero donde a buen seguro estos infantes estuvieron más de media hora sin que les llegara sangre al cerebro estrangulados por su propio cordón umbilical, ¿de verdad piensas que voy a malgastar un billete más de la cuenta para que esos niños no entren en el zoológico que es su verdadero hábitat natural?». Y entonces empezó a tirarnos pieles de plátano y cacahuetes desde el tejado. A mi hermano casi le sacan un ojo con un cacahuete. «*Raus, raus*». El abuelo añadió, como si estuviera en un mitin: «Ah, maldita Heidi. Como dijo uno que yo me sé, la mezcla de la sangre y el menoscabo del nivel racial que le es inherente constituyen la única y exclusiva razón del hundimiento de antiguas civilizaciones. Hay que superar la compasión. ¡Abandónalos!». Recuerdo a otros vecinos y sus perros ladrando. «*Raus, raus*». Seguía sin recibirnos. Luego nos enteramos de que el abuelo Ausdenmeyer tenía visita.

»Cuando ya nos íbamos pude atisbar entre los cipreses el interior de su mansión. Frente a una piscina, en forma de cruz gamada a vista de pájaro, recuerdo haber visto a un negro arrodillado y con una bota reluciente de Pepino Bambino encima de su espalda. Estaba desnudo, hacía cara de estreñido y sacaba sangre por la boca. Ausdenmeyer lo miraba todo desde una silla de mimbre mientras le decía a Pepino: «Tendrías que apretar un poco más en la suela, no te preocupes, porque en el fondo, le gusta».

»Creo que era una especie de acto recordatorio con reminiscencias místicas arias. Nosotros estábamos desesperados porque papá no encontraba trabajo, en esa época todos querían ser Nirvana o los Smashing Pumpkins. Papá, exceptuando aquel disco llamado «KO Retupmoc» compuesto en estado catatónico, se había estancado en el blues, así que la situación llegó a ser insostenible. En esa época en la que mis padres habían decidido ir en busca de solidaridad por parte del patriarca ya habíamos perdido el norte, comíamos en horarios anárquicos, y eso quería decir que comíamos cuando había algo que llevarse a la boca, y es que papá estaba pasando por días aciagos y a mamá le encantaba regalar su bisutería en el caso de que el cliente le diera «buenas vibraciones». Ante nuestra insistencia, el abuelo volvió a la verja, con un megáfono, y le dijo a su hija que la perdonaría si nos abandonaba, o si se matriculaba en la Universidad de Colonia o se internaba en un psiquiátrico cerca de la mansión familiar en Miami. Ausdenmeyer, con el megáfono, también se dirigió a su yerno: «Última oferta. Si os divorciáis, dejo que acabes el contrato con Valons Music. Te pago los mejores estudios de grabación y vuelvo a hacer de ti una estrella. Los niños se quedarán bajo mi tutela y a Heidi la internamos hasta que se le pase el idealismo». Papá pilló un micrófono y dijo: «*No me gusta que me chantajeen. Amo con locura a tu hija y ella ama a mi pija. Y, ya que no me dejas volver a cantar con mi verdadera identidad, sacaré discos con otra compañía bajo el nombre de Jael, que no es tan dócil como Abel, o tu amado Pepino Bambino, ese niño tan mezquino*». Ausdenmeyer le respondió: «Y dale con el maldito Jael, ¿no se te ocurre ponerte un nombre más judío? Haz lo que te salga del *cocken*, desde pequeño ya avisabas, pero escúchame, yerno del demonio. No sacarás discos bajo el nombre de Jael, te quedan doce discos de contrato conmigo. Ah, y ese nuevo personaje, sencillamente, es inmundo. Ni se te ocurra buscarte la vida en otras compañías porque de ser así, pienso boicotearte. En ninguna discográfica decente te atenderán, en ninguna radio, ningún periódico, de eso ya me encargaré yo personalmente. Porque yo tengo el poder, Constance. Como dijo uno que yo me sé, ante Dios y el mundo, el más fuerte tiene el derecho de hacer prevalecer su voluntad. Toda la naturale-

*Nota del editor: Pepino Bambino acostumbraba a pasearse de esta guisa por el jardín de la mansión Ausdenmeyer, cosa que enervaba bastante a mi abuelo. De hecho, al ver los desmanes de su amado hijo adoptado, llamó a la Organización NN y dijo: «Oigan, ¿fecundaron a otras mujeres? Porque mi cobaya ha salido *grossen* rana. Muy bien, ahora todos somos muy liberales pero, ¿les gustaría tener un hijo así? Al menos, si se depilara…».

za es una formidable pugna entre la fuerza y la debilidad, una eterna victoria del fuerte sobre el débil, y tú eres el débil, yerno. Ay, Dios, me tendría que haber dedicado a la política. Lástima que haya ganado tanto dinero. Ahora solamente puedo ejercer de titiritero. Por cierto. Déjame añadir que no sé por qué diablos mi hija está tan enamorada de ti». Entonces mamá llamó la atención de papá: «Creo que vuelvo a estar embarazada». Días después, ya en casa, mamá se puso de parto. Fue un embarazo de una semana, doctor, ríase de la gestación cincomesina de mi padre. No tuvieron tiempo de acudir al hospital. Del interior de mi madre salió un niño. Cuando papá lo asió por el tronco, aquel bebé se escabulló. Pegó un salto y pasó de la cama al suelo. Empezó a gatear. Al cabo de dos metros el bebé parecía que tuviera un año. Al cabo de otros dos metros, se incorporó. Seguía creciendo delante de nuestras malditas narices, doctor, y lo hizo hasta llegar a los veinte años, edad en la que se estabilizó. Era, simplemente, un tipo desnudo y ensangrentado con expresión de estar pasando mucho miedo. Empezó a correr hacia la autopista, soltando alaridos, y nunca más lo vimos.

—Claro. Lo suyo, Fernando, dentro del mundo de la mentira, es el más difícil todavía.

—Otro grito de mamá nos llevó de nuevo a la habitación. Cuando llegamos, estaba pariendo de nuevo. Era otro niño. Su crecimiento fue exactamente igual que el anterior. Cuando llegó a los veinte años, se quedó mirando a mi padre y le dijo: «Policía Intertemporal, siglo xxxxv. Soy el detective privado Michael Staip. Lamento haber usado su vagina, señora, pero su coño es una puerta interestelar. ¿Han visto a un hombre desnudo?». Papá asintió. «¿Hacia dónde ha huido?». Papá señaló el camino de piedras que llevaba a la carretera. El segundo hombre se largó, pies para qué os quiero, mientras soltaba: «Tarde o temprano te pillaré, Robert Obs, en este siglo o en la puta edad de piedra». Tampoco lo vimos más, pero llegamos a la conclusión de que la saga de los Obs y sus problemas de integración se perpetuarían en el tiempo. Días después sucedió algo que envió el matrimonio de mis padres a las cloacas donde transitan los detritos de los matrimonios autodefecados. Concibieron a un cuarto hermanito.

—¿Otro? Pero oiga, Fernando. ¿Por qué no usaban métodos anticonceptivos?

—Ya le dije que mamá no podía acostumbrarse a la rutina de tomarse una píldora diariamente, aquello era pedirle demasiado. Y papá, al hacerlo en cámara rápida, no podía usar condón. De hecho, lo usaron una vez y la casa olió a goma quemada durante una semana.

—Entendido.

—El bebé que vino al mundo se llama Josh.

—¿Otro? Oiga, tengo que ir al lavabo.

—Proceda. Tiene dos minutos. No le pago para que orine.

Dos minutos después

—Mientras miccionaba a toda prisa…

—Ya lo veo. Lo digo por la mancha…

—… he repasado mentalmente los últimos acontecimientos, a modo de resumen. Veamos. Padre que habla rimando, con una enorme capacidad sexual pese a su semienanismo progresivo y su transformación en afroamericano. Madre alemana adicta a los alucinógenos en estado de rebeldía con un padre millonario de antecedentes nazis. Dos hermanos mellizos, el varón, Austin, con una fuerte carga de violencia en su interior, mientras que la chica la podríamos definir como tonta y sucia. Ah, y se me olvidaba. Un dedo con el que se hurga la nariz cuando me ausento del despacho, un auténtico explorador innato de lugares desconocidos de su cerebro, supongo que con dicha falange usted debe estimular la zona imaginativa que le domina por completo. Oiga, Fernando, delante de mí no, por favor. Quítese el dedo de la nariz. Está llegando a la nuca y su cerebelo podría resentirse.

—Tiene razón. De hecho, cuando tenía el dedo en la nariz estaba pensando en que sigo sin saber la diferencia entre Rusia y Bielorrusia.

—Oiga, Fernando. ¿Sabe qué?

—No.

—Antes de reanudar su historia necesito un trago. Pero no se vaya, ahora vuelvo. Y no me toque nada.

Otros dos minutos después

—Siga hablándome de su vida, Steven Spielberg.

25. El triste caso de Josh y un helicóptero (Antes de ser tu ex, fue tu cremento)

—El cuarto embarazo de mamá duró menos de lo normal, pero tampoco una semana como el tercero. Esta vez fue una gestación de tres meses, para ser exactos. Mi madre empezó a sentir los dolores del parto en octubre de 1991. Las damas de noche no habían empezado a soltar el *spray* de su perfume nocturno y recuerdo que esa tarde tampoco arreciaba ningún temporal. Como comadronas, Hellen, Austin, papá y servidor. Mamá se retorcía de dolor mientras papá, a doscientos por hora, preparaba paños calientes y mi hermano y yo liábamos porros infantiles a mamá para minimizar su dolor. Al cabo de dos horas, nació Josh. En cuanto mi tercer hermano salió de la placenta de mamá, Austin y servidor empezamos a reírnos, y no podíamos parar. Exclamamos: «¡Lo que faltaba pal duro!».

—No le entiendo. Un parto es algo entrañable. No le veo la gracia.

—Usted se hubiera reído con ganas también si de las entrañas de su mamá hubiera aparecido un lémur.

—Oiga, ya basta, se lo ruego. Esto ya no tiene gracia.

—Lémur. Primate antiguo cuyo hábitat ha sido durante miles de años la isla de Madagascar. Créame doctor, nació un jodido lémur, ojos grandes y saltones que configuraban a su expresión una mirada histérica, como si estuviera en alerta permanentemente. Tenía unos ojos azules de mayor peso cada uno de ellos que el mismo cerebro, y nació provisto de una cola de las mismas dimensiones que el resto del cuerpo, rizada como un lazo de regalo de cumpleaños. He de decir que Josh movía su rabo con mucho salero. Era de color marrón oscuro, con rayas blancas hasta en la cola, apariencia que lo emparentaba con las mofetas.

»Su cara, una especie de híbrido entre un canguro y un pequeño mono, mostraba unas orejas peludas de soplillo bastante graciosas. Para más señas, era vegetariano, me atrevería a decirle que era vegano. Doctor, ¿por qué se ha caído de la silla?

—Continúe, por favor. Le diré que pare en el momento en el que ya no pueda soportar esta avalancha de ciencia ficción.

—El caso es que mamá se puso histérica y dijo: «El abuelo no puede enterarse. Esto pasa de cualquier comprensión humana». Luego se acercó a Tato, un muñeco de los sesenta que simulaba un niño pelón de dos años y que se había hecho muy popular en toda Europa cuando mamá era una niña, y le arreó un bofetón de los nervios. Papá recogió el muñeco, y dijo, mirando a Josh: «Como mínimo será independiente. Ha nacido y ya se ha encaramado a un árbol». Austin, Hellen y yo pedimos un prismático para Reyes con el objetivo de observar cómo nuestro hermano, el lémur, saltaba de rama en rama, de los olivos a la palmera, de la palmera a un abeto, de la antena parabólica a una encina, en gráciles saltos a cámara lenta. Evidentemente, mis padres habían rizado el rizo, y a ciencia cierta nos preguntábamos si tantos documentales sobre animales dementes habían influenciado en los genes de mamá, o si, en el peor de los casos, le había sido infiel a papá con un simio. James Elvis Brown Presley aceptó al lémur por lástima, aunque, mientras su hipotético hijo saltaba feliz por los árboles de la casa de payés ibicenca, ahora mordiendo avellanas, ahora inspeccionando el tronco de un árbol para comprobar si sonaba a hueco y anidaban ahí dentro larvas de gusano, no pudo evitar desconfiar de su querida y sagrada Heidi Ausdenmeyer, su esposa y nuestra madre por añadidura. Aquello le hizo menguar cinco centímetros de golpe. Metro cuarenta y cuatro. Cuando el lémur no saltaba por los árboles, entiéndame doctor, ese bicho se pasaba el noventa por ciento de su tiempo depurando cada copa de sus correspondientes hojas, Josh bajaba al suelo, pero no obstante, sus piernas, habilitadas sobre todo para sortear distancias impensables para un humano, provocaban que no supiera andar como nosotros, dedicándose a saltar en lateral, como un bailarín de ballet clásico interpretando *El cascanueces*. Cada vez que aparecía por casa nos daba la sensación de que un espontáneo, concretamente un primate sarasa, hubiera saltado al escenario del Liceo. Pasaba por delante nuestro, frente al porche, y desaparecía entre la maleza de la parte posterior. Era el eslabón perdido, concebido por mis padres, para mayor gloria de la ciencia.

—¿Qué hicieron con él?

—Como ya le he dicho, esa criatura era la más independiente de casa. Apenas molestaba y entendía el castellano bastante bien, aunque su fuerte era el catalán de variante ibicenca, supongo que debido a que nuestro querido hermano lémur escuchaba desde las copas de los árboles de la parroquia de Santa Gertrudis a algunos payeses de la zona hablando de tal guisa. A veces bajaba para ver partidos de fútbol. Mis hermanos y yo lo llamábamos con una especie de grito agudo que aprendimos a imitar para que supiera que los anuncios estaban a punto de finalizar. Era bastante fanático del Depor, y los días que venía a casa a cenar le dábamos hojas de lechuga, endivias, avellanas, *krispies* y un platito de semillas de marihuana que apreciaba particularmente, ya sabe, cosas de familia.

—¿Conoció su abuelo materno la existencia del lémur?

—Claro. Gustav Ausdenmeyer anunció una nueva visita para la semana siguiente. Recuerdo que papá cogió a Josh y le dijo muy seriamente: «Hijo, mira, te voy a pedir que desaparezcas unos cuantos días, creemos que dos como máximo, hasta que el abuelo Ausdenmeyer se vaya de casa. Si te ve, no sabremos cómo explicarle tu existencia, porque ese hombre es muy sibilino y esos saltones ojos azules de alemán que Dios te ha dado te delatan a leguas como integrante no deseado de su familia».

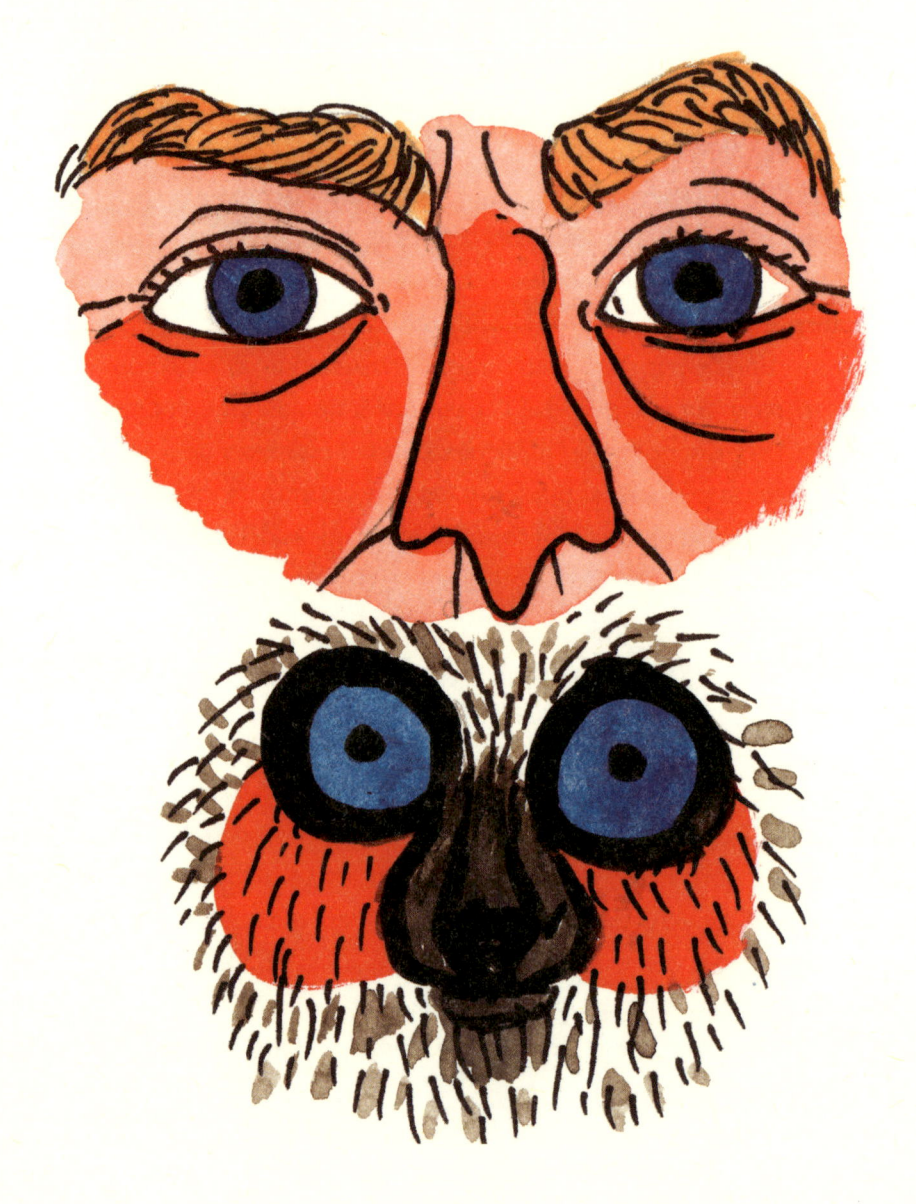

»Josh pareció entender a la perfección el mensaje cifrado de papá, supongo que por su cara de desesperado. Las asignaciones dependían de ello, incluso esas semillitas de marihuana que tanto le gustaban a nuestro hermano lémur pasaban por las pagas del abuelo. Le hicimos una bolsita rellena de frutos secos con un trapo de cocina, se la envolvimos en un pañuelo y la atamos a un palito de olivo. Mi padre incrustó un bonito sombrero de *cowboy* en su pequeño cráneo y una cartuchera con balas, por eso de dar respeto a cualquier payés que se lo encontrara durante su ausencia encaramado en algún árbol de su propiedad. Austin le dio unas palmaditas en el culete y los tres le dijimos: «A tomar por culo y no vuelvas hasta el viernes». Entonces se fue saltando, brincando por los árboles, y perdimos su cola rizada de vista.

»Mi abuelo apareció al día siguiente junto a un perro, obviamente un pastor alemán, al que cuidaba mejor que a su familia. Austin y el perro no conectaron, fue algo instantáneo. De hecho, Austin siempre había tenido una especial manía a los canes. En realidad le daban pánico. Como de costumbre, el abuelo había regresado para evaluar nuestros progresos como seres humanos. Estábamos en el porche, en una improvisada barbacoa. El ambiente era mucho mejor que otros años. El caso es que Austin había señalado Hamburgo en el mapa pelota de Nivea correctamente, en fin, como mínimo lo situó en Europa, así que mi abuelo se estaba planteando aumentar su manutención cuando apareció, a lo lejos, Josh. Entiéndame, doctor, no nos había hecho ni puñetero caso, o quizás fue el olor de alimentos sabrosos cocinados a la brasa que desprendía la barbacoa lo que llamó su atención, hasta el extremo de olvidar la desesperada petición de papá, si es que alguna vez había entendido un pimiento de lo que le decíamos. Así pues, un primate de Madagascar, el cual no pintaba precisamente demasiado en un ambiente balear a no ser que fuera de esos típicos bichos que llegan mediante importaciones ilegales, hizo una aparición estelar en medio de esa singular barbacoa. El bonito sombrero de *cowboy* seguía sobre su cabeza. Llevaba puesta una camiseta de Pachá de talla infantil, váyase usted a saber de dónde la hurtó, y el cinturón de balas lo llevaba semidesabrochado, quién sabe dónde había pasado la noche. Venía saltando en lateral, como si galopara a caballo, con sus brazos levantados.

»Se hizo el silencio entre todos los presentes y cuando su grácil figura alcanzó la comida de las mesas, hizo coincidir su mano con un platito de avellanas, extendió aquellos dedos que finalizaban en unas falanges como morcillas rojas, dio una simpática colleja a mi abuelo y siguió saltando en lateral y a cámara lenta hasta llegar al primer árbol donde desapareció, brincando de rama en rama, con el platito de avellanas volando por los aires y rompiéndose en mil pedazos tras haberse llevado todos los frutos secos al hocico de una sola vez. Luego, desde lo alto de un ciprés, se puso a mear. El abuelo, que era un zorro, se había percatado del curioso color de ojos de ese primate prehistórico. Hellen, que en aquellos momentos ya mostraba una gran carencia de sentido común, exclamó: «Es nuestro hermanito pequeño, Josh. Mamá lo parió hace un mes». Mi padre y mi madre miraron al suelo. Mi abuelo no sabía qué decir, se había atragantado. Su aparición había sido digna del mismísimo John Cleese en el *sketch* surrealista del ministerio de los andares estúpidos de los Monty Python. El perro salió en busca del lémur. Nosotros salimos en busca del perro. El lémur, encaramado en el ciprés, le lanzaba al chucho todo tipo de cosas. El perro, de nombre Cohen, no paraba de ladrar. Austin, que era un bruto, intentó alejar a Cohen del árbol con una patada en los morros. Cohen se rebotó, tiró al suelo a Austin y le mordió en sus partes nobles. No fue un mordisco con saña, no señor, mi abuelo lo había entrenado muy bien en una escuela de perros policías; Cohen simplemente pretendía amedrentar a mi hermano y poca cosa más. Austin tuvo un ataque de pánico con sus testículos a merced de un can. «Me ha petado una vena, ¡me ha petado una vena!». Mi abuelo dijo: «*Raus*, Cohen», llamó a su chófer con un silbato y se largó para siempre. A mi padre le dio un ataque de histeria y empezó a bailar a cámara rápida. Llevamos a Austin al hospital. Los médicos le dijeron que eran heridas superficiales, pero mi hermano, a estas alturas de la película, sigue diciendo que aquel perro le petó una vena. Visto con el paso del tiempo, yo creo que tuvo una hemorragia en el cerebro, porque en los huevos le aseguro que no. El caso es que el abuelo se largó de nuevo. Todo volvió a una aparente normalidad, ya sabe, aquella normalidad que precede a una catástrofe. Papá ensayaba sus movimientos en el jardín y nos mostraba sus mejoras en el baile. Ella le sonreía lánguidamente mientras escuchaba con los auriculares *If You Could Read My Mind*, la versión original de Gordon Lightfood, y lloraba por dentro.

—¿De qué catástrofe me habla?

—Mamá fue secuestrada por la Fuerza. Me refiero a que el abuelo la secuestró. A las tres de la madrugada del 2 de noviembre de 1991, justo la víspera del treinta aniversario de papá.

»Mamá permanecía en la habitación, con los ojos abiertos. En un día se había fumado un talego entero de chocolate y andaba apurando una tacha. Se escuchó un ensordecedor zumbido de helicóptero. Entraron varios hombres de negro, fuerzas de élite, provistos de cuerdas, armas de última generación y marcando paquete. Obligaron a mi madre a salir de la habitación y dejar el porro en el cenicero Schweppes. Fue una operación relámpago que, años después, fue tomada como ejemplo para matar a Bin Laden. Lo tenían todo planeado. Se la llevaron a las tres y cuarto de la mañana. Descalza, con el camisón flotando por el campo, pudimos ver que nuestra madre no llevaba ropa interior en el momento en que helicóptero se elevaba entre un olivo y una palmera dominicana que había plantado mi padre hacía cosa de una semana. Mamá en aquellos momentos ya andaba tan desequilibrada que pensó que aquello era un caso de levitación involuntario. Papá salió en pijama y sus pelos de afro desmelenados como un león, alzando los brazos y moviéndose de un lado a otro a ciento setenta por hora. Los cuatro miramos arriba, viendo cómo mamá desaparecía de nuestras vidas y notando cómo un primate se había encaramado a la cuerda en el último momento, aprovechando la cercanía de un olivo. Austin lloraba y Hellen se orinó encima. Por ese maldito ruido de helicóptero y esa luz, madre de la fotofobia, odié como nunca había odiado al lémur, mucho más ágil e intuitivo que nosotros. Recuerdo que papá señaló a mamá de maneras incriminatorias y le gritó: «*Lo sabías, ¿no? Tú sabías que esto iba a suceder, qué terrible padecer*». Mamá levantó los brazos, señal de que lo sabía, o de que no lo sabía. A las tres y veinte de la madrugada se me ocurrió decirle: «Feliz cumpleaños, papá». Aquel señor negrito me contestó: «*Menudo regalo de aniversario, esta nueva década me da mal fario. Estoy muy deprimido, si mañana estoy igual, me suicido*». Austin dijo: «¡Que se suicide, que se suicide!». Así es mi hermano. Una especie de reverso tenebroso de Paulo Coelho.

26. El misterio que escondía el muñeco Tato

—Doctor, está llorando.

—No, no. ¿Llorando yo? Para nada. Lo único que me pasa es que me han aumentado las dioptrías y… En fin, continúe.

—Odié a mi abuelo con todas mis fuerzas. Él era la primera representación de las Fuerzas del Lado Oscuro que a lo largo de mi existencia he encontrado bajo diferentes disfraces. Sin embargo, mi abuelo tuvo que cargar con el lémur, eso creo, a no ser que el bicho fuera castigado como ese negrito zumbón de su piscina en forma de cruz mamada.

—Gamada.

—Papá nos pidió consejo. Como había perdido cualquier resquicio de personalidad, inferí que lo más sensato sería largarse a Barcelona, al piso de mis abuelos paternos. Papá asintió a regañadientes. Imagíneselo, doctor, volver a casa de tus padres es siempre humillante. Hicimos las maletas, compungidos, convertidos en huérfanos forzosos, maldiciendo a la fauna inoportuna del planeta. Papá había iniciado su particular cuesta abajo. **ABSENTA**. Se había bebido un cuarto de litro de aquel brebaje, y no contento con aquella inconsciencia, nos la hizo catar a sorbitos infantiles. Yo creo que, durante un momento, a mi padre se le pasó por la cabeza matarnos y luego suicidarse, pero obviamente no lo hizo porque me tiene delante y no soy un espíritu, doctor. Minutos antes de irnos hacia el puerto, papá miró por última vez la habitación de piedra blanca y cortinas plateadas donde había dormido aquellos años con mamá y entonó un suspiro musical de tono nostálgico y aliento inflamable. Recuerdo que en una estantería yacía Tato, y que parecía triste. Papá empezó entonces a entrar en fase paranoia nivel **DEFCON 1**.

»En el fondo siempre tuvo el temor de que mamá le había sido infiel y que junto a otro amante, probablemente del reino animal, había concebido al lémur. Austin, Hellen y servidor nos encontrábamos en la triste labor de cerrar la última maleta cuando escuchamos a papá maldiciendo con las siguientes palabras: «Si pillara al mamón que se lo hizo con vuestra madre… le cortaba los cojones». Entonces lo vi.

—¿El qué?

—La expresión de Tato, el muñeco. A Dios pongo por testigo que frunció el ceño. Siempre he creído que no soportó la presión ambiental, cosa que me hizo muchísima gracia, porque precisamente unos días antes ocurrió un suceso paranormal que lo atribuí a un sueño infantil. El muñeco Tato me había despertado a las tres de la mañana, recuerdo que esa noche el viento hacía *uhhhh, uhhhh*, para comentarme: «Eh, colega, quiero que sepas que hace un año que le soplo la oreja a tu madre. ¿Cómo se te ha quedado el cuerpo?», a lo que le respondí: «Pues no creo, porque mi padre será un inútil como cantante, pero no en sus tareas como fiera sexual». A la mañana siguiente le comenté a Austin dicho sueño, y, coincidencia onírica entre hermanos, me dijo: «Yo también he hablado con Tato y me ha dicho lo mismo», a lo que yo protesté: «Pues bueno, así que si no voy yo y te lo explico, hubieras seguido callado, como si no fuera importante quién le sopla la oreja a mamá», a lo que mi hermano Austin comentó: «Es que no sólo me lo ha dicho, sino que ¡también he presenciado cómo el muñeco Tato le soplaba la oreja a mamá! Pero como me llevo el primer puesto del ranking de hijos tarados de esta casa por mis arranques de violencia, pensé que nadie me iba a creer». Y entonces, recordando nuestras visiones, le dijimos a papá: «¡Pues ya puedes empezar a cortarle la minga a Tato!». Papá miró al muñeco, que estaba en la estantería sonriendo de una manera mucho más histriónica que la habitual.

»Inmediatamente el muñeco volvió a cobrar vida y nos mostró las palmas de sus pequeñas manos como para impedir una segura agresión. Tato exclamó: «Hey, familia, amigos, ¡peña!, estáis siendo influenciados por los efectos alucinógenos de la absenta, aparte, os lo puedo explicar todo, si me dais tiempo para… buscarme una excusa, ehé». Su voz metálica, como un borracho que hubiera bebido óxido. De hecho, un desagradable líquido diarréico goteaba del pequeño altavoz que el muñeco poseía en su espalda, muy cerca de su culete rosado, justo a la izquierda del compartimento de las pilas. Papá me pidió un cuchillo de cocina sin perder de vista a Tato. Austin fue a buscar una soga al trastero para linchar a ese maldito mierdas. Hellen y yo fuimos a por un bidón de gasoil. Habíamos salido a toda pastilla de la habitación cuando escuchamos golpes y gritos terroríficos. Cuando mi hermano y yo regresamos al núcleo de la tragedia, Tato había dado esquinazo a papá, quien yacía en el suelo, con un tajo en la cabeza que derramaba sangre en cantidades copiosas. Por lo visto, Tato le había lanzado un libro de canciones traducidas de Leonard Cohen cuya esquina impactó en la sien de nuestro progenitor. Papá cerró todas las puertas y bajó las persianas. Sin embargo, Tato ya había saltado por la ventana que daba al jardín, y ya se encaramaba por el pedregoso muro que conectaba nuestro hogar con la parte virgen del terreno y subía hacia tierra de nadie a todo trapo. Piececitos para qué os quiero, el muñeco se largaba de nuestro brote psicótico-violento, así que nos planteamos muy seriamente qué carajo hacíamos dentro de casa con las persianas bajadas si estábamos oyendo claramente cómo el amante de plástico se estaba alejando campo a través, gateando.

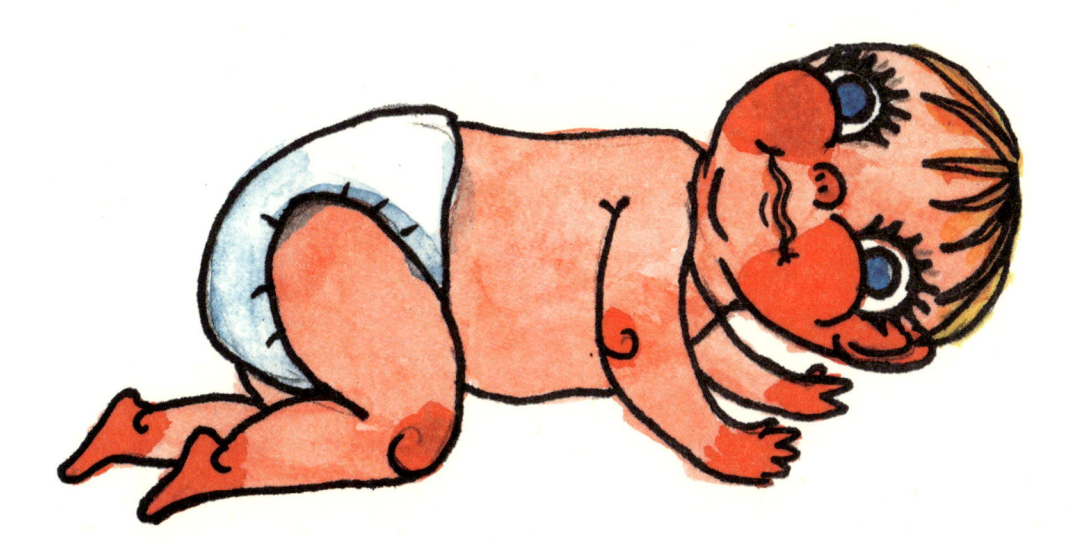

»El caso es que, por culpa de los nervios y la absenta, nadie se aclaraba con los interruptores, ni mucho menos papá, a quien las manos y los pies elevados por sus alzadores le temblaban. Justifiquemos su ataque de nervios al shock producido por Tato, ese desagradecido, esa desilusión total fabricada en plástico, ese muñeco a quien habíamos cuidado casi como un humano, qué coño humano, como a un amigo a quien le habíamos abierto las puertas de casa de par en par y a quien habíamos tratado incluso con más respeto que al pobre lémur. Por dichos motivos del todo justificables yo encendía la luz y la apagaba en un círculo vicioso del que no era capaz de salir. Eran las once de la mañana del día después del secuestro de mamá por cuatro hombres de negro, y no podía sacar el dedo del interruptor. Había convertido el recibidor de casa en la mismísima pista principal de Pachá a las cinco de la madrugada, ya sabe, en el momento de éxtasis tribal. Y así nos pasamos un cuarto de hora hasta que papá me comentó: «*Eso que te pasa en los dedos, esta estúpida situación de la cual no sabes salir y a la que no le encuentras un motivo, en Inglaterra le llaman un "loop retroalimentativo"*» y Austin exclamó: «Fernando, has entrado en barrena. Déjamelo a mí. Intentaré dejar la luz encendida sin apagarla de nuevo». Me apartó la mano y estrelló su cabeza contra el interruptor como un toro de Miura, y finalmente la luz ya no alternaba con la oscuridad, y así pude ver la cara de papá llorando, el rostro de la infantil Hellen sonándose la nariz con su muñeco Ken travestido en su otra manita y la frente de Austin sangrando, y ellos vieron mi expresión incrédula. Puedo asegurar que nuestras facciones eran metáforas de la desolación. Luego desatrancamos las puertas y fuimos sorprendidos por la diurna luz ibicenca. Partimos para realizar una batida, redada o persecución muñequil, todo el día y toda la noche siguiente, por los arcenes hundidos de carreteras, por los campos menos urbanizados de Ibiza y por las partes traseras de los restaurantes étnicos, provistos para tal menester de linternas, pasamontañas y cantimploras. Finalmente pudimos localizarlo, muchas horas después, doctor, debían ser las tres de la mañana. Y lo alcanzamos gracias a las pistas que él mismo había dejado en su tempestuosa huida, como por ejemplo el chupete y los peucos en un descampado asqueroso, un improvisado vertedero curiosamente situado a quinientos metros de casa, un solar repleto de preservativos usados y latas de Coca Cola oxidadas desde los años sesenta, justo el lugar donde tiempo atrás papá había quemado aquellos vinilos. Tato había encendido un fuego y tocaba la armónica, sabiendo que su paticorta constitución no le permitiría llegar como hubiera deseado al aeropuerto de Ibiza sin ser pillado por la policía antes de colarse en el equipaje de mano de alguna niña inglesa. Estoy seguro de que nos esperaba. De hecho, estaba tan cansado que no ofreció resistencia. Total, doctor, que papá lo agarró mientras mi hermano y servidor le quitamos ese hortera vestidito de color rosa hecho de encajes con florecitas azules; en realidad fue una petición póstuma de Tato. «¡Quítenme este horrible vestido! ¡Quiero ser desconectado dignamente!». Entonces papá, antes de practicarle la eutanasia obligatoria a un muñeco, exclamó cuando vio el miembro flácido de Tato: «¿*Y este pene que tienes como colgajo ha sido el que ha enviado mi vida al carajo?*» y Tato exclamó con una sonrisa cínica que sigue doliéndome cada vez que la recuerdo: «Pues sí. No todo es el tamaño, ni la velocidad, amigo, ni la ternura, también existe **EL MORBO**».

»Entonces papá preguntó a ese cabezón envalentonado, a la vez que señalaba a sus tres hijos con ese dedo índice que tenía, tembloroso y amarillento por culpa a su adicción al tabaco rubio: «¿*Ellos, ellos, ellos, ellos, son hijos míos o de tus cabellos?*» y Tato respondió: «Menuda rima más mala, chaval. Pero te diré que no. Yo sólo soy padre de Josh, el lémur. Podría decirte que son míos también, pero eso ya sería sadismo por mi parte, aunque bien mirado son un trío de tarados. Prefiero al lémur como hijo». Ni corto ni perezoso, papá le rebanó los testículos de un tajo algo torpe.

»No contento con eso, Austin le pinchó el cráneo con saña y luego se centró en los ojos. Tato empezó a desparramar litros y litros de líquido seminal plasticoide por cada hendidura, al menos eso es lo que vimos. Lección existencial, doctor: Quien solamente piensa en follar no hace nada bueno en la vida, como Tato. Las buenas obras, las que trascienden, exigen contención carnal al creador. La energía sexual, retenida en nuestro organismo, genera un circuito de vitalidad incomparable. «Castidad o calamidad» dijo papá, y Tato contestó: «Ay, ay, qué rabia morir y que lo último que escuches sea tamaña estupidez». Para que Tato dejara de hablar, papá lo volvió del revés y lo dejó en el campo, pero entonces tuvo la intuición de abrirlo en canal. Y de su interior empezaron a caer billetes y más billetes de dólar.

»Los cinco millones extraviados por mi madre estaban allí, escondidos dentro del muñeco preferido de su, a partir de entonces, ex mujer.

»Por lo visto, el inconsciente de papá, repleto de absenta, recuperó de alguna conversación mantenida con mi madre el escondite donde esperaba el botín, así que llegamos a la conclusión de que el tema de la paternidad de Josh fue una auténtica paranoia colectiva por parte de la familia Obs. Un curioso viaje en un mundo de mentiras para llegar a una verdad: el dinero.

—Entonces reconoce abiertamente que el muñeco no debería hablar ni mucho menos... ya sabe...

—Sí, pero doctor, hay algo en mi recuerdo que nunca me ha acabado de cuadrar. ¿Cómo es posible que lo encontráramos en aquel descampado?

—Sinceramente, Fernando, si me pasara el día pensando en las escenas de su historia que no cuadran, solicitaría el alta voluntaria en un frenopático. Seguramente ustedes mismos lo llevarían allí, vaya usted a saber. Continúe.

—Caminando entre latas oxidadas y condones, Austin exclamó: «Papá, en serio. Si te ahorcas, prométeme que dejarás que sea yo quien le dé la patada a la silla». Papá no le hizo caso y nos dijo: «*Nos vamos, démonos las manos porque ya no nos demoramos*». Yo le pregunté: «¿A Barcelona?».

—Eso mismo me pregunto yo. ¿A Barcelona, finalmente?

—Déjeme hacerme un porro en la terraza y se lo cuento.

—Oiga, no me hacen gracia este tipo de *historius interruptus*, me da la impresión de que no tiene ni idea de cómo continuar este aberrante relato, así que cuando se queda bloqueado me abandona. Supongo que debe largarse a su casa y drogarse, como lo hacían sus padres, para idear otro tipo de aberraciones. Sea verdad o no mi teoría, déjeme que se lo diga. Hablando mal, es usted un chute de pavo, se lo juro. Gracias a usted, me he dado cuenta de que la vida aún puede sorprenderme, bendito paciente. Por favor, venga cuando quiera y sáqueme del tedio que me provoca recetar cajas y cajas de Dormiplón a otros desequilibrados. Si la realidad depende de la percepción subjetiva de cada uno, creo que usted es el tipo más subjetivo del mundo.

—La realidad es eso, doctor. Meras subjetividades. Por cierto. Nos dirigíamos a Barcelona en barco cuando, al inicio del trayecto, comenté mis infantiles inquietudes a mi padre: «¿Tendremos que ir a la escuela y esas cosas? Si es así, traicionaremos los ideales de mamá» y entonces él repuso: «*No se vive*

de los ideales de mamá, ni tampoco del maná». Luego, en cubierta, añadí: «Tengo otra pregunta muy importante que hacer. Nosotros no somos normales, ¿verdad?». Papá cogió aire. «*Dependiendo de lo que entiendas por normalidad, calamidad*», y el poeta añadió, mientras casi lo veía menguar delante de mis narices: «*¿Tú qué pretendes ser? ¿Mediocremente normal, deprimentemente normal, o divertidamente anormal, ser astral?*». Algo temeroso por salir de aquella burbuja isleña y enfrentarnos a una hostil Barcelona preolímpica, le dije, con un tono enojado: «¡Pues no sé, papá, lo suficientemente normales para que ahí fuera no nos devoren esas bestias! Pasar desapercibidos». Y papá dijo: «*Tener miedo desde el inicio es un mal vicio. Pero a nosotros no nos devorarán, nuestras extrañas maneras ¡indigestas les resultarán! simplemente nos marginarán, mi capitán*». Entonces un ruido insoportable surgió del bolsillo de la chaqueta de papá. Era su walkie-talkie. Mientras lo escuchaba, su semblante fue cambiando. Empezó a asentir, como cuando hablas por teléfono con alguien a quien respetas. Luego lo volvió a guardar y nos dijo: «Escuchadme, hijos, porque esta vez no voy a rimar. No puedes sacrificar tus sueños por amor. Ni sacrificar el amor por tus sueños. El amor de verdad tiene que alimentar tus sueños, y viceversa. Así tendría que funcionar el mundo. Esto es lo que he aprendido con el paso de los años, hijos. Y una última cosa: no permitáis que nadie decida por vosotros, como a mí me ha pasado. Tenéis que hacer de vuestra vida un libro escrito por vosotros mismos. Tendrá faltas de ortografía, pero al releerlo, como mínimo, os sentiréis identificados con el personaje. No tengo nada más que decir. Yo no planté cara a la vida y sucumbí». Luego se puso colorado, mordió su mano intentando evitar una rima, y finalmente añadió:

«*Tararí*».

Epílogo
Aro Sacro - Actualidad

Al finalizar mi relato, cosa de las cinco de la mañana de la cuarta noche, Barry Lete, Jim Morrison, Invictus y servidor estamos envueltos en un mar de lágrimas. De hecho, los taburetes del bar flotan en horizontal en aquella piscina de líquido procedente de nuestros lagrimales. Está sonando *Dancing with Tears in my Eyes*, malicias del destino. Barry exclama:

—¿Sabe? ¡Maldito sea Thom Yorke! Yo le admiraba. Y, pese a que esa parte de la historia de su padre, la referente al «OK Computer», suena bastante marciana, he de decirle que siempre me extrañó el repentino cambio estilístico que Radiohead experimentó de una manera tan brusca, a tener en cuenta que con su anterior disco, «The Bends», no dejaban de ser un grupo englobable en unos cánones más bien clásicos. Ah, señor Obs, maldito mierdoso. Le admiro. Por no ser con sus artistas como lo fue Manolo Pencas. Encima, usted ha sabido llevar el negocio justo al contrario que su poderoso abuelo materno, ni más ni menos que uno de los capos del odioso entramado musical de hoy en día. Eso no lo dice cualquiera. Precisamente por ello, nunca jamás se me pasó por la cabeza enviar mi música a esa multinacional demoníaca.

El abuelo, ah, maldita sea. Me miro en el espejo de la barra, tengo su misma altura y probablemente, cuando tenga su edad, tendré su misma complexión. Compréndanme, cuando alguien se avergüenza de uno de sus antecesores también detesta encontrar algún rasgo en común. Empiezo a ir borracho de veras, alzo mi cerveza y brindo por él, porque él *siempre* está ahí, en la impronta indeleble de mis genes, porque mi abuelo materno Gustav Ausdenmeyer corre por mis venas, así como en los brotes violentos y racistas de mi hermano Austin, o en el esbelto cuerpo de mi hermana Hellen. Aunque no lo reconozcamos, él es omnipotente y omnisciente, eso lo saben sus empleados, y sobre todo, sus familiares más cercanos. En especial lo ha sufrido mi padre, al que ese hijo de puta hundió en la miseria. Debo decir que aquellos cheques que mis hermanos y yo recibíamos, con precisión aria y hasta hace poco tiempo, esas delgadas cartas del abuelo desprovistas de cualquier tipo de mensaje personal, nos hundían en la miseria psíquica cada vez que abríamos el buzón y comprobábamos, generalmente el día 5 de cada mes, que había llegado otro sobre con membrete de los Estados Unidos donde, en mayúsculas Arial azuladas, leíamos el mismo remitente de siempre, sí, esa cínica organización con nombre de ONG, ni más ni menos que **FUNDACIÓN AUSDENMEYER PARA ANORMALES**. Aquella especie de fondo fiduciario era la perversa manera de mostrar nuestro fracaso, personal y profesional.

Hasta que decidí que mi abuelo probaría su propia medicina. Algún día, y gracias a mi pequeña compañía discográfica, ese puerco se dará cuenta de que ha estado alimentando a una cría de alacrán que ha resultado ser vengativa. Oigan. No me digan que no es hermoso librar batallas contra el mismísimo sistema, **SOBRE TODO SI LAS LIBRAS CON DINERO PROCEDENTE DEL SISTEMA**. Créanme que despilfarrar la pasta de un hijo de hiena da un placer indescriptible. De alguna manera, sirve para blanquear la negrura de un capital amasado a base de crear salchichas humanas en forma de cantantes melódicos en serie. Luego miro a Barry y observo aquellas pupilas que se esconden tras el escudo de sus lentes. Es el momento de hablar de su futuro artístico. Como dice la Biblia, es justo y necesario. Abrazo a Barry, como si fuera una especie de novio.

—Ahora tengo que explicarte algo, Barry. Te atañe a ti, directamente.

—Por favor, no deje a este novicio a medias.

Me aparto un poco de sus pantalones y sigo con mi batería de preguntas, esta vez devolviéndole sus incontrolables insultos.

—¿Eres un ser fantasioso, hijo de puta?

—¡Si he llegado hasta aquí es que no quiero creer en la realidad, cara de huevo!

Invictus, harto de tanto insulto, me hace llegar con su mirada el siguiente mensaje: «En cuanto me digas, aviso a la pasma». Suelto a mi nuevo discípulo y le doy la media vuelta, como se le da a una princesa en un baile nupcial. Preso de la incomprensión, ha optado por prender la tacha de un pequeñísimo canuto, buscando sintonizar con mi próximo delirio, el **MOMENTO FINAL**. Mediante un manotazo, tiro su porro al suelo y saco de mi abrigo una botella de absenta que reservo para las grandes ocasiones. La pongo encima de la barra con un golpe y lo miro. A Barry le cae una gota de sudor frío. Estoy expectante y borracho.

—Venga, pega un trago antes. Lo vas a necesitar.

—Señor pelo gayer. La última vez que tomé una copa de semejantes características etílicas me encontraron mis hermanos cabeza abajo, atado de una cuerda en un puente del Poble Nou, y debajo, la vía del tren. No sé cómo llegué hasta allí, creo que me metí en algún lío, o acaso lo hice yo mismo. No, en serio, no me sienta nada bien el *drinking*. Estoy demasiado loco de normal, si me permite la confesión. Y me estoy medicando.

—Eso ya lo sé, pero tú quieres que te fiche y yo te digo que bebas, porque tienes que saber algo muy importante, Barry.

El *rocker* gordinflón accede a regañadientes. Al principio moja sus labios intentando engañar a mis ojos, pero tras pellizcarle la oreja como a un crío, se bebe la mitad del vaso.

—Cagondiós —dice—. Tengo miedo. A ver si me da por matar a alguien. Me fío muy poco de las personas en general, pero mucho menos de mí mismo.

—Igual que yo. Comulgo con aquella frase del filósofo Balmesgaard que dice: «Yo no tendría que ir a la cárcel, pero mis ideas sí». Pero no te preocupes, Barry, amigo, porque yo seré tu chamán. Y si ves cosas extrañas, no temas, puede que sea fantasía o la más triste realidad, aunque da lo mismo porque será lo que tú estés percibiendo. Pero nunca olvides que todo lo que imagines, todo lo que pase por tu puta cabeza, por descabellado que parezca, puede ser materializado. Una imagen vívida en tu cerebro, una nueva idea, acaba copulando con la realidad tarde o temprano. Cada cosa que nos rodea, Barry, fue imaginada antes de convertirse en real. Después de este trago, notarás encenderse un motor a propulsión en el cerebro, pero te aseguro que te ayudará a comprender la magnitud de tu catástrofe.

—Jo-der. La cosa va empeorando. ¿Ha dicho «mi catástrofe»? ¡Maldita sea! No entiendo una mierda de lo que está intentando explicarme, pero, sea como sea, estoy preparado para lo peor. Recuerde que soy un fracasado, Fernando.

Miro a Invictus y le digo que proceda. De la estantería donde guarda los cedés, el camarero extrae uno, ni más ni menos que de una estrella rutilante del pop.

—Permíteme que te haga la siguiente pregunta, Barry. ¿Ninguna discográfica se choteó de ti tras enviar tu maqueta?

—Bueno, en realidad muchas. Sigo sin entender por qué les hace tanta gracia *Anarco-fascismo* si no tiene un pelo de bufonesca. Incluso algunos me han contestado con un enigmático: «No nos interesa, pero nos parece muy curiosa tu versión».

Pobre diablo. Barry Lete, como un buen *indie*, vive en un planeta tan hermético que ignora los acontecimientos que suceden en el otro lado. Ni siquiera nadie de su entorno ha sido capaz de darse cuenta de que *Anarco-fascismo* ha sido plagiada por completo hasta convertirse, evidentemente con la letra cambiada y después de las transformaciones milagrosas de avispados productores, en uno de los temas bandera de un «humilde cantante» llamado Justin Bieber. Fue Invictus quien cayó primero en la cuenta. «Mira, Fernando, ya sabes que recientemente me echado una novieta muy joven, pero joven de ir a la cárcel, y me he tenido que tragar este disco varias veces mientras me la chupa en el coche. No sé si es otra sobrada de las mías, pero juraría que la canción de mis felaciones se parece demasiado a un tema que no paramos de pinchar en el Aro Sacro, el de tu amigo gordo y mal de los nervios. El tipo ese con psoriasis». Cuando intentamos que Barry entienda la profundidad de nuestro mensaje, su cara muta a un rojo pálido y nos contesta:

—¿Qué coño me estáis contando? ¿Qué clase de broma es esta, hijos de mala madre? Hay que ser pervertido para pensar que *Anarco-fascismo*, precisamente una de las canciones de mi cosecha de la que más orgulloso me siento, sea de este chaval que mencionáis. Putos.

Intentamos hacerle caer en la cuenta de que ese chaval que menciona de manera tan despectiva debe de haber ganado **UNA MILLONADA DE DÓLARES** en concepto de derechos de autor gracias a un tema que **NO ES DE JUSTIN SINO SUYO**. Que este chaval, gracias a **SU TEMA**, en parte, se está llevando a todo tipo de **ESPECÍMENES CARNALES**, conocidas vulgarmente como «Believers», a las *suites* más lujosas del mundo, y que esas tipas deberían llamarse «Barryers». Invictus le suelta:

—Y si no te lo crees, pues te la pongo, la escuchas y opinas al respecto.

Y entonces, por primera vez en la historia, suena Justin Bieber entre las cuatro paredes del Aro Sacro.

Y, pese a que suena la música, se hace el silencio.

Y el tema sigue avanzando, como el ejército de un imperio, arrasando con todo tipo de poblados que encuentra en la psique de Barry.

Definitivamente, es la burla final del universo contra el gordo *rocker*.

—Dinos algo, Barry.

Nuestro amigo está cada vez más colorado, hasta que finalmente implosiona y suelta un alarido sobrecogedor:

—Me cago en Dioooooos… nooooo.

Invictus no puede evitar soltar una inoportuna carcajada. Es entonces cuando Barry extrae del bolsillo de su chaqueta una pistola y agarra a mi amigo camarero con un brazo mientras con el otro lo encañona.

—Me estáis gastando una broma muy pesada, decidme que es una broma ultra pesada —Y es entonces cuando Invictus suelta una ventosidad, acaso pensando que es mejor expulsarla ahora que en el depósito de cadáveres, cosas de la dignidad post mortem, mientras me suelta:

—Joder, Fernando, haz algo por el amor de Dios, que si muero ahora no habré hecho nada en la vida que haya merecido la pena, ni siquiera he tenido descendencia, hostia, que no quiero ser un mito, y si algún día lo he dicho eran meras conjeturas de bar.

Y yo entiendo de repente que Barry Lete llevaba esta maldita pistola escondida desde la primera noche que acudió a mi persona para solicitar mi ayuda. Supongo que la había comprado en el mercado negro y cargado en el lavabo de su casa en un acto previo de desesperación artística, está claro que este tipo va a por todas, es un kamikaze en toda regla, un perdedor que ha perdido tanto que ya no le queda nada que perder.

—Me cago en todo lo que se menea, le has dado absenta a un tipo con una pistola que ya venía chalado de fábrica —me suelta Invictus.

Entonces, toda la puta clientela del *pub* gimotea, exactamente con el mismo tono que los clientes del HUMUSLAND emplearon cuando mi hermano Austin empezó a trastornarse, y respiro hondo. Aprovecho para pensar que, muy en el fondo, el enterado de Invictus merecía un susto así. De repente, Barry empieza a mostrar cierta debilidad, la misma que desprende un asesino en serie antes de soltar a su víctima y volarse la tapa de los sesos. Acto seguido se derrumba. Suelta a Invictus y acaba confesando que él es ni más ni menos que B.L., ese maldito internauta anónimo, mi maldito Moriarty, mi *stalker*. Arrodillado, se saca sus lentes para secar con un pañuelo sucio el río de lágrimas que baja por sus mejillas coloradas mientras reflexiona en voz alta:

—Menuda vida de mierda, yo, siempre tan dispuesto a encontrar teorías conspiranoicas en la biografía de los demás, mientras la vida me la estaba metiendo doblada —Acto seguido reconoce que, un día, desesperado, hizo caso omiso a sus principios de músico íntegro y *underground* y envió su maqueta a Valons Music, pero nos aclara que no recibió respuesta alguna, ni por parte de mi abuelo, ni del vicepresidente, Adolf Heydrich, ex Pepino Bambino, ni de nadie del departamento artístico.

—¿Acaso pensabas que una multinacional iba a enamorarse de ti, calamidad? Deberías saber que un gordo con patillas surfeando el espacio y con un nombre artístico tan lamentable como Barry Lete and The Monguis es motivo de mofa y befa para esos departamentos artísticos, carne de papelera. Pero tuviste la mala suerte de que alguien con cierto olfato se dio cuenta de tu talento. Luego miró vuestras fotografías y vio que tú no gustarás jamás. Que produces aversión, Barry. Así que han hecho lo que llevan haciendo toda su puñetera vida, lo mismo que hicieron con mi padre: quedarse con lo mejor de ti y prescindir del resto.

Invictus intenta consolarle:

—Bueno, al menos podrás decirle a las chavalas que uno de los temas del príncipe del pop de la actualidad es tuyo. Aunque no va a creerte ni tu madre.

Barry añade:

—Mi madreeeeeee.

Justo en ese instante, cuando Barry está a punto de caer en una segunda crisis existencial centrada de nuevo en su madre, la puerta del Aro Sacro se abre violentamente y todos pensamos que son los Mossos d'Esquadra. No es de extrañar que alguno de los clientes haya llamado por teléfono en vista del escándalo. Sin embargo, es ni más ni menos que el doctor Sigmund Floyd con una revista *Forbes* de hace un año en su mano temblorosa. En la portada aparece mi abuelo junto a un avejentado lémur de ojos azules, y añade:

—Mi padreeeeee.

—Cuéntenos, doctor. ¿Qué pasa?

—He estado removiendo cajas del sótano de nuestra casa familiar y he encontrado los expedientes de…

—¿De quién, doctor?

—De mi padreeee. ¡Mi padreeeee!

—No entre en bucle, doctor, se lo dice un paciente.

—Me refiero a sus expedientes perdidos, en concreto los de la década de los setenta, y leyéndolos, para mi total vergüenza y escarnio, he comprendido el intríngulis de su extraña fortuna, exagerada incluso para un decano, y ahora siento que tengo el deber de comunicarle al mundo que mi padre había elaborado un sinfín de informes falsos referentes a Alzheimers, locuras seniles, incluso un par de impotencias psicológicas, el muy cabrón, con el turbio objetivo de que la corporación Boltor Music Spain Investments Worldwide, cuyo principal accionista era…

—Mi abueloooooo…

—… pudiera adquirir todo tipo de bienes y artículos de lujo a precios irrisorios para que, en cuestión de quince días, los revendieran a precio real de mercado, obviamente, con una comisión de un 15% para…

—… su padreeeee.

Entonces el doctor Floyd finaliza su catártica confesión añadiendo que, entre los informes de esa lista negra, ha encontrado el de un tal Joan Obs.

—¡Dios! —añade el doctor—. Ahora lo entiendo todo, como aquella extraña donación de un chalet en la Costa Brava que hizo una anciana a mi padre, donde pasamos los veranos de infancia. No te fíes de un psiquiatra al que, cuando le preguntas en qué trabaja, te contesta con un enigmático *business*. ¡Maldita sea! Se lo juro, Fernando. Haré lo que haga falta para cargarme a esos hijos de puta de esa multinacional, excepto, claro, vender la casa de la Costa Brava, a la que os invito, por cierto.

Le pido al doctor que se calme. A fin de cuentas, nadie tiene la culpa de los pecados de nuestros antepasados. Lo único que podemos hacer es tratar de no parecernos a ellos. Aunque al final, el gen manda. Y uno acaba diciendo, en voz baja:

—Mismos errores, diferentes collares.

Barry, aún en el suelo, me dice:

—¿Qué hay de lo mío? ¿Va a quedarse así?

El bar nos mira con cierto desprecio. Incorporo a Barry y le suelto:

—Bien, hemos llegado a un punto muy lejano, Barry. ¿Te crees preparado para recibir las invisibles llaves del conocimiento y convertirte en uno de mis aliados conspiradores contra el maldito imperio de las multinacionales? Porque tengo un plan contra el puto sistema. Una jodida lavativa, diría yo.

—Por. Supuesto. Es. Lo. Que. Más. Deseo. En este puto mundo. Oh, Dios, estoy teniendo una erección. De repente, fíjese usted, me he curado de mi coprolalia. Ahora y más que nunca quiero que me fiche, involucrarme en su vida, conocer los entresijos de su plan, aquí tiene a un músico y a un futuro ayudante si le hace falta, para lo que sea.

—¿Para lo que sea?

—Para lo que sea —se reafirmó.

—¿Y entre pasar tu vejez en un asilo y en un centro psiquiátrico, ¿qué preferirías?

—Se, se, sería humillante para mí, acabar en un pu, pu, puto asilo, con todo lo que he hecho para desperdiciarme.

—Muy bien, enano mod, porque hay decisiones en la vida que no tienen vuelta atrás. ¿Tú y yo, Barry? ¿Acordamos venganza?

—Claro que sí. Tengo varias ideas que proponerle. Usted y yo, y otros aliados de la facción rebelde. ¡Hasta el infinito y más allá!

Desde la barra, Jim Morrison sonríe mientras canturrea *People are Strange*.

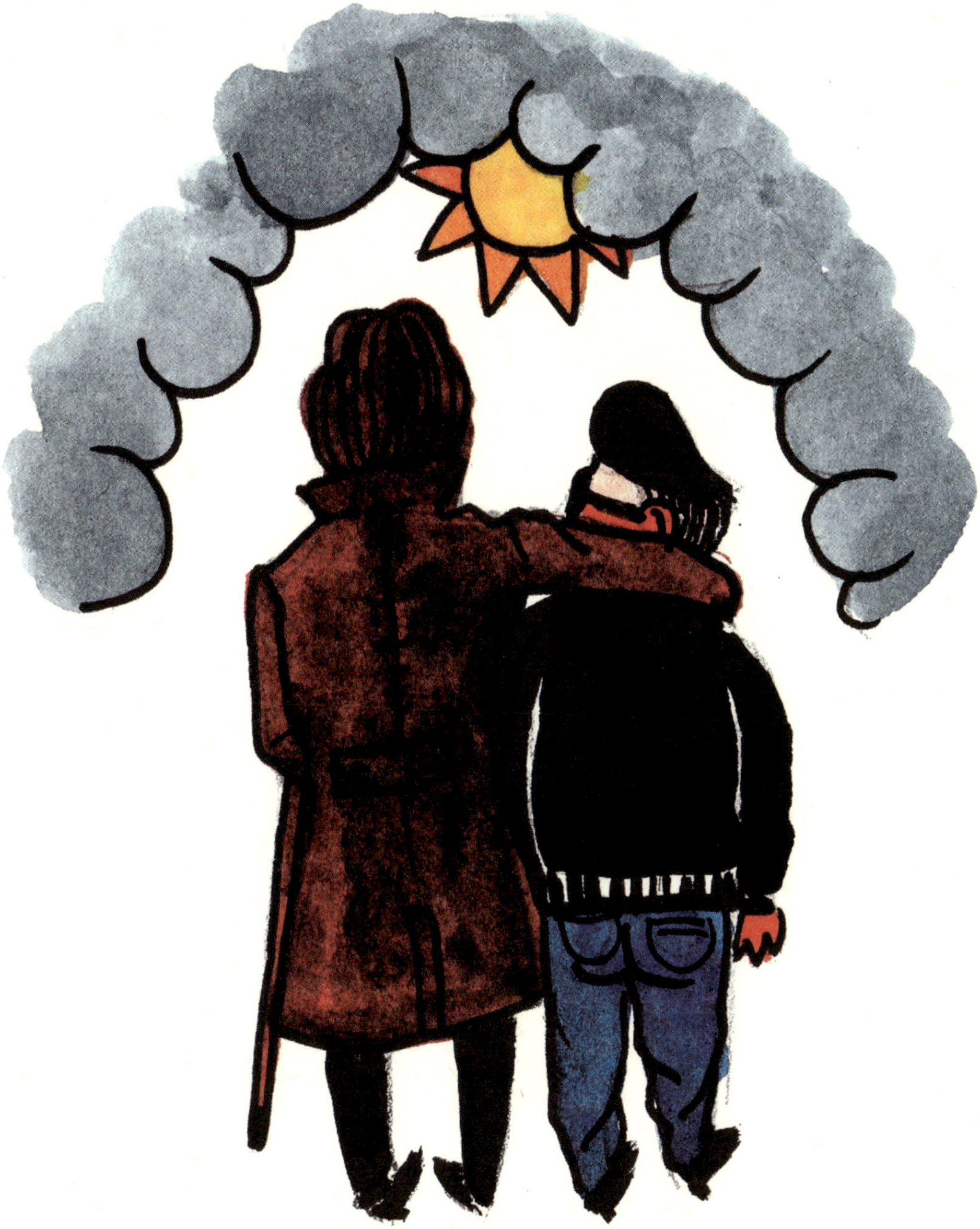

Ahora viene cuando miro a cámara y les digo a ustedes, los del otro lado llamado REALIDAD:

—Queridos, gracias por llegar hasta aquí. El resto de la historia, si acaso, lo cuento otro día. Si quieren, claro.*

*NOTA DEL EDITOR: El autor nos pide encarecidamente que añadamos esta última frase:
LO SIENTO

Los autores

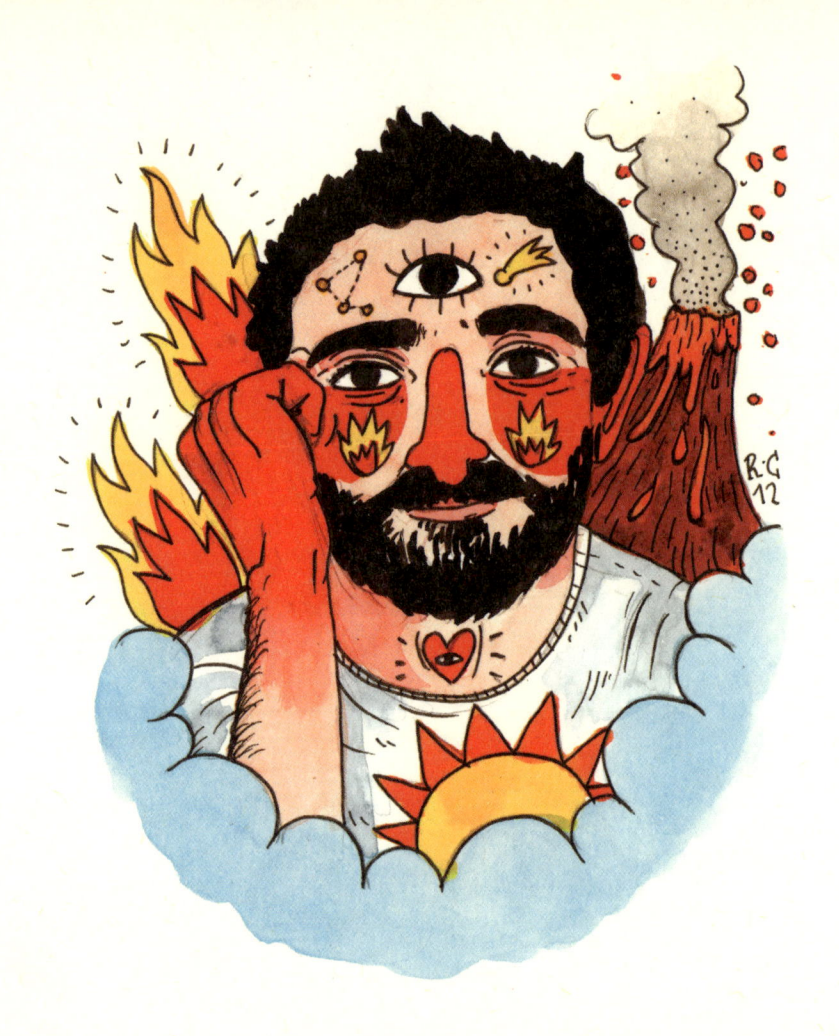

Santi Balmes nació en Jamaliyyah, un antiguo barrio de El Cairo, en 1452. Su padre era un diplomático catalán a las órdenes del rey Alfonso V el Magnánimo y su madre una princesa persa llegada a Egipto en 1449. Aguarden. Hay algo que no me cuadra. El caso es que, después de ser «mordido» por un extraño ente que hablaba rumano, nuestro autor decidió tomarse cinco siglos sabáticos.

Ya en Barcelona, a finales de los noventa, montó una banda llamada Love of Lesbian con la que se lo pasa realmente bien. También ha escrito el cuento infantil *Yo mataré monstruos por ti* (Principal de los Libros, 2011). Esta es su primera novela. Que Dios le perdone. El autor nos ha obligado a acabar esta biografía con la siguiente frase:

«Conocimientos de la vida: nivel usuario».

Ricardo Cavolo nació en un campamento nómada en las inmediaciones de la actual Moldavia en algún momento de los últimos treinta años. Criado a partes iguales por hippies, punkies y gitanos, ha sabido sobrevivir y dibujar al mismo tiempo durante su periplo nómada habitando en tiendas de campaña, carromatos, ferias, apartamentos, grutas, palacios y riberas de ríos.

Ya en los últimos años ha construido su propia caravana y viaja por pueblos y extrarradios ganándose la vida dibujando en libros, revistas, discos, ropa, agencias de publicidad o murales por lo ancho y largo del planeta azul.

Cavolo es la quinta reencarnación del maestro Tanzarian, que se hizo famoso por contactar con el mundo espiritual y mágico a través de sus propios dibujos.